捧 读

触及身心的阅读

萧阿鲁带

辽国南枢密使。

德高望重的老臣,于国事上素无主见,却是战场上的宿将,亲率数万人马由西线攻宋。

慕容谦

宋朝游骑将军。

祖上是汉化之鲜卑人,其人文武双全,颇有用兵才华,以仁义著称,在军中极有名望。

刘延庆

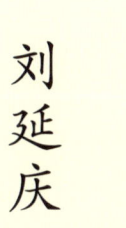

宋朝致果副尉。

受天子诏令表彰的青年武将,在深州之围中死里逃生,被士兵们视为当世之英雄、人间之豪杰。

韩拖古烈

辽国北面都林牙。

渤海奴隶出身,自小聪慧,被视为奇才,曾任辽国首任驻宋大使,以才智文章闻名于辽宋两国。

韩忠彦

字师朴,宋朝参知政事、兵部尚书。

名相韩琦的长子,锋芒内敛、温和忠厚,和朝中三党都保持着良好关系。

姚麟

字君瑞,宋朝昭武校尉。

名将姚兕的胞弟,有威名,在关中与兄姚兕并称「二姚」。宋辽之战中任云翼军都指挥使。

萧吼

辽国名将韩宝帐下远探拦子军队帅。

性格豪迈,人如其名,是辽国有名的神力之人,平素少逢敌手,一双铁鞭舞得虎虎生威。

高革

辽国萧阿鲁带帐下将领。

原是陕西宋人,被西夏人送至辽国为奴,自以为是宋朝间谍,但职方馆视其为辽国间谍。

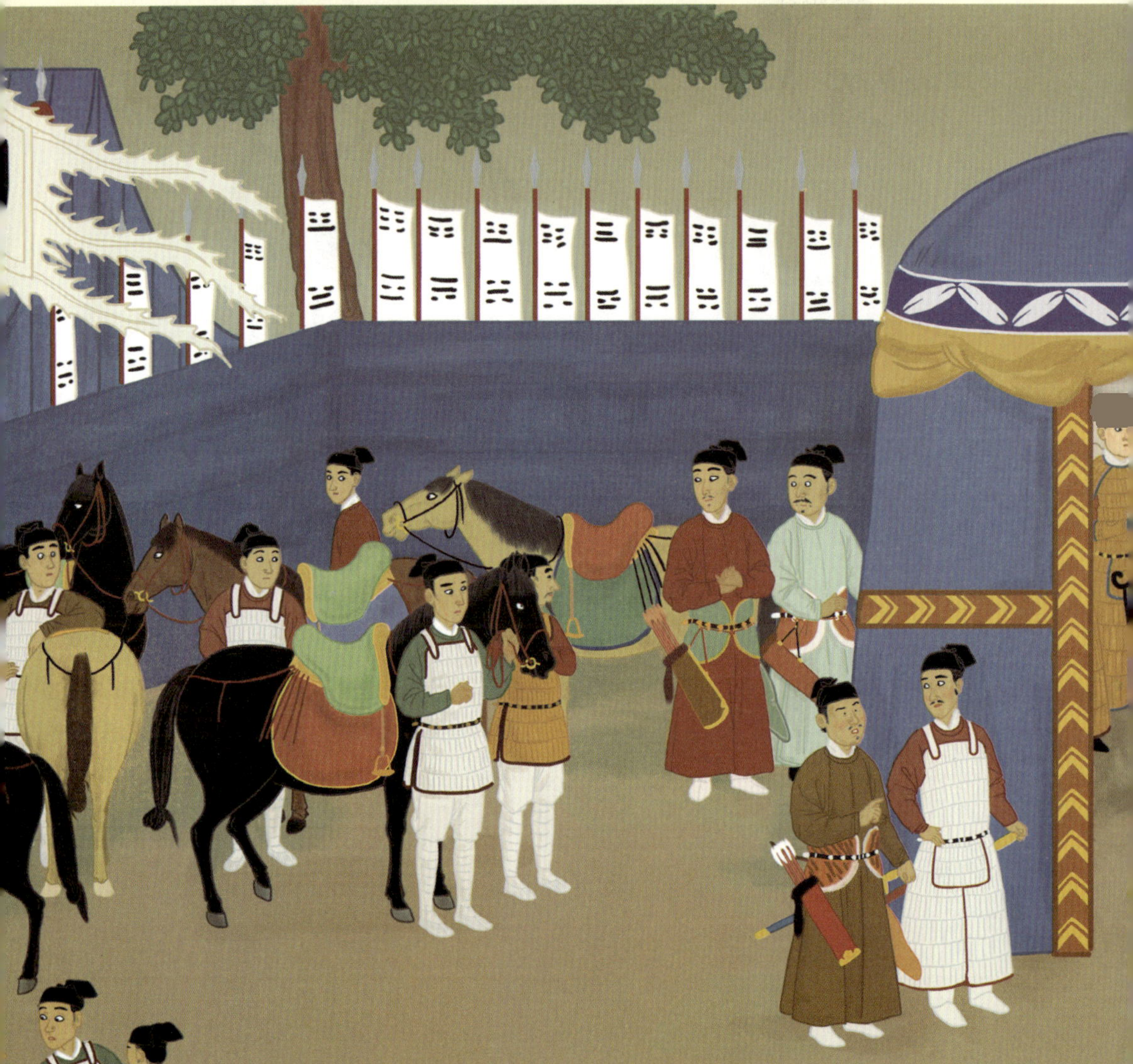

击鼓升帐图

新宋火铳兵形象图

新 ⑩ 宋

·大结局珍藏版·

关于宋朝的大百科全书式小说

阿越 著

河北人民出版社
石家庄

图书在版编目（CIP）数据

新宋. 10 / 阿越著. -- 石家庄：河北人民出版社，
2020.2
（新宋·大结局：珍藏版）
ISBN 978-7-202-14384-1

Ⅰ. ①新… Ⅱ. ①阿… Ⅲ. ①长篇历史小说－中国－
当代 Ⅳ. ①I247.5

中国版本图书馆CIP数据核字（2019）第261467号

本卷目录

第七章　圣主如天　355

第八章　人算天算　400

第九章　和战之谋　467

第十章　韩氏北归　512

第十一章　滹沱南北　558

第十二章　雪压飞狐　639

第七章

圣主如天

你是愿意听皇上的话打败仗,还是愿意不听皇上的话打胜仗?

——仁多保忠

1

三天后，大名府。

对于大名府的宣抚使司众人来说，他们经历了自开府以来最为紧张抑郁的三天。七月八日冀州急报：深州城失守，拱圣军被全歼，辽军屠城，姚兕生死不明。没晚多久，汴京的使者带来了一个让石越与他的谋臣们寝食难安的噩耗——高太后驾崩了！

当此大战之际，古往今来，在外面统军的方面之臣[1]最担心、最惧怕的，便是中枢的政治剧变。而在这个世界上，还有哪种政治剧变大得过最高统治者的更替？！况且，这还是由一个老谋深算的政治家，换成一个乳臭未干的小毛孩？

依照惯例，石越一面下令诸军戴孝，一面立即上表请求回京奔丧。

这算是大宋朝制度的一个优越性，当皇帝换人的时候，宰相也好，在外统兵的方面之臣也罢，都有一系列的制度让他们自动交出权力，留任与否，则取决于下任皇帝。从负面的角度来说，这是为了强化君权；而从积极的角度来说，这有利于政权的稳固。每个皇帝都有他亲近宠信的人，他登基或亲政之后，反正是要换人的，与其让皇帝在这方面绞尽脑汁，甚至做出许多令人心寒的事情，倒不如将之制度化。宰执大臣们在诸如山陵使这样的位置上各有一席之地，而这些差使总要花费至少几个月的时间。这几个月的时间，表面上是宰相们在营建山陵、办理丧事，实际上却是进行政权的交接过渡。几个月后丧事办完，宰相们便请辞，新皇帝以办丧事有功为名加以厚赏，然后便可以任用自己的宰相……

太皇太后高滔滔的地位与皇帝是一样的，这一点从皇帝已经下诏她的陵寝为"山陵"便可确证，这是对皇帝陵墓的称呼。

但也有不一样的地方，平时皇帝如果大举换人，宰执们有条不紊地过渡权力，将重心转移到山陵的营造上，那没什么不好。但如今却在战争之中！

倘若中枢大举换人，后果不堪设想。

虽然石越相信皇帝年纪再小也不会这么蠢，相信就算他想这么干，朝中也

---

[1] 古指一个地方的军政要职或其长官。

一定会有人阻止他。但是，谁又能肯定皇帝会做什么呢？这个世界上，唯一比女人更不可预料的，便只有皇帝这种生物了。而无论大宋朝的制度多么完善，文官势力多么强大，大宋朝始终是一个君主制国家。皇帝若真要干点儿什么，就算最后被阻止了，那也是在造成混乱之后。

平日混乱一点儿也就罢了。

但此时……

而七月九日接到的诏旨，让石越证实了自己的担忧绝非杞人忧天。

亲政才一天的小皇帝，竟然给他下了一道"内降指挥"！

依照如今大宋朝的制度，凡是不经过学士院、两府、门下后省的诏旨，皆是非法的。任何官员在理论上都可以封还诏令，拒不执行。但是，仍有一个很大的弊政可以突破这种制度，那便是"内降指挥"，亦即"手诏""御批"，类似于唐代所谓"墨敕斜封"。所不同的是，唐代的"墨敕斜封"只是皇帝不经过门下省任命官员，而宋朝的"内降指挥"却是事无不预。[1]

这种弊政，是由宋仁宗时开始泛滥的。宋仁宗天性柔弱仁厚，凡是身边的人说情请求，他的性格让他不能当面拒绝，完全没有皇帝的威严可言，于是往往碍于情面答应他们的要求。但是他更害怕宰相们的拒绝，便滥批手诏，可他心里也明白这种行为不对，便又告诉宰相们，凡是他的内降指挥，都不能马上执行，让宰相们来把关做恶人。所以仁宗之朝，内降指挥的弊病倒并不明显。至熙宁朝，赵顼乃一世英主，凡是英主，便不免对一个个命令都要经过层层讨论审议感到不耐烦。他倒不是因为耳根软，而是为了追求效率，于是也经常内降指挥。然而，赵顼毕竟是一世英主，他心里也明白这种行为是不对的，自官制改革起，便厉行限制内降指挥。熙宁朝政局渐趋稳定之后，除了一些小事，凡是军国大事，赵顼便没怎么动用过手诏，但赵顼与石越并不能杜绝这种弊政。

石越心里也明白，在君主制下，想要从制度上完全去除这种弊政是不可能的。制度规定得再完善，都照样会被突破。如内降指挥这种东西的效力，更多的是

....
[1] 按：注意此处所言指"内降指挥"或"内批指挥"。"指挥"本是宋代诏令的一种，只不过可以不由翰林学士拟旨，改由宰执代拟，但仍需经两府讨论，给事中、中书舍人封驳，台谏论列，自然也具有合法性，甚至许多指挥本身就是司法解释。因此，其与内降指挥有着本质的区别。请读者注意区分。

取决于政治传统、外朝与中朝的博弈，以及整个文官阶层的觉悟[1]。

绍圣年间，高太后执政七年，所有内降指挥均是局限于礼仪制度上的烦琐小事，但凡涉及官员任免、军国之事，从无一事不经两府。

七年了，石越几乎已经忘记内降指挥原来还可以直接干涉军国大事。

小皇帝的这道手诏，是催促石越尽快进兵，救援深州。

而石越的回复是，令使者将手诏送回京师，并且给小皇帝上了一道奏章，告诉他："不经凤阁鸾台，焉得为敕？！陛下既以河北之事委臣，便当任臣信臣，凡诸军赏罚进退，皆当断于宣台，否则，臣不敢受此任。"

石越可以不客气地拒受皇帝手诏，却不能不为大部分武将担心，他们可没有这个心理素质。大宋朝大部分的文臣敢于毫不客气地把内降指挥丢到皇帝脸上，但是，有这个本事的武将，那是百中无一。

因为武官们的地位，远比文臣们要敏感。

皇帝不会跟一个拒绝他手诏的文臣计较，因为那危害不大。事实上凡中主以上，都明白这对他的统治是有好处的，而秋后算账也成本太高。但是，对于敢于拒不听从命令的统兵将领，那在皇帝的心中，便是与谋反之臣无异。

将领们宁可听从皇帝的指挥打败仗，也不会拒绝执行皇帝的手诏。

这一点，大宋朝已经有不少先例在前了。

石越不怕皇帝给自己下手诏，却不能不怕皇帝绕过自己直接指挥军队。但他也不能下令诸军将领不得听从皇帝的指挥，只得给汴京的两府诸公写了一封信，严厉指责他们失职，没有好好规劝皇帝。

在这之前的七月十日，石越倒是接到汴京一份正式的诏书。诏书中拒绝了他回京奔丧的请求，皇帝还重申了石越的功劳和国家对他的倚重与信任，并且表示军国之事一以委之。这份诏令发出时，汴京已经得知了深州失守的消息，委婉地表示希望他能尽快进兵，以夺回深州，慰太皇太后在天之灵。

让石越稍稍安慰的是，皇帝挽留了韩维，太皇太后的遗体暂安于大相国寺，

---

[1] 真实历史上，北宋中期士大夫们已有自觉限制皇权扩张的意识，但是，在经历激烈残酷的党争之后，整个士大夫阶层被完全分裂，并且在内耗中被削弱，因此丧失了抵制皇权的能力。尽管如此，到北宋晚期，即使是被视为奸相的蔡京，同样也表现出了这样的自觉意识，只不过为时已晚。

等战争结束再营造山陵。皇帝还向天下颁布了亲政诏,宣布大赦天下,表示他将墨縗[1]治事,誓要将契丹驱逐出境,甚至继承先帝之遗志,矢志收复燕云。

但是,在接到这些诏令的同时,他又接到了两府的札子与皇帝的手诏。

两府的札子表面上是询问他应对契丹使者之策略——在得知太皇太后大行之后,辽国肯定会遣使致哀,两府询问石越的意见——这个使者,究竟是接纳还是不接纳?石越自然看得出,两府真正想要表达的是什么。

而皇帝的手诏更像是一份密诏,要求他凡有契丹遣使,一概拒之。

直到此时,从这两份互相矛盾的命令中,石越与他的谋臣们才总算猜到汴京发生了什么。

一方面,小皇帝既要安抚两府诸公,使政局不至于发生太大的波动,影响到对辽国的战争;另一方面,他又不甘寂寞,希望能马上执行自己的政策与主张。韩维与范纯仁自然是要竭力替石越承担压力,而且二人也绝不会委屈自己的意志去屈从皇帝的想法。小皇帝要稳定局面,面子上便仍得尊重这两位宰执大臣,事实上他也轻易动不了韩维与范纯仁们。于是,沉不住气的小皇帝便干脆另辟蹊径,用内降指挥来绕开御前会议与两府。

从这个角度来说,小皇帝的内降指挥倒也算是"迫不得已"。

但这可不能让石越感到安慰。

有一点是毫无疑问的,在这个时候,他只能也必须站在两府诸公一边,这也是他一直所努力的。当外朝的力量增强时,中朝的权力便会削弱,大宋朝士大夫的觉醒可以追溯到真宗朝,这是宋朝绝非汉唐可比的地方。相信即使是吕惠卿处在他的位置,也会做同样的事情。其实这才是考验他们的时候,在一个君主制国家,你不可能永远指望皇帝如仁宗那么好说话,又或者如赵顼那么明事理。如小皇帝这样的皇帝,甚至更加恶劣的皇帝,迟早是会遇上的。而石越倒是有足够的底气——现在可不是新旧两党势同水火,恨不能寝对方之皮、食对方之肉的时代,他们还不至于因政见上的不同,便全然丧失理智。

皇帝会给他发第二道手诏,显然是还没有接到他那份半劝谏半威胁的奏折,但石越却不必理会这一点,他便权当赵煦是见着了他的奏章的。于是,在当天,

---

[1] 黑色丧服。

石越便封好自己的印信节钺,并写了一份待罪自劾的札子,准备着人送往京师。

赵煦要么停止给他乱下手诏,要么便罢了他的宣抚大使与右丞相之职!

石越当然知道,这是给皇帝难堪。皇帝今天不计较,迟早是要算这笔账的。但是,他认为这是必要的。小皇帝必须尽快明白他能做什么,不能做什么。因此,尽管范翔、折可适、游师雄,甚至包括李祥都苦苦劝谏,但石越仍然决定一意孤行。

虽然石越可以肯定皇帝绝不可能罢掉他——就算小皇帝想,他也做不到,在这个时刻,学士院没有人会给他草这样的诏书,两府他也找不到副署的宰相,门下后省更加不可能通过三读……但这种剑拔弩张的对抗气氛,仍然让宣台上上下下都人心惶惶。

石越的待罪自劾札子原本十日晚上便要发往汴京,但范翔与石鉴却自作主张,悄悄拖了一个晚上,希望能够出现任何转机。

二人一夜未眠,苦苦等待从汴京来的使者,希望事情还有转圜的可能。二人一直等到次日天明,等来的却是另一道内降指挥!

二人几乎绝望。

直到石越读过这道内降指挥,吩咐范翔写另一封奏章,范翔与石鉴才松了口气。这算是一个小小的讽刺——小皇帝用一道内降指挥,向石越委婉地表示悔意,并重申了他对石越的信任与宣抚使司的权威。二人这才找了个借口,向石越禀报他的待罪自劾札子因为意想不到的差错,没能及时发出去。

三天来的紧张不安,眼见着终于能熬过去了。

但谁也没想到,紧接着这道内降指挥的,是御前会议的一道紧急公文,以及小皇帝的另一道内降指挥。两者说的都是同一件事——在七月十日,皇帝曾经分别给吕惠卿、蔡京、章楶、慕容谦、唐康、仁多保忠发出手诏。这些手诏的内容,包括允许吕惠卿东下井陉;同意蔡京北上沧州,令他兼领沧州一切水陆兵马,增援霸州;督促章楶兵出雁门;以及命令慕容谦、唐康、仁多保忠要不惜代价,夺回深州。从宫中保留的副本来看,给仁多保忠的手诏措辞尤为强硬,赵煦在手诏中宣称他对仁多保忠逗留不进,观望失机,至有深州之失、拱圣军之败,极为失望。

赵煦在手诏中委婉地解释他是在收到石越的奏折之前发出的那些手诏,并且表示下不为例,日后定然会尊重石越的指挥权,却绝口不提收回成命之事。御前会议的札子中则说得更加清楚,皇帝已经表示悔意,并且亲口宣示以后绝不会随便乱发手诏,致使令出多门,使河北诸将不知所从;然皇帝亲政之初所颁诏旨,若是一道道都朝令夕改,会严重影响皇帝的威信,故此仍希望石越能斟酌行事。

御前会议的言外之意是很清楚的:无论如何,也要给皇帝这个面子。石越亦能明白他们的心思——深州已经具有重要的象征意义,韩维与范纯仁、韩忠彦们虽然不愿意直接给石越施加压力,以免影响石越的决断,但是,他们心里还是希望石越能够夺回深州。倘若石越实在不肯对深州用兵,那么他就得另想法子,去挽回皇帝的这几道手诏带来的麻烦。至于吕惠卿与蔡京、章惇,那是无关紧要的,此三人皆是文臣,他们若不愿意执行皇帝的内降指挥,他们自己会拒绝;他们要想顺水推舟,那也由得他们,但总之后果自负。

石越也理解韩维他们的处境,现在朝廷还在隐瞒深州失守的消息,但总有瞒不住的一天,到时候,汴京的市民、士子只怕都难以接受,韩维他们也会面临难以想象的压力,而在这种压力之下,石越也不可能置身事外。

只不过,皇帝赵煦的这种自以为聪明的幼稚手法,实在是令石越哭笑不得。谁都知道他不过是玩弄小聪明,故意制造时间差,造成既成事实,来逼石越就范,他居然还能装成虚怀若谷、纳谏如流的姿态,石越实在不知道要说什么好。皇帝毕竟是皇帝,石越也不能逼他太过。倘若他真要干什么罪大恶极的事或者死不认错,石越有的是办法对付他,但他要耍起小孩子的无赖来,石越却也无可奈何。

不仅是石越,连素来机灵多智的范翔也是傻了眼,张大嘴巴望着石越,"这……这……"半天不知道说什么好。

石越苦笑着,吩咐石鉴收好手诏与札子,摇摇头,道:"这才叫视军国大事如儿戏呢。"说罢,挥挥手,又对范翔说道,"你速去请王厚与折可适他们过来,便说某有要事相商。"

2

七月十二日。阜城。

仁多保忠一大早起来，便率领仁多观国与一干将校前去东光接应粮草。早在七月七日深州陷落之前，神射军便已经面临了意想不到的压力。据他的哨探报告，在乐寿失守之后，耶律信可能曾经在那里出现过，几个探子都在那里见着了数以千计的黑衣军。此后，他又接到阳信侯田烈武送来的信件，称职方馆在辽军的细作送了一份情报到河间府，据信耶律信有可能想要攻打永静军。

耶律信的目标十分明确，永静军处在永济渠北段的东光县，那里是宋朝整个河北地区粮食转运的重要码头，那里有无数粮草，各种军资，还有船只。若能顺利夺取永静军，辽军不仅可以缓解补给的压力，而且可以封锁永济渠，让宋军在河北地区丧失主要的水路交通通道，从而增大河北宋军补给的难度——直到冬天河水封冻之前，永济渠对于宋军在粮草军资转运上的意义，都是无法估量的。永静军虽有教阅厢军驻守，还有一支小规模的内河水军协防，但倘若辽军果真大举压境，只怕也难以坚守。

如果不是姚咒意外地出现在深州，吸引了韩宝与萧岚的全部兵力，让耶律信无暇他顾，而不久后仁多保忠又抢占了有利位置，辽军只怕早已对永静军用兵了。

现在深州的麻烦已经解决，据职方馆的情报，至少在入冬之前，辽军恐已无意继续南下。那么，仁多保忠也不难想见，如今对耶律信来说，最重要的无非便是那么几件事：继续给大宋施加各种压力，守株待兔等待宋军北上，寻找重创宋军的机会。而要完成这些目标，辽军需要足够的粮草。倘若完全依赖国内补给，对于辽国国力会是不小的损耗。所以，接下来进攻永静军，亦算是顺理成章之事。

仁多保忠相信在他已经占据先机的情况下，耶律信会采取两面夹击的策略，攻下深州的韩宝、萧岚在稍加休整之后，可能会转移到武强一带，佯攻冀州，牵制唐康、李浩部，而主力则与耶律信的某支军队分别从武强、乐寿强行渡河，对他形成夹击之势。

对仁多保忠有利的是，辽军没有什么船只，只能临时征集、掠夺，所以最终可能还是要靠浮桥。为了保证万无一失，耶律信必然会利用宋军没有足够兵力防守苦河、黄河全部河段的弱点，派遣小队人马先行偷渡，以策万全。除此以外，耶律信必定会到处设置疑兵，令宋军摸不透他的意向；甚至干脆让韩宝、萧岚先突破较易渡过的苦河，牵制仁多保忠与唐康、李浩的兵力，然后耶律信再从容渡河，攻击仁多保忠的后背。

在这样的局势下，要防御辽军的进攻，仁多保忠就必须与唐康、李浩精诚合作。而让他暗暗叫苦的是，他们偏偏不久之前还在互相攻讦。休说唐康、李浩，便是神射军内部，如今也是隐隐分成两派，一部分将校站在仁多保忠一边，还有不少将校则站在郭元度一边。尽管这段时间仁多保忠费尽心思，加上石越与宣台三令五申，至少让他得到了所有军法官的公开支持，这使得郭元度与他的部下们不得不有所收敛，倒也无人敢违抗他的将令。但仁多保忠心里也很清楚，打仗的时候，他还是要靠这些将领的。一支靠军法官弹压的军队是打不了胜仗的。

因此，当他得知王厚抵达大名府后，便马上上书石越，请求王厚立即前来冀州。

只要有王厚在冀州坐镇，无论是骁胜军还是神射军，便没有人敢轻举妄动。这两支殿前司禁军中，有半数以上的将领不是王厚的旧部，便是他老子王韶的旧部，许多人对"小阎王"怕得要死。

但石越与王厚似乎不以为然，只是回信说已派了何畏之前来他的军中。石越给他下了份密令：若郭元度敢不用命，他可以缚之送往大名，以何畏之代领其军。而对唐康、李浩，只是王厚以中军行营都总管的名义，给他们下了将令，令二人须听仁多保忠节制，否则军法从事。

如此安排之后，石越与王厚便认为他们已经控制住了局面，可以高枕无忧了。仁多保忠却不能不心怀惴惴：何畏之尚未至他军中，王厚的一纸军令能否让唐康这种桀骜不驯之徒俯首听命，他也全无把握。

仁多保忠自己并不是什么胸怀宽广、不计旧怨之人，只不过他更擅于审时度势，明白屈己应时的道理。他心里面对唐康十分不满，也认为石越袒护唐康，因此未必没有不平。但是，他也并不想弄僵与唐康的关系。对他来说，他在大宋朝有两个立身之本，其一是他在绍圣初年立下的勤王保驾之功，这让已经故世的太皇太后与刚刚亲政的小皇帝都对他信任有加、恩宠不绝，特别是小皇帝已经亲政，七年前所立功勋的政治回报，如今才刚刚开始；而另一件，就是处理好与石越的关系。仁多保忠十分清楚在大宋朝，仅有皇帝的宠信，却在文官之中没有强力的支援，任何人都是不可能谈得上如鱼得水的。而在绍圣一朝的文臣当中，唯一能对他不持偏见，不始终抱持防范心态的，暂时还只有石越。因此，这些不满他也不能过于计较，与石越保持良好关系，才符合他的最大利益。既然如此，他就有必要修复与唐康的关系。

他确实也做出了姿态与努力。

他早猜到骁胜军与环州义勇会粮草不足，在深州失陷之后，唐康与李浩立即将主力撤回信都，只留少量兵力驻守衡水，便更加证实了他的猜测。原本他可以安然等着唐康、李浩来向他乞粮，但他主动让人给他们送过去数千石粮食与草料。他的好意也收到了一些回报，唐康与李浩果然派人送来札子，向他表示感谢。

虽说两军关系的进展也就仅此而已，但仁多保忠更加确信自己的正确。

在战争之中，谁控制了粮食供应，谁就占据主动。

王厚到任后，亦数度行文给他，令他一定要守住永静军，大名府的运粮船只亦在源源不断地北上，无数粮草军资在东光卸货，宣台与王厚的意图昭然若揭。兵马未动，粮草先行，虽然西军远来，仍需要在大名府休整一段时间，待养精蓄锐之后方能北上，但未来大军的补给，肯定是要以永静军为主。

仁多保忠判断，王厚可能会拖到八月，才开始让西军北上。一来休整一个月，西军元气便可以完全恢复，他可以兵强马壮地北上；而拖到八月，辽军入侵已有四个月，正是锐气渐失、士卒渐生归心之时。不仅如此，八月份也是辽军补给面临最大考验的时候。四五月份，辽军自带补给，加上四处掠夺，粮草不会有困难；六七月份，虽然随军的粮草吃完，但耶律信处心积虑，必然做好了充分的准备，包括国内运输，各地掠夺，仍可保无虞；但到了八月，由于大宋境内河北路北部正常生产被破坏，田间地里不会有什么粮食出产，而辽军经过四个月的洗劫，可以说是能抢到的他们都早已抢到，抢无可抢，一切粮草便只能靠着国内转运，压力陡增自不用说。王厚只要加大对其粮道的骚扰，耶律信就不可能完全专心前面的战事。而除此之外，辽军的战马在外面打了四个月的仗，就算他们一人三马，也免不了死的死，病的病，不死不病亦不免瘦弱掉膘。所谓彼消此长，王厚不可能不善加利用。

然而耶律信也绝非善茬，数日来，仁多保忠不断接到报告，在东光县的北面与东面，出现了辽军活动的蛛丝马迹。他难以确定那是不是耶律信的疑兵，他也没有足够的兵力处处布防，只能一面令永静军知军加强戒备，一面加强对运粮部队的保护。

今日的这一批粮草是奉宣台的命令，装满了三百多辆大车，准备由东光运往信都——虽然信都东边便有黄河北流经过，但那是改道后的河道，漕运能力无法信任，远远不如永济渠安全可靠，因此即便是到信都的粮草，宣台选择的也是走永济渠再转陆路。这么多的粮草，仁多保忠不敢掉以轻心，一大早便准备亲自去接应。

但他方出得城门，便听身后有数骑追来，这些人一面大声抽打着坐骑，一面大声喊叫着仁多保忠的官讳。他连忙勒马停住，令仁多观国前去询问。仁多观国领令前去，与那些人交谈数语，便领着那几人疾驰而来。待他们到了跟前，仁多保忠不由得吃了一惊，原来其中一个却是他认得的，乃宫中一名内侍，名唤高翔，早前被派在冀州信都，督察递铺驿传诸事，实则亦有为皇家耳目之意。他不敢怠慢，急忙策马上前，问道："高内使如何来此？"

那高翔却不答话，只是挥挥手，旁边一个从者——却是铺兵服色——连忙捧了一个木盒送到他手中，他高高捧起，尖声道："守义公，有皇上御批。"

仁多保忠大惊，慌忙滚身下马，跪在地上口呼万岁，他接过木盒，验过封漆，小心打开，细细读完，令身边的书记官收好，起身对高翔说道："皇上旨意，下官已知。高内使远来辛苦，尚请暂回馆驿歇息，待下官办完这趟差事，晚上回来，再给内使接风洗尘。"

那高翔抱抱拳，道："守义公美意，俺心领了。但如今正是国丧，实是多有不便。守义公亦不必客气，仍是军务要紧，待早日驱除胡虏，咱们凯旋回京，俺再来府上叨扰不迟。阜城俺便不逗留了，今日便回信都，那边亦有公务，只是要请守义公赐几个字,回去俺也好交差。"

"如此岂非令下官太过意不去……"

高翔却不待他说完,马上说:"俺并非客气,实是信都庶务亦多,须臾难离。"

仁多保忠在汴京早识此人,知道是个胆小怕事的。实则这些御前文字自有铺兵传送,制度严密,原本用不着亲自劳烦他老人家。他这番巴巴儿地跑来送御批,不过是因新皇即位,见着这个难得的机会,便要表现表现,他连夜从信都跑来,日后免不了也算是一功。但他虽到了阜城,心里多半还是嫌阜城离战场太近,所谓"君子不立危墙之下",他自然是离辽人越远越好。因此仁多保忠也不再挽留,抱拳道:"如此,下官亦不敢聒噪,他日回汴京,再给高内使赔罪。"说罢,唤来一个校尉,令其点了数十骑人马护送高翔,又暗中叫心腹返回阜城,取了几缗交钞送给高翔。

直到目送高翔远去,仁多保忠才转过身来,叫过一名指挥使,吩咐道:"你率本部人众,替某去接应粮草。"说完,他也不顾众将惊讶,沉声道,"咱们回城。"

众人刚刚出城,旋即回城,心中无不惊诧莫名,人人皆猜到必与那道御批有关。然军中偶语则诛,仁多保忠不说,也没人敢问,只是闷声回到城内。仁多保忠也并不召集诸将议事,只令各自散了,他自回行辕。

只有仁多观国跟着他进了行辕,见仁多保忠皱着眉头喝退左右,才问道:"爹爹,皇上究竟有何旨意?"

仁多保忠踞案坐了,摇摇头,长叹一声,低声道:"皇上令我接到指挥之后,立即北进,务要收复深州,不得借口拖延。"

"啊?!"仁多观国大吃一惊,急道,"这如何能成?耶律信正虎视眈眈,咱们如何能自离巢穴?再说宣台已有指挥,令吾军坚守。"

"宣台的军令,比得过皇上的旨意吗?"仁多保忠蹙眉斥道,"你我有几个胆子,敢不遵皇命?"

"可宣台……"

仁多保忠不耐烦地打断他,"我奉的是皇上的手诏,宣台亦不能说我违制进军。"

"可纵然宣台不追究,吾军此时北渡黄河,恐有覆师之忧啊!"

"你以为我不知道吗？"仁多保忠苦笑起来，"但你是愿意听皇上的话打败仗，还是愿意不听皇上的话打胜仗？"

"这……"仁多观国一下子说不出话来。

仁多保忠突然压低了声音，道："你想吾家有族灭之祸吗？！"

"那爹爹？"仁多观国毕竟年轻，已经完全不知道如何是好了。

"皇上手诏中，对我已极为不满，要挽回圣上的欢心，只有遵旨一途。吾若抗旨，他日石丞相也保不住我。"仁多保忠低声说道，"但此次渡河凶多吉少，故你兄弟二人，此番不必随我渡河……"

仁多观国急道："这如何使得，不如孩儿替爹爹北上！"

"我不亲自北上，如何让皇上知道我的忠心？"仁多保忠怒道，"你只管听我之计行事，休要聒噪。吾统率大军北进，虽不能胜，尚不至于全军覆没。你听好了，三郎如今在东光，你派人去告诉他，让他押运下队粮草，亲自送往信都。到了信都后，见机行事，不要急着回去。你则率兵驻守武邑，见机接应我退兵，但无论如何，不得渡河来救。一旦耶律信攻过黄河，你不要硬撑，以你的能耐，绝非耶律信对手，只管退往信都。只要守住信都，石丞相必不见怪。"

仁多观国虽不敢多劝，却越听越心惊，问道："爹爹打算带多少人马渡河？"

"三千！"仁多保忠咬牙道。

"三千？这岂非羊入虎口？"

"你以为我便把神射军全部带过去，又能有什么好结果？"仁多保忠骂道，"我只需说船只不足，仓促难备，皇上哪懂得这许多，皇上见我亲自渡河，必然气平。你率一营之众在武邑接应，我把第二营给你，第二营的几个将校全部信得过，会听你号令。郭元度率三个营，守在阜城、北望镇……"

"那观津镇呢？"

"如今管不得许多，只留少许兵马看顾。"仁多保忠望着自己的儿子，沉声道，"无论如何，还要指望郭元度这厮能挡住耶律信，那我还有一丝生还的机会。倘若真的令耶律信攻过来……"他摇摇头，道，"故此不得不给他多留一点儿兵力。你记住，若何畏之来了，你便将兵权交给他，转告他不可令唐康、李浩渡河，万一韩宝、萧岚攻过河来，亦不可令郭元度轻举妄动。比起耶律信来，韩宝、萧岚，实不足为惧。"

"孩儿记下了。"仁多观国黯然应道。

却听仁多保忠笑道:"亦无需太悲观。我如此安排,石丞相当能体谅我的苦心。渡河之后,我自会见机行事,若敌势大,我便退回河南,只要我在深州打过仗,皇上必也不会深怪。"

仁多观国心知韩宝与萧岚绝不会这么好对付,但此刻多说无益,沉默半晌,问道:"那爹爹准备何时渡河?"

"事不宜迟,待会儿吩咐过诸将,我便率亲兵驰往武邑,明日便率第一营渡河。这等事既然要做,仍要出其不意,攻其不备,我可不想被韩宝在河边击溃。"

"第一营?"

"他们不是一直想打仗吗?"仁多保忠知道仁多观国想说什么,挥手止住,冷笑道,"吵着要救深州的,第一营声音最响,我此番便成全他们。"

"可……"

"怕什么?!"仁多保忠轻蔑地说道,"难道他们还敢造反不成?"

3

在向仁多观国面授机宜之后,仁多保忠立即召开军事会议,调整各营部署。他担心郭元度在知道皇帝手诏的内容后,为了讨好皇帝,迫使他带更多兵力北进,因此绝口不提这是皇帝的意思,只说奉令行事,需要试探性地进攻深州一次。众人心里虽然怀疑,但他是主将,却也不能强问他皇帝的手诏内容。郭元度也是聪明人,听说仁多保忠要亲自带兵渡河,便起了疑心,但是他乐得要回一大半的兵权,也并不多问,只是暗中令人将此事报知唐康。有几个参军对仁多保忠突然要渡河北进深州十分反对,拼命死谏,但仁多置之不理。众人又见除郭元度之外,主管情报的参军也不发一言,因知道他是仁多一派的将领,只道仁多掌握了什么新情报,最终也得作罢。

会议结束后,仁多保忠便率领一百余名亲兵奔赴武邑。众人挥鞭疾驰,跑了十余里路，忽听到身后有人高声呼喊仁多保忠名讳。众人皆不知又发生何事，连忙勒马停下，回头望去，却见后面竟有三十余骑正在拼命追赶，待这些人靠近之时，仁多保忠不由得皱起了眉头。

原来仁多保忠以宣抚使司参谋官领兵，与郭元度这些见任[1]领兵大将不同，他做守义公时没有什么亲兵，平素跟在身边的那些随从护卫人数也不多。不过如他这等身份，自有许多旧部、家丁、庄客，这些人也算是久承恩信的。离开京师时，他挑了一百多名家丁充当自己的亲兵，便是此时跟在身边的这一百余骑人马，大多是西夏人后代，精于骑射，忠心可靠。自到大名府、阜城，他一路上又募集勇壮之士，如地方游侠豪士，也从禁军中选拨[2]了一些人，将他的亲兵牙队扩充到三百余人。但这次他没有带这些人，因为他马上要面临的是真刀真枪与辽人对阵，又是敌众我寡，这些人追随他时日太短，仁多保忠信不过他们，便将他们留在了阜城。

这三十余骑，便是仁多保忠留在阜城的亲兵。他们追赶上来之后，见着仁多保忠，立即翻身下马，跪拜在地。

"你们来做什么？"仁多保忠又是意外，又是担心，以为阜城出了什么变故。

这三十余人相互对望，却不说话。过了一小会儿，领头的一人才大声回道："俺们来求守义公带上俺们。"

仁多保忠看了他一眼，认得是在阜城招募的一个流民，叫作刘审之，是深州武强县人，原是个屠夫出身，全家逃难至阜城，仁多保忠一日见着他力气大，又会骑马，来历可靠，便招他做了亲兵。这刘审之平日是个惹是生非的主，做了仁多保忠的亲兵后，还经常偷偷在阜城的酒楼与人斗酒打架，平时军棍不知吃了多少，这时他竟来请命，倒让仁多保忠十分意外。

但仁多保忠也没什么好颜色给他："带上你做甚？莫不成你还想回家报仇？"

"回守义公，俺没仇可报。"刘审之跪在地上，高声回道，"辽狗虽然打下了武强，俺一家老小却跑得快，俺到现在都没见过辽狗长啥样……"

"那你还不给我滚回阜城去？！"仁多保忠又是好气，又是好笑。

---

[1] 同"现任"。
[2] 挑选调拨。

刘审之却是跪着不动,"还是要求守义公带上俺们。"

"为何?"

"守义公对俺们不薄,这是俺们报答守义公的机会。"

仁多保忠看着刘审之狡黠的眼珠乱转,一时不由得笑出声来。刘审之跪在地上,低着头,不敢去看仁多保忠的眼睛,过了好一会儿,才又放低了声音,说道:"再者……再者,俺们跟了守义公,不趁这机会搏个富贵功名……"

说到最后,声音已细如蚊虫。

仁多保忠又盯着他看了一会儿,方才转身上马,冷冷说道:"你们要不想活了,我也不拦着。既要来,便跟上了。不过有一点,本帅军令如山,战场上令行禁止,谁敢出半点儿差错,我便砍了谁。今日你们不听将令,擅自来此,每人五十军棍,权且记下,回来若还活着,再行补上。"

说罢,仁多保忠一夹马肚,"驾"的一声飞驰而去。刘审之大喜,连忙喊道:"谢守义公。"他急急忙忙爬起来,招呼众人,跳上马背,拍马紧紧跟上。

众人马不停蹄,当日便到了武邑。第一营都指挥使袁天保、副都指挥使张仙伦、护营虞候吉巡事先并未接到消息,都是十分意外,仓促出迎。仁多保忠一入军营,便下令第一营众将准备渡河船只器械。袁天保、张仙伦、吉巡三人原本都是极力主张北进,救援深州的,但如今深州已失,拱圣军全军覆没,仁多保忠却突然来到营中,下令要渡河北上,不免个个惊疑。

袁天保传了仁多保忠军令,便试探问道:"敢问守公义,咱们这是要开始反攻了吗?"

"不错。"仁多保忠故意轻描淡写地回道,"吾奉令,要夺回深州!"

"夺回深州?"袁天保、张仙伦、吉巡三人顿时瞠目结舌,面面相觑。三人一时怎么也想不明白,他们接到的上一个命令,还是要严防辽军渡河,如何转眼之间就变成了要夺回深州?三将所在位置,是神射军诸营中离深州最近的,知道深州如今辽军大军云集,仅仅是对面的武强,辽军萧阿鲁带部的人马便不下数万——早时不救,此时却要反攻,不免晚了一点儿。

袁天保喉咙动了一下,吞了一口唾液,又问道:"未知船只须何时办妥?诸军预备哪日渡河?"

"便是明日渡河。"仁多保忠悠然回道。

"明日？！"这下三人都呆住了，袁天保惊讶地张大了嘴巴，"其余诸营都到了吗？末将亦曾广布逻卒，如何竟全然不觉？"

"什么其余诸营？"仁多保忠冷冷地瞥了三人一眼，"便只有第一营渡河。"

"啊？！"张仙伦惊得叫出声来，上前一步，抱拳道，"守义公明鉴，探马查得真实，对岸武强，便有不下数万人马辽军驻守……"

"那又如何？"仁多保忠冷笑一声，"我虽然读书不多，也只听人说过，昔日汉朝之时，中原有数千步卒便可横行十万匈奴之间。区区数万契丹，又有何可惧？"

"只恐传说不足为信……"

"张翊麾是害怕了吗？"仁多保忠的脸顿时黑了下来。

张仙伦却不怕仁多保忠，单膝跪倒，高声道："末将并非害怕，只是如此以卵击石，恐非智者所为。末将纵不惜命，这满营三千将士，岂无父母妻儿，还请守义公明鉴。"

仁多保忠望着张仙伦，嘿嘿冷笑，"如此说来，张翊麾之意是说陛下非智者了？"

此话一出，原本满不在乎的张仙伦立时冷汗都冒出来了，颤声道："守义公莫开玩笑，末将岂敢如此无父无君？！陛下英明睿智，虽古之圣君亦不能相比。"

"既然如此，那陛下令我等渡河与辽人决一死战，为何张翊麾又有许多话说？"

"这……这是陛下旨意？"

"难道我敢假传圣旨？"仁多保忠厉声道。

"末将并非此意。"张仙伦这时已是面如土色，只是低头顿首，"末将愚昧，既是陛下旨意，纵是赴汤蹈火，末将绝不敢辞！"

仁多保忠将目光移向袁天保与吉巡，二人连忙跪倒，齐道："愿听守义公号令。"

仁多保忠微微点点头，突然之间，那种作弄、报复的快感消失得无影无踪。

他面前的这三个人的确是站在郭元度那边的，但是，在某方面，他们却与自己一样可怜。熙宁、绍圣以来，大宋军队对于皇帝的忠诚，是古往今来历朝历代都无法相比的。这自然得归功于石越主导的军事改革，自朱仙镇以下建立的那无数武官学堂，经过一二十年的时间，极大提高了大宋武官的素质，他们在学堂里学习军事知识，也学习一些粗浅的文化，但更重要的，还是不断教给他们的忠君爱国、遵守军法纪律的道理。如袁天保、张仙伦、吉巡这些人，因为做过班直侍卫，不免就较一般的武人更加愚忠——即使他们明知道渡河是全军覆没、兵败身死，但倘若是皇帝的命令，他们即使从未见过这个皇帝，也会毫不犹豫地遵行。这种人，可实在不符合仁多保忠的美学——他是个惯于算计的人，有时候他也会毫不犹豫地去死，但那只不过是因为能卖个好价钱——然而可悲的是，这次他与张仙伦这些人，居然要去做同样的事。

这愚与不愚，又有何区别？

但这也正是他宁可死，也要站在宋朝这一边的原因。

石越干了一件可怕的事，在宋军中，如张仙伦这样的武官数不胜数，特别是那些更年轻的、从小便在这些学堂里长大的人，是绝对忠于赵家的——仁多保忠不知道这是不是石越有意为之，但这并不重要，忠君即爱国，爱国即忠君，便是仁多保忠看来，这亦是天经地义的。士大夫们或者偶尔会有点儿不同意见，但是要指望那些武人来质疑这件事，则无异于痴人说梦。既然有了讲武学堂这个东西，既然要培养武人的荣誉感，那么在这些学堂中不宣扬忠君，不将忠君视为最高荣誉，那是不可能的。因为任何一个皇帝都不会允许这种事情发生，就算是晋惠帝[1]，大概也知道他该怎么办。

仁多保忠自然不会知道石越的想法，在石越看来，这只是"必要之恶"。做任何一件事，你都不可能只要它好的一面，不要它坏的一面。他不可能要求这个时代的人马上超越时代，既然宋朝已经有强大的力量来限制军国主义，让他完全不必担心这个危险，那么忠君就忠君好了，总比动不动就要担心军队叛乱，上下相忌，外战无能要好。事实上，在人类历史上有很长一段时间，忠君都是一种无可置疑的美德。你不能因为自己已经不处于那个历史阶段，便去嘲

---

[1] 历史上著名的愚笨皇帝。

笑那个阶段的道德，并且以为那一文不值。因为，焉知你现在所以为必须要对之保持忠诚的任何东西，在若干年后不会受到同样的嘲讽与鄙视？虽然五十步相对百步的确是一种进步，但也仅仅只是五十步的进步。石越只能相信，到了一定的时间，这种忠君思想会从下到上崩塌，而这个趋势将是多少讲武学堂也阻止不了的。而在崩塌之后，还依然想着忠君的人——这样的人总是存在的——才应该受到嘲笑，但被嘲笑的不是忠诚，而是愚蠢。

仁多保忠不可能也没必要了解石越的真实想法，他只需知道石越做的这件事是如何可怕就足够了。

在熙宁十八年的时候，他还不能如此明确地意识到这一点。但到了绍圣七年，也许是又过了七年，事情更加清晰，也许是与宋朝的文臣武将们打了足够多的交道，总之，仁多保忠已经看得比谁都清楚。相比而言，还有无数的人却身在局中，浑然不觉。

所以他总能把注压在赢家一边。

只是，这一次，尽管也是站在赢家一边，他的确兴致不高。他不知道自己能否看到棋局的结束，而陪他一起面对死亡的，竟然是张仙伦这样的无趣之人。

虽然仁多保忠不是很瞧得上他们，但袁天保与张仙伦倒也不算是无能之辈。从颁下命令，到召集部队、民夫，准备妥当，一切都进行得有条不紊，当晚子时之前，便已一切齐备。不过，所有的这一切，对岸的辽军一直看在眼里。但仁多保忠并不担心，倘若辽人沿河列阵，那么他们在船上射一阵箭后，他的奏章上就可以说，他接旨后立即北进，但辽人沿河布阵，敌众我寡，无法渡河。他很了解皇帝，皇帝读过一些兵法战例，他只要稍加暗示，皇帝便会理解他的苦衷，转而去责怪别的部队没能替他牵制辽军——倘若存在这样的部队的话。在仁多保忠看来，唐康和李浩就是不错的替罪羊，虽然在另一方面，他心里一点儿也不希望他们也接到同样的命令，渡河北进。但人类都是矛盾的。

神射军第一营在十三日凌晨开始渡河，然而，虽然仁多保忠与袁天保、张仙伦们煞费苦心地准备了应对辽军岸头狙击的作战计划，细致到每一都[1]上岸

---
[1] 宋军的编制单位，一都约一百人。

后的布阵先后序列，设想了各种各样的意外情况，结果却令他们瞠目结舌——他们轻而易举地渡了河，上了岸，布了阵，连一个辽军的影子都没有看到。

这实在是大出仁多保忠的意料，他心里是希望与辽军越早交战越好的，这样他退回去也方便些，却没想到遇到这样诡异的情况。若说他们选择渡河的渡口，辽人没有挖陷坑、丢铁蒺藜等等，倒并不奇怪，在攻克深州之后，辽军一直就表现得并不是很害怕宋军渡河决战，宋军此前侦察过的几个渡口，辽军都没有过多地做针对性的准备。可是连一个辽军也没有，就未免太匪夷所思了。毕竟，这里离武强城也不过数里之遥。

此时，仁多保忠心中感到的不是轻松，而是警惕。

他一面下令大军就在河岸埋锅造饭，一面派出侦骑前进刺探军情。待到全营吃完早饭，几个探马也陆续回来，禀报的情况大体一致：除了东边的武强县城——他们是从武强县上游的一个渡口渡河的——以外，再没有发现任何辽军。武强城门紧闭，辽军防守严密，但不像有要出城攻击的样子。

这让仁多保忠与袁天保、张仙伦、吉巡都感到疑惑。

辽军如何会凭空消失了？

仁多保忠仿佛嗅到了空气中潜伏着的危险气息。他才不相信是辽军突然遇到意外开拔走了，天下哪有这样的好事？这必定是诱兵之计。萧阿鲁带放弃半渡而击，那必定是有别的打算，或者想将他诱到离黄河北流更远的地方，然后围而歼之。萧阿鲁带明明知道对岸的宋军有多少人马，这个老头看起来并不害怕贸然放整支神射军过来的危险，他觉得他能一口吞下。

若是平时，仁多保忠不会去咬这个饵，他很可能掉头就走。他不是那种狂妄的人，就算他带来了全部的神射军，他也不想跟着别人的步伐走。他与姚咒是两种人，诸如被敌军夹击、被优势敌军包围这种事，只要想想，仁多保忠都会睡不好觉。

但如今，他却不咬也得咬。

他总不能渡河之后，一箭不发便退回吧？

别说皇帝，没有人会相信他的判断，大家只会认为他怯战。

仁多保忠一时间陷入一种令人啼笑皆非的尴尬处境。他一直以为渡河之后便有恶战，此后的事情自然也不用多想，却不曾想过渡河之后竟是这样的局面。他不过区区三千步卒，东进攻打严阵以待的武强县，难竟全功；但除此以外，他还能做什么？找不到辽军，便以三千步卒孤军深入，向深州挺进吗？

袁天保与张仙伦倒是强烈主张趁机攻打武强，武强不是一座大城，在二人看来，不必去管辽军跑到哪里去了，既然他们丢下了武强，便应该趁机夺取，只需再调一营兵力合兵六千之众，攻取武强绰绰有余。在此之前，他们便在河边扎寨——他们登岸的河边有一座小土丘，居高临下，正适合扎寨。

二人的主张得到了许多将校的赞同。没有几个人愿意过多考虑发生了什么，一方面，他们只想着抓住眼前的机会；另一方面，倘若身边再多三千友军，无疑会让第一营的这些武官们更有安全感一些。

但仁多保忠无论如何也不肯让自己的儿子也跟着来送死。可他也没什么借口能说服这三千步卒往深州进发，于是仁多保忠决定妥协，他下令第一营在那座小土丘上扎寨，然后加派人马，四出侦察，打探究竟发生了何事，然后再做打算。他给探马们许下重赏，下令他们至少必须往各自的方向走出二十里，寻找当地的宋人，弄清楚这里到底发生了什么。

然而，当太阳快要落山时，探马们回来禀报，他依然一无所获。从武强到静安，原本是一片富庶繁华之地，但经过辽军的洗劫，所有的村庄除了断瓦残垣，都已空无一人。探马们找不到辽人，也找不到宋人。而武强城附近，辽军戒备森严，探马很难靠近，仍然无法判断城中究竟有多少辽军。

原本一直以为在武强的萧阿鲁带部的辽军，竟然真的消失了。

几乎同时。

冀州南宫县，萧阿鲁带正站在县衙之内，欣赏着南宫知县的绝命诗，在他的脚边，便躺着自杀殉国的南宫知县的遗体。县衙之外，数千名契丹骑兵正在到处烧杀抢掠，城中到处都是熊熊燃起的大火与哭喊哀号声。

仁多保忠猜中了耶律信的大部分意图，只不过，耶律信下手远比他想的要快，用兵也更加灵活狠辣。

韩宝与萧岚部在经历大战之后，此时的确还在深州休整。

但是,仁多保忠还是算漏了,萧阿鲁带部不需要那么长时间的休整。

早在数日之前,耶律信便已密令萧阿鲁带精选八千轻骑,以所部宫卫骑军为主,各携十五日之粮,抛弃一切辎重,连家丁都不得跟随,每日疾行百里以上,沿苦河北岸向西运动,以迅雷不及掩耳之势攻克堂阳镇,然后在堂阳镇的渡口搭起浮桥,渡过苦河,直取冀州南宫县,出其不意地出现在信都、衡水的后方。

为了保密,武强县仍然竖着萧阿鲁带的帅旗,每日仍有人打着宫卫骑军的旗号巡逻,实则余下的大部分人马也已经北渡滹沱河,进入河间府乐寿境内。耶律信需要这些人马在那里广布疑兵,迷惑宋军,使宋军搞不清他的兵力分布,以便他的主力顺利渡过黄河北流,攻打永静军。此时留在武强县城的,不过是打着宫分军旗号的两千余部族属国军与汉军而已。

"枢使,是不是可以下令封刀了?"一个身材高大、黄发高鼻的契丹将领大步走进县衙,在萧阿鲁带身后几步远的地方站定,躬身问道。

萧阿鲁带回头看了一眼他的爱将——南院郎君高革,厉声道:"封什么刀?!"

高革虽然低下头去,避开萧阿鲁带锐利的眼神,口里却并没有退步,"枢使,兰陵王给咱们的军令,是绕到宋军之后,尽可能吸引宋军,以便晋国公与兰陵王渡河南下。下官愚见,咱们在南宫不便久留,最好还是设法往东渡过黄河,既可攻打枣强,也可南下恩州,不但唐康、李浩无法安生,便是仁多保忠、郭元度也不能高坐。咱们在黄河以西的回旋空间太小,一旦过了黄河,黄河以东、永济渠以西皆可驰骋,而骁胜、神射军腹背受敌,非但永静军,便是冀州亦反掌可定。"

"这是自然。"萧阿鲁带"哼"了一声,"但你可知道,咱们如此轻骑疾行,将士们有多疲惫?我率八千骑自武强出发,跑到堂阳镇,掉队便掉到不足七千人,再这么跑下去,等我到了枣强,我还能剩几个人?"

"纵是只余四五千骑,亦是值得。"高革朗声回道。

"我便是晚得一日半日,又有何妨?让将士们在南宫好好快活一晚,养精蓄锐,又有何不可?"萧阿鲁带不以为然地说道,"细作早已探得清楚,唐康、李浩不过数千骑,纵然被他们赶上,又有何惧?"

高革见萧阿鲁带主意已定,不敢再劝,欠身行了一礼,缓缓退出县衙。

南宫县城街道之上的惨景令高革不忍目睹。他心里面生出一股强烈的罪恶感——这座城市是他夺下来的。尽管南宫县守军知道辽军已攻取深州，县城也有所防范，但他们没有多少人马，直到萧阿鲁带的辽军靠近，他们也全然不知。萧阿鲁带令高革率数十骑，身着宋军装束，大摇大摆地靠近城门，然后出其不意地斩关夺门。守门的兵丁都是厢军，被高革一阵砍杀，立即吓得一哄而散，四处逃命，萧阿鲁带不费吹灰之力，便攻取了南宫县城。但让高革没有想到的是，萧阿鲁带竟然会下令屠城！

大辽南下，便是为了掠夺与破坏，这点高革心里一直知道得很清楚。但是，除非遇到激烈的抵抗，大辽军队是从不无故屠城的。

毕竟，大辽也是一个信仰佛教与儒家学说的国家，不是那种野蛮之邦。

当然，高革之所以会产生强烈的罪恶感，主要倒不是因为这些原因，而是另有隐情——他实际效忠的对象，是他正在率军攻打的这个国家！

高革是职方馆在辽国的间谍。或者说，他自以为如此。

因为，他所不知道的是，大宋职方馆也视他为辽国间谍。

几乎没有人知道，高革原本是宋朝人，他出生在陕西，十几岁的时候，在一次微不足道的边境小冲突中，全家被掳到西夏。然后，他们又被西夏人作为礼物送到辽国，成为奴隶。因为相貌的原因，西夏人谎称他们是从西域买来的。于是，整个辽国都没有人知道他真正的故乡，如今大家只知道他的父亲是辽国一个小有名气的优伶，是西域人。而职方馆当初看中的，也是他的父亲。职方馆希望收买一个优伶，以得到一些情报，但他的父亲对辽国十分忠诚，反而举报了此事，结果通事局顺藤摸瓜，导致三名职方馆细作被捕、处死。高革保护了牵涉此案的第四名宋朝细作逃脱，因为他与父亲不同，自小便上过私塾，粗明礼义，因而一直将自己视为宋人，对于沦陷至膻腥之地，一直深以为耻。从这次细作案之后，高革便加入了职方馆，而此前，他早已在辽国内战中脱颖而出。

但他从不知道的是，宋朝职方馆从未信任过他，因为他的来历无人能证明，职方馆从未遇到过如此匪夷所思的事，他被视为通事局的细作，所有的一切，不过是为了取得职方馆的信任。职方馆曾经要求他窃取过一些情报来试探，他总能完成任务，结果反而更受怀疑，而在他未能按照要求如期窃取到一份相对重要的情报后，高革就被彻底认定是通事局的人。

此后，职方馆河北房屡屡受到重挫，与高革联系的细作死在通事局的一次追捕中，连河北房知事也数易其人，他的档案被尘封，高革便彻底与职方馆失去了联络。而他在辽国的仕途上却颇为顺利，因为懂汉文、西夏文、契丹文，又会打仗，他不断受到重用，曾经追随耶律冲哥西征，此后又入南枢密院，受到萧阿鲁带的赏识。

原本，他已渐渐放弃了要效力故国的打算，宋辽通好，而辽国也渐渐汉化，颇有"衣冠之国"的气象，让他觉得辽国也不能算是膻腥之地。但是，突然之间，他的人生又发生了剧变。他随着数十万大军南下，亲眼看到辽军在他的"故国"烧杀抢掠、无所不为，这让他十分失望，而对于故国的向往与同情也越来越强烈。

然而，让高革无奈的是，他做不了任何事，反而不得不为虎作伥。他整个人恍若被分裂成两半，他每日都要习惯性地做着自己的事情：当好萧阿鲁带的参谋，献计献策，有时还要亲自带兵去打草谷，甚至杀人放火，与宋军作战——在做这些事的时候，他完全是一个辽人，真心实意地为辽军着想。他好像在本能地做好自己的"分内之事"。但另一方面，随着战争时间越来越长，他越来越深入宋朝河北腹地，心里面认为自己是一个宋人的呼声就愈发强烈。仿佛是在这场战争中，他对宋朝的爱，又慢慢被激发起来。

此刻，他看着脚下那一具具的尸体，怜悯、厌倦、内疚、无奈、无助……各种各样的情绪在他的心头翻滚着，他把手伸向腰间的皮袋，那里面放着一串念珠，他的手便在皮袋里轻轻拨动着念珠，嘴唇微动，无声地吟诵着。

4

冀州。

唐康是与仁多保忠同一天接到皇帝赵煦的手诏的。深州城破，对唐康与李浩原本是极大的打击，虽然朝廷、宣台都没有秋后算账，但二人也不能肯定是否只是因为还没到"秋后"，但皇帝的这封手诏，却让二人安下心来。这表示他们的行为是受到皇帝赞同与认可的，而皇帝也的确在手诏中勉励了二人。

唐康找李浩商议，一则李浩也绝不敢抗旨，再则二人也希望在皇帝跟前表现表现，因此二人决定遵旨进军。但他们倒不似仁多保忠那么急切，写了札子表示他们会奉旨行事后，二人并不急于进军，他们一面增加探马刺探深州辽军虚实，一面派人前往慕容谦与仁多保忠部，商议约期共进。二人自从与韩宝、萧岚打过一场硬仗之后，也算是学了个乖，对韩宝颇为忌惮，不敢独自进兵。

此时，二人早已得知慕容谦到了真定府，还知道慕容谦曾经沿滹沱河大举东下，准备救援深州，但大军还未走到鼓城，深州便已经陷落，慕容谦认为再继续东进已经没有意义，便又退了回去，只在祁州诸城部署了几支部队，稍稍牵制辽军。

也便在这一天，唐康与李浩还确认了姚咒已经突围的消息——在城破之前，姚咒率数百人突围成功，然后被送到了真定府。因为他是败军之将，到了真定府后便被软禁，正在等候朝廷的处分。虽然此前段子介逃过了一劫，但姚咒是统军大将，情况与段子介全不相同，既打了败仗，又有擅自行动、不听调遣之嫌，无论是枢府还是宣台，都没有人会替他来顶这个黑锅，可以预见，姚咒的仕途已经到头了。不过，大宋朝与西汉还是不同，不至于将他关进牢狱之中，他最后多半会被贬到某个军州，被软禁数年，直到遇到大赦，或者有人替他说情，才有机会返回汴京或者家乡。但以唐康在枢府这么多年的经验，他的政治嗅觉告诉他，姚咒很可能得到一个更好的结局——深州已被报纸捧得太高，两府会更加小心地处理此事，姚咒或许会被勒令致仕，保全他的颜面，也就是保全两府的颜面。而且，哪怕只是考虑到姚古在深州生死不明，两府也不至于做得全无人情可言。

不过，不管怎么说，拱圣军已经彻底退出了这场战争。重建遥遥无期，也许要等到战争结束之后，据说慕容谦将随姚咒突围成功的那点儿人马，全部暂借给了段子介。这件事尤其让李浩与骁胜军诸将有兔死狐悲之感。

而对于唐康来说，这让他更加明白一件事：要避免姚咒的下场，他必须打胜仗。

仁多保忠希望他们能阻止辽军渡过苦河，而唐康与李浩则认定仁多保忠对深州的失陷负有责任。但李浩与何灌都不敢违抗王厚的军令，唐康迫于辽军压境的不利形势，也只能暂时相忍为国——至少在他自己看来，他是妥协退让了的。而他们也的确听仁多保忠节制了几天。

因此，在面对皇帝的手诏时，二人也聪明了许多。唐康一早便猜到皇帝必定也会给仁多保忠与慕容谦下手诏，既然如此，最好是让慕容谦东下，吸引韩宝与萧岚的主力；让仁多保忠去吸引萧阿鲁带，他们再从容渡河，轻松夺回深州。

但二人的美梦没做一时三刻，便破碎了。

七月十三日，在得知仁多保忠已经北进武强后，唐康派去联络慕容谦的使者又在半路上派人送回消息，发现辽军已从堂阳镇渡过苦河南下。

二人大惊失色，连忙一面调集兵马，一面派出哨探寻找这支辽军的去向。

信都到南宫不过六十二里，探马都不需要跑到南宫，隔着二三十里，便可以看见南宫县城燃起的浓烟。到了下午，唐康与李浩甚至已经知道辽军可能会在南宫县住一个晚上了。

但这只能让唐康与李浩陷入进退维谷的尴尬之中。

若去攻打南宫的辽军，则担心韩宝、萧岚大举渡河，一旦信都失守，他们便会陷入进退失据的窘境；可若是按兵不动，任后方这样一支敌军驰骋，那真是寝食难安，而且在腹背受敌的情况下，他们也难以阻止深州之敌南下，最多不过据守信都坚城，以待援军。更可怕的是，一旦他们放任后方的辽军自由往来，如果永静的神射军也受到威胁，被耶律信大军席卷而来，只怕信都亦难守得住。

二人这回算是充分领略了河北战场利攻不利守的特点。

唐康与李浩站在一座由行军参军们临时制成的沙盘之旁，双眉紧锁，身边的众参军也是目光死死盯着沙盘，却没有一人敢开口说话。

"诸君，可有良策？"李浩抬头望了一眼众人，闷声问道。

众人都是默然不语，过了一会儿，一个年轻的行军参军突然抬起头来，高声说道："都承、太尉，干脆咱们今晚便夜袭南宫，打辽人一个措手不及。一击得手……"

仿佛是一石击起千层浪，他话未说完，行辕之内已是一片哗然，有几个参军立即摇着头高声反对："不可，不可！据探马所报，南宫之敌少则八千多则上万,敌众我寡,况辽人深入我腹地,夜宿岂能无备?谈何一击得手……"

"是啊,我军如果南下,只怕难以脱身。到时候韩宝、萧岚乘虚渡河,大事去矣!"

"信都关系紧切,还是持重些好……"

唐康站在那里,不断用马鞭轻轻击打着沙盘边缘,一面听着众人七嘴八舌的讨论都是主张持重,心里极是不耐,突然听身后有人厉声喝道:"前惧狼,后畏虎,打个鸟仗!"

这一声暴喝声音极大,厅中顿时安静下来,众人的目光都齐刷刷地聚集到一直站在唐康身后、默然不语的何灌身上。

唐康也是有些意外,他与何灌相处也有些时日了,知他平日不爱发表己见,此时他心里也不满意众人之见,因而缓缓转身,看着何灌,问道:"何将军有何主意?"

何灌连忙朝唐康欠身一礼,高声道:"以下官愚见,都承、太尉实不必如此犹豫难定,如今诸公所惧畏者,不过是怕我军南下之时,韩宝、萧岚乘虚渡河,既然如此,何不干脆兵分两路?一路兵马拒守苦河,防辽人渡河;一路兵马去打南宫!"

唐康、李浩尚未说话,众参军已面面相觑,有人立时说道:"这如何使得?吾军兵力本已不多,再分兵,这……"

"下官却以为使得!"何灌傲然道。

"愿闻其详?"唐康这时却来了兴趣,挥手止住众人。

何灌走到沙盘前,用手指着苦河,道:"都承、太尉若信得过下官,下官愿立军令状,十日之内,让辽军匹马不得渡河!"

唐康才"哦"了一声,李浩已怀疑地看了何灌一眼,问道:"你要多少兵马?"

"下官只要环州义勇足矣!"

李浩见何灌语气不驯,以为他口出大言,正要发怒,却听唐康已先问道:"何将军,军中无戏言。你有何本事,能以不足千骑,拒辽军数万铁骑?"

"兵不在多,善用则足。苦河虽小,亦不是处处都可渡河,辽人要渡河,总须找个渡口,只须守住那几个渡口,辽人也过不来。"

唐康摇摇头，"那也不少，要把守的渡口亦有七八个。"

"下官确有办法，然只能说与都承、太尉听。"

唐康与李浩对视一眼，却不立即答应，"纵然你果然有良策守河，我军兵马已不及南宫之辽军，少了环州义勇，兵力更弱，如何能保成功？"

"都承又何必一定要击破南宫的辽军？"

唐康愣了一下。却听何灌又说道："敌众我寡，辽军又是百战精兵，不可小觑，定要分个胜负，只能自取其辱。所谓夜袭云云，更不过求侥幸而已。若只是对付南宫之敌，下官有必胜之策！"

唐康又是惊讶，又是怀疑，问道："何将军有何必胜之策？"

何灌环视众人，淡然说道："下官以为，南宫的辽军能神不知鬼不觉地跑到我们身后，其必有一个致命的弱点。"

"是什么？！"

"粮少！"何灌口中轻轻吐出两个字。唐康与李浩对视一眼，心里都已明白过来，这个倒是他们早已想到的。果然，便听何灌又说道："辽军非是胁下生翅，若带着辎重，岂能不被我们早早发觉？若是兵士自带，他们带不了多少粮食！既是如此，都承与太尉领兵去打南宫，便不必与他们斗力，我军只要紧紧跟着辽军，彼到东，我亦到东，彼到西，我亦到西，彼行军，我亦行军，彼宿营，我亦宿营……只是不与其交锋。其若来打我，我则退避之，其若不打我，我便又跟上去，总之是要如附骨之蛆，如影随形，令其不敢攻城，无法分兵劫掠，更加不敢渡河去威胁到神射军的后方……下官以为，只要拖得十日八日，辽军粮草将尽，一事无成，到时候纵然令其渡河东去了，亦不足为惧。若能多拖得几日，待其粮尽，则不战可胜。"

"何将军说得轻巧！"李浩冷笑道，"我骁胜军休说拖他个十日八日，便拖他个十年八年，亦非难事。只是何将军若守不住苦河，休说十日八日，只恐用不了一两日，便是辽人不战可胜了。"

唐康也说道："李太尉说得不错，纵依何将军之策，骁胜军能拖住南宫之辽军多久，全取决于何将军能守苦河多久！"

"不出奇，何以制胜？两军交锋，总不可能有万全之策。"何灌坦然迎视着唐康与李浩怀疑的目光,"若都承与太尉愿听听下官守河之法,下官敢立军令状。多了不敢说,只以十日为期,十日之内,若叫深州辽军渡河,下官愿伏军法!"

"好!若此战功成,某亦当上报朝廷,录将军首功!"唐康望着何灌,慨然道。他早已心动,此时不再犹豫,挥手斥退众将,单单留下何灌。

自骁胜军副都指挥使、护军虞候以下,众参军、诸营都指挥使、副都指挥使、护营虞候,都心不甘情不愿地退出行辕议事厅,在外面等候。过了好一会儿,才见着议事厅的大门重新打开,众将再次鱼贯进入厅中,却见唐康与李浩站在沙盘之前,只听李浩高声宣布:"骁胜军诸将听令:即刻回营,聚齐本部兵马,校场列阵!"

深州,武强。

仁多保忠在经过一天的侦察、试探、犹豫之后,终于在袁天保与张仙伦的压力之下,移师东进,"包围"了武强城。

武强城筑于后周之时,它的南门便紧挨着苦河下游。后周之时,武强其实与黄河没什么关系,一直到熙宁十四年,也就是西夏西迁的当年,辽军太平中兴元年,黄河北流发生了一次大规模的改道,河道向西偏移,黄河在冀州境内泛滥成灾,直到进入河间府境内,才重归旧道。宋廷在财政困难的情况下,费了九牛二虎之力,才终于让黄河北流的河道稳定下来,形成如今的局面。屈指算来,至今亦不过十余年而已。

如今的黄河北流横在武强与武邑中间,因为它还夺了苦河的一段河道,于是苦河在注入黄河北流之后,河水又突然从黄河下游分出一条支流来,流进滹沱河,再一道注入河间府的黄河北流。于是,在武强城的南边,苦河以南、黄河之北,形成了一片被两条河道环抱的狭长地带。这个地区虽然一到汛期便经常被河水侵袭,不太适合耕种,但河北地少人稠,当地百姓仍然见缝插针,在那里开垦了一片片的农田。

这块地区,在军事上来说,原本无疑是有利于武强城防守者的。河流隔开了敌人,敌人即使进入这块地区,也容易被打败;而城里只要将吊桥放下,便可以进入这块地区放牧、耕种。可惜的是，虽有如此得天独厚的条件，武强城却不是什么军事重镇，宋军没有重兵防守，被辽军轻易夺取。而仁多保忠渡河之时，也不敢选择这块地区，因为此地太容易被城里的辽军攻击。

但是，当仁多保忠决定包围武强城的时候，他做了一个让所有人大吃一惊的决定。他背水列阵，将大寨扎在了这块军事上的"死地"！同时，在苦河与黄河上，他用船只一共搭起八座浮桥：以他的大寨与武强城南门为中心，在苦河上一东一西，各搭了两座浮桥，又在身后的黄河上搭起了四座浮桥。

如此一来，他就布了一个奇怪的阵形，在武强城东与城西，他各部署了一个指挥的兵力，余下所有人马，则全部集中在城南的狭长地带，而城北却没有一兵一卒。倘若城内的辽军想要逃走，那仁多保忠是一点儿办法也没有的。仁多保忠的三路人马通过苦河上的四座浮桥联系，而在整个第一营的身后，隔着黄河，是仁多观国一个营的人马，两营之间，亦可通过黄河上的四座浮桥联络。

这样的阵形，实际上城东与城西的两个指挥与其说是围城，不如说是来保护苦河上的浮桥的。更加匪夷所思的是，仁多保忠不仅以没有大型攻城器械为借口，严令各个指挥不得攻城，还命令城东城西两个指挥一旦发现敌军大举来袭，不得迎敌，必须即刻撤回城南大寨，并且不得毁弃、破坏浮桥。

这让人很难分清楚，究竟是宋军要攻城，还是仁多保忠布了个怪阵，等着城里的辽军来打自己。

可奇怪的是，武强城中的辽军只是在神射军列阵未稳的时候，出来几百骑试探性地攻击了一下，被神臂弓一阵齐射，辽军便灰溜溜地退回城中，双方均未有任何人马损伤。辽军只在城头旁观宋军做这一切事情，仿佛全然与他们无关。除非有宋军进入城上的射击范围，他们连箭都懒得放。

而仁多保忠除了下令武邑的工匠制造抛石机、云梯、撞车、木驴等攻城器械，派出使者前往大名府请求派出神卫营与火炮支援外，却是一副长治久安的打算，整天都在巡查扎寨的情况，不仅要望楼、箭楼一应俱全，还要求打土墙、挖壕沟与陷马坑……虽说此时已是七月，黄河伏汛已过，秋汛尚远，但这黄河的事情，也无人能打包票。倘若如前些日那样，突然来两场大雨，河水一涨，这一营神射军，大半要成虾兵蟹将，这营寨扎得再牢，也是全无用处。然而，这次不论袁天保与张仙伦如何劝谏，仁多保忠却是塞耳不听。尽管袁、张二人坚信武强城内辽军必然不多，只要调来黄河南岸的第二营，以神射军的战斗力，哪怕是蚁附攻城，不过两三天工夫，也必能攻克，却奈何不了仁多保忠"爱兵如子"的心意——他坚持没有攻城器械绝不强攻。

如此忙碌了整整一天，虽说土墙才打了一半，壕沟才挖了一小段，箭楼尚未造好，望楼也只有一座，但也算是规模初具、有模有样了。眼见着满营将士大半累得半死、疲惫不堪，仁多保忠便鸣金收兵——这时众人才发觉这怪阵原来也有个好处，那就是他们不必再啃干粮，黄河南边早有人做好热腾腾的饭菜，一桶一桶担了过来，送到众人跟前。

袁天保与张仙伦休说一辈子没打过这样的仗，便是听也没听说过。因为仁多观国让人送了十斤牛肉过来，二人便请了吉巡，聚在营中吃肉喝酒，一面低声痛骂仁多保忠昏庸，对于摊了这么个主将，不免深感自己是如此不幸。

但这酒方吃到一半，便听到西边锣声大作，三人知道这是事先约定的信号，必是有辽军大举来袭。他们三人无人惊慌，反倒是闻猎心喜，听到锣声，便即刻丢下酒杯，取了头盔戴上，大步走出营帐。抬头望去，只见东西两边，苦河的浮桥上，派出去的两个指挥排成数队，正迅速通过浮桥，朝营寨跑来。

张仙伦不由得低声"呸"了一声，骂道："闻风而走，这成何体统？！"一面不屑地朝仁多保忠的中军大帐瞥了一眼，紧跟着袁天保朝望楼那边走去。

但他们都不需要登上望楼——很快，站在平地之上，他们也能看到遮天蔽地的烟尘正朝着南边席卷而来。

三人顿时都被吓呆了。

"这……这是多少人马？"吉巡低声问道。

袁天保与张仙伦互相对视一眼，涩声回道："至少得有上万骑……"

"这……这……"袁天保与张仙伦二人好歹都经历过熙宁西讨，虽说没打过大仗，却也见过些世面，但吉巡虽然官至护营虞候，却是足迹从未出过汴京周边五百里，这时听到这个兵力，感觉到上万骑战马踩踏地面传来的那种震撼，早已吓得脸色苍白。

待他缓过神来，袁天保与张仙伦早已跑得不知去向，只听营中到处都有人大声呼喊着:"列阵!列阵!""拿好兵器,休得慌乱!"他转目四顾,却见仁多保忠已经出现在营寨中间的将台之上,镇定的脸上美髯微飘,他端坐在一张铺着虎皮的座椅上,没有一丝慌张。他心神稍定,连忙大步朝着将台走去。

萧岚的大军一直推进到武强城西的苦河之畔,才停了下来。

但眼前这一切让他眼睛都直了。

他遵照耶律信的锦囊妙计而来,倘若宋军沉不住气,北渡黄河,攻打武强,就必须抓住这个千载难逢的良机。武强守军立即飞马通报深州的韩宝、萧岚,而韩宝与萧岚则分兵两路,萧岚率一万部族属国骑兵前来武强,随机应变,牵制或歼灭渡河的宋军,而韩宝则率大军南下,能渡河则渡河,不能渡河则牵制信都、衡水之宋军,方便萧阿鲁带部的行动。仗打到这个份儿上,双方在前线对阵的兵力谁也不瞒过谁,双方都能猜到个大概。冀州与永静军的宋军有多少,辽军一清二楚,以耶律信的计算,宋军倘若按捺不住北上,兵力至少要三个营,只要将这些宋军拖在黄河以北,甚至聚而歼之,他就可以大摇大摆地攻占永静军了。

那样的话,甚至萧阿鲁带的迂回,都成了锦上添花之举。

但当韩宝与萧岚收到武强的报告后,得知宋军只有三千左右兵马渡河。于是二人决定不必马上增援武强,又刻意拖了一日。一则让士兵们多休整一日,一则二人认为渡河的宋军太少,武强必能坚守,而他们去得太快,将宋军吓走了反而不美。二人商议着,让宋军在武强城下耗一日,萧岚再去攻击,必能事半功倍。若这是宋军的试探性进攻,萧岚晚点儿再去,亦能吸引更多宋军渡河。

而韩宝则仍然坐守深州,他必须算好时间,让他的主力可以再多休息一两日。这样的精打细算是必要的,在攻下深州、歼灭拱圣军之后,虽然走了姚咒,但萧岚、韩宝部仍然士气高涨——即使付出了巨大的代价,但这毕竟是君子馆之后大辽对南朝的最大胜利,大辽皇帝也当即下令嘉奖——然而,好的统帅必须要懂得张弛之道。当年南朝太宗皇帝在灭亡北汉之后,自以为锐气可用,便要乘胜追击,结果士卒疲惫,兵败幽州,就是一个很好的教训。

虽然已经攻下了深州,但韩宝已经预感到他们还有很多的仗要打。姚咒的顽固态度是一个不好的兆头。这让韩宝更加不想过早地抱着毕其功于一役的想法，即使再歼灭骁胜与神射军，也未必就能使战争结束。

他们对萧阿鲁带有着足够的信心，这是一位用兵沉稳的老将，只要赶在他粮食耗尽之前攻入冀州或者永静军便可。甚至倘若萧阿鲁带能顺利渡过黄河，进入永济渠以西地区，他还可能很容易地找到粮草补给——永济渠是南朝北方漕运要道，那一带到处都是粮仓。

所以，在耶律信策划的这一波攻势之中，韩宝与萧岚达成的共识就是，他们要以更长远的目光来对待这场战争。若是他们耗尽全力，哪怕如愿以偿歼灭了骁胜军与神射军，但若南朝不肯妥协，他们马上就会迎来宋军的主力。以疲惫久战之师与宋军主力交战，结果很可能会是赵光义第二。

所有这些事前的计划，当时看起来都是天衣无缝、完美无缺的。

但此时此刻，在武强城边、苦河之畔，萧岚马上意识到，他回到了现实。

还在随耶律冲哥打仗之时，萧岚就学到了一件事，那就是战争永远不会按着你的预想进行。

但是，与预想偏差得如此之大，在萧岚的戎马生涯之中，也还是头一回。

他赫然发觉，宋军既没有增兵，也没有攻打武强。

似乎这支宋军做的事情，只是将防守稍稍向前迈进了一点儿——此前他们是防守黄河，现在他们在防守苦河！

而让他更不可理解的是，宋军竟然在一片狭长的地域背水结阵！这意味着他们完全没有运动的空间，他们就是等在那里，等着挨打，并且不打算躲闪。而且，他们还懒得连浮桥也没有烧掉……

萧岚可不认为这是宋军主将愚蠢，这是一种挑衅！

他亲眼看着那几百名宋军是如何有条不紊地撤退的，这证明了这一切都是宋军预谋已久的。然后，宋军还留下了这几座浮桥！这是一个清晰的信号——我就在这里，无处可跑，浮桥都给你们备好了，你们也不必绕道进城了，有本事就来打我吧！

萧岚望着黄河岸边那一面面迎风飘扬的绣着猎鹰展翅图的军旗，目光在旌旗中仔细寻觅着，突然间，他的瞳孔缩小了——他看见正中间的将台上，有一面大旗突然被风吹展开来，这面大旗上，绣了一个斗大的"仁"字！

"仁多保忠？！"萧岚简直不敢相信自己的眼睛。

深州之战，最后城破之前，竟然走了姚兕，萧岚直到现在都耿耿于怀。他怎么也想不到，仁多保忠居然会出现在他面前！

这是天神想要保佑他吗？

萧岚拔出了佩剑。

"渡河列阵！"

呜呜的号角声在如血的残阳下凄凉地响起。武强城的西门与南门轰然打开，辽军分成两路，分别经过宋军搭好的浮桥与武强城的西门、南门，分成五百骑一队，一队队地进入武强城南的这片狭长地区，背城结阵。

待所有部队都列阵完毕，萧岚才发现，在这一片狭长的地区作战，宋军固然施展不开，但他的骑兵也受到限制。最显而易见的是，在这块地区，他不能使用包抄这个骑兵对步兵最常用、最有效的战术。他也不能使用辽军最传统的结阵法，对步兵四面结阵，同时猛攻！但他认为，战场仍然对他有利，因为他背后是一座坚城。

他决定采用辽军最传统的战术。

他将一万骑人马分成两道，每道十队，每队五百骑。他自率一道，列阵不动。另有一道五千骑，一队接一队地冲击宋军，在马上朝着宋军的大阵射箭，前队未能获胜，冲不动宋军阵脚，便马上退回，由后队接替攻击。十队人马，如此循环往复，更退迭进，只要其中一队获胜，则诸队齐进，一举击溃宋军。

但是，当他的第一队骑兵发起进攻之后，萧岚马上就发觉了不对。

这是辽军历史上第一次与神臂弓部队交锋。

萧岚发现，他的骑兵根本无法冲到他们的弓箭能射到宋军的距离，在他的骑兵准备拉弓之前，宋军便已经开始了至少两轮齐射。神臂弓的射程比他的骑兵长了一大截，而杀伤力也十分惊人，这些部族属国军所穿的铠甲，在神臂弓面前几乎没有什么防护力可言，一被射中，立即穿透。

眼见着冲在最前面的数十骑连弓都没开始拉便纷纷中箭落马，而宋军的第二轮箭雨又已经漫天蔽野地落了下来。第一队的骑兵们一阵慌乱，不待号令，便马上掉转马头，退回阵中。眼见着第二队便要依着战法，紧跟而上，萧岚连忙举起手来，下令鸣金收兵。后面的骑兵都不知道发生了何事，一时都莫名其妙地停在了阵中，望着萧岚帅旗所在的方向。

但他们等来的，是萧岚退兵的命令。

5

望着气势汹汹的辽军被两轮齐射打退，神射军中顿时发出震耳欲聋的欢呼声。刚刚将一颗心放回肚子里的袁天保、张仙伦、吉巡等第一营将领，此时亦不由得暗暗佩服起仁多保忠的先见之明来。但另一方面，他们对辽军的蔑视也发展到了一个无可再高的地步，三人都坚信，神臂弓的确是军国利器，只要调来更多的神射军，击破甚至歼灭面前的这支辽军，都不是难事。

但是仁多保忠却没有他们这么乐观，他一边吩咐加强夜间巡逻，一边从武邑急调来千余民夫，在营寨中到处点起火炬、灯笼，连夜修筑营寨。

早在戌初时分，仁多保忠便收到了唐康、李浩派密使从信都送来的急报，他已经知道辽军有一支部队迂回到了他们的后方，他也知道了唐康与李浩的冒险计划。但这件事被他瞒得死死的，没有让他的任何部下知道——当仁多保忠知道这个消息的时候，他都有点儿慌张了，他可不想让这个消息动摇他的军心。

此时再掉头去防守南宫的那支辽军——仁多保忠猜到了那是萧阿鲁带部——已经不太现实。即使他知道萧阿鲁带准备在何处渡河进入永济渠以西地区，也毫无意义，步军无论如何都不可能跑得过马军，若是跟着辽国马军的步伐到处跑，那只能是死路一条。

因此，倘若由仁多保忠来决策，他会下令立即全线退守，神射军全都退回东光，而骁胜军与环州义勇则死守信都，据守两座孤城，放开冀州与永静军的其余地区任辽军驰骋。信都与东光，一座是大城，一座是军事重镇，城池之坚固，守城设施、器械之完备，皆非深州可比，以宋军的守城能力，辽军纵然倾国而来，也未必能攻破这两城。在仁多保忠看来，只要这两城不破，无论石越是顶住压力，坚持拖到八月才大举北上,还是受不了压力提前反攻,胜负之数,仍未可知。

自然,这个策略其中之关键,是要寄望于神射军能守得住东光,尽管神射军是步军,理应比拱圣军要善守,但耶律信也肯定会不择手段来攻打东光。若是绍圣以前,宋军敢说有十成把握守得住,可在绍圣以后,仁多保忠也只敢说有六成把握。而且,将冀州与永静军其他地区放开给辽军,对于大军北上反攻也是不利的,即便耶律信攻不下东光,他只要以骑兵封锁,便可以阻断宋军通过永静军对北上大军的补给,北上大军将不能利用永济渠,而不得不依靠陆路运输。这个结果,也就是比神射军、骁胜军被全歼,东光粮草军资被辽军所夺要好一些而已。

因此,尽管唐康与李浩的计策近于疯狂,却是仁多保忠在用兵方面最欣赏唐康的一次。这个计划绝对是不够谨慎,也难称老辣,但它充满着冒险与投机,十分符合仁多保忠的美学。

这是只有那种敢于在关键时刻将包括身家性命的一切都拿去关扑[1]的人才做得出来的事,的确很像唐康的风格。

其实在仁多保忠看来,石越也有这样的气质,只不过他隐藏得太深,而且对石越来说,所谓"关键时刻"已经越来越少。这是理所当然的事,因为他手里的筹码已经越来越多。极端一点儿来说,就算是河北路全部沦陷,只要大名府防线还在,甚至是只要汴京还未失守,对石越来说,那就还谈不上"关键时刻"。所以他才能一直不紧不慢地在大名府慢条斯里地调集着军队。

所以仁多保忠很羡慕石越——对石越来说,即便冀州失守、永静军失守、仁多保忠战死,也没到需要他冒险拼命的时候,他不过是损失了三个主力军而已。这听起来很震撼,但如今大宋早已不是仁宗时期,一支能野战的几万精兵就几乎是大宋朝的全部。自仁宗朝中后期起,从范仲淹、韩琦、文彦博们在陕西几近白手起家、苦心经营算起,一直到绍圣朝,数十年坚持不懈地积累重建,特别是经历熙宁朝的浴火重生,由早期王韶的开熙河、种谔的夺绥德,到中期的兵制改革,一直到伐夏之役,宋军已是脱胎换骨。绍圣朝保留的十支西军禁军之中,便至少有五支战斗力不逊于任何一支殿前司禁军,这还没算上诸如横

[1] 以商品为诱饵赌掷财物的博戏。

山番军这样的部队;即使对殿前司诸军来说,这三支禁军也绝非不可替代。无论是谁,手中若还有十万以上的精锐大军没派上用场,就算是不能说确保打赢这场战争,至少也远远谈不上山穷水尽吧?

可对仁多保忠来说,他的筹码很少,输光了,那就什么都没有了。

尽管如此,他还是很乐意陪着唐康搏上一把。

关扑的话,与石越这种人玩是很没有意思的,你快将身家性命都贴上了,他那里还是九牛一毛,无关痛痒……但唐康就不一样了,这次唐康若是再搞砸了,虽说不至于永无翻身之日,但是兵败之责是逃不脱的,降责某州编管是免不了的,不说十年八年,三年五年之内,大约是没机会再见着汴京了。至于以后还有没有机会再进入中枢,东山再起,那就是神仙也说不清楚的事。也许唐康会在地方官的任上终此一生——对于唐康这种胸怀大志的人来说,这与杀了他其实区别不是太大。

所以,与唐康一道玩关扑,是乐趣无穷之事。

要么就一道立个惊天动地的大功,要么就一起被编管某州,或者干脆战死冀州,一了百了。唐康都将骰子丢了出去,早就抱着必死之心渡河的仁多保忠有什么不敢跟注的呢?

而且,他的确很欣赏这个计划。

仁多保忠不动声色地调整了自己的计划。他决定配合唐康、李浩将戏演得更逼真一些。他下令仁多观国征集所有的骡马,派出部队,多打火炬,骑着骡马,连夜驰援信都、衡水,到了之后,熄掉火炬,再绕道连夜返回。然后,他下令仁多观国的第二营在黄河南岸偃旗息鼓,全部换成厢军旗号服饰。

他向武强的辽军传递了再明确不过的信号:他已经发现原先驻守武强的辽军消失,并且知道他们去了哪里,他正在加强对衡水、信都的防守,因为他确信武强现有的辽军不足以对他构成威胁。对于刚刚与姚咒恶战过一场的辽军来说,这合情合理,仁多保忠亲率少量兵力据险坚守,而主力则防守耶律信,同时分兵一部分协助信都、衡水之宋军防守苦河,以确保骁胜军能分出兵力至少牵制住后方的萧阿鲁带部。

可在做了这些事情后,仁多保忠也就已经肯定,恶战已不可避免——他的所作所为，就是在给对面的辽军发进攻的邀请函。

果然，次日一早，刚刚吃过早饭，辽军就再次出城列阵。

吃过小亏的辽军这次学了个乖，他们竟然改变了战法，在大阵的最前面，排出了一个数百人的步兵方阵！这可是让仁多保忠吃惊不小，这个步兵方阵的前方，是手持长矛与大盾的士兵，后面则跟着几排弓箭手，手持小盾，护住上方，他们缓慢地向着神射军的大营推进，在他们身后数十步，则紧跟着辽军的马军。

这个变阵的确有些出人意料。

神射军对着辽军的方阵一顿齐射，箭矢落到厚厚的木盾之上，将辽军的步兵方阵扎得如刺猬一般，却丝毫阻止不了辽军缓慢而坚定地推进。

这让神射军的将领们都变得紧张起来，仁多保忠也腾地从他的虎皮座椅上站了起来，死死地盯着正一步步靠近的辽军方阵。

一直以来，大宋枢密院内部都有一种呼声，许多将领坚信，世界上最好的军队，是由持盾长枪兵、弓弩手、骑兵、神卫营四者混编而成的军队。所以不少将领，包括关心军事的文臣都认为，神锐军、飞武军才是禁军的发展方向。甚至连神锐军与飞武军也要进一步改革，让每一个营都拥有持盾长枪兵、弓弩手、骑兵、火器器械部队这四个兵种。

但这与宋军长期以来的发展方向不相符。一直以来，大宋禁军讲究的都是结大阵，集结重兵方阵，打大军团会战。这与宋军的假想敌有关——辽军每次出动，至少都是数万铁骑，因此枢密院内压倒性的观点还是传统的，聚集几个军组成一个个的大阵，才能真正与辽军抗衡——这符合宋辽交战的历史，两军交战史上，大部分时候都是数万人规模以上的会战，甚至是十万人以上的大战。而且，这对将领的指挥能力，对士兵的素质要求，也要低许多许多，更加容易实施。

甚至连石越都认为，将火器器械部队配属到营，会损害神卫营的发展。尽管石越几乎从不越权去干预枢密院的事情——这倒是容易理解的，有些话在他不做宰相之前可以很随便地说，但在做了宰相之后，反而不能说，因为即便他与枢密使们关系再好，倘若他去干涉他们职权以内的具体事务，后果就必然是一场不小的政治风波，没有一个枢密使会甘当宰相的附庸，东府侵犯西府权力的事情虽然一直在发生,却总是十分敏感——但不管怎么说,人人都知道他是一个坚定的神卫营独立成军的支持者。

所以,一旦与辽军开始打仗,宋军就必须设立行军都总管司。

每个都总管司下面,最终会配有步军、骑军、步骑混编军、神卫营。因为在实战中,人人都明白,世上没有万能的兵种,不存在哪个兵种可以横扫天下,所有兵种都有局限性与缺点,都会被一定的对象克制。优秀的将领,必须懂得兵种的配合,针对不同的地形与对手,将自己的弱点限制到最小,而将优势发挥得最大。

但这样的将领是很罕见的。

在辽国,公认的具有如此水准的将领,也就只有耶律冲哥一人而已。即便是耶律信,这也不是他的长处,耶律信更加擅长的还是骑兵战。他被视为能将骑兵优势发挥得淋漓尽致的将领。

而在宋朝,对于神卫营与骑兵的使用,将领们仍然有意见分歧。大部分将领对于马军的使用都不太擅长,而擅长统率骑军的将领,对于要让骑兵配合步军作战,又十分不以为然。

这一点在殿前司诸军中表现得十分明显。只有西军因为长期的战争经验,一直以来,军队都是处在配合作战的实践中,步军为主力,其余一切兵种皆是辅助兵种的心理早已深入人心,而他们的步军与骑兵、神卫营配合作战的经验也十分丰富,所以在这方面的表现要好很多。一个明显的例子是,自绍圣以来,因为战马供应的增加,原来的纯步军振武军,便一直有神锐军化的趋势,他们先是培养骑马步兵,然后进一步增加能够骑马作战的士兵数量。据仁多保忠所知,西军的神锐军与振武军,每个营中都有一个指挥变成了马军,虽然神臂弓部队因为受制于制造材料的稀缺性,造价高昂而无法扩充,但是射程超过二百四十步的采用棘轮的钢臂弩作为替代品被更加广泛地采用。

西军中甚至有将领在推行这样的改革——他们进一步牺牲士兵的防护力,甚至连持盾的长枪兵也只穿简陋的皮甲,以使他们的军队变得更加灵活,同时也能节省军费开支——绍圣年间,一副打造精良的铠甲,造价就在八十贯以上,普通的铠甲一般在四十贯左右,仅以四十贯来算,一个营的步卒就可以节省两万贯以上，这笔钱用来培养一个指挥左右的骑兵绰绰有余。当然，这只是锦上添花。他们只是在实践自己的理念：兵种配合至上，步骑协同作战至上，提升步军机动力至上。

自熙宁以来，宋朝文武官员都一致推崇唐朝的卫国公李靖，李卫公的兵法被奉为最可效仿的经典，而这些将领也全都声称继承了李靖兵法。他们坚信步兵才是战争的主宰，但他们也同样认定，唯有步骑协同作战，才能真正克制辽国的骑兵。他们还进一步声称，不仅仅是克制骑兵，李靖纵横天下，靠的便是步骑协同作战。

在这些将领中，出身马军的种朴尤其令人瞩目，如今已经成为河东军的神锐四军，便是最先改革的一支军队。

而这些人，也正是对神射军最不以为然的一批将领。尽管神射军也并非全是装备神臂弓的弩手，按照宋军步兵的传统，也有持盾长枪兵、刀手——事实上没有这些他们根本无法布阵。但种朴等人仍然激烈地批评神射军，他们讽刺神射军只不过是让骑兵不能靠近而已，谈不上真正的克制，而将这么多神臂弓集结起来使用，纯粹是一种对神臂弓的浪费。

长期驻守雁门的种朴对辽国十分了解，他在一份奏折中预言，辽国汉人与渤海人的势力日渐强大，契丹人也多数定居，虽然马匹的供应可能会一直充足，但是辽国迟早会重视步军。他认为辽国如果不想迅速地走向衰败，即使萧佑丹的整顿宫卫骑军之法也只不过是治标之策，难以持久，辽国君臣迟早会意识到，他们不能将境内数量最多的两大民族永远当成辅助兵种来看待。辽国最终必须也只能依靠汉军与渤海军，如果他们做不到这一点，辽国在军事上的衰败就是必然之事。种朴认为如今辽国的朝廷中多有远见卓识之辈，他相信辽国最终会完成契丹——包括奚族、汉、渤海几大主要民族之整合，而宋军迟早会遇到一支真正由步骑配合作战的辽军。而一旦遇到这样的辽军，神射军将不堪一击。

便在这一瞬间，仁多保忠突然想起了种朴的那篇奏折。

作为一个西夏降臣，他很早就注意到种朴的远见。但他也一直认为，那就算发生，至少也是几十年后的事情，从辽军这次南侵的过程来看，到目前为止，所有的情报显示，辽军也一直将汉军与渤海军当作仆从军来使用。还从未有任何情报提及过辽军的步兵方阵——虽然大家都知道，汉军与渤海军中，肯定有人操练过方阵。

但直到这一刻之前，所有的人都认为那是很遥远的事。

仁多保忠克制住心中的担忧，注视着这支辽军步兵，这其实很难说是一个方阵，它的侧翼与后方都缺少保护，但在这个战场上，面对着神射军，这不是一个弱点，至少不是仁多保忠能利用的弱点。

这表明辽军的统帅是个聪明人，他充分利用战场地形，降低了方阵的难度——它所需要的协调性大大降低了。但这让仁多保忠也意识到，他面对的也许还不是种朴所形容的那种辽军。

这也许只是辽军统帅灵机一动想出来的一个主意。意识到这一点，让仁多保忠略略轻松了一些。

就在仁多保忠还在观察、思考对策的时候，辽军的步兵已经推进到他们可以射箭的距离，盾牌后面的弓箭手收起了手中的小盾，开始张弓射箭，以压制前排的宋军弩手，让他们不能肆无忌惮地射杀他们身后的骑兵；而后排的宋军也开始回击，采用仰角射击的方式，试图压制住辽军的弓箭手，宋军的神臂弓手有着极高的效率，他们三人一组，躲在盾牌与寨墙之后，轮流射箭、装箭，保证不间断地杀伤敌人。

但这仍然是两个步兵方阵之间的对抗。

双方都躲在盾墙之后，结果皆可预料——双方各有一些微不足道的伤亡，但决定胜负的战斗，要等到短兵相接以后才会发生。但可怕的是，辽军后面还跟着一支支骑兵。在步兵箭雨的掩护下，神射军对他们的伤害已经变得可以承受。

眼见着辽军的盾墙离大寨已不足百步，张仙伦率先沉不住气，冲到寨墙之后，大声呼喊着，亲自指挥战斗。袁天保与吉巡虽然还站在仁多保忠身边，故作镇定，却也是双唇紧闭，脸色发白。二人的手已经按到了佩刀之上，做好了随时拔刃而起，与辽人死战的准备。

但一直全神贯注观察着战局的仁多保忠，却突然缓缓坐回了座椅，脸上竟然露出一丝微笑，口里还念念有词："五步……四步……三步……两步……着！"

袁天保与吉巡皆不知道他在弄什么玄虚，正莫名其妙地看着他，却听到战场之上突然发出一声轰然巨响，二人连忙回头，原来却是辽军的牌手踩到了一个陷马坑上，突然掉了进去。

这个陷马坑并不是太大，掉进坑中的其实只有四五个辽军而已。但是，让人意外的事情发生了——其余那些没有掉进陷马坑的辽军牌手，并没有整齐划一地迅速合拢起来，而是发生了让人瞠目结舌的混乱：有些人继续前进，有些人则退了回来，还有些人停在原地四处张望……

顷刻之间，辽军的步兵方阵变成了一个大筛子。

在寨墙边指挥的张仙伦没有放过这个机会，神射军立即开始毫不留情地齐射，混乱不堪的牌手与失去掩护的弓箭手都成为宋军的打击目标，一波齐射，数十人立时中箭倒地，紧接着，第二波、第三波接踵而至。

辽军立时一片混乱，弓箭手们开始不顾一切地往回跑。跟在他们身后的马军将领眼见着不对，正要拔出剑来，准备冲锋，但这往回跑的几百人却正好拦在了他们冲锋的路上，他方一迟疑，只觉胳膊被什么东西击中，然后便觉一阵剧痛，"啊"的一声几乎掉下马去，亏得一个骑马家丁拉住，才未被溃兵踩死。待他稳过神来，再看周围，便是这一瞬间，又有十来人中箭受伤，宋军的弩箭如蝗虫般飞落，而他的骑兵队已被溃兵冲动，也跟着往后逃去。

辽军大阵中，萧岚冷冷地看着这一切，心里暗叫了一声："可惜！"

这是他跟着耶律冲哥学到的一招战法，当年他追随耶律冲哥征剿蛮夷，曾遇到一个部族将大车结成首尾相连的圆阵，躲在车内射箭，令辽军的骑兵无计可施，远了则只能挨打，付出惨重的伤亡靠近后，又会被长矛刺伤。后来耶律冲哥便下令骑兵下马，列成方阵，在盾牌掩护下，背着干草，靠近圆阵放火，最终取得大胜。

他冥思苦想一晚，才想出这么个妙法来对付面前的宋军，他几乎以为可以成功了，没想到却败得如此莫名其妙。这时候他才感到有些遗憾——要是有一支真正的步军就好了。

不过此时，他却也没办法变一支纪律严明的步军出来。

萧岚几乎有点儿想放弃，骑兵对付步兵最好的办法，不是硬攻，而是调动敌人。宋军爱守在这里便守在这里好了，他可以绕道渡河，直接攻到黄河南岸去——那里看起来十分空虚，只要设法牵制住仁多保忠，不让他也退回去守黄河便好。但是这只怕也并不容易……

而且，萧岚看着对面的那面"仁"字将旗，心里实在不甘。

才区区三千余众。

仁多保忠便在营中！

他率领万余马军，不能破陷入死地的三千宋军，连眼见着仁多保忠便在面前，他也不能将之献俘于皇帝座前！

世上还有比这更能让他颜面扫地的事吗？倘若他最开始根本没去打过仁多保忠还好，但他已经有了两次失败……

况且，若是在这里列阵都打不过仁多保忠，那被他半渡而击之，后果只怕更加不堪。要么就要设法骗过仁多保忠才能从容渡河，要么，他终究还是需要击溃仁多保忠。

他暗暗咬了咬牙，抬头看了看风向，心里突然又生出一个主意，转身对萧排亚说道："给我燃烟，用烟熏！"

说罢，他掉转马头，一边驰向武强城，一边在心里面骂了声："老贼！"

这一天的战斗，虽然一直持续到太阳完全落山才算结束，却是有些虎头蛇尾。在步骑协同作战的尝试失败后，萧岚又再次祭起辽军传统的作战方法，他让人找来大量的湿柴、湿草、牛马粪便，在上风处燃起浓烟，趁着这浓烟飘到宋军营寨，令宋军无法睁开眼睛时，辽军便趁势猛攻。这种战法的确起到了效果，在浓烟的影响下，神射军一时间根本无法组织起有效的齐射，宋军的营寨出现了短暂的混乱，辽军一度攻进宋军营寨。但仁多保忠反应十分迅捷，他迅速在营寨内用拒马组织起第二道防线，退守第二道防线的宋军在拒马后面猛掷霹雳投弹，攻入宋军营寨内的数百骑辽军正与几百名宋军苦战，全然没想到宋军会不顾袍泽的死活，使用霹雳投弹。辽军被炸了个人仰马翻，丢下百余具尸体，仓皇退出了宋军营寨。

这一次机会没能把握得住，天神便不再眷顾。辽军被击退后，风竟然也停了。

萧岚眼见着强攻难以成功，终于改变策略，他派出一队人马找了个渡口绕道渡河，眼见着对岸只有百余宋军厢军防守，渡河的辽将亦没太放在心上，找了几十条渡船，便大摇大摆地摆渡过去了。不想，最先渡河的两百余人马刚刚下船，便被宋军一阵乱射，渡口到处都是铁蒺藜、陷马坑，下船当口儿又正是最混乱的时候，辽军有二十余人立时被射成刺猬一般。这时他们才发现，把守渡口的宋军绝非什么厢军，而是训练有素的神臂弓部队，渡河的辽军根本组织不起像样的反击，只得又狼狈退回黄河北岸。

渡河部队的受挫，让萧岚变得疑惑起来，他一时也弄不清楚仁多保忠究竟有多少部队在他的面前。而仁多保忠刻意隐瞒自己的兵力，令萧岚觉得他有可能将武强当成了辽军主力打算强攻渡河的地方——这符合常理，但是倘若宋军没有增兵并且成功瞒过他们的远探拦子马的话，这意味着，衡水也罢、北望镇也罢，宋军必定部署了大量的疑兵。而不久之后，他派出去的拦子马又发现了在宋军营寨后面连通武邑的四条浮桥——这几条浮桥此前一直被宋军的营寨所遮挡，萧岚只是猜测它们应该存在。这个情报证实了萧岚的猜测，也让萧岚更加确信了自己的判断——若非如此，仁多保忠出现在孤军深入的三千宋军之中，便不符合常理与人情——主帅理应出现在他所认为的最重要的战场。

这个发现，让萧岚又兴奋起来。

没有火炮的协助，辽军从来就对宋军的重兵方阵没什么办法，辽军过去的办法，一向都是，只要宋军结大阵、扎硬寨，那他们就不打。要么将之围起来，断其粮道，等着他们不战自溃；要么绕道而行，去威胁其他的目标，反正河北有无数城池，而绝大部分城池，宋军都不可能有足够的兵力驻守——宋军总不可能看着敌人在自己的国土上为所欲为，他们到时候就会跟着辽军的屁股跑，然后就会让辽军有机可乘。当然，绝大部分时候，辽军并不需要如此费力，宋军自己的补给能力就会将他们自己拖垮。在河北，只要超出永济渠所能辐射的范围，宋军就从来找不到稳定可靠的解决粮草问题的办法。

虽然很可惜，这一次萧岚既无法包围宋军，也拿他们的粮道没办法，但胜利的天平仍然倒向萧岚这一边。若是仁多保忠将他的主力部署在此，那么，只要韩宝从衡水渡河、耶律信自乐寿渡河，萧阿鲁带再自仁多保忠的后方包抄，宋军便将不战自溃。仁多保忠所经营的这一切，全是泡影水月。而他要做的很简单，牵制住仁多保忠，然后耐心地等着砍下他的人头，或者生擒他。

因此，在屡次受挫之后，萧岚反而沉住气了。他虽然还是派出了小队骑兵，前往几个渡口试探虚实，却也彻底放弃了大举渡河，调动仁多保忠再歼灭之的想法。他深信对岸有着宋军主力，正等着他上钩。宋军就是盼着他渡河，然后才好半渡而击之。为了不让仁多保忠发觉他已"识破"仁多保忠的计谋，萧岚倒也并没有停止对黄河北岸这支宋军的攻击，他也必须保持对仁多保忠足够的压力。

但他进攻的目的，已经不再是急于攻破这支宋军，而只是消耗他们的体力与斗志。他仍然花样百出地尝试各种进攻的方法，却小心翼翼地避免过大的伤亡。同时派人向韩宝与耶律信送出情报，还一本正经地向韩宝借调那仅剩的几门火炮——反正韩宝是不需要它们了，他拿来试试用火炮攻打宋军重兵方阵的效果也不错。这可是一直以来给大辽的将领们带来最大鼓舞的事。可这种事还从来没有机会实践过呢！

第八章

人算天算

谁知快意举世无，南山之南北山北。

——陆游《放歌行》

1

深州，静安城。

韩宝一面啃着一只羊腿，一面听着萧岚派来的使者报告武强的战况。

攻克深州，全歼拱圣军，虽然最后跑了姚咒，但这样的战绩足以让韩宝的声望达到一个前所未有的高度。不仅皇帝高兴地派遣使者到军中大加赏赐，甚至韩宝与萧岚二人的王爵，亦已是十拿九稳。大辽是军功至上的国家，打了这个胜仗之后，韩宝便已经隐隐有可与"二耶律"分庭抗礼之势，倘若再能立下功勋，那么韩宝便至少可以压过耶律冲哥一头。这种微妙的心理，甚至让韩宝对这场战争的态度也跟着变得微妙起来。对于耶律信的反感，对于战争后果的担忧……暂时统统让位于他内心深处对于建功立业的饥渴。

尽管韩宝还是竭力地掩饰着自己的这些情绪。

但即便是萧岚，对于耶律信新的作战计划，心里面也是支持居多的。

夺取永静军，伺机歼灭冀州与永静军的两支宋军——倘若这个计划能够成功，骁胜军与神射军的灭亡带给宋廷的震撼，将远远超过拱圣军！即便不能完全如愿，攻占永静军，也能给辽军带来极大的主动。

韩宝心里不是没有担心——如今辽军的战法，已经与他们的传统战法偏离得太远了，过去，他们从来不在意任何一座城寨的得失，也从未过久地曝师于外……

但是，在品尝了全歼南朝一支上四军——而且还是据城坚守的南朝禁军——这样的胜利味道之后，一切都会改变。

如今，韩宝的军队虽然略显疲惫，却士气高昂。韩宝与萧岚如约让部族、属国军们洗劫了深州城，当然，二人并没有完全遵守萧岚的诺言，深州的财物并未尽归部族、属国军们所有，而是划分了区域，宫分军、渤海军、汉军也参与了对深州的洗劫。但这只是对部族、属国军们未能尽力战斗的一种惩罚。韩宝与萧岚十分公道地主持了对战利品的分配，他们将宋人府库中的财物根据战功大小进行奖赏,使得那些在攻城之中损失惨重的部族得到了最多的财货。这让所有的人都无话可说。而且,这是一座富庶之城,每个人所劫掠的财物,都足以让他们停止一切的抱怨,甚而对韩宝与萧岚感恩戴德!韩宝能闻到无处不在的贪婪气息,他很了解这些人,他们不会就此满足,而是将食髓知味。

每个人都在渴望新的战争。

他的军中,到处都在流传冀州与永静军的富庶——那远远不是一座静安城所能相提并论的。

韩宝带着矛盾的心态,感受着这一切。

一方面,他也渴望着更多的功绩;另一方面,他不是那些普通的士兵,他心里面也很清楚,尽管眼下大辽占据着主动,但他也不能低估他们可能会遭遇的困难。他的确歼灭了拱圣军,然而,拱圣军也向他证明了宋军已非吴下阿蒙。

"这只是一道开胃菜,真正的恶战尚未开始!"这是韩宝与萧岚密议了许多次之后达成的共识。在战场上,暂时的主动与优势,随时都可能转换。二人计算过时日,眼见着宋军的主力很快就要抵达战场,要真正维持住大辽的优势,耶律信攻略永静军的计划必须有所成效。

他们出兵的季节实在不太好,在河北这样一马平川的平原上,倘若是冬春之季就要好得多,河流结冰,便于驰骋。但在这个季节,平原之上的河流,仍然是一种阻隔,仅仅是一河之隔的冀州,因为有那条小小的苦河,便不知给韩宝平添了多少麻烦。

萧岚怀疑仁多保忠的主力便在武强,这个消息让韩宝略微有些失望。仁多保忠似攻实守,这让韩宝引神射军渡河,聚歼于黄河以北的希望化为泡影。而倘若他的主力果真到了武强,那么,仁多保忠守武邑、武强;唐康、李浩守苦河,韩宝想要仅靠自己来打开局面,便变得异常困难。显然,宋军此时的弱点暴露在萧阿鲁带与耶律信的面前,而不是他与萧岚的面前。

听完使者的禀报之后,韩宝马上着人唤来萧吼与韩敌猎。此前他分派二人去刺探南边冀州与西边祁州的宋军军情。

"萧吼,你可探得确实?唐康、李浩果然还在衡水、信都?"韩宝目不转睛地望着萧吼,后者的箭伤尚未完全痊愈,但他始终是韩宝最信任的部下。

萧吼躬身行了一礼,肯定地回答道:"晋公,末将探得清楚:宋人在苦河的几处渡口设立了数十处望楼与燧台,各处皆有巡检与忠义社巡逻侦望,防范十分严密。末将绕道渡河,攻破一处望楼,抓了两个生口,严刑拷问,二人口供亦可证实,宋军之部署是唐康守信都、李浩守衡水,二人皆称亲眼见着衡水城有李浩的将旗,骁胜军驻扎于两城之中,沿河则由何灌的环州义勇负责,据闻何灌在所有的渡口处都挖了陷马坑、布了铁蒺藜,甚至还临时造了一些炸炮埋设。他们事先约好信号,只需望楼燧台的宋人见着我大军往何处而去,立时燃起狼烟,信都与衡水之骁胜军便可以及时赴援……"

他说到此处,见韩宝微微点头,又说道:"以末将愚见,于这炸炮须得小心应付。"

韩宝不以为然地摇摇头,道:"此物亦无甚大用。"他见萧吼脸上露出迟疑之色,又笑着解释道,"你有所不知,我早就曾听西夏投奔本朝的贵人说过此物,此物可埋设于地下,人马踩踏,便即爆炸伤人,若是不知虚实,自不免以为神鬼莫测。实则亦不过一震天雷而已。此物果真要有所作用,需要数量极多,若少了则全无用处,故此于河北一地尤其无用。便是南朝,亦不甚用它。其实比起火炮来,这炸炮不过是末技而已,韩守规便能造。只是这物什造起来十分麻烦,一个熟练工匠一年到头也造不了多少枚,造价还不便宜。况且埋下之后,不管炸没炸,便算报销,炸了还好,不炸更麻烦,最后还要自己去引爆,故此卫王在世时,便不取它。南朝再有钱,每年的军费亦是有限的,用在此处了,彼处便要削减。他们再华而不实,亦不至于如此愚蠢。[1] 这环州义勇本是南朝精兵,军中多有各种奇能异士,如今狗急跳墙,搬出这陈年旧货,亦不过是病急乱投医而已!"

说完,又沉声道:"果真要强攻渡河,伤亡必大。是以多几枚炸炮,其实倒无关大局。相较而言,反倒是陷马坑与铁蒺藜更难以对付。"

韩敌猎一直在旁边默默听着,这时吃了一惊,抬头问道:"爹爹莫非要强攻渡河吗?"萧吼也是一愣,抬眼望着韩宝,却见韩宝摇摇头,道:"兵法上

---
[1] 近代以来,地雷被广泛使用,主要是源于工业化时代以后,地雷生产成本大幅降低,成为十分便宜的武器。这与小说所写的手工业时代之情况完全不同。小说中所叙之炸炮,实则中国最晚于明末便已发明,然未被广泛应用于战争,窃以为原因即在于性价比太低。

说，善攻者动于九天之上。如今宋军既已严阵以待，萧老元帅又已绕到了唐康、李浩的后方，我军有万全之策，我又何必白白牺牲将士性命？只是咱们也不能坐享其成，虽然不真的强攻，却也要设法保持对唐康、李浩的压力，以免让他们能腾出手来，去对付萧老元帅的那支奇兵。"

韩敌猎这才放下心来，点点头，道："自攻克深州，我军亦已休整快十日。军中如今求战心切，士气可用。以孩儿之见，不如分兵数支，每日轮流攻打苦河的那七八个渡口，既可探明宋军虚实，亦能令唐康、李浩疲于应命。"

韩宝心里虽也同意韩敌猎的计策，但他教子素严，也不急于同意，反板着脸训斥道："我令你深入祁州，打探真定、祁州宋军虚实，你却几乎无功而返，你又有何话说？"

韩敌猎脸一红，忙欠身道："请爹爹给我一千精兵，孩儿愿再去打探！"

韩宝"哼"了一声，"你却不必去了。萧吼，还是你去！"

"遵令。"萧吼忙抱拳应道，一边尴尬地瞥了韩敌猎一眼。却听韩宝又说道："探不清慕容谦的虚实，终是难以心安。上回与你交战的，果真是渭州番军吗？"这话却是问韩敌猎的，韩敌猎连忙回道："千真万确，我亲眼见着他们的旗帜。"

"如此说来，慕容谦的麾下，如今至少有武骑军、横山番军、渭州番军，便是粗粗一算，步骑已近三万之众！"提起此事，韩宝只觉如芒在背，他望着萧吼，道，"慕容谦是南朝宿将，坐拥三万之众，却似乎全无进取之心，此大非常情。萧吼，此番你定要不惜深入，一定要弄清楚慕容谦到底有多少人马，各在什么地方，猜不透慕容谦打的什么算盘，我就难以专心来对付唐康、李浩！"

"爹爹，孩儿愿与萧将军同往！"

"不必了。"韩宝冷冷地拒绝道，"你另有差遣。"

韩敌猎很不甘心地看了萧吼一眼，躬身道："还请爹爹示下。"

"你见着南朝诸军戴孝了吗？"韩宝瞥了他儿子一眼，"南朝太皇太后去世了，皇上打算派韩林牙去南朝致哀，你挑三百骑人马，将姚古护送到肃宁，会合了韩林牙，然后随韩林牙一道往汴京去！"

"啊？要让孩儿去南朝出使？"韩敌猎愣住了。这时候去出使，可不是什么好差使，虽说不至于丢了性命，被扣押软禁却是大有可能，他一时没弄明白为何要让他去干这件事。

"你害怕了吗？"

"没什么好怕的。"韩敌猎摇了摇头，"不过，孩儿还是宁可打仗。"

"没出息！"韩宝骂道，"这是皇上亲自点了你的名，是你的造化。一勇之夫，我大辽多的是！此番你若随韩林牙出使成功，胜过斩首千级！为了你出使南朝，朝廷提前颁布了对你的赏赐，因南下征伐之功，封你为遂侯。[1]"

这个消息立时让韩敌猎与萧吼都变得高兴起来，韩敌猎年不过十八岁，一朝封侯，几乎是如同一步登天，哪能不喜？便是萧吼，他的军功更在韩敌猎之上，见韩敌猎已封侯，便知他的封赏亦不过是迟早间的事，对于他这样出身低微的人来说，受封侯爵，实是他的人生地位最翻天覆地的一次改变。二人都是欢天喜地，韩敌猎也不再计较要去出使宋朝之事，只认真听韩宝继续说道："待韩林牙启程，朝廷便下令满朝文武为南朝太皇太后戴孝。此番将姚古送回去，是为了表达我朝对南朝太皇太后的尊敬之意，你一路上，须得好生待他，以免落人话柄。"

"是！"韩敌猎方恭声答应了，却听外头有人高声禀道："紧急军情！"

韩敌猎与萧吼连忙朝韩宝行了一礼，退了出去。走到外面之时，二人瞥了一眼那递送军情的使者，却认得是耶律薛禅的部下，二人知道耶律薛禅此前奉命驻守束鹿，防范祁州宋军，这时不免都暗暗吃了一惊。韩敌猎想起萧吼正要去祁州、真定刺探宋军军情，不由担心地看了萧吼一眼，却见萧吼正从随从那里牵过坐骑，脸色十分凝重，他张张嘴，想要叮嘱两句，却见一个卫士大步走到萧吼跟前，说道："萧将军，晋国公召见！"他不由得一愣，到了嘴边的话又咽了回去。

萧吼刚刚从韩宝那儿出来，却马上又被召了回去，他心里知道必是束鹿那边出了什么变故，不免有些忐忑不安。才走进帐中，他便见韩宝正站在一幅舆

---

[1] 大辽官制，在爵位之上，大体是继承大唐的九等爵制，另有创新改变。辽国在卫王萧佑丹主政期间，吸纳宋朝对勋爵制度的改革，与辽国传统制度相结合，将爵位改成十二等爵，依次为：二字王、一字王、二字国王、一字国王、郡王、国公、郡公、侯、县公、伯、子、男。辽国学汉制，重视侯爵，侯爵以下皆是荣衔，并无实利，然至侯爵，不仅有不菲之薪俸，更有更高之政治待遇，在朝堂之上，位序排在各州牧守之前。大辽更重军功，故自太平中兴起来，非有大军功，绝不可能封侯。故而侯爵在此时之辽国，尤为珍贵难得。盖萧佑丹特以此激励将士也。

地图前,目光紧紧盯着束鹿一带,见他进来,马上说道:"你不必去祁州了!"

"果然!"萧吼心里说了一声,又听韩宝说道:"束鹿来报,滹沱河以北的深泽镇,以南的鼓城[1],都出现大股宋军,宋军前锋昨晚夜袭束鹿,差点儿得手。看样子,慕容谦来了!"

在韩宝接到大股宋军出现在滹沱河两岸的深泽镇、鼓城之东,甚至有宋军夜袭束鹿的紧急军情的同时,进驻祁州鼓城的武骑军副都指挥使王赡,也接获了一些奇怪的情报。

王赡驻守的祁州鼓城县,东出真定府九十里,至深州城尚不到一百五十里,距束鹿就更近,不过百里左右,自古以来,鼓城便是真定、河间之间交通的必经之道。整个鼓城县的地势平缓开旷,虽然海拔由西向东缓缓降低,但奔驰其地,却几乎难以察觉。除了城北十三里有滹沱河流过以外,在滹沱河北的深泽镇,还有一个被称为"盘蒲泽"的小湖。此时,把守深泽镇至鼓城之间的滹沱河上的危渡口、五鹿津口等几个渡口的,是横山番军的任刚中,而王赡则率了一个营的骑兵,在鼓城西边五里的鼓城山上设寨。

对于慕容谦安排给他的这个差遣,王赡心里面免不了有许多腹诽。他也是进过讲武学堂的,听过不少的历史战例,鼓城这个地方,可给不了他安全感。须知隋唐五代之间的战争,不论是李艺与刘黑闼相争,还是李克用与朱全忠争雄,鼓城都是个遭池鱼之殃的地方。也不管是西攻镇州、东掠深州,又或是南夺冀州,反正,大军只要路过鼓城,顺便就会攻下此城,洗劫一番。在地理上,滹沱河除了带给鼓城无穷无尽的水患以外,并没有顺便给过鼓城军事上的安全;而虽说西边有一座鼓城山,可是鼓城到底是利于骑兵驰骋的地方。对于鼓城那又小又矮的城墙,王赡更是大皱眉头——辽军不来则罢,若来攻城,用不了一时三刻,鼓城便该姓耶律了。

因此,王赡一直觉得这是慕容谦或者姚雄没安好心的安排。但更让王赡气不打一处来的,还是几天前抵达深泽镇的渭州番军都指挥使刘法。

[1] 真实历史上,虽然滹沱河在北宋朝改道频繁,但应当是在北宋后期之政和年间方大举改道,走鼓城(今晋州市)之南,注入苦河。故此时之河道,至少鼓城一段,仍当与《元和郡县志》所载无异。

原本，与河朔将领不同，王赡一向知晓西军底细，他知道渭州番军是当今右丞相石越的亲信李十五所创，在平定西南夷之乱中，也曾立下过一些战功，虽然李十五在绍圣初年因染上瘴疫而壮年病故，但继任的都指挥使刘法是王厚亲自推荐的，也是轻易得罪不得的人。所以，在听说刘法到了深泽镇之后，王赡本是怀着刻意折节下交的心态，邀请刘法来参观鼓城山的风景与鼓城城北据说是东汉皇甫嵩所筑的京观遗址——故老相传，那是皇甫嵩用斩下的十余万黄巾军的人头垒起来的一大奇观。但没有想到，刘法这厮借口自己感染风寒，根本不愿来见他。初时王赡还信以为真，后来他派出去的斥候打探到刘法亲自率了一小队人马远出束鹿刺探辽军军情，与束鹿的辽军打了一仗，王赡才知道自己是被耍了——刘法哪里是得了什么风寒？这分明是瞧不起他，不愿意来见他。因为刘法官阶比他低，见着他后，免不得要给他行礼！

若是慕容谦、姚雄在王赡面前拿点儿架子，也就罢了。甚至，倘若渭州番军的都指挥使还是李十五，这口气，王赡也忍了，但刘法又算是什么东西？当王赡在西军中建功立业之时，刘法还不知道在哪儿吃奶呢！这几日间，王赡心里面便就只想着要如何才能出这口恶气。刘法官阶虽比他低，但与他不相隶属，要报复，却也不是容易之事。

王赡在知道刘法亲自出去打探军情之后，便加意留心，派出不少斥候前往束鹿打听消息。然而得到的消息，让他有些丈二和尚摸不着头脑。

这束鹿县境内，有所谓青丘、牛丘、驰丘、灵丘、黄丘一共五座小有名气的小山，县境的南边，则是大陆泽的北部，县北还有一个束鹿岩，能轻而易举地藏下千余人马——昨日这一日之内，斥候回报，束鹿五丘至大陆泽北部，突然烟尘高扬，旌旗相连，从旗号来看，竟然是慕容谦的大军！尤其是黄丘一带，从旗帜来看，至少有五六千之众屯兵其中。不仅如此，白天斥候可以看见不知有多少人马，在那里旁若无人地耀武扬威，还与小股辽军发生激战；夜晚这些突然冒出来的宋军，竟然还进攻了束鹿县城！

初时，王赡还以为是刘法或者任刚中闹的玄虚，但令他意外的是，没多久过，任刚中便派了人来问他：出现在束鹿的这支宋军是不是他的部下？！

王赡顿时糊涂了。他知道这几日间，刘法与任刚中打得火热，倘若那是刘法的部队，任刚中必然知情。何况刘法驻扎在深泽镇，而任刚中把守着滹沱河的渡口，刘法便是想瞒他，亦不可能瞒得过。出现在束鹿的宋军既然并非刘法、任刚中部，又不是他自己的，这附近最近的宋军，便是稿城的姚雄部了！但姚雄倘若要去束鹿，非得经过鼓城不可，王赡不可能全不知情。

他完全不认为这支部队可能与冀州的唐康、李浩有何关系。因为虽然从地图上来看，冀州与深州毗连，但是，从衡水到束鹿，却也有一百多里，这一百多里并不好走，除了要渡过苦河外，所经过的全是辽军占据的地盘，一路之上到处都是打草谷的辽军。别说人人都知道唐康与李浩既无兵力亦无必要跑到束鹿来与辽军对垒，便是要走过这一百多里而不惊动辽人，不被辽兵追杀，那在王赡看来，便已经是完全不可能的事情了。而他心里面是十分肯定的，数日之前，曾经有唐康、李浩的使者经过鼓城，前去真定府求见慕容谦，虽然使者不肯对他明言何所请，但王赡心里明镜似的——那必是去求慕容谦发兵，协同他们打仗的！唐康与李浩的兵力已经捉襟见肘了。

所以，思前想后，王赡最终还是判断，这必定是刘法搞的鬼。而任刚中不过是替刘法掩饰而已，所谓"欲盖弥彰"，刘法此人必定是贪功求胜，故而违背慕容谦的节度，私下里大布疑兵，目的自然是攻打束鹿，甚至故意引诱韩宝来攻打他们。

刘法这厮贪功，原本不干他王赡鸟事。但是，如今是王赡驻守鼓城，一旦辽军引兵来攻，他王赡是要首当其冲的！

这不是算计他王赡吗？

弄明白这中间的文章之后，王赡怒从心中起，恶向胆边生，猛地一拍桌案，高声喝道："来人啊！"

他的亲兵指挥使李琨立时跑了进来，朝他行了一礼，问道："将军有何吩咐？"

"备马！快备马！"王赡恼声喊道，"你带齐人马，咱们往深泽镇去！"

任刚中不是故意来耍他吗？刘法不来见他？那他王赡亲自去深泽镇见他刘法！他倒要看看，若在深泽镇见不着刘法与渭州番军，任刚中要如何向他解释？

李琨觑见王赡神色，不知他为何发怒，却不敢多问，连忙答应了，正要退出去召集人马，忽听到帐外有人急步流星地走来，在门口禀道："启禀将军，第一指挥在营外抓了个奸细,他自称是拱圣军翊麾校尉刘延庆,想要求见将军!"

"什么刘延庆李延庆的!"王赡大步走出大帐,骂了一句,"可有官告印信?"

"身上只搜出一面铜牌,是翊麾校尉不假,然官告铜印皆无,此人声称是在乱军之中丢失了。"

"那必是假的!"王赡冷笑道,"一面铜牌,契丹人不知有多少,必是奸细无疑。关起来,好好拷打!"

"是!"那禀报的节级正要退下,王赡忽然想起什么,连忙喝止,皱眉问道:"方才你说他叫什么?"

"回将军,此人自称刘延庆!"

"刘延庆?刘延庆……"王赡口中念叨了两声,纳闷道,"这个名字如何这般耳熟?"他站在那儿,却始终是不记得自己曾经认得一个叫刘延庆的,但这名字,分明又是十分熟悉。想了一阵,还是不得要领,王赡正要放弃,却见他的书记官正好过来,他心中一动,问道:"书记官,你可听说过一个叫刘延庆的?"

那书记官一愣,忙回道:"振威问的,可是拱圣军的刘翊麾刘延庆将军?"

这个轮到王赡吃惊了,"果真有此人?你又如何认得?"

书记官笑了起来,"振威真是贵人多忘事。刘翊麾是天子下诏表彰过的,战报之上屡有提及。"

"呀?"王赡张大嘴,顿时全想起来了,忙对那禀报的节级喝道,"快去将刘将军请来,好生相待。"

那节级早在旁边听说了,慌忙答应了,退了下去。李琨在一边听说王赡又要见刘延庆,正要询问是不是还要去召集人马,但王赡已经转身入帐,他不敢进去追问,只得也退了下去,给王赡备马。

当王赡在他的大帐中见着刘延庆时,对方的狼狈几乎令他不忍睹视。

刘延庆倒没受什么伤,只是他掉队之后,战马在突围中箭,早已倒毙,他是一路步行走到鼓城的。沿途之中,因为要躲避辽军,只能昼伏夜行,又没有吃的,只能靠吃点儿生食勉强果腹,忍饥挨饿好不容易才走到鼓城。他的官告印信在突围时全丢了个干净，到了鼓城，也不敢去见地方官员，因打听到鼓城山上有宋军驻扎，他便想着碰碰运气，看看军中是否有相熟故旧，好证明他的身份，也能借匹坐骑，弄点儿盘缠。不料才到鼓城山下，因他不敢上山，只敢在山口张望，竟被巡逻的士兵当成奸细抓了起来。

从深州突围后，刘延庆害怕辽军发觉，早将战袍、铠甲脱掉扔了，找了个死去的平民，从尸体上扒了件破旧袍子穿着，除了那面铜牌是仅有的能证明他身份的物什，他还贴身藏着，其余弓箭、刀剑全不敢要，每晚又只能宿于野外，因此身上又脏又臭——他这副样子，刘延庆自己比谁都清楚，他在大军驻地之外"鬼鬼祟祟"，纵然那些士兵不真的认为他是辽人奸细，哪怕被睁一只眼闭一只眼当成奸细杀了去领功，也是常事。因此，被抓住之时，刘延庆几乎以为自己就要糊里糊涂死在自己人手上了。

当得知自己竟然逃过此劫之后，刘延庆对于王赡的感激之情可想而知。

王赡只是简单询问了刘延庆一些拱圣军的事情之后，便确定了刘延庆的身份。虽然二人素不相识，但是，刘延庆的狼狈让王赡平生兔死狐悲之感。因为此事，他只得暂时搁下去找刘法与任刚中算账的事，吩咐了下人领着刘延庆去沐浴更衣，又忙着叫人置办酒宴，唤来营中的几名将领作陪，亲自在营中款待刘延庆。

不料酒宴之上，二人竟一见如故。

洗过澡、换过衣服的刘延庆谈吐风雅，绝无半点儿死板固执，在许多事情上，他与王赡的看法都十分相契。王赡与麾下几名将领不断询问他守卫深州之时的细节，还有他只身逃回鼓城的经历，都是十分嗟叹与钦佩。刘延庆本是受天子诏令表彰的武将，对于王赡等人来说，这是令人羡慕的至高荣耀，此时又听他讲起种种经历，在王赡等人的心目之中，不知不觉间，刘延庆早已是当世之英雄、人间之豪杰。

王赡深知刘延庆不仅是简在帝心，更是两府、清议都认可的英雄，此番大难不死，日后荣华富贵可以说是唾手可得。他虽然官位暂时高于刘延庆，但这时候竟绝不敢以上官待之，反倒刻意结交。刘延庆则是对王赡十分感激，亦是倾心相待。二人又谈得投机，在宴席之上便趁着酒兴换了帖子，义结金兰。

王赡与刘延庆相谈甚欢，接风之宴散去之后，王赡又亲自领着刘延庆观看他在鼓城山上的营寨。刘延庆是个机巧之人，宴席之上人多嘴杂，他不便多问，这时只有他与王瞻二人，便趁机问起姚咒等人的下落，周围地区的军事部署。自王瞻口中，他这才知道原来姚咒突围之后到了真定府，此时已经奉宣台之令，由田宗铠护送着前往大名府，拱圣军其余人马则全归了段子介。刘延庆又询问李浑下落，王瞻哪里认得李浑，自是不得要领。二人正走到营寨外一道山崖之旁，那山崖之上到处都是大石，只有一棵孤零零的老树。刘延庆触景生情，想起拱圣军一朝瓦解，姚咒将要被问罪，众多袍泽部属如今人鬼殊途，自己沦落到这般田地，前程未卜，一时间，不由得悲从中来，借着点儿酒意，竟号啕大哭起来。

王瞻如何能理解刘延庆心中的悲凉？他以旁观者的心态，只觉得刘延庆是苦尽甘来，前程似锦，心中羡慕还来不及，见他问得几句，突然没来由地大哭起来，只道是他与李浑关系极好，因而悲伤，于是在旁边劝慰道："贤弟不必如此伤心。世间之事，自有命数，想来那李将军吉人自有天相，必能如贤弟一般逃出此劫，日后前途正不可限量……"

刘延庆身在局中，他只道姚咒都被问罪，他们这些将领纵不被问责，那也是树倒猢狲散，总是个"败军之将"，只觉前路茫茫，这时听王瞻相劝，又说什么"不可限量"，他心知自己有些失态，一面止住泪水，一面说道："愚弟是败军之将，有什么前程可言。今日幸得结识哥哥，否则早已身死异乡，做了孤魂野鬼。如今既知姚太尉去了北京，愚弟有个不情之请……"

他尚未说完，王瞻已猜到他想说什么："贤弟想去北京？"

刘延庆点点头，道："不论是祸是福，总得让宣台知道愚弟尚在人世。"

王瞻见他心事重重，只觉是杞人忧天，不由得笑道："若以愚兄之见，贤弟且不忙着去北京。贤弟只须写一封书信，我着人送往北京宣台便可，贤弟只管在这里等候宣台的处分便是。如今路上并不太平，契丹的拦子马往往深入腹地，慕容大总管驭将甚严，我实实拨不出人马护送，但若是贤弟此时一人动身，我又放心不下。依我看，用不了太久，契丹便会退兵，两朝将会议和，待到太平一点儿再走不迟。"

"议和？"刘延庆心里愣了一下，但他此刻亦不太关心这些军国大事，只听王瞻又诚恳地说道："再者，不瞒贤弟，如今我这儿也是兵微将寡，军中诸将全不堪用,与我一道驻守祁州的刘法、任刚中之辈,自恃悍勇,甚轻我武骑军。若有贤弟这等人物在军中助我一臂之力,刘法、任刚中之徒,又何足道哉?"

这几句话,却是王赡的肺腑之言了。经历深州血战之后,刘延庆对于战争已十分厌倦,只觉得哪怕受点儿责罚,也要远远地躲到后方去,因此回大名府之意甚坚。但这时听王赡说得十分恳切,他对王赡十分感激,颇怀知恩图报之心,倒不好拒绝。只是他也不知道刘法、任刚中是什么人物,因问道:"哥哥贵为武骑军副将,这刘、任二人,又是何人,敢对哥哥无礼?"

王赡算是被刘延庆问到了痛处,他喟然长叹一声,拔出佩刀来,狠狠朝着一块大岩石斫去,只听当的一声,火花四溅,一把好好的宝刀,刀刃被崩出一个小缺口。王赡更是恼怒,将佩刀恶狠狠地掷入山谷,咬牙骂道:"终有一天,要让刘法、任刚中这些小人好看!"

因说起二人种种目中无人之状,又提到刘法贪功,擅自兴兵,在束鹿一带大布疑兵之事。刘延庆认真听着王赡所说的一切,他其实并非擅长谋略之人,只是在深州与契丹血战数十日,几度在生死之间打转,性子上不免沉稳镇定许多。王赡一说完,刘延庆马上觉察到其中的问题,沉吟道:"只怕是哥哥想岔了!"

王赡一愣,连忙问道:"何出此言?"

"刘法若果真是贪功,想要攻下束鹿,就该悄悄去偷袭。纵然攻不下,也要示敌以弱,令辽军以为他们兵少可欺,不加提防,方能有机可乘。如此大张旗鼓,对他有何好处?难道还能吓跑束鹿守军不成?依我看,只会招来更多的辽军。听哥哥所言,渭州番军也就是那么点儿兵力,闹这等玄虚,岂不是找死吗?"

刘延庆的这一番话却是在情在理,一下子就让王赡意识到自己可能真的是猜错了。他越发觉得留下刘延庆帮忙是正确的,因又问道:"那贤弟以为是何人所为?"

刘延庆又想了一会儿,才回道:"这恐怕是祸水东引之策。韩宝、萧岚,弟所深知,狠如狼、猛如虎,这分明是有人要故意挑得韩宝、萧岚来攻打慕容大总管。此人在束鹿大布疑兵,韩宝、萧岚知道慕容大总管在其侧翼,若他舍不得放弃深州,便免不了要移师西向,先来攻破西边的威胁……"

"那样一来,这疑兵之计,不是被揭破了吗?"

"自然难免被揭穿！但是韩宝、萧岚岂能甘心白跑一趟？他们既然知道这里没有慕容大总管的大军，自己被人所欺，免不了便要找个地方泄愤，顺便打一下鼓城，亦不无可能……"

他话未说完，王赡已被吓得面如土色，颤声道："韩宝、萧岚果真会来打鼓城么？"

刘延庆其实亦只是猜测而已，他全然不知道辽军的战略重点是攻取永静军，韩宝绝不可能在鼓城来浪费时间，他根据自己所掌握的信息来揣测，越想越觉得必是如此，因笃定地点点头，道："必是如此！"

这却将王赡吓得不轻，拱圣军都败在韩宝手上，他区区一个营的武骑军，又如何敢与韩宝争锋？只是这等话却不便宣之于口，只问道："那究竟是何人在那儿引诱辽人？这岂不是……岂不是……"他差点儿便将"借刀杀人"四个字都说了出来。

"必是唐康、李浩！"刘延庆断然说道。

"唐康、李浩？"王赡张大了嘴巴，"这如何可能？"

"引得韩宝、萧岚西进，只对唐康、李浩有利。"刘延庆道，"我听说骁胜军为救援深州，损伤惨重。如今深州既失，韩宝、萧岚下一个目标，便是唐康、李浩。他二人兵力难以抗拒辽军，便设法转移辽军注意力，一旦韩宝、萧岚西进，与慕容大总管打起来，二人便可以趁机北进，收复深州，立下大功一件。甚而夹击辽军……"

"可他二人已没多少人马，如何能逾百里而至束鹿布此疑阵？"王赡还是将信将疑，只觉不可思议。

刘延庆望着王赡，道："哥哥不曾听说过环州义勇吗？"

2

刘延庆虽然对唐康、李浩、何灌与韩宝、萧岚的动机猜得离题万里，甚而有点儿小人之心，但出现在束鹿以西的部队就是何灌的环州义勇这件事，却被他误打误撞猜中了。

这正是何灌所献的牵制韩宝之妙计——不管何灌怎么样在苦河以南大布疑兵,又或尽力防守,要想骗过或者阻止韩宝,那都是不可能的。韩宝用兵谨慎却不胆小,明知道萧阿鲁带在唐康、李浩的后方,即使只是为了协助萧阿鲁带牵制一下冀州的宋军,他也不会因为宋军兵力多或者防守严密,便知难而退,连试都不去试一下。因此,何灌的计策,除了要在苦河的南岸大布疑兵,还要另辟蹊径,去吸引韩宝的注意力。

而何灌打的,便是慕容谦的主意。

他在冀州只留下了两百环州义勇,由一名胆大的指挥使率领,打着他的旗号四出巡视,将协助他们过防的冀州巡检也瞒了个严严实实。而他本人,则亲自率领着余下的那不足五百骑人马扮成辽军,多带旗帜,昼夜疾行,神不知鬼不觉地出现在束鹿西边,然后大布疑阵。束鹿五丘都是树林茂密之地,他在那些地方扎了一座座空寨,扮成数千之骑觑视束鹿之态,为了不使辽军起疑心,更是主动出击,将所部装成是大军的先锋军,不断寻找束鹿的辽军作战。

不得不说,这个计策十分凶险。倘若辽军在束鹿的将领有勇有谋,又或者稍微莽撞一点儿,便凭何灌这点儿人马,很快便会露馅。如此一来,冀州虚实便会被韩宝所知,他挥兵渡河,只恐连冀州城都岌岌可危。

但何灌也罢,唐康、李浩也罢,赌的便是天下无人敢小瞧了慕容谦!

他们相信以韩宝之能,必然早已知晓慕容谦到了真定府,而且慕容谦又摆了几粒棋子在祁州,那么真定、祁州宋军的东下,便是韩宝不得不警惕的。况且,无论如何,当束鹿以西出现宋军的时候,韩宝绝不可能不想到慕容谦,而认为那会与冀州的宋军有关。就算辽军识破了那是疑兵,也会认为是慕容谦布的疑兵,他们仍要花点儿时间去琢磨下慕容谦的用心。只要运气不坏到一定程度,没个几天时间,辽人是不可能想到冀州的宋军的!

而唐康他们最需要的,便是时间。

因为这个计策还有后手。只是这个"后手",并不完全在何灌的掌握之中。

原本此策是可以由左军行营都总管府的宋军来完成的,无论是武骑军还是横山番军东下,韩宝都得面临两面作战的窘境!

原本辽军的策略是打宋军一个时间差——真定府慕容谦得知冀州的战况，然后挥军东下，这是需要时间的，倘若一切顺利的话，当慕容谦出现在深州的时候，韩宝的大军早已经到了永静军。河北战场是不存在什么后路的，因为整个河北到处都是后路。当永静军在手之后，深州让给慕容谦也无关紧要。甚至韩宝与耶律信在解决了永静军与冀州之敌后，还可以回过头来，再收拾掉慕容谦。

现实亦大体如辽军所算计的。就算是唐康、李浩，也指挥不了祁州的宋军，他们更不可能去要求慕容谦的部下做什么，甚至为了怕过早泄露消息，何灌都不能主动与王赡、刘法们联络。唐康能做的，只是再度派出密使，兼程前往真定府求见慕容谦，将这个计划告知慕容谦，并向他乞兵相助。

若无慕容谦的相助，何灌的疑兵之策很难持续十日之久而不被韩宝识破。所以，何灌与唐康、李浩，是将赌注压在了慕容谦身上。只要能骗过韩宝三四日的时间，不论慕容谦肯不肯发兵，何灌都会立即返回冀州。若然韩宝发觉，掉过头来进攻冀州，他便只能死守硬扛，多半难逃兵败的下场。但若是慕容谦肯及时发兵，原本的疑兵变成货真价实的大军，那么韩宝便只可能派出偏师进攻冀州，何灌就有很大的机会再坚守苦河四五日。

唐康、李浩都知道这个计策极为冒险，何灌前往束鹿被发觉，韩宝在他到达束鹿之前突然大举进攻，束鹿的辽军将领碰巧是个莽夫或者智勇双全，甚至前往束鹿的某个士兵被辽军俘获，慕容谦不肯发兵或者发兵迟了，韩宝得知慕容谦大举东下后仍然孤注一掷大举进攻冀州，而只以偏师拖延慕容谦……他们可以想到的，便有许许多多的意外，只要其中之一发生，后果便不堪设想。

还会有穷尽他们的想象也意想不到的意外！

但这就是所谓"奇谋"！

自古以来，"意外"与"奇谋"便是一对死敌。

但何灌所不知道的是，唐康和李浩悄悄留了一条退路，万一计策失败，二人便不顾一切也要退守冀州城，哪怕骁胜军再次损失三分之二的兵力，他们也要退保冀州，凭借坚城，与辽人周旋。

应该有八成的机会冀州城不会丢，这才是唐康与李浩敢于挑战这一切意外的原因。

可这个决策，仍然是赌博的性质远远大于理智的庙算。

但何灌这一出"狐假虎威"之策，却被刘延庆当成了"祸水西引"之计。王赡虽对刘延庆的分析一直是半信半疑，但他仍然采纳了刘延庆的建议，派出两名得力的心腹节级，分头前往束鹿的何灌部与深泽镇的刘法部打探消息。

子夜时分，两名心腹节级快马疾驰归来，禀报王赡，刘法与任刚中果然都在深泽镇，他们也在猜测那支宋军究竟是何人所率，要不要进兵增援……而前往束鹿的那名节级虽没有见着何灌，却在一座空寨附近捡到了一张断弓！自熙宁年间励精图治，大宋朝的军器制造管理便十分严格，在这张断弓的弓背上面，与大宋朝绝大部分的弓一样，都有一行刻字。而这张断弓上面，刻着"庆·绍圣四年夏·叶"七个小字。王赡一看便知，这张断弓必是在庆州弓箭作坊，于绍圣四年夏季，由一个姓叶的工匠制造的！

庆州弓箭作坊不是一个大作坊，它造的弓箭只供给少数几支西军使用，而环州义勇正是其中之一。

至此，王赡对刘延庆佩服得五体投地，但钦佩之后，便是对将要来临的战争的恐惧。他一时间坐卧难安，几乎要顾不得失礼，立时就要叫人去将已然安睡的刘延庆唤醒，连夜商议对策。但他终究是不愿意让刘延庆小瞧他，苦苦忍耐至天明，待到吃过早饭，方才故作从容地叫人去请来刘延庆，将两名心腹节级的报告又向刘延庆转叙了一遍。

刘延庆一面听他转叙，一面拿着那张断弓，在手中翻来覆去地仔细端详，略带得意地说道："果然是环州义勇！弟在深州之时，曾听田宗铠说过，环州义勇的主将皆是当世之雄。以前的何畏之自不用提，如今的何灌亦有万夫不当之勇！"

王赡从未听说过何灌之名，心中哪里肯信？只是不便扫了刘延庆的面子，因苦笑道："只恐何灌再勇武，亦挡不住韩宝的数万大军！"

刘延庆点头道："那是自然。一夫之勇，何足道哉？若说五代的时候，勇将还有一席之地，自国朝以来，一将之勇已是越来越无足轻重了……"

王赡表面上从容镇定，内里实是心急如焚，哪里有心思与他谈古，忙接着刘延庆的话头说道:"贤弟说的极是,只是,倘若何灌挡不住韩宝,他这祸水西引之计,便免不了要将韩宝引到这鼓城来!"

听话知音,刘延庆本就是个聪明伶俐的人物,况且他自己也是厌战之心甚盛,与王赡交谈一日,早已知道王赡心里的小九九,此时王赡一开口,他便听出了言外之意。但刘延庆终究是死里逃生的人,他与王赡到底不同,王赡是畏惧辽人,而他到底是从深州围城活下来的人,心中有的只是厌倦而已,因此他比王赡要清醒许多。他静静地看了王赡一会儿,方淡然说道:"哥哥,莫要犯了糊涂!"

王赡一时却没听懂,只是呆呆地望着刘延庆。

刘延庆又轻声说道:"何灌算不得什么,但他背后的唐康却是哥哥惹不起的。刘法不算什么,可慕容大总管却也是哥哥惹不起的。"

"这我自然明白。"王赡会意过来,点点头,"故此才左右为难。还要请贤弟想个两全之策!"

一日之前,刘延庆便已知王赡必有此一问,他一心欲报答王赡,倒也殚精竭智,替王赡想了一个应对之法,但他成竹在胸,却仍是故意沉吟了一会儿,方才缓缓说道:"哥哥若要两全,倒也不难。"

王赡听说可以两全,顿时大喜,连忙问道:"贤弟有何妙计?"

刘延庆却不马上回答,反问道:"弟昨日听哥哥言道,那刘法、任刚中皆是贪功好勇之徒?"

"不错。"王赡愤然点头,"只是这与贤弟的妙计,又有何关系?"

刘延庆笑道:"弟这个计策,却正要借助刘、任二人之力!"

"你是说?"

"哥哥欲要转祸为福,坐在鼓城,绝非上策。愚弟之计,便是要主动出击!"

他话未说完,便听王赡一声惊叫,"这……这如何使得?"

刘延庆连忙安抚道:"哥哥莫急。天下之事,往往是似安实危,似危实安。"王赡半信半疑地望着刘延庆,听他继续说道:"唐康、李浩将何灌派到束鹿来,依弟看来,那也是狗急跳墙。弟在汴京,便听说那唐康有个诨号叫二阎罗,因他做事狠绝,故有此称。他既是石丞相的义弟,与慕容大总管亦是亲戚,故此,弟料他虽然一面先斩后奏,将辽军引向祁州、真定,一面却一定也会做足表面文章，遣使真定，请慕容大总管发兵相助。而慕容总管素有宽厚之名，多半不会与唐康计较。"

"那是自然。"王赡无奈地叹了口气。

"因此之故，若是哥哥露出避战之意，又或处置失当，坏了唐康的大事，只怕后患无穷。纵然是安坐鼓城，想要置身事外，所谓树欲静而风不止，一来辽军未必分得清这些青红皂白，二来慕容总管只怕也会出兵相助，到时候一道军令下来，哥哥身处鼓城，还得身先士卒。到时候纵有千不甘万不愿，军令如山，哥哥敢违抗否？"

刘延庆端起茶杯，吃了口茶，又继续说道："与其如此，哥哥倒不如冒一点儿小险，争取主动。既卖给唐康一个人情，又给慕容总管留个好印象。"

"这却要如何争取主动法？"

"逃是逃不过，干脆去助何灌一臂之力！"

王赡仍是迟疑，"这可是擅违慕容总管节度！"

"随机应变，正是大将之事，慕容大总管必不责怪。"刘延庆心里知道王赡怕的不是这个，又说道，"况且哥哥所部，不必真的与辽人交锋。"

王赡顿时睁大了眼睛，"这如何能够？"他话一出口，立时却明白过来，恍然悟道，"贤弟是说，让刘法、任刚中去打仗？"

"正是。"刘延庆笑道，"哥哥主动去找刘、任二人，请他们一道出兵，助何灌一臂之力，倘若他们不肯答应，哥哥亦不必强求，日后算起账来，那是他二人的罪责。若他们果真贪功好斗，必然答应。这祁州之内，哥哥是官衔最高的武将，无论如何，亦不能让哥哥去打头阵。到时哥哥只管下令，让刘法、任刚中协同何灌在前面布阵，而哥哥所部，则在鼓城与他们之间往返，做出不断增兵的迹象。一面则急报慕容大总管，请求大军增援。倘若大军在辽军之前赶到，哥哥驻守鼓城，对此地较为熟悉，慕容大总管多半会令哥哥继续驻守此地，供应粮草军需。若是大军来得慢了，刘法所部渭州番军也有两千骑，在前面总抵挡得一阵。倘若他抵抗不住，兵败退回，哥哥率军后撤亦名正言顺，只说是哥哥准备率兵支援，未及赶到，刘法已然兵败，孤掌难鸣，军心动摇，只得暂时后撤，稳住阵脚。纵然是朝廷追究起来，这兵败之责，也得由刘法来担！"

此时因帐中再无旁人，刘延庆这番话说得露骨之极，但王黼却听得眉开眼笑，抚掌笑道："贤弟真智多星也！事不宜迟，便请贤弟辛苦一趟，随我前往深泽，我要亲自去见刘法与任刚中！"

鼓城至深泽镇约四十里，滹沱河则更近，距鼓城不过十三里，王黼与刘延庆下了鼓城山，轻骑简从，纵马疾行，直奔任刚中驻守的危渡口。

这危渡口的名字，相传与后汉光武帝刘秀有关。当年刘秀尚在做更始帝的大司马，更始帝派他经略河北，在邯郸称帝的王郎与之争夺对河北的控制权，其时刘秀兵微将寡，略为所迫，甚至一度萌生退出河北之意。某次刘秀被王郎大军追赶，逃至危渡口，滹沱河气温骤降，河水结上坚冰，令刘秀得以从容渡河，而他渡河之后，坚冰立即消融，将追兵挡在了滹沱河的南边。这就是著名的"汉渡留冰"。

这等神怪之事，是偶然巧合，又或是后人附会，早已不可考。但深泽镇与刘秀的起家，的确有着极为密切的关系，故这深泽镇的地名，也大抵都与刘秀的传说有关，可以说当地每一个地名，都伴随着一个与刘秀有关的故事。因刘秀的传说，这危渡口南边的村庄便叫作"水冰村"。

王黼从未到过任刚中的营地，对于滹沱河渡口亦漠不关心。他只知任刚中平时多在危渡口一带，与刘延庆到了水冰村后，方遣李琨去打听。他与刘延庆则找了一座茶馆歇马。

大宋朝自建国以来，便是中国历史上少有的不仅不打击商业，反而鼓励发展商业的时代。往前追溯，虽说较之战国时代还颇有不如，但自战国以后，一千数百余年间，商人与商业之地位，却从未有如此之高过。河北一地，其时本就是繁华富庶之所，当时南方诸州蒸蒸日上，北方之所以还能与南方相抗撷，主要依赖的就是河北与京东地区尚未衰落。这鼓城与深泽镇是所谓四通八达之地，是河北东西部交通的必经要道，当地所产花绢更是大宋朝指定的贡品，承平时节，商贾往来络绎不绝。绍圣初年，为了便利商旅行人，还由宋廷派出使者，在危渡口造了一座木拱桥。这座木拱桥的出现，不仅让水冰村这座小村庄在短短六七年的时间之内，隐隐有向市镇发展的趋势，在军事上，也让危渡口相比其他的渡口来说更加重要。

王瞻与刘延庆歇马的茶馆，便在危渡口木拱桥南边不远处。此时河北陷入战乱，行商早已绝迹，但祁州是河北中北部诸州中受辽军骚扰较少的地区，本地商贩与百姓的往来并没有停止，不时还有送递军情的士兵驰马飞奔而过，还有零零星星逃难的百姓三五成群地结伴而来，再加上任刚中治军甚严，驻守危渡口的横山番军军纪尚好，因此虽在战乱之中，这茶馆仍旧营业，往来各色行人多有在此歇脚者，生意竟是出奇的好。

王瞻与刘延庆穿的都是平常武官穿的紫袍，所带随从也不过三五骑，这茶馆主人见惯了来往的官员，却也没有特别留心，找了两张干净桌子，安排二人与众随从坐了，沽了两壶酒，端上小菜，便牵马下去喂马，再无人前来招呼。若是平时，王瞻早已勃然大怒，拍桌子骂娘了，但此时与刘延庆在一起，他却不知刘延庆脾性，故也收敛几分，装出不以为意的样子，与刘延庆喝着酒，一面说着闲话。

这时候茶馆中的人已不算太少，却有一小半客人都在听一个行商模样的人口沫横飞地讲着什么。二人初时不以为意，只当市井闲人说着没相干的无稽之谈，但那人声音极大，二人坐在那儿，声音便不断往耳朵里钻，没来由地听得一阵，两人却都留上心了。

从周边一些客人的小声闲叙中，二人知道这个行商本是定州无极县人，他的营生是从相州购到绫绢到辽国的析津府贩卖。辽人入侵之前，他运气很好，正在相州进货，听到两国开战的消息后，生意自然是做不成了，原本他在相州倒也十分安全，相州乃韩琦的家乡，当地多的是名门巨宦，地处在大名府防线之后，辽人便再有本事，也攻不进相州。但他因为父母妻儿一家十余口皆在无极，只有自己孤身在外，虽然自己保得平安，可定州却是辽军必然要经过的地方。他身在相州，却也不免挂念家人，思前想后，便只带了一个仆人赶回家乡，想要将家人接往相州避难。因为无极与鼓城毗邻，此人又是个行商，经常往来于此，故此这水冰村认得他的人也不少。这茶馆中，不少人都尊称他为"安员外"，显得极是熟悉。

这个安员外说的，正是他一路北来的见闻。而让王瞻与刘延庆留上心的，却是他声称三日之前途经赵州宁晋时听到的消息。他宣称自己在宁晋听到传言，有人看到南宫县起了大火，辽人已经打过冀州，马上便要打到大名府去了。

这个消息着实让王赡与刘延庆大吃一惊。虽说战事一起，谣言四起是最平常不过的事，唐康、李浩明明还在扼守苦河，辽人攻入冀州实不可信，但此人言之凿凿，宁晋县挨着冀州，南宫有何事故，传到宁晋也就是一天的事情。刘延庆倒还罢了，王赡心里面却已经打起了小鼓，说到底，他对骁胜军的现况所知也极为有限，若然这个安员外所说属实呢？那样一来，不管环州义勇在束鹿玩什么把戏，辽军既然已经攻进冀州，那便也没有道理再回头来理会真定、祁州宋军的道理，那在束鹿的必然只是小股辽军，无非装模作样，吓唬宋军而已。何灌以为他在布疑兵计，焉知辽人又不在布疑兵计？

若果真如此，那他王赡立功的机会便来了，他对辽军打仗的方法素有所闻，辽人从来不肯在所占领的城池分兵把守，也许他能趁此机会，无惊无险地收复束鹿与深州！

这得是多大的功劳？！一念及此，王赡连呼吸都变得粗重起来。

刘延庆却没把这安员外的话太放到心里去，他一面喝着酒，一面听那安员外讲话。只见安员外手舞足蹈地说着大名府防线如何坚固，一边宣称辽人必然会在大名府吃个大亏，一边又惋惜太皇太后驾崩得不是时候，声称辽人之所以敢于入侵，就是因为他们有巫师事先夜观星象，算到了太皇太后将要驾崩……他津津有味地听着，倒也不认为全是无稽之谈。须知其时宋辽两国，无论哪国出兵，都免不了要卜卦判吉凶，若是凶兆，战争的时间也会刻意改变。大宋朝的朱仙镇讲武学堂既讲火器谋略，同样也讲奇门遁甲，由天象而断吉凶之兆，也是将领们必学的知识。鬼神天命之说，就算在儒生之中也有大半相信，何况文化程度远低的武将？似太皇太后这样的人物，天上必有一颗星星与之对应，这样的观念，刘延庆素来深信不疑，因此辽人若是事先有所察知，倒也并不奇怪。

他正在对众多客人异口同声地谴责大宋朝的星官们无能，致使朝廷对于辽人入侵全无防范而心有戚戚之时，忽然感觉到王赡的异常。他的目光移到王赡身上，见他似乎正在想着什么，不由得关心问道："哥哥，怎么？"

王赡正想得得意，被刘延庆这么一问，几乎吓了一跳，连忙掩饰性地喝了口酒，含糊回道："这李琨死哪去了？"

他话音刚落，却听店主人殷勤地喊了一声："刘将军、任将军，是什么风把二位刮来了。还是老规矩……"

王赡与刘延庆循声望去，便见李琨领着两个武官正大步走进茶馆，那二人见着王赡，连忙齐齐行了一礼，高声道："下官见过王将军，未知将军前来，有失远迎，伏乞恕罪。"

李琨领来的两人，正是刘法与任刚中。

王赡与刘延庆没想到会在水冰村同时见着这两人，这让王赡心里生出一丝不快，显然，刘法与任刚中的关系十分亲密。而刘法的确也没什么病痛可言——但此时此刻，他却只好故作大方，不去揭这块疮疤。

刘法与任刚中将王赡与刘延庆请到任刚中的驻地——他在水冰村的一家富户那儿借了座小院子。到了那儿坐下后，王赡才向二人介绍刘延庆。刘法与任刚中早就听说过刘延庆的大名，却不料他投奔了王赡，都是深感意外。但如今刘延庆已是名声在外，刘法与任刚中对他倒比对王赡更加热情与客气。

自在危渡口桥头茶馆相见，刘延庆便一直在暗中观察二人。这是他初次见着二人。任刚中长了一张方脸，粗眉大眼，声音洪亮，说话之间直来直去——这样的人物，刘延庆见多了，知道这等人不过是粗鲁汉子，容易对付。而刘法却不同，此人身材修长，膀圆臂长，黝黑消瘦的尖脸上眼窝深陷，眼神阴鸷可怕。刘延庆与他对视一眼，便不由得打了个寒战，慌忙将眼睛移开。

"渭州番军权军都指挥使！"刘延庆在心里念了一遍刘法的官职，早先从王赡那里，他已知道渭州番军大约共有两千骑兵，以兵力而论，约相当于一个骑兵营了。但是，刘法的武衔不过是区区正八品上的宣节校尉，与何灌一般大。比王赡这个从六品上的振威校尉相差固然是天差地远，便是比刘延庆这个从七品上的翊麾校尉，也差了两级。

只是，天下之事，难说得紧。在这种多事之秋，今日的下属，或许就是明日的上司，刘延庆自己不就是一个很好的例子吗？

况且刘法手中还握着一支精锐的骑兵。

但王赡尽管是有求于人,却也不愿意跟刘法与任刚中过多客套。他从来没有想过刘法、任刚中有朝一日会位居他之上,在他的心里,这种可能性是不存在的。而且,即便是存在,他也只关心眼前的地位。他仿佛是在捏着鼻子与二人说话,完全是纡尊降贵的神态,一开口便带着几分讽刺地说道:"听说刘宣节偶感风寒,某十分挂念,今日见宣节气色颇佳,想是已然好了,某也就放心了。来之前,某还担心因宣节的贵恙,渭州番军不能出兵呢!"

刘法垂下眼帘,沉声回道:"刘法何人,敢蒙振威挂念。不过初至河北,水土略有不服,刘法本是粗人,有个几日工夫,自然也就好了。正欲去拜见振威,不料振威反而先来了,失礼之处,还望振威恕罪则个。"

虽然不愿意对视刘法的眼睛,但刘延庆仍是不断打量着刘法。此时听他对答,神态从容,全然不见喜怒,心中更觉此人可畏。这番回答半文不土的,却也是滴水不漏,王赡嘿嘿干笑两声,却也摘不出他的不是来。

任刚中却在旁惊讶地问道:"振威方才可是说要出兵?"

"正是。"王赡扫了二人一眼,道,"任将军不是来问过某束鹿出现的那支人马吗?"

此话一出,任刚中与刘法齐齐抬起头来,望着王赡,"振威已然知道那支人马的来历了?"

王赡点点头,道:"全亏了刘将军。"他将目光转向刘延庆,刘延庆忙欠身说了声:"不敢。"他不敢对着刘、任二人指摘唐康是祸水西引,因而煞费苦心将自己的分析改头换面,委婉漂亮地又说了一遍,只称唐康、李浩是欲分韩宝兵势而行此策,但这样一来,未免说服力大减。他见刘法、任刚中都是将信将疑,末了,又令李琨将那张断弓呈上,道:"这张断弓,正是铁证。"

其实,对于环州义勇,刘、任二人较王赡、刘延庆更为熟悉,二人一见断弓,便几乎可以确定刘延庆所说不假。又听王赡在旁冠冕堂皇地说道:"辽人陷深州之后,兵锋所向,必然是永静军、冀州无疑。如今我大军尚未北上,骁胜军兵力本来就远少于辽人,损兵折将之后,更是实力悬殊。故此唐、李二公方出此奇谋。这冀州之重要,不必某来多说,吾等不知则罢,既然知道,又近在咫尺,岂能坐观成败,而不助一臂之力?!"

他这番话说出来，刘法与任刚中虽然已有所预料，但亲耳听到，仍然是十分意外。这些日子，王赡的武骑军畏敌如虎，是二人所亲睹的，此时如何突然之间便成了慷慨赴难的义士了？二人不由得对视一眼，又将目光移向刘延庆，心中都不约而同认定，这必是刘延庆之力。只是不知他用了什么法子，将畏敌如虎的王赡，竟然说动得要主动助何灌一臂之力。

但这等事情，刘法与任刚中自无拒绝之理，任刚中率先起身，抱拳说道："振威所言极是，如今咱们是抗击外侮，不必分什么殿前司、西军、河朔军，所谓一荣俱荣，一辱俱辱。既然是冀州危急，咱们自不能置身事外。只要是与辽人打仗，刚中愿听振威差遣！"

王赡点点头，却见刘法仍未表态，心中不由大怒。却听刘延庆淡淡说道："只是这中间还有个难处。"他一面说着，一双眼睛却直直地望着刘法，"此番出兵，恐怕来不及先得慕容总管同意，只好先斩后奏……若是刘宣节有为难之处，吾等亦不敢勉强。"

刘法却也不马上回答，垂着眼帘，似是在思忖，过了一小会，方才回道："两军交战，原本就要随机应变，倘若事事请而后行，军机不知误了多少。下官非是怕慕容总管责怪，只是……"说到这里，他突然停住，抬起头望着刘延庆。

"只是什么？刘宣节尽管直说无妨。"刘延庆微微笑道。

"只是出兵打仗，不论是大仗小仗，总要明明白白。我等既是协助环州义勇分弱辽军兵势，那目的自然是引辽军西来，但成功之后，又待如何？"刘法慢吞吞地说道，一双眸子却紧盯着王赡。

王赡不自在地避开刘法的目光，正待回答，刘延庆已抢先冷笑道："刘宣节担心的是这个吗？"

"正是。"刘法的目光不自觉地转移到刘延庆身上来。

刘延庆这次却没有回避，直视刘法的目光，轻轻"哼"了一声，道："倘若辽军真的来了，那便和直娘贼的好好干一仗！"

"说得好！"任刚中大声赞了一声，高声道，"契丹人有个鸟好怕的！晏城一战，辽军亦不过是些草包！"

刘法看看刘延庆，又看看任刚中，终于又垂下眼帘，道："翊麾不愧是守深州的拱圣军！既然翊麾有此豪气，刘法亦当奉陪！"

王赡用看疯子的目光看了刘法与任刚中一眼，他完全无法理解这些人，只是在心里暗暗打定主意，他绝不会陪着这些疯子一道去送死。

3

王赡、刘延庆在说动刘法、任刚中同意出兵之后，七月十七日当天，四人便制定了一个作战计划：在几个当地向导的带领下，由任刚中率所部前去联络何灌；刘延庆率领一个指挥的武骑军与刘法的渭州番军一道，沿着滹沱河南岸大张旗鼓地直趋束鹿的北面；而王赡则统率其余的武骑军，接掌滹沱河诸渡口的防卫，并在任刚中联络上何灌后，派出数百名骑兵，不断往来鼓城与何灌部之间，制造大举出兵的假象。与此同时，由王赡派出使者，急报慕容谦，请求增援。

兵贵神速，四人真的行动起来，倒都不含糊。刘法十七日晚上便立即出兵，与刘延庆约定在滹沱河南岸西距鼓城二十里的一座村庄会合。王赡心里并不愿意刘延庆以身犯险，但刘延庆深知他若不亲至前线，武骑军一兵不派，刘法与任刚中心里必有其他想法，因此竭力劝说，王赡只得勉强同意。他对刘延庆倒算是真心结交，挑了麾下最得力的一个指挥，又将李琨派给刘延庆，一来李琨熟悉当地环境，二来便于刘延庆弹压那些不太听话的武骑军将士。

刘延庆生怕刘法那儿有变，回到鼓城山后，也不敢多待，催促着点齐人马，星夜下山，前去与刘法会合。

数日之内，由如若丧家之犬的败军之将，到再度领兵出战，刘延庆心里面亦不由得感慨万千。他原本不过就是个马军指挥使，如今虽然已经是翊麾校尉，守深州时打到最后，名义上也是个营将，但所统之兵其实也就是几百人马，因此这时统率三百骑人马，心里面不免泛起一种似曾相识的恍惚来。那种熟悉的亲切感，还有一种恍如隔世的不切实感，两者夹杂在一起，让他有一种做梦般的感觉。

人生不如意事十常八九！他在心里面感慨着，他一点儿也不想再打仗了，那种厌弃的感觉此时还萦绕着他心头，但他已经一身戎装，再度奔赴战场。他身上披挂的是一件王赡送给他的铁甲，胯下骑的是一匹完全不熟悉的枣红马，甚至腰间佩的马刀也不甚趁手，唯一让他感觉舒服一点儿的，只有王赡送给他的那张大弓，但比起他原来的大弓，却也总让他觉得不甚如意。好在他试着射了几箭之后，发现自己的准头倒并没有因此而退步。

不过，最让刘延庆觉得不习惯的，还是他麾下这三百骑武骑军。与这三百人马夜间行军才跑了十来里，刘延庆便已经彻底理解了王赡为什么这么不愿意与辽人交战。这些武骑军仿佛全然没受过夜间行军的训练，尽管都打着火炬，但才跑了十来里路，就有三四个人因为马失前蹄，从坐骑上摔了下来，未战先伤。刘延庆不得不下令他们下马步行，但不管他如何三令五申，这些人全无行军纪律可言，不仅走不出队列，连闭嘴都做不到，自李琨与那个指挥使以下，包括军法官，个个都是一边行军一边闲聊，甚至嬉笑打闹，还有人高声唱着小曲！

这在拱圣军全是不可思议之事，若是让姚咒见着，只怕他会当场砍掉几个人的脑袋！

但刘延庆治军才能原本就远远不及姚咒，况且他只是个客将，此时也不是整顿军纪的时候，他屡禁不止，最后干脆睁一只眼闭一只眼。

而让他不知道是应该感觉到脸面好过一些，还是该更加担心一些的，则是在他抵达与刘法约定会合的小村庄之时，远远便听到自村庄中传来的欢声笑语。

率先抵达村子的刘法占据了村子的土地庙，那些渭州番军此时并没有如刘延庆所想的那样已经安静地睡觉，而是围聚在一堆堆的篝火旁，饮酒吃肉，载歌载舞。

"到底只是蛮夷，难堪大任。"刘延庆不觉在心里起了鄙夷之心，在拱圣军的经历，实是在他身上留下了很深的烙印，尽管他不是一个愿意对自己要求严厉的人，可是在不知不觉中，他也已经很难接受姚咒以外的治军方法。

但他是惯于与各种各样的人打交道的，并没有表露出自己心里的轻视，亦没有板着脸故作清高，反而很随和地加入其中，倒仿佛他生来便是这渭州番军的一分子一般。这样的本事，让他很快便赢得渭州番军自刘法以下将士的好感，虽然这渭州番军中，只有大约一半左右的人会讲带着浓重陕西口音的官话，却也足以将刘延庆守深州时的英雄事迹宣扬开来了。

只用了一夜工夫，刘延庆便俨然成了渭州番军中最受欢迎与尊敬的将领。那些武骑军将士以前并不知道刘延庆的事迹，经此一晚，他们看待刘延庆的眼神也有了明显的变化。

尽管拱圣军遭遇的是全军覆没的惨败，可是众人扪心自问，却也没有人敢因此而嘲笑他们，尤其是刘延庆，他有着坠城血战的英勇、天子下诏褒奖的荣耀，纵然拱圣军最终覆亡，却怎么样也不可能是他的责任。谁也无法再苛求他，在渭州番军那儿，他是受人尊重的敢战士；而在武骑军那儿，他几乎便是一个传奇。

可惜的是，这样轻松的夜晚往往并不长久。第二天一早，两支宋军便得离开这个村庄，朝着束鹿前进。按着事先的约定，他们刻意地不隐瞒行迹，反倒是大张旗鼓，沿着滹沱河东下。

不出意料，如此张扬地行军很快便引起了辽军的注意。

午时左右，当刘延庆与刘法将要行进到束鹿城的北方之时，遭遇了第一支辽军。

这支辽军有千骑左右，人马虽然少于宋军，却似乎有备而来。辽军最先碰上的，是在前头带路的刘延庆的武骑军与渭州番军的一个百人队。刘延庆的武骑军大都没有经历过战阵，远远瞧见辽军兵多，便有后退之意，心里都想着退回去与刘法的大军会合。但刘延庆明知道刘法的大军就在身后，此战并无危险，哪里肯丢这个脸？立时拔出马刀，大声吆喝督战，这些武骑军此刻对刘延庆好歹都有了些信任与敬畏，勉强张弓搭箭，在刘延庆的命令下，不断地与辽军互射箭矢。

其时宋朝将领对于辽军的认识，即便是有识之士，亦只注重御帐亲军与宫卫骑军，因为这是直属于大辽皇帝的精锐军事力量，是宋军的最大威胁与假想敌。除此以外，对于汉军与渤海军，便所知有限，至于大辽四十九部部族军，还有那些乱七八糟的属国军，就算是职方馆也未必分得清楚，绝大多数将领更是直接将部族军与属国军混为一谈，不加分辨——其实便是辽人，有时候口头上也将他们统称为"部族军"。殊不知，这部族军与属国军并不相同，部族军中固然有与契丹同床异梦者，却也同样有亲如骨血者。

刘延庆在守深州之时，与辽军多次交手，他心知辽军的战斗力往往相差悬殊，宫卫骑军极不好惹，而部族军——他心中的"部族军"自是包括所有的部族、属国军在内——则没那厉害，打起仗来并不卖力，多有敷衍了事、保存实力为上者。眼前这支辽军，自旗号、服饰来看，明明便不是宫卫骑军的样子。他有心要在刘法与渭州番军面前挣个面子，又希望打个胜仗，既给这些武骑军一些信心，亦可巩固自己的威信。

因此他在阵中左突右驰，卖力地组织起这几百人马轮流冲锋射箭，又咬紧牙关，让李琨与那一百骑渭州番军悄悄移动到辽军的右翼，只听他吹响三长三短号角，便从右边突击辽军大阵。

但是与辽军打了一阵，刘延庆发觉这支辽军并没有如想象中那样好对付。这支辽军不仅兵力三倍于己，而且并不怕死，甚至可称勇猛。刘延庆观察形势，却见那辽军将领打的主意与自己竟不谋而合，他也是张开两翼，试图自两面包抄过来，将自己这三百余骑人马一举歼灭。

他哪里知道，这支辽军是突吕不部详稳娄固率领的契丹兵。虽是部族军，却是与大辽亲如骨血者。娄固因为让姚咒突围成功，被辽主下诏狠狠训斥了一顿。攻破深州之功，各军各部皆有分沾，独他突吕不部功不抵过，因此自娄固以下，众将士都是憋了一肚子的气。娄固素有勇猛之名，此番南下想的是要建功立业，日后封公封王。他因不能随韩宝大军南下，攻略冀州、永静军，与宋军主力决战，反被打发到束鹿与耶律薛禅监视真定、祁州宋军，心中十分怨愤。却不曾想到世事难料，突然之间局势峰回路转，宋军慕容谦部居然大举东下，这却是正如了娄固的意。

前几天，耶律薛禅的室韦军数度与宋军前锋小股骑兵交锋，不料宋军竟十分善战。耶律薛禅只见着西边到处是旌旗营寨，小股的宋军骑兵更是有恃无恐地到处游荡，他是老成稳重的老将，心中虽然疑惑为何宋军不急速进攻束鹿，却也不愿意挑衅生事，只道是宋军主力未至，目前正是蓄势待发。因此不断上报韩宝，让韩宝决断到底是退回深州，还是另作安排。昨日耶律薛禅终于等韩宝的明确命令，韩宝决定亲率主力前来，击破慕容谦，然后直接从束鹿南下，经赵州，过堂阳镇，绕开宋军在衡水的防线，走萧阿鲁带的路线，攻进冀州。韩宝的大军明日便至，因此责令耶律薛禅在他大军抵达之前摸清宋军虚实。

耶律薛禅不敢怠慢，这才分兵四出，试探性地攻击宋军。娑固一大早便听到拦子马回报，道是有一支宋军，人马数千，浩浩荡荡沿着滹沱河而来，他便主动请缨，率军前来看个究竟。

不料在这儿遇着的，却是宋军的先锋。

娑固瞅见宋军不过三四百骑人马，虽然明知宋军主力便在后面不远，但他立功心切，一心想要给宋军一个下马威。他打定主意，要以迅雷不及掩耳之势击溃这支宋军，也好让韩宝知道，他娑固并非无能之辈。

他意在速战速决，因此虽然一面与宋军互相射箭，一面却摆了个包抄的阵形，步步逼近，缓缓合拢。

刘延庆一时料敌失误，此时心里真是叫苦不迭。

两军互射一阵，武骑军已有二十余人伤亡，辽军尚未有任何慌乱之色，他的三百武骑军在辽军的压迫之下，便已经有点儿慌张的迹象了。他深知这些武骑军骑兵绝无马上搏斗之能，更是一步也不能后退，若是后退，这些武骑军说不定立时会形成溃败之势，因此他必须竭力用箭雨阻止辽军靠近。但是不同的部队对于伤亡的承受能力是完全不同的，若是拱圣军在此，二十余人的伤亡，没有人会眨一下眼睛，但是他现下所指挥的这支武骑军，却已有些军心不稳的迹象。总是有几个人开始偷偷摸摸地四下张望，眼中露出惧意。

这让刘延庆在这战场之上，竟突然怀念起荆离与田宗铠来。

到底是从何时开始，他刘延庆居然也要身先士卒为人表率了？不是应该由荆离与田宗铠在前面肉搏，他在后面突施冷箭的吗？

但此时此刻，他也只能自嘲地苦笑一下，然后摘下大弓，张弓搭箭，夹紧胯下坐骑，冲到队伍的最前列，不断地射杀辽军。

这是他能想到的鼓舞士气的办法。

此时，他能记起来的，便是姚咒在拱圣军最常说的一句话——"想要部下不怕死，你就得不怕比部下先死！"

拱圣军维持战斗力的办法，就是武官的伤亡比远远要高过普通的节级士兵。

刘延庆不是姚兕,他绝对害怕比部下先死,但是他更加明白溃败会是什么样的下场。他只能一面在心里反复叨念着"大难不死,必有后福。大难不死,必有后福……",一面硬着头皮冲到前面,希望这一招能有点儿效果。

这个法子还的确有效。

即使是武骑军的士兵,当他们看着一个堂堂的翊麾校尉居然冲在最前面,冒着辽军的箭雨与辽人苦战之时,他们还是会有血脉偾张的时候。

虽然只是个七品官,而且只是个从七品,但在当时绝大多数的普通士兵眼里,那已经是一个高高在上、遥不可及的大官了。对许多普通士兵来说,翊麾校尉与骠骑大将军的区别是模糊的,总之都是大官,都是天上的星宿下凡。他们的命是"贵"的,而他们自己的命则是"贱"的,这些"贵人"都不怕死,他们就更加没什么好怕的。

而即便从战斗的直接效果来看,刘延庆直接加入战斗,效果也是立竿见影的。

刘延庆谈不上是个神射手,但他的箭法比起那些武骑军士兵来,实在是要好得太多。此前三百人马射了半天,虽然的确将辽军抵挡住没能靠近,但是辽军的死伤只怕都没有超过十人。

但刘延庆加入战斗不到一炷香的工夫,死在他箭下的辽军,便至少已有三人。

当两军列阵互射之时,一方阵容里有几个箭法奇准的人,那是很要命的。

数人中箭而亡,很快让辽军惊慌了一小会儿,辽军不敢再如之前那样逼得紧,而是稍稍退却了几步。

刘延庆方稍稍松了口气,却又立即发现,两翼张开的辽军已经包抄过来。不待他吹起号角,往辽军右翼移动的李琨与那一百骑渭州番军没能跑到辽军侧翼,反倒迎头撞上了辽军包抄过来的右翼部队,双方也管不了许多,立时厮杀在一处。

一时之间,刘延庆几乎忘了身处险境,随时有兵败丧命之忧,只觉哭笑不得,心里想着如果他指挥的是拱圣军,绝不至于陷入如此尴尬境地。在这箭矢满天飞的战场上,刘延庆一面下意识地射箭,一面竟突然想到以前读《孙子兵法》时的一件事,孙子好像说过:不知彼,不知己,每战必殆。他以前从来不明白:不知彼倒也罢了,如何还会有将领不知己。但现在,他总算是明白了。

"直娘贼的每战必殆!"刘延庆在心里暗暗骂了一句。此时他知道若是刘法不来，他败局已定，到了这个时候，什么要在刘法跟前挣面子，什么姚兕的训导，他早已全部抛到了九霄云外。"我刘延庆既然不曾死在深州城，那便说什么也不会再死在这个鬼地方！"他在心里面发着狠，西边的辽军越来越近，他若不立即设法突围，只怕就要悔之晚矣。

刘延庆一箭射倒一个想要冲近前来的辽军，一面开始眼观六路，寻找后撤的路线与机会。当他的目光移向西边之时，突然之间，他感觉到有点儿不对劲。

他一个出神，愣了一下，忽然忍不住骂出声来："直娘贼的！"

西边竟然什么都没有！

没有扬起的灰尘，没有特别的声音，也看不见人影……

刘延庆心里面一阵发凉。

刘法明明在他后面不远！他们相距没那么远，按理说，打了这么久，就算刘法没到，但至少该看到大队骑兵行进时扬起的灰尘！

他被那杂种给算计了！

他知道刘法阴鸷可怕，却想不到，这厮连自己部下一百人马的性命都不顾了。

不能再迟疑了。刘延庆举起手来，正要下令撤退，忽然，从南边——他没有听错，的确是南边，辽军的背后，传出呜呜的号角之声！

响彻云霄！

随之而来的，是数千战马踩踏大地冲锋的巨响，还有各种听不懂的喊叫之声。

刘延庆方目瞪口呆，却见刚才还气势汹汹的辽军，突然间都掉转了马头，阵形顷刻大乱。很快，刘延庆看见一支额头、臂膊上扎着白布的骑兵，如同一群饿狼般冲进辽军阵中，与辽军厮杀在一起。他抬起头来，正看见一面斗大的"刘"字将旗！

"西番杂种！"刘延庆狠狠地朝地上啐了一口，其实刘法身上没有半点儿西番的血脉，但这自不是刘延庆在乎的，尽管关键时刻刘法还是出现了，但这毫无疑问是刘法处心积虑的算计！被别人当棋子的滋味可不太好受。

但此时刘延庆也只好权且忍下这口气，他"唰"的一声拔出佩刀，恶声吼道："杀！"

4

　　七月十九日的清晨。深州束鹿县的那几条街道上冷冷清清，因为种种原因而留在束鹿的宋人，都小心翼翼地躲在自己家里，没有人随便出门。这座城市已经易手好几次了，大部分人都要么逃了出去，要么被辽人掳走，要么就是已经死于非命。留下来的宋人只有一千余人，都是跑不动，或者牵挂太多的。他们靠着每天帮辽军干点儿苦役，在这座城市苟延残喘，期盼着战争早点儿结束。

　　昨天，有人听到一点儿风声，据说朝廷的官军在城外与辽人打起来了，还让辽人吃了个大亏。有些人家已经开始悄悄收拾细软，倘若这次官军能够赶跑辽人，无论如何，都得抓住这机会，赶紧逃到鼓城去，或者干脆去赵州。但是，就是这么一个卑微的愿望，也马上破灭了。

　　虽然躲在家里，但还是有许多人被强抓出去应付辽人的差事。纵便没被抓走，便在屋子里，也能听到外面大队人马经过街道的声音，从门缝里面可以看到，束鹿县的所有街道上都可以看见一眼望不到头的辽军。

　　倘若这时有人站在城外观望，那么这景象就更加壮观。

　　数以万计的辽军，超过十万匹的战马，还有数不清的骆驼、牛、羊、马车，浩浩荡荡，朝着束鹿行来，在束鹿的城里、城外安营扎寨。

　　而此前驻守这座城市的耶律薛禅与娑固等将领，此时都出城东三里，站在那儿，诚惶诚恐地等待着韩宝的到来。作为先锋军先期抵达的萧吼，也在这众将中间，在耶律薛禅的左手边站着，隔着耶律薛禅，饶有兴致地打量着面如土色的娑固。

　　便在大军就要到来之际，娑固居然吃了个这么大的败仗。死伤三百余人，丢失战马近五百匹，还有旗鼓刀枪弓箭铠甲——他是狼狈突围，别说战死者的尸体，便是许多重伤的士兵，都没能抢回来——待到萧吼闻讯率军赶到战斗地点时，那里只留下了近两百具无头尸首！那些战死的士兵身上，但凡像样的盔甲都被剥走了。宋军把战场打扫得干干净净，只留下了一块白布，上面写着"聊报深州之德"六个大字。

晋国公不会喜欢这个消息的。

但这还只是小事。

此刻看似沉稳镇定的耶律薛禅的麻烦更大。昨日萧吼率先锋抵达后，认真观察了所谓宋军大营。据说就在昨天，耶律薛禅还派出一名裨将率千骑人马前去试探，结果却被两名宋将率军打退！此外，耶律薛禅派出的探马也赌咒发誓地宣称鼓城方向有不计其数的宋军正朝束鹿赶来……可在萧吼看来，这些营寨十分可疑。要不是娑固吃了那个败仗，让萧吼分身无术，他就会挑选一支精兵，去蹓蹓宋军的大营看看。

耶律薛禅一口咬定这必定是慕容谦的先锋部，其主力也正往此赶来。

可是萧吼至少敢断定有几座宋营是空的！因为他亲眼看见有鸟雀飞入营中。

只是让他疑惑的是，宋军兵力的确又不算少，至少他们可以同时与两个千人队交战，而且，据娑固所称，与他交战的宋军，兵力绝对远远超过他。萧吼知道娑固极为自负，他不是那种会故意夸大敌军数量的人，而且，萧吼也不相信同等兵力，娑固会吃宋军这么大亏。

可这却有些说不通。

宋军的兵力摆明了是慕容谦先锋部的架势，可又为何要大布疑兵？难道慕容谦在玩什么诡计？萧吼百思不得其解。好在他倒颇有自知之明，知道智谋非己所长，也就不再徒耗心智，只要待晋国公一到，如实禀告便可。

但不管怎么说，耶律薛禅连那几座空寨都没发觉，绝对是难辞其咎的。尽管耶律薛禅与束鹿诸将皆一口咬定，前几日并无此事发生，只是不知道为何宋军突然弃营而去……萧吼是懒得与他们打这种口舌官司，反正没中宋军诡计便罢，倘若这是宋军圈套，耶律薛禅一世英名，便算毁在这束鹿了。晋国公那儿，他有得解释的。就算他是室韦部详稳，出了这么大岔子，只怕他也担待不起。

想到这里，萧吼不由得瞥了耶律薛禅一眼，这老头脸面上倒是沉静如水，看起来颇有大将风范。他不屑地移开目光，他那裨将是在黄丘一带与宋军交战，宋军大营看似也扎在那儿，萧吼早就做好打算，只待晋国公一到，他便向晋国公请战，他要亲自去黄丘看看到底宋军闹的是什么玄虚？！

正想着，便听到一名骑兵挥鞭疾驰而来，见着耶律薛禅，慌忙翻马下马，高声禀道:"晋国公来了!"

众人闻言一阵忙乱,一个个都朝东边伸长了脖子,过了一会儿,远远看见数千名骑兵,手中全都高举着旌旗长枪,簇拥着一群将领朝这边驰来。

束鹿城外不远的一片树林中,刘延庆与刘法率领十余骑精兵,正在默默观察着正如蝗虫一般涌至束鹿的辽军。看着一眼望不到头的辽军绵绵不绝地开进束鹿,刘延庆的脸色极其难看。

"果然是韩宝亲来!"刘延庆的声音中带着一丝颤音。

前一天的晚上,他们已经见过任刚中派来的使者,这使者送来一封书信,信中称任刚中已经在黄丘一带与何灌会合,虽然何灌对任刚中并不是十分信任,不肯吐露任何有关冀州的军情,但还是承认了他的确是来束鹿使疑兵之策的,目的便是吸引韩宝的注意力,骗得韩宝西进。

这证实了刘延庆的推测,但是任刚中的信中还禀报了一件令二人都目瞪口呆的事——何灌在得知他们并不是奉慕容谦之令东进之后,态度并不十分热情,他声称自己目的已经达到,他的探马已侦知韩宝主力已经向束鹿西来,他尚有军令在身,必须立即返回冀州——然后,何灌不顾任刚中的劝谏,竟星夜率军离去!

不管是出于何种动机,但是刘延庆等人率军巴巴地赶来施以援手,却似乎落了个狗拿耗子多管闲事的窘境。何灌不仅没有半句感谢之语,反倒弃之而去,让刘延庆等人独自来应付这么一个尴尬的局面。

这个结果,是谁也没想到的。纵是阴鸷如刘法,亦不免对何灌此举大为不忿。

但何灌有他的苦衷。

在何灌看来,王赡、刘延庆、刘法、任刚中,皆不过是无名之辈,兵力又少,他们虽然是来出手相助的,但实际上何灌早已完成他的既定目标——拖韩宝四五日,引他大军西来。一旦韩宝到了束鹿,这疑兵之计必然败露,仅仅多上王赡、刘延庆之流几千人马,照样挡不得韩宝雷霆一击。他的几百人马弥足珍贵,倘若就这么折在束鹿,韩宝一击得手,立即挥师南下,苦河若无兵把守,那他便是前功尽弃。在束鹿设些疑兵,让韩宝犹豫一两天,西进束鹿一两天,这便已经让何灌知足。此后的事，倘若慕容谦亲来，那么冀州或可安然无恙；若是慕容谦不来，那么何灌就要凭着这点儿人马与苦河那微不足道的地利，争取与韩宝再周旋几日，同时寄希望于唐康、李浩早点儿成功。

这是在万丈悬崖上走独木桥。能否成功，一大半要看运气。倘若自己行差踏错，稍有托大，那就是连运气都不必指望了。因此，何灌如何肯为王瞻、刘延庆之辈改变计划？他颇有自知之明，苦河之险并不足恃，但只要他跑得快，仗着韩宝不知虚实，他还可勉力与韩宝再周旋几日。从目前的局面来看，若慕容谦不来，他至少要死守苦河五日——何灌实是一点儿底气都没有。

任刚中的突然到来，已经是让他有些尴尬了，他能多守几日苦河的前提，便是韩宝从不知道他到过束鹿！若韩宝知道环州义勇出现在束鹿，冀州虚实便等于尽为韩宝所知。那他只怕连半天都守不住。尽管任刚中不会故意将他的消息泄露给辽人，但所谓"不怕一万，就怕万一"，万一这边有士兵多嘴，又或者被俘，甚至主动投敌，供出这些情况——历史上有多少成名已久的将领死在无名小卒的嘴巴之上，这点何灌无需他人提醒！因此，若是慕容谦大军前来，那自是他期盼已久的；但若是任刚中之流，在何灌看来，反倒是给他的计策增添了一个不确定的危险。他心里面担忧受怕，哪里还敢向他们泄露半点儿冀州的军情？！

讽刺的是，何灌并不知道韩宝打的主意是干脆绕道赵州、堂阳镇而进冀州，倘若他能事先知道，只怕早已吓得冷汗直冒，多半会一面派人急报唐康、李浩，一面死马当成活马医，便在这束鹿与任刚中们并肩作战，与韩宝拼个你死我活，能多拖一天算一天。

但何灌并无未卜先知之能，因此任刚中一到，反倒坚定了他立即返回冀州的决心。在他心里，冀州安危自是远在这数千友军的生死之上的。

结果便是，任刚中率几百人马尴尬地待在了被何灌遗弃的黄丘空营之中。好在束鹿与鼓城之间地区也不算太大，能驻兵宿营的地方也屈指所数，任刚中又知道刘延庆与刘法的行军路线，他派出精干的部下沿途找寻，终于在晏城废城一带找到刘延庆与刘法。

二人皆未料到如此变故，都在心里不知问候了何灌祖宗十八代多少遍，但在刘延庆看来，这正坚定了他对唐康是想祸水西引的判断。只是他没想到唐康、何灌做事如此狠绝，如此明目张胆。此时再如何愤怒也无济于事，何灌脚底抹油开溜，这日后有机会他们总得告他一状，可眼前的局面，还得由他们来应付。

在二人看来，韩宝肯定不会白来一趟。除非他们率军逃跑，否则与韩宝的这一仗，已经不可避免。可是率军逃跑，纵然是刘延庆也不敢。

此时，大破娄固的喜悦早已烟消云散，刘延庆与刘法的芥蒂，也只得先暂时压一压——实则刘延庆已经先报了一枪之仇，打扫战场之时，他凭着官大几级，硬生生让武骑军分了一半战利品；捷状之上，他又将此战全都揽为己功，声称刘法如此，全是他事先密谕刘法的原因，让刘法吃了个好大的苍蝇，大宋军法，极重阶级之别，他比刘法官高，他声称自己指挥得当，自然人人信之不疑，倘若刘法不服，不管事实真伪，便先要坐一个擅违节度的罪名，况且刘延庆已经说了是密谕，这便是死无对证之事，刘法便说不是，亦无法证明！他要不服气，争功、桀骜……这些罪状，足够让刘法吃不了兜着走。只是这些事情，刘延庆既不动声色，刘法此时自是毫不知情。

如今任刚中再待在黄丘空营已无意义，他送来的信中，又称何灌已经侦知韩宝次日便可能抵达束鹿。刘延庆与刘法商议之后，一面回信让任刚中星夜率军至晏城与他们会合，一面急报王赡，请他速速遣使再向慕容谦求援。

次日一大早，在刘法的坚持下，刘延庆又勉强答应与他一道前来束鹿附近，亲自侦察敌情。

当亲眼看到辽军军容如此之盛后，刘延庆仍然不由得从心底里泛出丝丝惧意。这，抵挡得住么？他转过头看了刘法一眼，却见刘法的眼睛眯成了一条缝，那种神态，让刘延庆想起闻到血的野狼。

"想不到韩宝带了这么多兵来。"刘法舔了一下干涸的嘴唇，低声道："既然何灌那厮溜了，咱们兵力不足，以下官看，只怕今日上午，韩宝便会派兵踹了各个空营。"

刘延庆亦已想到这些，他看了一眼刘法，涩声道："只怕咱们在晏城，也瞒不过辽人。"

"自是瞒不过的。"刘法撇撇嘴，道，"亦无必要瞒。虽然何灌那厮的空营被识破，但咱们反要将疑兵计用到底！咱们便合兵一处，装成慕容大总管的先锋军的模样。让韩宝弄不清咱们闹什么玄虚！"

"宣节的意思是？"

"咱们还是大张旗鼓，在晏城布阵。韩宝见又是空营，又有大军，反而会不知道发生了何事。他又不是神仙，能掐会算，如何能知道那是何灌那厮留下的？发生了这等怪事，若是下官，不免要绞尽脑汁猜测慕容大总管用了什么计策。既然猜不透，料那韩宝也不敢倾大军来攻，只会派出小队人马，前来试探。咱们装得底气十足，只要能狠狠击退他的小队人马，韩宝也是成名老将，不是当年的愣头青，只会越发谨慎。"

刘延庆一时无言，默然望了刘法一眼，心里面不无妒意。其实这等应对之法，他事先并非没有想过，此时也未必想不到。只是他明明已有想过，但是事到临头，亲眼见着辽军这许多人马，心里便慌了，对之前所想过的计算也怀疑动摇了。所谓纸上谈兵是一回事，临机应变又是另一回事。他看着刘法这等镇定自若，临乱而不慌乱，敌军虽强而无惧色，这正是为大将者所必备的素质——可是这些东西，刘延庆并非不知道，但这好像是上天给的，从娘胎里就需带来的，就算是刘延庆道理全懂，可是真要事到临头，做起来又全然不是那么回事。

"吾若能如此，取富贵如拾芥！"刘延庆在心里叹了一声，方沉声回道，"便依宣节之策。"

二人计议已定，又大约估算了辽军的兵力，眼见太阳渐渐自东方升起，担心被辽军察觉，遂不再停留，骑马赶回晏城。此时任刚中已奉命率部到了晏城与二人会合。这晏城是任刚中得意之所，刘延庆与刘法回去之时，老远就听到任刚中大声说话的声音，进了营寨，便见任刚中正与一些校尉在寨中一块空地上盘腿而坐，口沫横飞地讲着他与姚雄晏城大破慕容提婆之事。

见着二人回营，众将方纷纷起身。

刘延庆与刘法打了一两日交道，已经渐渐知道这渭州番军与寻常宋朝禁军不同，渭州番军的战斗力是他亲眼目睹的，他不愿意说可以与拱圣军相提并论，但至少也相去不远。但因此军大半都是番人，番人不怕吃苦，但倘若纪律过于严明，许多人便无法适应，真正勇猛善战之士，也招募不来。因此这行军扎营，在刘延庆等人眼中，便不免显得全无法度，总觉得这等散漫，极易为敌人所乘。但刘延庆有个好处，他虽然心里面仍是不以为然，却也绝不去指手画脚，只当这是刘法与渭州番军的家务事，与他无关。

因此这时见着这般景象，他倒也不以为异。毕竟横山番军也是番军，虽然一个是西番，一个横山羌人，可是许多习气上还是相近的。他走进营中之时，任刚中说晏城之战的事，他也听了一两句，此事刘法自然是熟得不能再熟，也不知道听任刚中说过多少遍，但刘延庆却只听王赡提过几句，其余全是道听途说。王赡与姚雄、任刚中关系都很一般，在他看来，这不过是让横山番军更加趾高气扬的一战，自然也不会有心思详细转叙。此时刘延庆才猛然想到，原来任刚中竟是晏城之战的主角之一，说起来，任刚中与姚雄一道接应姚咒突围，与他拱圣军竟算是颇有渊源。

一念及此，刘延庆不免立时看任刚中又顺眼许多。他对晏城之战也颇为好奇，总觉兵力如此悬殊，委实不可思议，因问道："任将军，当日晏城之战，究竟最后斩首几何？又俘虏了多少辽军？"

任刚中方才大吹大擂，这时见刘延庆问得认真，反倒有点儿不好意思了，忙老实回道："实则也无甚斩首俘虏。当日杀得兴起，只顾追杀，倒没人停下来割脑袋。我们兵力太少，又要趁势追杀，更加没能耐要俘虏，那些辽军大半都逃了，后来束鹿失手，听说韩宝收拢败兵，又到晏城清点尸首火化，我们有探子打听过，据说是火化了七八百具尸体。"

"那亦是了不起的大胜，朝廷赏功极重，任将军前途真不可限量。"刘延庆羡慕地说道，"听说慕容提婆亦是任将军所杀……"

"那是以讹传讹。"任刚中笑道，"慕容提婆只是受了重伤，听说并未死掉。那胖子本事不差，算是一条好汉，只是未免太瞧不起我们。前几日接到过高阳关的文书，称他们抓到一个辽国细作，那细作提到慕容提婆，道是辽主本要将他处死，但耶律信怜他毕竟还是有才干的，力保下来，只是贬为庶人，送回析津府养伤去了。"

刘延庆不料任刚中竟为慕容提婆说好话，倒颇觉意外，笑道："任将军真是宅心仁厚。不过，这晏城乃任将军的福地，今日任将军又在军中，便是韩宝亲来，亦断断讨不了好去。"

"翊麾说得极是。"军中对这种兆头、口彩极为看中，刘延庆话一出口，众人纷纷附和，齐道，"俺们也盼沾点儿任将军的福气，官升两级。"也有人笑道："俺不求升官，只羡慕那一百万赏钱。"

刘延庆这才知道，原来任刚中晏城大捷的赏额大是不轻，官升两级、赏钱一百万文，只是战争之时不能立即调任升迁，若非机缘巧合，依旧还是得统率着原来的部队。但这绍圣年间，一千贯不算小数目，京师开封府附近的良田，一亩地大约也就是三贯到五贯之间，这相当于良田数百亩。虽说京师附近的田地是有价无市，可若到别处置购，也做得一方地主了。无怪乎众人如此羡慕，便是刘延庆，他官比任刚中大，虽不眼红他升官，可是一千贯赏钱，刘延庆亦不免心动。况且除了这朝廷的赏钱外，任刚中随姚雄打下束鹿，从辽军手里抢到的财货，只怕更加远远不止此数。

刘延庆方在羡慕，却听到刘法冷冷地回了那人一句："只怕你没胆去拿这赏钱。"他不由吓了一跳，正以为气氛要变得尴尬，不料那说话之人是个番将，这时颇为不服，大声回道："宣节莫要小看俺。"

刘法冷笑道："非是本官小看你。这一两日间，便可见真章。"

众人这才听出刘法话里有话，任刚中忙问道："莫非韩宝果真来了？"

"不错。我与翊麾探得真切，束鹿城里城外，便没有五万人马，也有四万。"

刘法此话一出，许多人都是倒吸一口凉气，只有先前那番将还是不服气，高声道："宣节何必长他人志气。五万人马算个鸟！姚振威与任将军能以几百破一万，俺们有几千人，怕他何来？昨日那个辽将又如何？不是也凶得紧吗？若不是他那亲兵不怕死，他早死在俺箭下了。"

他这话一出，出乎刘延庆意料，许多番将竟然大以为然，连连称是。许多人公然嘲笑辽人，有人还提起当年元昊大破辽军的事，言辞之间颇有点儿目中无人。刘延庆原本还担心将士见辽军势大心怯，他哪里知道，这些番军说得好听点儿，在本部族中都是些勇猛善战之士，若说些不好听的话，实都是番人中的无赖泼皮。原本这些番人并不曾与辽军交过手,对契丹并无畏惧之心,反倒听西夏那边的传闻而有些看轻辽人,何况任刚中的几百横山番军有过晏城大捷,刘法的渭州番军昨日才大破娄固。抢到过战利品的,正得陇望蜀,没抢到的,正眼红得全身不自在。如任刚中那等厚赏,更是人人羡慕——这一千贯在渭州、横山一带,那可是一笔天文数字!有了这笔钱,顷刻之间便是方圆几十里的首富。为了这笔钱,这里有一大半人连命都能不要,哪里会被刘法几句话吓倒?

众人反应却全在刘法意料之中。他一双眸子冷冷地扫过众将,半响,才说道:"好!你等只管记下刚刚说的话。本官也不虚言诳骗尔等。一千贯的赏格,那是朝廷的恩典,本官没这本事应许。可朝廷也曾颁过赏格,似昨日那个辽将,谁果真能杀得一个,一百贯的赏钱,朝廷定然会给!"

一百贯!刘延庆听到许多人的呼吸都屏住了。

刘法恶狠狠地瞪了众人一眼,高声吼道:"如何?没胆了?不敢要了?"

"敢要!俺就敢要!"刘延庆听到先说话的,正是先前那个番将,看他的神态,仿佛是正在为他昨日丢掉的一百贯而肉疼得要死。但此人一带头,众将立时纷纷喊道:"直娘贼的谁不敢要谁就是个憨货!""娘哎,一百贯!只不曾想那些契丹人的脑袋这么值钱……我的脑袋要值这多,我敢自己动手砍了自己!""放你娘的屁,你那个脑袋顶多值个夜壶!"

刘法冷冰冰地望着众将,嘴角露出一丝不易觉察的笑容。

亦不升帐,当下刘法便在这空地之中分派命令,待众将各自领令而去,刘法又挑选数名精干士兵,前往束鹿附近打探情况。当日上午,宋军的营地便在紧张而兴奋的气氛中度过。虽然斥候在营寨附近也见着十来骑辽军出没,但任刚中率军一出大营,立即便将他们赶跑了。整整一个上午,只有刘法派出去的探马不断回报,辽军大军数道并出,踏破了何灌留下来的诸座空寨,将那些空营一把火烧了个干净。便是不用探马察看,在晏城营寨中,宋军将士亦可以看见那滚滚而起直上云霄的浓烟。

辽军的恼怒可想而言。但那每一道被烧掉的空寨上空升起的浓烟,都在提醒着刘延庆,无论是出于泄愤还是别的原因,他们必然是辽军的下一个目标。刘延庆不同于那些头脑简单的番将,整整一个上午,他都在提心吊胆。尽管刘法说得有道理，但是，万一韩宝倾大军而来，甚至不用倾大军而来，只要出动万骑人马，他们能不能抵挡得住，刘延庆可真是一点儿信心都没有。若依他此刻的感觉，他会马上下令全军撤回鼓城。好歹那儿有城有山，离慕容谦也近点儿。

直到日昳时分，刘延庆的心才总算暂时放回肚子里。

辽军终于前来搦战了。

这支辽军人马并不太多，大约五千骑，但自旗号服饰来看，全是宫卫骑军。辽军便离他们营寨数里列阵，然后有一千骑左右人马自阵中缓缓前进，在营外两里左右停了下来。

辽军并不想贸然攻打营寨，摆出了约战的姿态。

刘法与刘延庆简单商量了一下，二人亦知道这营寨是临时搭建的，亦不足守，况且二人麾下尽是骑兵，又早已定下绝不示弱之策，当下便由任刚中率领本部五百番骑出战，并挑选五百渭州番军让先前那叫嚷得很凶的番将率领，让他作为任刚中的副将一道出营。由此，宋军这里也是一千骑人马。

宋军背营结阵，与辽军相隔不过一里多点儿。刘延庆与刘法在营中一座高台上观战，他以为任刚中出营便是恶战，手心里正捏了一把汗，不料那辽军竟是不急不忙，待到宋军结阵已毕，方才自阵中冲出一骑。

休说刘延庆，便是刘法亦觉愕然。二人心里同时冒出一个念头——"单挑？"当时两军对阵，的确偶尔也有戏剧中的单挑之事，当年宋夏僵持之时，边境的小股冲突中，武将好勇逞强，单挑之事更是不少。但如今却是两国之间的倾国之战，岂能逞这种个人的武勇？

果然，便见任刚中大旗一挥，宋军纷纷张弓搭箭，那辽人只要靠近，就算他有项王之勇，照样要被射成刺猬一般。

但那辽人出得大阵数步，便即停了下来，用十分标准的汴京官话大声喊道："对面宋军听好了，吾乃大辽先锋都统晋国公韩都麾下折冲都尉李白，敢问对面宋军主将何人？"

刘延庆听到对面这人竟然叫"李白"，"扑哧"一声笑了出来。刘法本是沉稳，此时亦忍俊不禁。只是二人身边诸将不是番人便是大老粗，若说苏轼之名他们是知道的，但是李白是谁却从未听过，也不知二人笑什么。便是李琨，也只觉得"李白"这名字依稀耳熟,但他也不太关心,只问道:"翊麾,这折冲都尉又是何官?如何从未听说过?"

刘延庆也不太清楚。他虽识文断字,也略有文化,但哪能通晓唐代典章,他不知辽国官制中保存了许多大唐遗制,只是往往为虚衔,听起来十分威风,实则半点儿实权也没有。这官名他也从未听说,拿眼去看刘法,却见刘法望他的眼神中也有请教之意。他知道刘法也不懂,便放下心来,信口说道:"大约与本朝某某校尉相当,此契丹用以笼络汉人之法。"

李琨听了这文绉绉的话,却没听懂,只好又问道:"这官大不?"

刘延庆哪知这官大不大,只是见这李白只怕连在这千骑辽军中都不是主将,当下笃定地说道:"不大。九品小官而已。"

"原来是个陪戎校尉。"李琨立时大为不屑,鄙夷之意溢于言表。

其实这折冲都尉若在大唐之时,那便是高级武将,此地无一人能及。但这时是大宋,此处以刘延庆最有文化,他说是九品,便自是九品无疑。刘法撇了撇嘴,骂道:"直娘贼,一个九品小官,喊个鸟话!擂鼓!"

他话音一落,立时鼓声雷动。营外任刚中原本正准备答话,忽听到营中鼓声大作,立即一夹战马,高声吆喝一声,率先冲向辽军,张弓搭箭,便听弓弦微响,一枚羽箭疾若流星射向那李白,正中李白左臂。那李白本是奉令出来喊话,要从宋军答话之中,探听一些虚实,不料宋军全无礼数,突然发难,他本来武艺尚可,只是猝不及防之下吃了任刚中这一箭,慌忙拍马往阵中逃去。

但他尚未回到阵中,只听到身后宋军杀声大作,面前辽军亦是角声齐鸣,一队队骑兵高举着各色兵器,似洪水般迎面冲来。大辽军法颇严,李白虽是负伤,他若再退,必被迎面而来的辽军一刀砍了,只得慌乱中拨转马头,忍痛冲向宋军。

这一番大战,双方杀得难解难分,刘延庆在营寨中亦看得惊心动魄。

此前他守深州之时,亦曾与辽军野战过,虽知宫卫骑军厉害,但拱圣军并未吃亏,反稍占上风,因此心里只是觉得拱圣军之败,不过是输在辽军兵力太多,而拱圣军孤立无援。其后骁胜军被宫卫骑军击退,他私下里还觉得是骁胜军无能。

但这回换了一个身份与角度,再亲眼来旁观宫卫骑军与任刚中大战,这才觉得纵是野战,拱圣军即便对上同等人数的宫卫骑军,虽然可以占优,也未必能稳操胜券。横山番军与渭州番军都称得上是精兵,任刚中的武勇尚在自己之上,但此时与兵力相差无几的宫卫骑军交战,不但占不到半点儿便宜,随着时间推移,反倒渐渐落了下风。

他不知道辽军有八万宫卫骑军,各宫战斗力也难免有高下之别。此番韩宝派来试探的五千人马由萧吼统率,便在宫卫骑军中也能傲视同侪。契丹亦是马背上的民族,男孩自小骑羊骑马,甚而能在马背上吃喝拉撒甚至睡觉,又民风尚武,小时射兔,长大射鹰。兼之萧佑丹执政十几年,整军经武,东征西讨,国力强盛,辽军之强,较之耶律德光之时亦有过之。而宋朝虽汉人习武之风仍然极为普遍,熙宁、绍圣以来,宋廷亦大加倡导,但宋地风俗毕竟与辽国不同,刀剑弓箭,并非平常人家必备之物,骑马更是非中产之家莫办,因此男孩从小骑马射箭,舞刀练棍,也须得中产之家才有此条件。可是宋军至今仍以募兵制为主,熙宁、绍圣以来,武人地位虽然大有改善,但说社会习俗要在几十年间便颠覆过来,却也绝不可能。大宋中产之家的男孩,皆是习文不成,方去经商,经商不成,又不愿务农,方肯从军。便是从军,这等中产之家出身的"良家子",莫不是想搏个出身,以其素质,也的确能很快在军中做个小官。拱圣军的普通士兵,便大抵都是这种"良家子",再加上姚咒治军之能,战斗力确能稍胜宫卫骑军。但是一般的宋军,普通士兵要么是代代从军,要么是自穷人之中征募。代代从军者,其弊在于奸猾难制;自穷人中征募者,其弊则在底子太差,若无严格长期之训练,便只是乌合之众。因此,自兵源上来说,宋朝要赶上辽国,非得再有二十年莫办。此前刘延庆以拱圣军为标杆来衡量宫卫骑军,自然要失之偏颇。这时再看渭州番军与横山番军与宫卫骑军交手,观感自然大不相同。

大宋朝这两支番军,仅以兵源素质来说,大部分禁军都难以相提并论,但这时遇上辽军精锐,竟然会落了下风。这时刘延庆才突然想到,难怪慕容谦坐拥近两万骑军,却仍抱持重之策,得知深州陷落之后,立时退守真定、祁州,不肯与韩宝争雄。

刘延庆眼见着要打不过辽人,便有些沉不住气,想要增兵,去助任刚中一臂之力。但他方朝刘法转过头,刘法便像是已经猜到他想说什么,朝他微微摇了摇头,低声道:"任将军尚可支持。翊麾且看后边的辽军……"

刘延庆闻言望去，不由暗叫一声惭愧。原来不知不觉间，后面那几千未参战的辽军又推进了几十步。显然是这一千人马久战之下，辽军也有些沉不住气了，但是惧于宋军主力未动，也不肯轻易先将兵力投入战斗。

刘延庆心里也明白，这种短兵相接的战斗，比的就是体力。哪一方支持到最后还有生力军可加入战斗，哪一方便是最后的胜利者。辽军兵多，宋军若仓促将主力投入战斗，最后赢的，便一定会是辽军。

他只得又沉住气，再看营前的战斗。只见任刚中果然了得，他身上战袍尽被鲜血染红，但手持长矛，在乱军之中往返冲杀，竟是丝毫不见疲态。

这一仗，自未正时分左右开始，一直到打到戌初时分，整整打了两个半时辰。直看得刘延庆唇干舌燥，几次都以为任刚中要支撑不住，但眼见刘法如同一座木雕一般一动不动，也只得强行忍耐。而辽军见宋军营寨中分明还有不少人马，却不肯出战，他们不知宋军虚实，便也不敢轻举妄动。但宋军不肯示弱，不愿先鸣金收兵，辽军明明占优，就更加不甘心了。于是直到天色全黑，双方才不得不罢战，各自抢了伤兵与战死的同袍回去。辽军又退了数里，在一座早已空无一人的村庄中扎寨。

这一日的战事，虽然双方投入兵力都不多，但战斗之激烈，却是这里除刘延庆以外的宋军将士前所未遇的。宋军半天血战，死伤合计三百余人，宋军营寨前原本有一条小溪流过，战斗结束之后，溪中流过的，已是染红了的血水。

5

激战之后的夜晚，最要紧的便是提防敌人趁夜劫营。见识过宫卫骑军的战斗力后，刘延庆与刘法皆不敢掉以轻心，亲自安排了夜哨，又分头巡视营中。参加过白天战斗的将士随便啃几口干粮之后，大都倒头就睡；那些不曾参战的渭州番军也都变得沉默，对于战斗再没有此前那样信心十足；至于武骑军将士，当刘延庆经过他们所在的营寨之时，分明能看到众人眼中的惧意。这些武骑军将士原本自恃是正儿八经的禁军，心里并不是十分瞧得起渭州番军，但看过白天的大战，他们对未来的茫然与恐惧，都一览无遗地表露在脸上。他们默默遵从着刘延庆的将令，睡觉之时不敢卸甲，兵器都放到触手可及的地方，给马厩安排比平常多一倍的人守夜……这一切，表面上看起来有条不紊，但是任谁都能在这平静的夜晚中，感受到潜在的危机。

亥初时分，刘延庆巡营后回到自己的营帐中，方偷偷喝了口小酒，忽听到帐外有人禀报，道是刘法请他过帐议事。刘延庆做事颇为聪明，战报之上，他一点儿亏也不肯吃，仗着官职比刘法高，便自居主帅抢功；但实际行军打仗时，却又以客将自居，仍让刘法居中军大帐，自己却在北边与武骑军同住，端的是左右逢源。此时听说刘法有请，只得又将酒壶藏好，随那人前去刘法大帐。

到得中军大帐，却见刘法、任刚中二人皆在。刘法虽然脸色如常，看不出端倪来，但任刚中那疲惫的脸上，却分明露出一丝笑意。刘延庆与二人见过礼，找了张椅子座下，便问道："宣节、任将军，可是有什么好消息？"

刘法点点头，心里也暗赞刘延庆精明，说道："还是请翊麾自己看。"一面自帅案上取出一块写满小字的白绸，双手递给刘延庆。

刘延庆知道这必是"蜡弹"——宋军传递军事机密文字，多以白绸或者黄绸书写，外面用蜡封牢，缝入送信人的大腿肉里。只是刘延庆以前官职卑微，只是听说过此物，却从未亲眼见过。他捧着这片白绸，凑到一座烛台旁边，就着烛光细看。原来这是王赡送来的文书，称慕容谦已应唐康、李浩之请，于七月十七日亲率大军离开真定府东下，此刻大军已至鼓城！

这可真是令刘延庆又惊又喜。

虽然真定府至束鹿不过一百七八十里，慕容谦的大军十七日出发，这是正常行军速度。但他一直以为慕容谦一旦发兵东下，会先通知王赡做好接应准备，因此没接到王赡的消息之前，他便只当慕容谦仍在真定。不想慕容谦会来得如此突然，他立时想到，既然慕容谦连王赡都瞒过了，韩宝多半也不可能知道。可惜的是，他与刘法今日这番示敌以强的姿态，无形中却又帮了韩宝一次——此刻辽军只怕已然认定慕容谦的主力便在他们身后不远了。

一念及此，刘延庆不由得在心里骂了句粗口。

不过，慕容谦大军抵达鼓城的消息，却将他们从目前的窘况之中解救了出来。

便在看到这封蜡弹之前,刘延庆还在担心明日会不会遭遇一场惨败。打了这么久的交道,他对韩宝的辽军也有了一点儿直观的了解,心里面很清楚韩宝是不会与他们一直试探来试探去的,今日白天既然没弄清楚宋军的底细,那么明日只怕那五千宫卫骑军便会倾巢来攻——刘延庆无论如何都不相信,他们现有的这点儿人马能抵挡得住。

"慕容大总管恐怕还不知道韩宝的大军已至束鹿。"刘延庆将白绸还给刘法,一面沉吟道,"大军来得突然,若我猜得不错,慕容大总管的本意,是趁韩宝尚在犹豫,以迅雷不及掩耳之势先攻破束鹿之辽军,使韩宝难知吾军虚实,进退失据。只是如今局势已大不相同,蜡弹上道大总管明日便要前来,若与辽军针锋相对,恐非上策。"

刘法点了点头,沉声道:"翊麾所虑极是,下官亦甚忧之。辽军兵多而强,我军便是慕容大总管倾巢而来,亦是兵少而弱。与辽军战,恐有不利。下官请翊麾来,正为此事。"

刘延庆见刘法神色,心中一动,道:"莫非宣节已有成算?"

刘法笑道:"下官确有一得之愚。"他看看刘延庆,又说道:"这鼓城至束鹿之间,几乎全是一马平川,无险可守,吾军在此处扎寨,全是因为我大营北面与西面的这大片果园,下官问过随军的土人,道这果园是当地两家富户所有,加在一起,纵横十余里……"

刘延庆不解地望着他,初时刘法坚持在此扎营,他便一直大不以为然。这片果园以梨、桃二树为主,间有小片葡萄园,对于骑兵来说,不利驰骋,不是什么好所在。只是这束鹿与鼓城之间,实在没什么地方是便于扎营的,到处都是四战之地,除非退回鼓城,否则无论在哪儿扎营,都能被人四面围了,跑都跑不掉。好歹后面这片果林,还能让辽军无法轻易包围他们,便勉强同意。此时听刘法言下之意,竟似另有玄机。

刘延庆因而留神听他继续说道:"……这林子虽比不得天然密林,但也算是聊胜于无。在这河北繁盛之地,举目四顾,除了麦田还是麦田,有这片果园,亦算是老天爷眷顾。下官今日观战,契丹得雄踞塞北数百年,实非幸致。明日若其倾军来攻,恐吾军难以抵抗。故下官以为,明日契丹不来攻则罢,若来进攻,只能智取,不可力敌。"

却听任刚中在旁边笑道:"宣节之意,是要引辽人入林吗?我横山番军习于山间驰骋作战,到了这平原之上,真是英雄无用武之地。久闻渭州番军到了林子里便是天下无敌,辽人再强,亦免不了要吃个大亏。"

"林子里?马军?!"刘延庆当真吃惊不小。

提到己军之长,刘法亦不由得面有得意之色。但他还是摇了摇头,道:"只恐辽人不会轻易上当。这片果园到底比不得天然密林,辽军与其深入,倒不如纵火烧林。如今天气干燥,辽人若是放火,这果园经不得几下烧的。"

"那宣节之意是?"

"明日与辽军交战,咱们抵挡一阵,便佯装不敌,兵分两路逃跑。一路由任将军率领,包括武骑军、横山番军,以及一小部渭州番军,经果园南边的大道,往鼓城败退。另一路由下官亲自率领,当成游兵散勇,退入果园之中。如此一来,辽军必然只会追击任将军一路。"

刘延庆顿时明白过来。"宣节的意思是,让任将军再杀个回马枪,来个前后夹击?"说到此处,他忽然一怔,"那某呢?"

"有一事非翊麾去办不可。"刘法望着刘延庆,目光中露出一丝不易觉察的狡黠,"单凭咱们这点儿人马,纵是前后夹击,只恐亦是偷鸡不成蚀把米。此计要成,还是请慕容大总管出马!"

"唔?"

"慕容大总管率大军前来,这支辽军若是察觉了,必然退回去与韩宝合兵,那便不易对付了。但他们与我军打了半日,多少也能摸到一点儿虚实,对咱们几个,却不会有那许多防范。故此,下官欲请慕容大总管明日在西边十六里外的陈家庄等候,任将军率军将此辽人引向陈家庄,一旦辽军追过去,下官便领兵断其后路!"他嘿嘿干笑一声,脸上露出一丝杀气,"此计若成,管叫这数千辽军死无葬身之地!韩宝先折了这数千精锐,便好对付多了。"

"只是……"刘法忽然话音一转,望着刘延庆,道,"此计若要行得通,还得辛苦翊麾一趟。"

"我?"

"正是。此计需要慕容大总管相助,然下官不过一区区宣节校尉,终不能随便差个人送封文书给慕容大总管……欲待亲去,这等战机,又是转瞬即逝之事。辽人的拦子马十分厉害,韩宝既然到了束鹿,那慕容大总管至鼓城之事,最迟明日下午,辽军必然知晓。此计明日不能行,机会便再也不会有了。而任将军又已苦战一日……因此,虽然无礼之甚,但亦是为了朝廷社稷——咱们大营中,只有翊麾最为适合此任。"

刘法话未说完,刘延庆已经猜到他的意思。他知道这其实不过是刘法的诡计而已,刘法是那种权力欲极盛的人,他在渭州番军中便极为强势,刘延庆这两日见着渭州番军的副将、护军虞候几乎在军中全没说话的份儿,便已猜了个七七八八。这本也是极正常的事,诸军副将、军法官虽然名义上与主将是鼎足而三、互相制约的,但是到了各军之中,依此三将能力与性格之不同,具体情况便大有区别。如武骑军中,副将王赡便颇有权势;而在拱圣军中,有了姚咒这样一个主帅,只要他不造反,副将、护军虞候便只好俯首帖耳。而虽然在三者的权力斗争中护军虞候先天要处于劣势,但是护军虞候通过操纵副将,与副将联手,将主将几近架空的事情,刘延庆亦有所耳闻。对于刘法,出身拱圣军的刘延庆自是见怪不怪,何况这又是事不关己,渭州番军的家务事,也轮不到他多管闲事。

只是此时想来,在刘法的军中居然有个官衔比他大的刘延庆存在,这还不是等于眼中钉、肉中刺吗?刘法要想尽办法将他撵走,亦是情理当中的事。刘延庆此时才觉悟,心里亦不由得暗骂自己太蠢了。

刘延庆心里暗骂自己愚蠢、刘法阴险,脸上却仍是挂着笑容,似乎对此全不介意,笑道:"宣节太见外了,这是理所当然之事。便请宣节写了文书,某盼咐过李琨诸将,令其听从宣节节制,便连夜出发,去见慕容大总管请兵。军中之事,便拜托宣节与任将军!"

任刚中原本不知刘法心意,此时听他让刘延庆连夜去慕容谦那儿请兵——虽说也是不得已之事,他们几人相比慕容谦,可说是官职卑微,便是派个副将去,亦属无礼——但让刘延庆去送信,却也太过分了。他生怕刘延庆发怒,闹得军中失和,一直紧张地望着刘延庆,只要他脸上稍露不豫之色,便要立即站出来打圆场，就算再累，也只能自告奋勇去跑这一趟。却不料刘延庆竟然全不介怀，一口答应，任刚中这才一颗心放回肚子里，又是惭愧，又是感佩。

他哪里知道刘延庆心里打的主意却是兵凶战危，君子不立危墙之下。他不过感念王赡之恩，才肯替王赡出马，今日见着辽军的战斗力，又见识了这几支宋军的战斗力，不管刘法有什么妙计，反正是他去向慕容谦请兵，若然成功，功劳少不了他一份儿；若是失败，这却是有可能要送掉性命的一仗。能够如此冠冕堂皇地脚底抹油，刘延庆岂有不肯答应的道理？

七月二十日的清晨。

鼓城。

慕容谦勒马停在路边，望着身旁大道上一队队悄无声息地列队东行的骑兵，又看了一眼与他的参军裨将们一道紧跟在他身后的刘延庆，心里面不由得又是一阵犹疑。他应唐康之邀东下牵制韩宝，本就是为大局计迫不得已之举，他幕府中的诸参军、书记官大都十分反对，众人皆以韩宝锋芒正盛，而武骑军如同绣花枕头，慕容谦麾下能战之兵实际不过数千，此时东下，无异于替唐康、李浩做替死鬼——而中路的局势如何，并非他们的责任。但是慕容谦深知冀州、永静军之重要，仍然力排众议，毅然率军倾巢而来。依慕容谦原定的计划，他到达鼓城之后，若是束鹿辽军有可乘之机，他便以迅雷不及掩耳之势，攻破束鹿之敌，然后大张旗鼓，使韩宝难断虚实，不敢轻举妄动，再慢慢与之周旋。

不料阴差阳错，半路之上，他才知道王赡已与刘法主动出兵——这实是大出慕容谦意料，在武骑军诸将中，他虽高看王赡一眼，却也未想到他有如此胆识。况且从他此前掌握的情报来看，王赡与刘法的关系并不算好，更不想二人竟能如此齐心协力。但这个变故，虽然几乎可以肯定要打乱慕容谦的计划，他却没有半点儿责怪之意。在慕容谦看来，这也算是一件好事——他的部将要是全都呆头呆脑，非要他下令做什么才去做什么，一点儿应变都不懂，那就算他们一点儿差错都不出，慕容谦也要头疼。

这不过是运气欠佳而已，算不得什么大不了的事。

因此，虽然韩宝的大军比他更早抵达束鹿，慕容谦依然觉得他尚可随机应变。

然而，慕容谦无论如何都想不到，他的大军刚到鼓城，刘法与刘延庆又给他出了这么一个大难题。

刘延庆言辞虽然恭顺，可改变不了事实的本质。

刘法与刘延庆要将他卷入一场他完全不了解的战斗。

他才是这个战场上的主帅，理所应当，该由他来掌握所有的信息，控制战场的局势与走向。而如今的局面，却是几乎所有的情况，都是由刘延庆转叙给他的。他还没来得及亲眼看见过一个辽兵，也没有亲自踩遍战场的每一处的河流、村庄、树林……刘延庆与刘法便将这样一个可遇而不可求的战机摆在他面前。

倘若辽军确实不知道他的到来，倘若刘延庆与刘法的计策成功，能一举歼灭辽军五千精骑，这将是改变战争局势的一仗。

慕容谦也曾派出过不少探马侦察深州的辽军，他深知五千宫卫骑军的覆灭，对辽军绝不仅仅是心理上的沉重打击。若能成功，虽然仍旧是敌众我寡之势，但韩宝休说南下冀州，即使与之堂堂正正交战，慕容谦也有足够的信心可以不输给韩宝。

然而，刚到鼓城的慕容谦如同一个瞎子、聋子，他所见、所闻，都是刘延庆与刘法描绘给他的。如果刘延庆与刘法的判断稍有偏差，后果亦可能截然不同。

所以，他要选择的，实际上是信任抑或不信任此二人。

对为将者来说，这其实算是家常便饭，故此相人之术亦为许多将领所重视。他们常常要在战机与陷阱之中做判断，不得不赌博式地相信或者莫名其妙地怀疑许多他们完全不了解的人所提供的情报——而且通常在这种情况下，他们都不会有多少时间去从容决断。

未到鼓城之前，王瞻便已经在公文中说了刘延庆不少好话；到鼓城之后短短的时间里，王瞻只要一有机会，便不忘替刘延庆美言。而刘延庆的诸多事迹，慕容谦更是早有耳闻，毕竟那是天子亲诏褒奖的忠勇之将。而且，毋须他人多言，对于王瞻能与刘法同心协力主动出兵，慕容谦心里也明白这多半是刘延庆之功。刘延庆明明官衔高于刘法，却甘于替刘法做送信这种差使，更让慕容谦平添好感——刘法的那点儿心眼自然瞒不过他慕容谦，自古以来，军权贵专，这事固然亦不足深怪，但难得的是刘延庆甘愿接受而无半句怨言。而在亲眼见着刘延庆后,慕容谦幕府中一个素以相术出名的参军又私下里对他称刘延庆后背平阔丰满,背脊有骨隆然似伏龟,是相书中的官运亨通之相——这无疑也算是一个好消息。慕容谦自己亦从刘延庆的言谈举止中感觉到此人尚属谨慎小心,绝非那种徒好大言的人。至于刘法,慕容谦早在益州平叛之时,就已听过他不少的好话了,称得上是西军中一位颇有令誉的后起之秀。

这样的两名将领,应当是值得给予一些信任的。

因此,慕容谦在与众将商议之后,最终还是决定不能放弃这次战机,连夜遣人给刘法送去回信,约定次日依计行事。

为了谨慎起见,慕容谦又兵分两路,让武骑军都指挥使荆岳率六千武骑军,衔枚摘铃、偃旗息鼓,绕道疾行,插到刘法的东边,一旦刘法伏兵尽起,荆岳便率军夺了辽军的营寨,既可扰乱辽军军心,同时还可防范辽军另有他计。倘若韩宝闻讯来救,荆岳只要挡得一时三刻,慕容谦便能集中精兵,先歼灭突前的五千辽军,便可与荆岳合兵一处,击退韩宝。

这番部署,再配合刘延庆与刘法所献之策,纵不能称天衣无缝,亦算得上十分周密。慕容谦思前虑后,也找不出什么毛病来,就算是韩宝有何诡计,他布了荆岳这么一支奇兵,亦总可保得全身而退。

然而,不知道为什么,这日一早起来,慕容谦心里面隐隐地又犯起了嘀咕。

多疑是许多将领的通病,慕容谦一生戎马,这样的时刻经历甚多,倒也并不大惊小怪。但他免不得又在心里面重新细细想了一遍整个部署,直到发现实在找不出破绽,方才作罢,也暗暗松了口气——这次战斗,其实已是箭在弦上,不能不发。此时要再去通知刘法改变主意,已经来不及,他若临时变卦,便如同置刘法麾下数千将士于死地,这种事情,旁人或许做得出来,但慕容谦待麾下将士素以信义为重,他是无论如何都做不出来的。

所以,他真不希望出什么问题。

慕容谦的目光落到刘延庆身上又迅速移开,旁人绝难想到,这短短的一瞬间,他们的主将心中起了多大的波澜。

宋军依然按照既定的部署,有条不紊地行动着。

只有刘延庆注意到慕容谦几次扫过来的目光,慕容谦的目光并不凌厉,全无咄咄逼人的威压感，但是，尽管躲在人群之中，刘延庆也能感觉到慕容谦的目光将他从众人当中拎了出来，并且剥光了一般审视着。这让他感到十分不自在，好几次他都担心他心中的怯懦全被慕容谦看穿了，他本能地希望离这个人远一点儿，但现实总是不能尽如人意——他心中虽想要与王赡一道行动，而慕容谦却是肯定要将他留在身边的。

在荆岳率六千武骑军离去之后，慕容谦的麾下还有近七千骑。两千余骑武骑军全归王赡指挥，作为大军的左翼；姚雄统领两千骑横山番军部署在右翼；而慕容谦亲自披挂上阵，坐镇中军，统领余下的约两千五六百骑横山番军。刘延庆早就听说慕容谦虽然颇有智谋，但是打仗之时很喜欢身先士卒、冲锋陷阵——这一点在绍圣诸大将之中也是个异数，哪怕是姚咒这样有"勇武"之名的人，早年虽然不免要一刀一枪挣功名，但是当他入主拱圣军后，却也很少亲自披挂上阵，除非是到了绝境。因此，起先刘延庆并不太相信这些传闻，直到此时亲眼看到他排兵布阵，才知道传言不虚。军中还传说慕容谦有牙兵百骑，个个骁勇凶悍，他平定西南夷之乱时，常常便只率数骑亲兵，离营数百里，前到那些夷人寨前挑战，斗枪斗箭甚至斗酒，打得诸夷心服口服，敬为天人，许多叛乱的寨子因此重新归服，并死心塌地为大宋效力。原本刘延庆还以为那些不过是无稽之谈，这时才相信空穴来风，必有其因。只是无论如何，刘延庆都无法将那个传说中的慕容谦，与他目睹的这个智计深沉的慕容谦等同起来。一个人居然有这样的两面，更令刘延庆从心里面生出畏惧之意。这种人，只要看他一眼，就如同将一张无形大网撒到了他的身上，让他动弹不得，绝不敢有丝毫违逆。

这让刘延庆心中生出一丝悔意，昨夜他实不当处心积虑地暗示这个计策是他与刘法一道想出来的。倘若成功还好，若是失败……一念及此，刘延庆不由得打了个寒战。他慌忙偷眼去觑慕容谦，却见慕容谦正与一个参军低声嘀咕着什么，并没有留意到他，这才稍稍放下心来。

但愿一切顺利。不过，为了防止被辽人的斥候察觉，在辽人钻进圈套之前，他们也只能藏在陈家庄耐心地守株待兔。他对陈家庄还有一些印象，在这一马平川的平原上，相对来说，那里算是个不错的藏兵之所——为了灌溉麦田，当地人挖了一条十多里长的沟渠从滹沱河引水，沟渠虽然很窄，但在沟渠之畔种着两排杨树、柳树。此时正是七月,虽然田地也曾遭辽军践踏,当地百姓也早已各自逃难,但这里毕竟还不是主要的战场,辽军并未至此牧马烧掠,田间地里,无人打理的麦子与野草乱七八糟地疯长着,大军藏在此处,辽人不到跟前,断难发觉……

应该可以成功的!刘延庆在心里安慰着自己。

辰初时分,宋军便悄没声息地进入了陈家庄。因为陈家庄距离晏城两军对峙的战场太近,区区十六里,动静稍大一点儿,都可能被辽军察觉,因此宋军全是下马步行,一百骑一百骑地分散进入庄中。先前慕容谦已经派出几个行军参军勘察地形,画定各军地分,宋军各军一到,这几名参军便指引着他们前往自己的阵地。待到左中右三军布阵完成,竟然花掉了大半个时辰。

刘延庆跟随着慕容谦行动,双手紧张得都握出汗来。

设伏的地点如此之近,固然是受地形限制迫不得已,但如果能不被辽人发觉,绝对会让辽人大吃一惊。辽人在一天前,说不定已经派出拦子马侦察过此地,突然间天降奇兵,若是心理意志稍差一点儿的将领,会被吓得魂飞魄散吧。

但是,纸上谈兵的时候并不觉得,真到了实际行动之时,刘延庆才发觉要想瞒过敌人有多么困难。就算是姚咒与拱圣军也未必做得到。一支七千人的军队,其中还有武骑军这样的河朔禁军,要完成布阵而不发生推挤,不发出声响,几乎是不可能的。这么多人马,操练再好的部队,在一个完全陌生的地方,总会有人站错位置,出现小小的混乱。尤其是马军,战马驯得再好,终究也只是畜生,有许多意外的因素会让战马惊慌。

而慕容谦却做到了。尽管这中间肯定有一些运气。刘延庆不知道慕容谦是否考虑过如果被辽人发觉该如何办?至少目前这种可能性暂时是不存在了。

东边十六里外的刘法也有意配合他们的行动,远在十六里之外,刘延庆仍然能隐约听到战鼓擂动的声音。

这是宋军在与辽军交战!

不必亲见,刘延庆闭上眼睛便能想见那种矢如雨下、血肉横飞的场景。

为了不让辽人生疑,刘法一定会真刀真枪地与辽人血战一场,不知道又会有多少人因此丧命。刘延庆倒不是同情这些士兵,只是他突然间有一种物伤其类的感觉。那些士兵只是他与刘法的棋子,而站在这广袤平原之上,身处慕容谦的军阵之中,刘延庆从未如此鲜明地感觉到自己也很像是一枚棋子。

而对于大多数的宋军来说,东边隐约传来的战鼓之声,还有那滚滚而起的灰尘,初时尚能让人感觉安慰,甚至有一种接近战场的兴奋,但很快,它便成为一种侵蚀人们耐心的东西。

一刻钟……两刻钟……半个时辰……一个时辰……

这儿没有沙漏,没有座钟,时间只是在无声无息地流逝。刘法与任刚中仿佛与辽军战上了瘾,迟迟不见败退,这几乎让人怀疑他们是不是意外地打了个胜仗!

只是这样的可能性实在太小了,小得可以忽略不计。

更多的人担心刘法与任刚中是被辽军缠住了,他们已经被彻底困住……

不过刘延庆知道,这其实也几乎是不可能的。刘法与任刚中不是那种无能之辈!

一直等到太阳高高升起,估摸着已经过了巳正时分,刘延庆方看见一条尘龙朝着西边奔来。

"来了!"他不由得在心里欢呼了一声,挺直了身子。他的周围,慕容谦的参军裨将们也纷纷打起了精神,有性急的人已经在抚弄着坐骑的皮毛,只待一声令下,便要跃身上马。

先前的等待花了很长时间,但一旦看到败兵,便仿佛沙漏被人弄了个大口子——刚刚才看到败兵撤退时卷起的灰尘,感觉上才眨了一下眼睛,马上便可以清晰看见正仓皇西逃的败兵。有五六百骑的宋军,战旗东倒西歪,慌不择路地朝着他们这边逃来。紧接着,便看见紧紧跟在他们身后,不断呼啸放箭、穷追不舍的辽军。

如果是演戏的话,任刚中的戏演得真是不错。可惜,哪怕是刘延庆也看得出来,这已是半真半假的败逃。逃跑的宋军没能甩开辽军太远,落在后面的宋军不断被追赶的辽军射中落马,然后便有无数战马从他们的身上踏过……慌乱之中,还有一些宋军将手中的旗帜都丢了。

刘延庆只能猜测，多半是辽军出乎意料的强大，让任刚中的假败退变成了真溃败！

眼见着任刚中败得如此狼狈，不断有宋军跌落马下，被辽军铁骑踏成肉泥，刘延庆心里头也似打鼓一般，此时此刻，他心中反而并无半点儿不忍之意，只是一心盼望着任刚中不要坏了大事。

好在任刚中并没有忘记他的使命。他的身边，几名挚旗始终还扛着刘法的将旗，笔直地朝着陈家庄冲来；而在他的身后，吸引了数以千计的辽军。辽军看起来打定主意要全歼这支宋军，他们分成三路，一路在身后穷追，另外两路从两旁疾驰，想要包夹败逃的宋军。

这让刘延庆放下一半的心来——这样的骑兵追逐在草原之上是司空见惯之事。他曾听人说过，塞外的战争，一旦一方失败，胜利者便会穷追不舍，追逐数百里甚至上千里都是家常便饭。辽军习惯于通过这样的方法，将战败的敌人斩尽杀绝。如果是长途追杀，战败者绝大多数都会落个全军覆没的下场，但此刻不过区区十几里而已！

这只是很短的一段路，在骑兵的全速逃跑与追逐之中，就更加的近了。

转眼之间，刘延庆便感觉任刚中几乎冲到了自己跟前！

然后，他听到了响彻云霄的号角声！紧接着，便是震耳欲聋的喊杀声！他几乎是下意识地跳上战马，紧紧跟随着身边的宋军将士一道冲了出去。

与此同时，姚雄与王赡也率领着两翼的骑军，自两侧杀向辽人。

刘延庆看到任刚中猛地掉转马头，嘴里大声吼叫着什么，返身杀进辽军阵中。而一直在追杀他的辽军仿佛是被这突如其来的变故吓呆了，过了一小会才反应过来，颇有些不知所措地与宋军杀到一处。

但任谁都知道，这是一场胜败已定的战斗。

一直在追杀着任刚中的辽军早没了阵形，被姚雄与王赡自两翼穿插，顷刻之间，便被割裂成三部分各自为战。慕容谦的中军趁势猛攻辽军中路，辽人在追杀之时前后阵形拉得太开，中路虽有两千多人马，但正面抵挡慕容谦中军锋芒的，却不过追在前面的数百人而已，无论他们再如何悍勇善战，也难以抵挡这雷霆一击的威力。慕容谦便如同用一把大斧，砍向稀稀散散的一盘绿豆，辽军立即陷入散乱之中，方才的不可一世变成惶惶不可终日，纷纷掉转马头，往后逃去。

便在此时，东边也响起了号角之声。

如同变戏法一般，自果林之中，刘法率领着渭州番军杀将出来，挡在了辽军逃命的路上。

这一刻，刘延庆的耳边到处都是喊杀之声，无数的人高声喊叫着慕容谦的命令："全歼辽军，人人有赏！"

6

一场大胜，转眼之间，便变成一场大败。

首次统率五千宫分军作战，却落入宋军陷阱，被宋军前后夹击，眼见着就要全军覆没，吞下大辽南征以来最大的失利，萧吼已经完全陷入绝望之中。

此刻，他完全靠着自己的本能在支撑。如同一只掉进陷阱的野兽，无论如何，也要做最后的挣扎，除非筋疲力尽、血液流干，否则绝不肯认输。

但他也知道，兵败身死的命运，几乎已经注定。

仿佛是为了证明什么，又或者只是想寻求一个解脱，萧吼挥舞着手中的铁鞭，一次次杀进宋军阵中，身上浴满鲜血。宋军似乎也已经发现了他是这支辽军的主将，几乎无时无刻，都有数十骑宋军与他厮杀。

他的亲兵一个接一个的战死，他的铁鞭上也已沾满了宋军的脑浆与鲜血。但是，每杀掉一个宋军，便有另一个宋军补上来，直到他的副将耶律剌率领一道人马杀过来与他合兵一处，对他高声喊着："都统！都统！突围！突围！"萧吼才猛然醒悟过来自己作为一个主将的职责。

纵然回去之后要下狱处死，他也不能轻易死在战场上。大辽十一宫一府十二宫卫，文忠王府八千骑宫卫骑军有五千骑奉调南征，如今全在他的麾下，他总不能叫他们全都埋骨于此吧？！

可要突围又谈何容易？他举目四顾，只见四野到处都是宋军，他要向哪儿突围？

"北边！朝北边！北边的宋军看起来比较弱！"耶律剌仿佛看出了他的犹疑，在他耳边高声喊道。

萧吼顺着他的话音朝北边看去，在一片兵荒马乱的混战之中，他却实在也看不出什么端倪来。但耶律剌虽然是他的副将，却也官至文忠王府副都部署，南征以来颇立功勋，更是曾经随耶律冲哥东征西讨的宿将。此时萧吼也只能信任他的判断，咬牙喝道："好！便往北突围！"

但是宋军马上察觉到了他们的意图，很快，便有数百骑人马朝北边包抄过来，挡住了他们的道路。萧吼苦苦厮杀，却始终冲不破宋军的围困，反而又折损了数十人马，连耶律剌大腿上也中了一枪。迫不得已，萧吼只能掉头往南，却被一员老将领着百余骑人马当头拦住。萧吼举鞭大吼，冲杀一阵，不料这支宋军十分凶悍，仅仅四五人围上，便与他斗了个难解难分。他不敢恋战，正要再掉头另寻他路，但他们这四五百骑人马无论往哪方冲杀，前面都会冒出一支宋军来阻拦，而那老将率领的百余骑人马，更是如附骨之蛆一般，叮着他们不放。其他那些各自为战的辽军眼见着主将受困，不顾一切想要杀进来接应，但宋军配合得极为默契，总会在关键时刻杀出一支来，令他们无法接近。

这里便是葬身之地吗？不知为何，萧吼心里竟然感觉一阵解脱，手中两条铁鞭使将起来反倒更加凌厉。一个围攻他的宋军现出一个破绽，被他一鞭打在左臂上，惨叫一声，跌下马去。他正要趁势去取他性命，忽听到鸣镝声响，他的坐骑惨叫一声，忽然跪了下去。萧吼大惊之下，瞧到机会，慌忙纵身一跃，跳到先前被他打下马去的宋军的坐骑之上，回头一看，只见他的战马身中数箭，已然倒毙。萧吼是爱马如命之人，这时又悲又愤，大吼一声，拨转马头，驱马直取那射杀战马的宋军老将。

但那些宋军哪容他杀到跟前，自那老将身旁，又有两名宋军杀出，将他挡住。萧吼眼见着这些宋军一个个穿着平常，绝非宋朝将领，但个个身手不凡，他虽不知对面就是慕容谦，心中却也知道那老将必然是紧要之人，可他虽满心想要取慕容谦性命，奈何慕容谦的亲兵实在厉害，任他左突右驰，总是摆脱不掉。好在他吸取上次中箭的教训，全身皆着铁甲，重归重，宋军弓箭也奈何他不得，只能得空射他坐骑。但萧吼颇有神力，骑术精湛，虽然坐骑屡屡中箭，却也总能夺得战马换乘。

只是他虽与耶律剌率众苦战，宋军轻易奈何不了他们，可他们要突破宋军的围困阻拦，却也十分困难，无论他们怎样东冲西闯，前面的宋军总不见少，眼见着身旁的部下越来越少，二人心里也知道，或战死或被擒，这一刻离他们已经越来越近。

到了这个地步，萧吼亦不由英雄气短，他奋力杀到耶律剌身边，帮他格开一个宋军的攻击，惨然笑道："耶律兄，事已至此，是我萧吼对不住文忠王府十万父老！"

"都统说甚话来……"萧吼才听耶律剌回了半句，声音便戛然而止，紧接着便是几名亲兵的惊叫，他方拨开一名持枪宋军的刺杀，转头望去，却见耶律剌身子垂在马上，面门正中一箭，穿透脑颅。他清晰地听到几个宋人高声赞道："刘翊麾，好箭法！"萧吼循声望去，却见射杀耶律剌之人，乃一名青年宋将。

他悲吼一声，猛然挥鞭，击退身边两名宋军的夹击，突然一夹马腹，疾驰向那青年宋将，右手铁鞭格开前来阻挡的一名宋将，左手执鞭，砸向那青年宋将的脑门。那射杀耶律剌的宋将正是刘延庆，他跟在慕容谦身边作战，便是他在乱军之中认出萧吼是辽军之中重要大将，引得宋军全力来围攻萧吼。只是不料他竟然又捡下这等大功，暗施冷箭，将萧吼身旁一名辽军大将给射杀了。他心中正在高兴，全未料到萧吼来得如此之快，猝不及防之下，下意识地拿弓背一挡，被铁鞭砸得当场脱手而飞。萧吼正要补上一鞭，刘延庆回过神来，跑得却快，翻身一滚，便滚下马去，萧吼这一鞭，正砸在马背上，竟生生将马背砸塌。

萧吼如此神力，几乎将刘延庆吓得屁滚尿流，幸得旁边几个参军援手，方将他救了出来，算是死里逃生。但萧吼盛怒之下，这一招数使完，却也来不及遮挡身后两名宋军的攻击，只觉右侧小腿一阵剧疼，已经是挨了一枪。不待他转身，脑后风响，一柄巨斧又朝他后脑勺砍来。

此时刘延庆已换了一匹战马骑上，惊魂稍定，一面看着慕容谦几名亲兵围攻萧吼，一面禁不住四下张望——辽军中军已经完全被分割成一小股一小股，被优势宋军围攻，虽然仍在负隅顽抗，但覆灭是迟早之事。被姚雄与王赡部切断的两翼辽军，虽然明知必败，但主将中军被困，畏于辽军严酷的军法，没有人敢逃命，拼了命地想要朝中间杀进来，救出萧吼。事实上他们想要逃跑也不容易，东边有刘法的渭州番军挡在后路上，虽然辽军这时已缓过神来，开始分兵苦战，刘法一时也难以取胜，但他们一旦弃战逃命，想要冲破刘法的围困，却也是千难万难。但他们想要杀进中路接应萧吼，亦非易事，姚雄部自不用说，便是王赡的武骑军，在这大胜之下，士气高昂，若说进攻或力有不足，仅仅只是防着辽军冲破防线，却也勉强能够支撑。眼下的形势，只要砍下萧吼的头颅，斩断他的将旗，便能让辽军斗志瓦解，全歼辽军，便是反掌间之事。

在这种局面之下，辽军经过初时的慌乱，竟然还能顽抗如此之久，委实已经是令人心寒。这些辽军，的确不愧是百战之余的精兵。刘延庆却不知道，辽军能有如此的组织力，其实还得归功于故卫王萧佑丹——当年萧佑丹重订宫卫之法，制度十分严密，宫卫骑军总共分成十一宫一府共十二宫卫，十二宫卫之下，平时则设有提辖司、石烈、弥里三种机构：提辖司设置于大辽境内紧要的战略要地，成犬牙交错之势，有事攻战，无事渔牧，并可监视威慑国内各部；而石烈、弥里则相当于汉人的县与乡，设于不那么紧要的地区，平时隶属于北南大王府，是普通的基层行政机构，战时自然而然便是一级军事组织。每次辽主点兵，各宫最多只出三分之二的兵力，留下三分之一休养生息，而点到的提辖司、石烈，至少出一千骑，每一千骑各设一部署、副部署，皆是本提辖司、石烈之内素有威望的豪杰。行军打仗之时，各弥里自为一营，各提辖司、石烈亦绝不拆散，因此中下层将领对自己的部下都十分熟悉。而同营将士更是本土本乡，甚而多有血缘关系，战斗之时不仅配合默契，更能守望相助，互效死力。至于战时的诸宫都部署、副都部署、判官，虽然也是出自本宫，颇能了解本宫事务，并有足够威信统领部下，但平时他们也就是一个普通的石烈或者提辖司长官，并不能干涉本宫其余诸提辖司、石烈之事务，因此不仅绝难形成拥兵自重之势，而且在战斗当中，即使一时失去主将的指挥，只要各弥里不被彻底打散，辽军也不会轻易溃败。

相比起宋军通过节级与下级校尉构建的基层军队组织制度，辽军宫卫骑军的这种组织之法，虽然没有那种严丝合缝的美感，相对更加简单，却也是十分符合辽国民情风俗，推行甚易，而效果也十分显著。

不过，无论萧佑丹将宫卫制度改进得多么严密完善，看起来也难以挽救文忠王府这五千宫分军将要全军覆没的命运了。

但就在刘延庆以为胜局已定之时，忽然，东边的天际扬起了漫天灰尘。

那飞扬的灰尘遮天蔽日，地面还伴随着大股骑兵疾驰时践踏大地的震动，一时之间，陷入困境之中辽军传出一阵阵的欢呼声。

而宋军的战鼓声、号角声，也更急了。

"慕容大总管有令：诸军并力猛攻，务要先破面前之贼！"

"慕容大总管有令：东边已有大军伏击，先破面前贼，再击东面寇！"

一骑骑传令的士兵，在乱军中催马疾行，扯着大嗓门，不断地用汴京官话与横山羌语高声喊叫着，所到之处，宋军的进攻也更加凶猛。虽然不知道为何辽军援军来得如此之快，而且看起来人马只怕有数万之众，但是每个人都知道，这是争分夺秒的时刻，若能在辽军援军赶到之前击溃包围之中的敌人，主动权便在宋军手中，否则，这到嘴的肉若是吞不进肚子里，就会反将宋军给噎死。

"是啊，还有荆岳，还有荆岳！"在初见着东边的灰尘之时，刘延庆几乎忘记了慕容谦先前布下的这着棋，这时听到传令兵的喊声，才猛然醒悟过来，心神稍定，一面在心里面不住地安慰自己，一面去看面前的战斗。

这时候的萧吼，身边的部下已经不过三百余骑，且大半身上都挂了彩。横山番军虽然竭力猛攻，但真要将这么一支装备精良、身经百战的骑兵消灭，也不是一时半会能办到的事。尤其是辽军看到援军已近，原本已然因绝望而跌落谷底的士气又提振起来，对付起来就更加困难了。

但愿荆岳能多拖一时三刻！刘延庆心知如今保命的关键，就在尽快干掉面前的辽军，当下不再多想，他的大弓已然丢失，这时提刀在手，拍打着战马，便要冲向一名辽军，却听身边有人骂道："王赡那个鸟人，想要做甚？！"刘延庆心头一惊，连忙勒住战马，朝北边眺望，却见在辽军连番冲杀之下，左翼的王赡部竟然已露出不支之象。

他大惊失色，正不知如何是好，又听到身边又有人惊呼了一声，他转头望去，却见一个行军参军正望着东边，面色惨白，他顺着他的目光看去，胸口仿佛被一个大棒打了一棍，一时间，脑子里一片混乱。

就在这短短的时间内，东边的烟尘越来越近，已隐隐约约可以看见辽军的先锋！

"荆岳呢？荆岳呢？！"刘延庆方寸全乱，脑子里只是反复浮出这个问题。

混乱之中，他下意识地去寻找慕容谦，却见不知何时，慕容谦的牙兵们已经簇拥着慕容谦退出了战斗。慕容谦的身边，几位挚旗将五色令旗高举着，飞快地挥舞，鼓角之声也同时停了下来，战场之上，响起了清脆的金钲之声。

胜负之势，再次逆转。

慕容谦已经接受了这个现实，开始果断下令退兵。

然而，这时候想要从容退兵，也不是一件容易的事情。宋辽两军原本就已混战在一块，听到宋军响起鸣金收兵的声音，辽军士气更加高涨。就这么一小会儿，刘延庆看见原本被困的萧吼已然杀出重围，一面收揽着各自为战的散兵游勇，一面高声用契丹话喊着什么，辽军听到之后，都是哇哇怪叫，疯狗似的反扑向宋军，与宋军缠斗在一起，让宋军轻易脱身不得。

罢了！刘延庆心情沮丧到了极点，他挥刀砍倒一个冲到身边的辽兵，一面策马后退，紧紧跟上慕容谦，一面不住地回头观望。却见东边的辽军越来越近，而转眼之间，北面王赡部已成溃败之势，两千武骑军争先恐后地跟随着王赡的将旗，不顾一切地朝着西边逃跑，许多未及撤退的骑兵顷刻之间就被追击的辽军淹没。

左翼的溃败带来的结果是灾难性的。

在东面包夹的刘法部此时反而变成被辽军阻隔在身后，奉命切割辽军的姚雄的右翼军也变成被辽军切割，但两部还在奋力冲杀，试图向中军靠拢。任刚中与中军几位横山番军的将领，也各领着数队人马与辽军厮杀，接应姚雄与刘法。而慕容谦将旗附近也聚起了数百骑横山番军，他们收起了近战的兵器，换上长弓，还有人取出霹雳投弹，不断引弓投弹，且战且退，以求逼退辽军，掩护友军后撤……

但突然之间，左翼崩溃了！即便是再精锐的部队，在这种局面下，也难以再维持他们的心理防线，更何况在这战场之上作战的，终究是两支番军！

在有利甚至是相持之阶段，番军的斗志是不必怀疑的。但在几乎可以注定的失败面前，他们的斗志就很难经得起考验。一队的横山番军开始跟着逃跑，然后是两队，三队……刘延庆看见横山番军的军法队与慕容谦的牙兵们手执枪剑，拼了命地阻止，甚至当场处死逃跑的士兵，但溃败便如瘟疫一般蔓延，转身逃跑的士兵很快就多到了怎么样也无法阻止的地步！

这场瘟疫几乎同时由中军传播到姚雄的右翼军、刘法的渭州番军，看到中军也开始溃败，这两部立时溃散，姚雄率领着七八百骑人马朝鼓城方向败逃，而刘法……混乱之中，刘延庆已经找不到他的将旗所在。

而此时，东边的辽军距离他们至少还有十里！尽管自旗号来看，来的辽军至少有数万人马，中间最大的一面将旗上，赫然绣着一个斗大的"韩"字，那是韩宝亲来无疑。但是，十里的距离，说近不近，说远不远，如若不是王赡的武骑军先溃的话，萧吼的几千宫分军其实也已经是强弩之末，无论他们再怎样不顾一切地想要拖住宋军，也是难以做到的。

他们原本是有机会至少全身而退的。

然而，再精锐的部队，溃败起来，只需要一瞬间！

在拱圣军则深州陷落，拱圣军全军覆没；投到慕容谦麾下，结果竟然又是一场大溃败……刘延庆感觉自己就是一个被霉运纠缠不放的倒霉鬼。人人都说"大难不死，必有后福"，难道这便是他刘延庆的后福？！在不到一个月的时间，在两支截然不同的军队中，在两位当世名将的麾下，竟然要接连经历两次大败！刘延庆此时甚至不敢抬头去看慕容谦……此时大势已去，慕容谦就算是神仙也无回天之力，他也已经在牙兵的簇拥之下，开始朝西边败退，而跟在他身后的，最多只有不过千骑人马！夹在这千骑残兵败将之中，刘延庆脑子里想到的竟然是：若得有命回乡，他一定要请个高人，好好看看自家的祖坟！

而另一方，萧吼直到战斗全部结束，都觉得自己是在一场奇怪的梦中。

当宋军全线溃败之后，他的宫分军竟然被那些未能逃跑的宋军残部给牵制住了，组织不起有效的追击。直到韩宝的主力赶到，与他合兵一处，这才总算顺利解决掉那些残兵，然后开始追杀。数万骑兵一直杀到鼓城城下，却发现鼓城已经四门紧闭，逃跑的宋军大部分已经入城，韩宝这才下令班师，返回束鹿。

不用韩宝说出来，萧吼知道他错失了什么。

在敌军溃败之时趁势追杀，是扩大战果的最好机会，与敌军对垒苦战一天砍下的人头，可能抵不上一次这样的追击的三分之一。原本，他有机会将慕容谦打得彻底翻不了身。可最终清点战场，他们砍下的宋军首级只有八百余级。虽然斩首八百余级，俘虏六百余人，缴获战马两千余匹，兵甲不计其数，已经是不折不扣的大胜。这个胜利，亦足以令慕容谦有一段时间不敢东觑。

而他之所以未能趁势追杀，还有别的原因——他的五千宫分军，在先前的战斗中，伤亡惨重，有七百余人战死，千余人受伤，死掉的战马也有七八百匹，所有人都极为疲惫——事实上，他们都还没有忘记，他们都是死里逃生。当宋军突然全线溃败之时，许多人根本没有反应过来，他们还在庆幸自己竟然逃出生天。

要不是韩宝的大军来得及时……

萧吼想想都背脊发凉。他的人头离挂在宋军旗杆之上，也就差那么一点儿。先是掉进宋军的陷阱，差点儿全军覆没；后又未能把握战机，致使慕容谦逃窜……韩宝治军一向赏罚分明，在回师束鹿的路上，萧吼就一直忐忑不安，不知道韩宝会如何责罚自己。大军一回到束鹿，他不及解甲，便立即前往城外韩宝的大帐，交出自己的印信、佩剑、令旗，在帐外拜倒请罪。

但出乎他意料的是，韩宝宣他进帐之后，开口便道："今日之胜，虽然可惜，却也十分侥幸！"

萧吼刚刚跪下，听到韩宝这么说，大是惊讶。他追随韩宝已久，自韩宝的语气之中，便听出他并无责罚之意，心里面不由暗暗松了口气。他抬起头去看韩宝，只见韩宝坐在一张胡床上望着自己，慌忙又低下头去，道："末将死罪！"

韩宝摇了摇头，叹了口气，"有甚死罪活罪，败而不乱，你能力战保住文忠王府这数千宫分军，便已算是有大功了。耶律剌既然死了，这些人马，以后便常由你统领了。"

这却非但不是罚，反而是赏了，萧吼几乎疑心自己听错，愕然望着韩宝："末将、末将……"

韩宝却不理他，又道："你虽有许多不足，但带兵打仗，最要紧的还是经验。胜败乃兵家常事，吃点儿亏有时反是好事。况且以军法而言，你杀伤与损失相当，亦算是功过相抵。若要让你避开慕容谦这个陷阱，彼时亦是不可能之事。"

萧吼不料韩宝会这样说，真是感激涕零，一时连话都说不出来。

只听韩宝又冷笑道："可笑慕容谦机关算尽，却终究是人算不如天算，功亏一篑，反落得这般下场。可见我大辽真是天命所归！"

萧吼本也奇怪为何韩宝会来得如此及时，不由问道："末将亦是奇怪，为何晋国公会知道末将落入慕容谦算计之中……"

韩宝摇摇头，笑道："我非能未卜先知，如何能知道你已中计？不过今日一大早，我接到武强急报，萧签书大破仁多保忠，皇上又遣使者来我营中催促。我心下着急，不愿久困束鹿弹丸之地，遂率大军而来，欲与慕容谦早决胜负，以便及早南下，与签书呼应。不料阴差阳错，竟有此胜，否则大事去矣！不过这也拜宋军怯懦所赐，慕容谦老谋深算，他竟部署了数千骑在晏城以东狙击我军，若这数千骑是拱圣军或者骁胜军，只怕我也只能眼睁睁看着你全军覆没。可笑慕容谦却派出了一群绣花枕头，远看着兵甲鲜明，高头大马，不想稍一交锋，宋军主将便先率着数十骑往南逃了，数千骑兵，顷刻大乱，跑了个精光。我若不是见着西边灰尘，知道必有恶战，又抓住俘虏，知道慕容谦在设伏，便不敢去追，否则这数千宋骑，管叫他一个也逃不掉。"

萧吼这才知道慕容谦竟然在他身后还设了一支军队狙击援军，叹道："末将此时方知，便败在慕容谦手下，亦是不冤。"但更加让他意外的，却是萧岚竟然会先他们一步，击败仁多保忠。但他自不敢多问，以免有对萧岚不敬之嫌。

他却不知道，萧岚能够打败仁多保忠，靠的却是耶律信！

原来萧岚与仁多保忠在武强僵持，萧岚虽然动用火炮相助，却也奈何不了仁多保忠分毫。只是所有人都没有想到，耶律信在此时出手了。

而他攻击的方向，出动的部队，更是事先没有人想到的。

韩宝与萧岚都知道耶律信曾经自萧忽古部征调宫分军来中路，却没想到，耶律信下令其中数千宫分军沿黄河北流东岸南下，急攻东光东城！东光虽然坚固，但守兵很少，难以支持，只得分别向仁多保忠、郭元度告急。郭元度正一心防范河间府的耶律信，却不想东光出事，顿时进退失据，他不敢不救，只得匆匆忙忙分兵援救。

便在郭元度分兵前去救援东光之后，一直没什么动静的耶律信，突然亲自率军强渡黄河，他在黄河上搭起数十道浮桥，大破北望镇宋军，郭元度只得率败兵退保阜城。耶律信就此突入永静军！

郭元度的失利，直接将仁多保忠逼入绝境。他得到消息之后，大惊失色，连忙退兵，想要退到阜城，与郭元度合兵一处。但萧岚察觉到了仁多保忠想要退兵的意图，趁他退到一半，纵兵猛攻，宋军死伤惨重。萧岚趁势渡河，攻克武邑。仁多保忠本欲去阜城，但阜城、东光，皆为耶律信所围，不得不率军逃往信都。

这一轮的僵局已被打破。战争的天平，已悄然倒向大辽这一方。

但这些，全都是耶律信的功劳。这才是韩宝为何突然放弃谨慎的战法，急着想要与慕容谦一决胜负的真正原因。

他如若不甘心始终被耶律信压一头的话，在这场竞赛中，他就应该再积极一点儿了。

在这个时刻，他需要善用手中的一切力量，绝无可能再去处罚萧吼这样的亲信勇将。

"既然慕容谦已被击退，西面暂时便无威胁了。"韩宝自胡床边的桌案上，取过一支令箭，捏在手中，这是乘胜南下的时候了，永静军既然已经失守，又有萧岚接应，唐康、李浩并不足为惧，他只要与萧阿鲁带南北呼应，夺下冀州，甚至生擒唐康、李浩亦不在话下。据传仁多保忠也逃向了冀州。先败姚兕，再破慕容谦，再取冀州，李浩无足轻重，但若能一举擒获唐康、仁多保忠……有如此赫赫武功，休说耶律信，便在当世所有武将中，他亦不做第二人想！

而萧吼，自是他先锋官的不二人选。

"报——"

便在此时，帐外传来的禀报声，让韩宝缓了缓扔出手中令箭。

"进来！"

走进帐中的是一名远探军小校,见着此人,萧吼与韩宝的脸色都是一变。萧吼曾经掌远探拦子马,此人当时便在他的属下,他知道韩宝是将其派到冀州去打探军情的。这时候见他行色匆匆地回来,脸色慌张,心中都是咯噔了一下。

韩宝沉声问道:"你却如何回来了?"

那小校跪在萧吼旁边,垂首回道:"晋公,大事不好……"

韩宝听到这话,一颗心沉到了海底,急道:"出什么事了?"

"萧老元帅的大军,萧老元帅的大军……"

韩宝已经惊得从胡床站了起来,喝道:"快说,萧老元帅如何?"

"萧老元帅他,在黄河边上,被宋军打得大败,全军覆没!"

第九章

和战之谋

自古和亲诮儒者。
——苏颂《登雄州城楼》

1

大宋绍圣七年,七月二十一日。

河北路,冀州州治信都城。

虽然此前在黄河边上大破萧阿鲁带,但唐康实无半点儿兴奋之色。事实上,战局的发展也的确让他无法高兴起来。两天前,七月十九日,一直被骁胜军拖得无法顺利渡河的萧阿鲁带眼见着粮草将尽,终于按捺不住,他下令将本部兵马分成两部,四千人马搭浮桥摆出强行渡河的态势,余下三千人马结阵保护。萧阿鲁带并不知道此时耶律信已经突破宋军的防线,进入永静军,更不知道萧岚会在武强大败仁多保忠,他一支人马,孤悬敌后,消息断绝,被唐康与李浩率军阴魂不散般的跟着,晚上连睡个安稳觉都难。在他看来,实已是到了非要摆脱掉唐康、李浩不可的时候了。

但萧阿鲁带没有想到,论及水战的本领,宋军的领先是全方位的。辽国虽然也有一支水军,甚至还建立了小规模的海船水军,可这些水军实在无法与宋朝水军相提并论,因此也并未一同南征。而其余诸军,对于水战的理解,也就仅仅限于搭浮桥了。但宋军即使是马步禁军将领,懂得的水战方法,却几乎可以到辽国的水军中当将领了。

萧阿鲁带以为如此布阵,可以引诱唐康、李浩来进攻。他此前也曾与唐康、李浩有数次小规模的交锋,对宋军虚实已有一些了解。他估算宋军大约只有五千人马,便自恃留下一半人马,纵不能击败宋军,亦足以等到渡河的人马杀个回马枪合力打败宋军。倘若宋军竟然敢放他一半人马渡河,那他便干脆兵分两路,一路在永静军搅个天翻地覆,一路仍在冀州境内反过来牵制唐康、李浩几日,到时是战是走,再随机应变。

果然,唐康、李浩见他如此布阵,很快引兵前来,但只是远远观望,并不急于进攻。萧阿鲁带以为是二人怯懦,遂下令高革率一半人马先行渡河,不想四千人马方渡得一半,宋军突然放出早已藏在上游的上百艘火船。那些火船上面,载满了猛火油、硝石、硫黄、干柴等等各种易燃难灭之物,自南边河面顺流直下,碰着浮桥便立时烧将起来,顷刻之间,将好好一条黄河河面,烧得红光映天。辽军辛苦准备的十余座浮桥,不过一时三刻,便尽皆化为灰烬,正在渡河的数百骑人马,不是烧死,便是淹死,只有数十人逃回西岸。

眼见着辽军后阵中一片哭爹喊娘,混乱不堪,宋军趁势大举进攻。西岸辽军虽仍有四五千人马,但是先遭此大挫,军心摇动,士气低落,而宋军趁胜而击,士气高涨,两军交锋之后,宋军立即占得上风。但萧阿鲁带不愧是大辽宿将,所统宫分军皆是彰愍宫、兴圣宫精锐,尤其是彰愍宫宫分军,这十数年间在大辽赫赫有名,颇立功勋。此次南征,韩宝所率三千先锋,主要便选自彰愍宫。萧阿鲁带所率,虽然是韩宝挑剩下的,却也殊非弱者。故此,萧阿鲁带虽然吃了大亏,却仍无退避之意,反倒认为这是个难得的可以与宋军主力决战的机会。他孤军在外,利在速战,只要能一战击败面前的宋军,那么先前在黄河上面吃的那个大亏,便也不算什么了。两军便在黄河西岸,战了个难解难分。

这个局面却是唐康、李浩所未曾料到的。二人仍然低估了萧阿鲁带统军的能力,都以为辽军遭逢大挫,阵伍混乱,又是背水而阵,他们趁势纵兵击之,取胜易如反掌。就算万一不胜,一击不中,便率军远走,只要不让萧阿鲁带主力渡河,拖到他断粮之时,他们也能胜券在握。此时二人也不知道,耶律信与萧岚已经突破永静军的黄河防线,只要晚得一日,萧阿鲁带便能与永静军之辽军呼应,别说拖到萧阿鲁带断粮,只怕打蛇不死,反要遭蛇咬。

但现实的情况是,辽军虽然军心浮动,但骁胜军却也未能一鼓而破之。不仅如此,宋军反而被渐渐稳住阵脚的辽军给缠上了,不得不就在此地,与辽军一决胜负。

幸好骁胜军也是宋朝有数的精锐,唐康又颇有股子狠劲,李浩数度萌生退意,都被唐康拒绝。双方的战斗从中午开始,一直打到黄昏,两边都是人疲马乏,但谁也不肯先行败退。

便在这个时候,交战的双方都没有想到的是,宋军突然自南边杀出一支生力军来,加入到战局当中。若是平日,辽军兵力虽然略占劣势,但以宫分军之精锐,尚不至大败。但此时,早已疲惫不堪的辽军却立时变得人心惶惶,自萧阿鲁带以下，个个都以为是中了宋军的算计，以为宋军早已埋伏了这么一支人马，要先耗尽他们的体力，然后以此生力军一举歼灭他们。结果，宋军这支生力军一到，辽军稍一接触，便告溃败，萧阿鲁带仅率数百骑突围而去。其余人马，更无战意，逃的逃，降的降。宋军此战，斩首数百级，投降的辽军近两千人，宋军仅俘获马匹便多达五千匹。而先已率军渡河的高革，在黄河东岸，隔着一条黄河，只能眼睁睁看着萧阿鲁带全军覆没，没有半点儿办法。最后亦只得率领渡过黄河的千余骑人马离去，自寻出路。

这一场大胜，虽是唐康、李浩谋划已久的结果，但是最后能取得关键性的胜利，还是因为突然杀出来的那支生力军。那是何畏之率领的三千马军——何畏之原本早就奉命前来冀州，但在半路之上，又接到石越的手令，原来北京都总管府孙路此前也曾奉枢府之令，一面自流民中招募勇壮，同时自河北大名府防线以南诸州征调豪健巡检，以此组建厢军。孙路倒的确是个能吏，到七月份时，他便已在大名府创建了一支马步军共万余人马的厢军，并得皇帝赐号"镇北军"。因皇帝赐号诏书中，有希望见到"镇北军"参加实战建功立业之语，孙路又自知他坐守大名府，难以立功，便一心想要"镇北军"有所建树，以讨得皇帝欢心。因此他便借着这几句诏令，在宣台之中竭力游说石越让镇北军先往冀州，协助作战。石越禁不住他每日软磨硬泡，加之他与小皇帝关系本就有些紧张，又担心朝中有人借此挑拨，最后终于让步，与王厚商量之后，干脆决定将这镇北军调拨何畏之指挥。何畏之也自觉光杆将军上任，他又无唐康、仁多保忠那样的背景，便是到了冀州、永静，也担心为诸将所轻，便决定在半路等待镇北军的三千骑兵赶到之后，方才一同前来冀州。他耽搁这数日，错过了许多事情，却也正好赶上唐康、李浩与萧阿鲁带在冀州黄河边上的这场大战。这支号称由河北豪杰组成的镇北军，第一次参加战斗，便建下如此大功。

但是，自战争开始以来，宋军对辽军取得的这次空前的大胜，却被笼罩在随后传来的一系列噩耗的阴影当中。

当天晚上，当唐康、李浩率军回到信都城，正打算给何畏之接风洗尘之时，他们接到了东光告急、北望镇大败的消息。两个噩耗已让三人寝不能安，而在子时之前，又传来两个坏消息：仁多保忠大败、阜城被围。

尽管歼灭了萧阿鲁带部，但这一切，让这场大胜变得没有意义了。

次日，也就是七月二十日，当仁多保忠父子率领八百余残兵败将来到信都城下时，所有的这些消息都被彻底证实了。

然而，这一切并不曾就此结束。

耶律信乘胜用兵，围攻阜城，仅仅用了一天，在二十日中午便攻破阜城，郭元度见大势已去，不肯投降，自刎殉国。辽军再无后顾之忧，立即兵分两路，萧岚率大军西下，欲攻打冀州，接应萧阿鲁带；而耶律信亲率大军，掉头去围攻东光。

所幸他们在二十日解决了萧阿鲁带这个麻烦，否则，冀州将不再归宋朝所有。而萧岚在得知萧阿鲁带全军覆没的消息之后，也退回了武邑。但仁多保忠留在观津镇的辎重，却全落到了高革手中，高革夺了观津镇后，便带着俘获辎重投奔了萧岚。

到七月二十日晚上为止，宋朝在永静军剩下的军事力量便只有东光城原有的那约两千教阅厢军和三百多名水军，以及郭元度在他全军覆没之前，下令增援东光的四千余神射军——郭元度算是下了老本，他深知东光绝不可失，手下总共不过十五个指挥的兵力，他竟然调动了七个指挥的兵力，交由他的副将率领，前去增援东光。但也正因如此，当耶律信大举进攻北望镇之时，他再也没有足够的兵力去支援，虽然即便他有足够的兵力，也未必真能挡得住耶律信。而如今，东光城这区区六千余人，便是唐康等人的全部希望所在了。倘若他们守不住东光，大批粮草物资落入辽军之手，就算他们再打败一个萧阿鲁带，亦于事无补。

正当他们一面遣使向大名府告急，一面商议要设法分兵援救东光之时，七月二十一日，传来了更加让人震惊的消息——韩宝在束鹿大破慕容谦！

慕容谦乃熙宁、绍圣以来大宋朝极有名望的将领，他的失利给人们带来的心理上的震动，更远胜于拱圣军之败。

而且所有的人都知道，慕容谦部的溃败，意味着韩宝已无后顾之忧。虽然他们还不清楚慕容谦部实际损失有多少，但是这已经不重要。一支经历过溃败的军队，要想重整战斗力，就算慕容谦会变戏法，至少八月份之内，他们都不用再指望这支宋军了。

接下来的，必然是韩宝大举南下。

在这种局势之下，苦河已不足守，此时他们唯一能做的，便是坚守信都。

但东光该怎么办？

东光守将也罢，神射军副都指挥使也罢，都是寂寂无名之辈，在耶律信的猛攻之下，这区区六千多人马，能坚持到大名府的援军到来吗？

唐康站在他行辕内的那副大沙盘旁，想着这些令人头痛的问题，一时之间，竟有一种束手无策之感。

"都承。"一个亲兵小心翼翼地走到他跟前，轻声禀道："何灌将军已经奉令回来。"

唐康心不在焉地"嗯"了一声，信都已经在准备守城战了，所有的兵力都要集中到信都来，衡水县城门四开，百姓也已经开始逃难，但他们自然不被允许进入已经戒严的信都城，只能往南边逃跑。

"但是衡水知县不肯到信都来……"

"他想做什么？"唐康惊讶地抬起了头。

"他说他守土有责，非有皇上诏书，绝不离开衡水半步。衡水官员怎么劝他也不听，知郡[1]亲去劝说，他也不肯听。"

唐康素知衡水知县是个能臣，却不料还是个如此刚烈的节义之士，他心知此人实是不惜一死，来谴责他们的无能，脸上顿时火辣辣的，却故意骂道："这等迂腐之人，休和他讲什么道理，找几个人去将他绑了，抬进信都来。"

"是。"那亲兵应了，刚刚退下，又有人进来禀道："何参议求见。"

唐康愣了一下，方想起何畏之见任宣台参议官，连忙说道："快请！"

须臾，一身紫衫的何畏之大步走进厅中。他瞥了一眼厅中的沙盘，朝唐康行了一礼，开口便道："都承何必犹疑？冀州可失，东光不可失！"

唐康被他一语击中心事，喃喃苦笑道："纵然如此，我又有何本领去救东光？如今黄河之险已为宋辽共有，北有韩宝，东有萧岚，自保尚难，如之奈何？"

"都承不敢想者，亦耶律信所不敢想者！"何畏之冷笑一声，"果真要救东光，又有何难？！"

---

[1] 指冀州知州。

唐康素知何畏之之能，这时听他如此说，不由大喜过望，"莫非参议已有良策？"

"下官须在军中募三千敢战士，能骑马，通水性，善弓箭。"

"这有何难？"唐康笑道："冀州虽称不上名城，却也非深州可比。如今城中兵马不少，便少个三千人马，只是坚守，韩宝便有十万之众，旬月之间，亦尽可守得。只恐区区三千之众，济不得甚事。"

何畏之望着唐康，道："都承信不过下官吗？"

"这却不敢。"唐康摇头笑道，"信都诸将，若论带兵打仗，吾与守义公，皆不及参议。参议胸中果有成算，那唐某便陪着参议去征募敢战士。不过，遵宣台之令，守义公方是冀州诸军的统帅，此事还须得守义公首肯。"

何畏之倒不曾料到唐康有如此胸襟，竟然连细节都不多问，便应许他，心中亦不禁颇为动容。他却不知道以唐康的性子，真是令他信服之人，休说三千人马，便将兵权尽数交出，他也会毫不迟疑。只不过对唐康而言，世间有如此能力之人，亦不过屈指可数。何畏之虽然官职比唐康低，却正好在那屈指可数的数人之中。但这也谈不上什么胸襟，实不过是略有些魏晋名士风度而已，故此事到如今，他仍然不忘记挤兑仁多保忠——不管宣台有什么命令，仁多保忠如今是败军之将前来投奔，除了他麾下数百神射军，他哪里还能来与唐康争什么短长？

2

同一天。东光城。

夹着御河，也就是永济渠而建的东光城，是宋朝在河北腹地一个重要的军事据点。早先之时，东光城只有东城，但在绍圣年间，又在永济渠的西边筑起了西城。故此东光其实是由隔河而立的东西两座小城组成，东城建得早，是座土城，而西城是新筑，却是砖石筑成，尤为坚固。

太平之时，因为永济渠交通之利，东光城商旅云集，十分繁华。而宋廷也在此建起了数以百计的仓库，河北、京东两路许多州县缴纳的赋税、贡品，不少都是先送至东光，然后在此上船，运往东京。而至绍圣七年宋辽开战以来，东光又被宋军当成重要的后勤补给基地，数不清的粮食、军械，全都经由永济渠，源源不断地送至东光。在石越等人看来，东光城高而坚，又有仁多保忠的神射军拱卫，兼之辽军短于水战，将补给屯集于此，那是万无一失的。

但人算不如天算，先是皇帝赵煦一纸内批，迫使仁多保忠分兵困于武强，使得神射军兵力分散，而这个漏洞又被耶律信抓住，郭元度兵败身死，辽军攻入永静军，这原本万无一失的东光城，转眼之间，便成为狂风暴雨中的一叶扁舟，谁也不知道什么时候就会倾覆。

事实上，在此刻站在东光西城外指挥攻城的耶律信看来，东光城破，已经只是早晚之间的事。

耳边轰响着远处阵地上那整齐排列的二十门"神威攻城无敌大将军炮"此起彼伏的炮声，看着一颗颗斗大的石弹飞向东光西城的城头，砸在敌楼女墙之上……一身黑甲的耶律信在冷酷的嘴角边忍不住露出一丝冷笑。他等待这一刻，已经很久了！

南征已经三个月了，尽管大辽铁骑已经攻下无数城池，可南朝上下依然还在固执地认为辽军不擅攻城！一个观念一旦灌输进人的脑子里，真的便如生了根一般，哪怕它是那么可笑与荒诞，人们却仍然会坚信不疑，至死不悟。八九十年前，辽军的确不擅攻城，当年大军南下，一直打到澶州，结果连一座城池都不曾攻下，若非南朝君臣怯懦，大辽军队几乎不可能全身而退。可是时间已经过去了八九十年，如今，山前山后的汉族百姓，都早已经自认为是辽国的臣民，大辽境内，汉人在契丹化，契丹人也在汉化，奚、汉、渤海三族，多少年前便已经完全融入了大辽这个国家……这些宋人从未认真想过，为何当年契丹会不擅攻城？追根究底，攻城守城考验的其实只是一个国家中工匠的手艺而已！大辽境内的汉人、渤海人工匠，难道会比南朝的工匠差多少吗？只不过，自澶州议和之后，历史便再也没有给大辽铁骑一个机会，证明他们照样攻得下那些城池。

更何况，对于南朝来说，这一二十年固然是他们的中兴时代；可对于大辽来说，却更是如此！卫王曾经说过，他读《易》百遍，最后所悟之道，便是天下万物万事，皆守平衡。故此孔子亦最崇中庸，以为中庸之道，是人类无论如何也无法企及的目标。以此理观之于历史，便可知历史便如流水，虽然一时东高西低，一时西高东低，却终究入海，归于平衡。而观之于今日，则如辽、宋、夏三国，共存于这天地之间，所谓牵一发而动全身，三国之间，没有一个国家是永远静止不变的，而任何一国的变动，都会伴随着其他两国的变化。绝不可能其他两国会眼睁睁看着某一个国家改变、强大，而无动于衷。

当南朝在变化之时，它所引起的波澜其实已经波及了大辽与夏国。只是西夏人运气不太好，他们变得太慢，不彻底，终究没能及时改变，以对抗南朝的变化，因而付出了惨重的代价。

可大辽却不同，大辽改变得比南朝更加彻底！

大辽在用崭新的眼光看南朝，积极应对南朝的改变带来的威胁与挑战；但南朝，虽然自己改变了，但他们眼里看到的依然是过去的大辽！

在耶律信的心中，推演这场战争的种种变化已经不知道有多少年了，早在几年前，他就意识到在战争开始后，东光可能成为宋军的一个重要屯粮之所，他暗中找人数度出入东光城，对东光的城池结构可以说早就了如指掌。

他知道要攻打东光这样的坚固城池，就一定需要重型攻城器械，而自古以来，如重型抛石机这样的器械，在绝大多数的战争中，都是需要就地取材制造的。大概也只有石越这种人，才干得出将抛石机运到灵州城下组装的奇事——但那也是迫不得已，灵州城下无材可取，而宋军在围攻灵州之时，又已经在战略上取得了压倒性的优势，为他步步为营运输重型器械创造了条件。不过，对于耶律信来说，东光城外虽然能找得可以制造重型抛石机的木材，但他没有足够的时间。他必须尽快攻下此城，才能得到东光城的积蓄，从容与宋军主力周旋。

幸好，老天爷是站在大辽这边的。

六月初的时候，韩守规又一次向他交付了数十门新铸的火炮，其中便包括在此前战斗中取得奇效的"神威攻城无敌大将军炮"二十门！到七月十日，花了一个月的时间，这些火炮终于被秘密运到了河间府。

宋辽两国，人人都知道耶律冲哥善用火炮，却少有人知道耶律信对火炮亦极为重视。自年初国内大变，耶律信入主北枢密院，他便开始倾尽全力，支持韩守规造火炮，并且点名要的，就是能够攻城的神威炮。

大辽乃地方万里的大国，虽然以财力物力来说，难与南朝相匹，然倘若真的痛下决心，造个数百上千门火炮，这种他人以为骇人听闻之事，在耶律信看来，却是行有余力的。只不过卫王主政之时，奉行和宋之策，自然不可能不顾一切地大造火炮，无谓加重国库负担。而耶律信却无此顾忌，只恨火炮作坊与工匠都太少，即便立即扩张规模，铸造一门火炮，培训炮手，也需要时间，在四月南征之时，亦不可能有什么成效。其时宋辽两国的火炮皆采用青铜浇铸之法，所用炮模皆是泥范，似神威炮这种当时的重型火炮，单单是让炮模干透，便要四个月！韩守规是个极精细谨慎之人，他所铸的每一门火炮都要经过仔细检验，方会交付使用，到六月份他能交付二十门神威炮，实已是耗尽全力，足以令耶律信喜出望外。

有了这计算之外的二十门神威炮的加入，对东光的攻城战，耶律信自然是胸有成竹。

他太需要东光城的粮草了！

辽军的粮草已经不多了。自南征以来，任何军事上的意外与挫折他都不放在心上，唯独对粮草转运之艰难，让事先已有了最坏心理打算的他，依然感到一种挫折感。哪怕大辽有足够的骡车马车，而河北一地已经是道路平整、十分便于运输的地区，但是每次运送的粮草总有相当一部分会在路上被运粮的人吃掉。还有无缘无故的丢失，缺斤少两，运粮民夫的逃亡，因各种天灾人祸粮车卡在路上动弹不得……此外，还有让他颇为头疼的赵隆与河间府宋军的不断袭扰。河北路号称一马平川，但那是对骑兵而言的，并非对粮车而言。自北而来，一路上多有河流阻挡，而赵隆最喜欢的便是破坏桥梁，在官道上面挖陷阱，以及悄没声息地埋炸炮——此物耶律信早有了解，在以平原为主的河北，炸炮对于大军构不成任何威胁，即便南朝只是想造出足以拖延他们行军速度的炸炮，便足以令其国库彻底破产，而纵然南朝果然愚不可及地做了，辽军也不费吹灰之力便可以破解，故此他原也没太放在心上。[1] 然而对于运粮车来说，即便是赵隆等辈用各种火器临时改制的炸炮，也是极大的麻烦。远远看到粮车要来，

---

[1] 阿越按：对于某影片所描述之艺术战果，智者请一笑可也。

便在路上埋上几个炸炮,然后匆匆逃跑,粮车经过时炸炮突然爆炸,虽然大部分时候伤不了人,却可以将车辕轮毂炸坏,只要一两辆车坏在官道上,后面的车队就动弹不得——骑兵可以轻松绕道而行,但笨重的粮车,总不能从官道旁边的水田中过吧?令人无可奈何的是,受运输成本制约,押运粮车的护军永远不可能太多,排成一条长龙的粮车队伍,总是有防不胜防的薄弱之处。当护军提防前面的炸炮、陷阱之时,赵隆又可能突然袭击车队的中央,直接用猛火油与震天雷破坏中间的粮车,这样效果也是一样的——辽军前面的粮车,终究也是要等着后面的车队一齐前进的。

但是,虽然明知道赵隆是个极大的祸患,耶律信也曾遣军屡败赵隆,却终究没办法斩草除根。说要攻打高阳关也只是一时气愤之语,休说高阳关没那么好打,便是打下来,亦无多大作用。赵隆还可以逃到别的地方去,难道他堂堂大辽北枢密使,竟然要这么一路追着赵隆的屁股跑?

当年耶律信曾经读到通事局抄来的宋人奏章,其中在不少奏章中,宋人无可奈何地谈到他们在陕西转运的悲苦,据说熙宁年间宋人经营熙河之时,仅仅在转运粮草之上,一年就要花掉四百多万贯!平均每付出运粮士兵、民夫死亡及逃跑九百余人,消耗粮食七万余石,钱万余贯的代价,才能运粮二十一万石。而宋人宣称,用驴子等畜力来运输,甚至更加耗钱!当日他还不免嘲笑宋人无能,直到自己亲身体会,才知道他比宋人好不到哪儿去。以河北路的地理状况,因为可以使用骡马拉载的大车,辽军需要付出的代价当然还是要远小于宋人在陕西的代价。但是,一旦粮草也需要从后方转运,耶律信才发觉,南征的那几十万匹战马是多么沉重的负担!

他已经殚精竭智,然军中余粮不过勉强能支持月余而已。国内还在源源不绝地运粮来补充,但每一粒粮食都变得价格百倍。而留守国内的太子已经叫苦连天,南京道的仓廪渐要耗尽,倘若要从更远的粮仓运粮……耶律信只要想想,都会后背发凉。

这时候,他才真正理解为何汉高祖要定萧何为首功!无论是张良、陈平,还是韩信、彭越,耶律信还真不是太放在眼里,但是萧何的本事,他却是真的自叹不如。

什么深州之捷,霸州受挫,甚而萧阿鲁带兵败冀州,在耶律信看来,那都无关紧要。这一切不管多少热闹,都只是前奏,与宋军主力的决战还没有开始。而耶律信深知,真正决战来临的时候,战胜与失败的方式,都将是沉闷而无趣的。

倘若他攻占了东光,补给的压力便全压在宋军一边,不论南朝有多少富庶,失去了屯集在东光的几十万石粮食军资,决战尚未开始,他们便已经输了一大半。而倘若他得不到东光的粮草,大辽就会变得十分被动。

也正因为如此,他也不担心东光守将会烧掉东光的积蓄。这些粮草太重要了,以人心来说,不到最后一刻,守城的一方总是会心怀侥幸——这不是一点儿半点儿粮食,倘若最后城未破而粮食却被烧掉了,这东光守将便有一百个脑袋,也不够砍的。而真到了最后一刻,这粮食不是他想烧便烧得光的。几十万石粮食,就算烧上猛火油,不烧一两天,哪能烧得干净?而真要放起这等大火来,其实也就相当于全城军民点火自焚了。何况人情都是如此,事先总以为自己能从容不迫,真到城破兵败之时,才会知道自己亦不过寻常之人,人人都以逃命第一,还能有多少人记得要去烧掉粮食?故此自古以来,只见着得胜的一方烧干净敌人的粮草,守粮草的一方无论有多大的劣势,能忍心自己烧掉粮草的,那都是值得大书特书之事。这也是为何不管是多么残酷的守城战,城破之后,攻城的一方总是有平民可屠,有财物可抢!人心微妙,亦在于此。

退一万步讲,即便东光守军真的玉石俱焚,这对于宋军的打击,亦远比对辽军的打击要来得沉重。大辽固然转运倍加艰难,南朝也好不到哪儿去!到时候,他依然可以想战便战,想走便走,没有充裕的粮草支持,宋军若贸然追击,曹彬就是他们的榜样[1]。

因此,攻打东光城,在耶律信看来,不是决战,却与决战无异。他处心积虑,策谋已久,虽也托赖一些运气,才有如此大好局面,但也因此,他亦更加势在必得。

"大王,东城外弘义宫都辖[2]耶律孤稳将军有书信送至。"

"呈上来吧。"耶律信冷冷地说道。耶律孤稳最先以追随耶律冲哥征战而

---

[1] 这里指宋初第二次幽州之战,宋军主将曹彬因粮草接应不上而进退失据,这被视为宋军最后战败的主因。
[2] 宋时都部署、副都部署、部署的别称,此处指弘义宫都部署。

扬名，号称智勇兼备，然而此番南征却颇有出工不出力之嫌，他在萧忽古麾下不仅未建寸功，耶律信还听到萧忽古军中有人指责他在围攻霸州之时拥兵观望，保存实力。这只怕不是冤枉他，弘义宫六千铁骑南下，打到现在，除了几个人水土不服，连重伤兵都不曾有一个。耶律信认定是萧忽古驾驭不了他，这才干脆将他调至中路，亲自指挥。此次奉密令自永济渠东急攻东光城，耶律孤稳倒是办得十分漂亮，但耶律信心中不免始终暗存芥蒂。然而想要攻打东光城，他却也不能不倚重耶律孤稳这样的将领。东光东城之外，便只有弘义宫六千人马，加上随军家丁，不过一万八千余人。攻城这种事情，若非耶律孤稳，这点儿兵力，旁人只能望城兴叹。

耶律信就在马上接过亲兵呈过的书札，一只手打开，跃入眼帘的是耶律孤稳一笔遒劲的汉字：

"孤稳顿首上兰陵郡王殿下：闻大王下令三军，限旬日之内，必克东光。大王当世名将，声威播于北南，数十年间，战必克，攻必取，朝廷倚为干城，深谋远虑，虽良、平、韩、彭不能及。孤稳，松山之鄙人也，本不当言，然误被圣恩，轸及弃物，蒙陛下知遇，起于草莽之间，故不敢自爱，无状妄言，幸逢大王之贤，当不以为过。

"孤稳尝闻兵法云'将有五危'，而忿速者可侮也；又云'先为不可胜，以待敌之可胜'。今大王挟百胜之威，临此孤城，自不无克之理。然以深州弹丸之地，破败小城，而南人以孤军守之，数月方下，此前鉴未远，大王亦不可不察也。大王举十万之众，围此孤城，所图者，东光之仓廪积蓄也。然则南人虽愚，亦知东光之不可失也，其必兴师来救。兵法云'其有必救之军，则有必守之城'，守东光者，虽村夫愚妇，其知救兵必至，亦必效死力。窃谓大王切不可轻易之，以东光城大而兵少，人心不安，乘胜攻之，可一鼓而下。恐万一城未破而敌援军至，大王将如之何？

"以孤稳陋见，今吾军已入永静，黄河之败，无干大局，与其急于求成，不若为持重之策。南人若欲救东光，必经水路。孤稳在东，大王在西，择东光南北永济渠畔之高、险之地筑垒，以精兵火炮扼之，并造铁链，横锁江中，南军援军虽至，无能为也。而大王方从容攻城，东光守者知救兵难至，其城虽坚，亦不免守陴而泣下，破之必也……"

"持重之策！"耶律信从鼻子里冷笑一声，"与我回报都辖，宋人援军尚远，诸军先奋力攻城，若三日之内东光不下，再为都辖之策不迟！"

3

"都护[1]，看起来东光城应当是要攻下了！"

"切不可大意。便是煮熟的鸭子，只要不曾吃进嘴中，仍要防它飞了。"

东光东城之外，耶律孤稳穿了一身铁甲，站在一辆马车上，目不转睛地注视着眼前的战斗。在他的身旁骑马而立与他说着话的，是他的监军吴奉先。

此时已是七月二十三日的中午，辽军大举围攻东光城，已是第三日。

这三天的东光之战，攻防之激烈，即便是身经百战的耶律孤稳，亦觉动容。宋人经营东光，本就是当成军事要寨来营造，因此城内守城之具十分齐备，抛石机、床弩、猛火油一应俱全，少的只是使用这些守城器械的士兵。辽军虽然以火炮在西城外猛攻不止，但宋军也不甘示弱，在城内以抛石机还击。虽然城内并没有准备足够的石弹，看起来又似缺少人手临时打制，但让辽军意外的是，因为宋军在城中积蓄了大量的军资，东光守军便干脆将几个震天雷绑在一起，点燃引信，而后用抛石机发出。这种"飞雷"的射程虽远不及辽军火炮，然而对疯狂蚁附攻城的辽军，无疑是极大的威胁。

但耶律信的攻城，刚猛凌厉而变化万端。一时冲车、云梯并用蚁附猛攻，一时征募善水士兵自东光水门之下潜入城中，一时夜间击鼓不止，震得人心神不宁，一时却又突然趁夜偷袭……几乎但凡攻城之法，耶律信皆得心应手，让城内宋军防不胜防。更加令人骇然的是，他竟然一日一夜之间，便在东光城外垒起两座土山，昼夜不停地朝城中射箭。

东光守军在辽军如此猛烈而又多变的攻击之下，不免左支右绌，顾此失彼。三日之内，辽军数度攻上城墙，有一次还有数百辽军半夜自水门攻入城内。然

---
[1] 本汉代军职，宋时常以此古称代指都部署。

城内军民皆恐辽军破城之后屠城，故此每次都奋力抵御，勉强维持东光未破。

然而他们为此付出的代价也是极其惨重的。

二十一日，神射军副都指挥使意外被一枚石弹击中，尸骨无存。

二十二日晚，在击退潜入城中的辽军的一场血战中，东光守将中流矢而亡。

仅仅两日之内，东光城内的两名主要将领便已死于非命。辽军本以为宋军已群龙无首，次日攻破东光已经是易如反掌之事。然而，让人意外的是，一名自称永静军通判的文官站在了西城的城墙上，而在耶律孤稳主攻的东城主持大局的，竟是一名十几岁的少年！而就在这一个文官一个少年的指挥下，东光城又坚守了半日。

若不是东光守军看起来越来越力不从心，耶律孤稳几乎要以为此前死的不是神射军副将与东光守将……

只不过，胜利的天平终究是要不可避免地向辽军倾斜。守城之法，每一丈长的城墙上，仅仅作战的士兵就需要十个人，否则很难抵挡住攻城者。所以并非城池越大越好守，城大还需要兵多。而东光有东西两城，却不过数千兵力，原本就捉襟见肘，激战两日之后，士兵伤亡激增，到了二十三日中午，因为西城吃紧，守军不得不将更多的兵力投入西城的防守，东城已是十分空虚。

也许，真的是自己多虑了。

耶律孤稳又看了一眼南边的永济渠，当年隋炀帝开凿的这条运河，历经数百年后，依然清波荡漾，河面宽阔处达十余丈。耶律孤稳虽然不知道这条河到底有多深，却可以肯定，寻常三四百料的船舶尽可通航无碍。据说太平之时，此河河面之上百舸争流，船桅如林，好不繁盛。而自从大辽军队围攻东光时起，南下的船只还能不时见着，北上的船只却已极为罕见。第一日还有几十艘不知情的货船北上，被耶律信掉转炮头，一阵乱轰，其中便有一大半掉转船头南归。从此以后，东光附近的河面上除了不断自城中南逃的船只，便只剩了守城水军的几十条战船在河面无所事事地巡弋。

出现这种情况，与耶律信的那一阵炮击并没有多大的关系——实际上当日辽军并不曾击伤一艘宋船，不过宋人明知东光被围，胜负难料，却也不肯将物资再运进城中。况且即便运至，亦无许多人手去卸货。耶律孤稳派出探马带回的消息也表明，如今大批的宋船都停泊在上游的将陵县长河镇，也有胆子大一些的，便停在更近些的安陵镇。只是偶尔从南边也有一两艘船北上，那显然是安陵、将镇的宋人在东光守军互通消息。

这也是这场激烈的围城战中，最为吊诡的景象。

辽军其实并没有真正围死东光，如果城内守军想要走，他们随时可以做到。并且不用担心追击，两岸的辽军只能眼睁睁地目送他们离开。

"或许这正是兰陵王之深意。"吴奉先看见耶律孤稳的目光不时地望着永济渠，以为他是在关注那些驾船南逃的东光百姓，在旁干笑一声，说道，"人情乐生畏死，若是给东光守军留一条生路，他们守城之时，便不会有那种拼死作战的决心了。"

耶律孤稳倒不曾想到这一点，不由微微一愣，点了点头。

"况且这样做还有一个好处。人之天性中，颇有许多恶劣难言之事。共富贵易，同患难难。东光是永济渠边有名的水陆码头，城中豪族势家、富商大户，不可胜数，这些人家，许多都有船只。如今大难临头，此辈若是被困在城中倒也罢了，既有一条生路，如何肯坐以待毙？这东光守将若不放他们出城，此辈必因怨恨而生异心，便因此而开门献城之事，亦史不绝书；若放他们出城来，城内便免不了要人心浮动……"

这番话耶律孤稳却不怎么相信。这吴奉先以汉人而能做到监军，在大辽算是一个异数，但耶律孤稳知道他是萧岚的亲信之人，素来不敢得罪，只是这时听他话中全是替耶律信开解之意，不由"哼"了一声，道："若果真打的这个主意，只怕要落空了。监军且看这河上，东光守将分明是放他们出城逃命的，攻城之时，却不曾见他们松懈几分。"

吴奉先笑道："这是因为这两日攻得太急。若然缓得一缓，城中必然生变。不过，这些看起来皆已无关紧要。由通事局画的东光地图上看，这两城之间，两道木栅水门之内，其实还有一座白桥相连。我军若抢先攻下东城，由东城攻西城，并不需要水军，那西城之东墙甚是卑矮，亦难坚守。"

"但愿如此。"

耶律孤稳虽与吴奉先说着话，于战局却并不敢有丝毫怠慢，忽然招手高声喊道："女古！"

车边一个大胡子裨将连忙快步上前，躬身一礼，"都辖！"

耶律孤稳站在车上，伸手指向东光东城北角，"北角空虚，你速领一百人队，给我攻上北角！"

"得令！"那女古又行了一礼，退后几步，早有护兵牵过马来，他翻身上马，疾驰而去。不用多时，便见三百辽兵[1]扛着两架云梯，在急促的战鼓声中，呐喊着朝着东城北角冲去。

那两架云梯方一靠上城墙，虽然城上也有滚石、震天雷扔下，但稀稀落落的，辽军早已见惯不怪。女古身先士卒，一手持刀，一手举着一面蒙了牛皮的盾牌，如猿猴一般飞快地朝着城上奔去。眼见着他就要登上城墙，城头宋军现出一阵慌乱，一队宋军急急忙忙朝着北角跑去增援。但此时女古已攀到女墙边上，一个守城的宋军慌手慌脚地丢下一个震天雷，却被女古一把接住，反往城墙内一扔，便听到"轰"的一声，一个宋兵当场被炸得血肉横飞。趁着硝烟未散，女古大喊一声，翻身跳进城头。

苦战了半日，眼见着终于有人再次登上城头，攻城的辽军都是一阵欢呼，士气百倍，转眼之间，又有两处辽军杀开缺口，相继登城。

"成了！"此时，连谨慎的耶律孤稳，也不由得在心里暗暗松了口气。他挥了挥手，车上令旗一挥，又有数百名列阵以待的生力军齐齐发出一声呐喊，朝着东光城冲去。他们分成几路，争先恐后地自几个缺口处涌进城头。

仿佛知道已经到了最后的时刻，便在此时，城内的抛石机也突然疯了似的朝城外掷出一捆捆的震天雷，巨大的爆炸声此起彼伏。耶律孤稳看见一队冲锋的辽兵正好被一捆震天雷砸中，只听"轰"的一声，硝烟散去之后，这十余人便如同消失了一般，被炸了个尸骨无存。

但即便这样的场景，亦已经丝毫不能阻止辽军前进的步伐。

耶律孤稳甚至连眼睛都不曾眨一下。

震天雷在大辽军队中也用得不少，只要见得多了，被几颗震天雷炸死和被一块大石头砸死，其实也并无多少区别。耶律孤稳曾经跟随耶律冲哥征战西域，

---

[1] 此处包括家丁。

虽然当时他只不过是个小校,但见过的死人已数不胜数,所有的胜利,都是用尸体堆出来的。

当年与他们并肩作战的西夏人,曾经不止一次告诫他们:六十年内,莫要与东朝为敌。有些人将这些话当成西夏人怯懦的笑谈,而也有一些如耶律孤稳这样的人,却将这些话都记在了心底。只不过,一个以上国自居的大辽,与一个自命天朝的宋朝,最终总是不可避免要一决雌雄。

不管那些西夏人说的是真是假,这便是验证的时刻。

早在西域攻城的时候,耶律孤稳就已经知道抛石机其实是打不准的。足够多的抛石机当然是所有攻城者的噩梦,一片区域一片区域的覆盖过来,哪怕扔的是石头,也能轻易地将一支攻城部队打散,更不用说扔的是震天雷。但是此刻东光的宋军已经没有这样的能力了。一天前他们还可以做到,东城的城墙后面有十几架甚至几十架抛石机,曾经将耶律孤稳压制得苦不堪言。但从二十三日上午开始,宋军显然是将大量炮手调去支援西城了——在那边,抛石机阵地是火炮的重点打击对象。尽管火炮也无甚精准可言,然而每架抛石机要占的地方都十分可观,而守城者总是需要将抛石机尽可能地部署在一起,否则便难以起到它应有的作用。因此,他们的伤亡可以想象。现在留在东城的炮手明显多是生手,虽然还是这么多抛石机在发炮,但却杂乱无章,全不足惧。他的云梯可以轻而易举地越过炮石,推进到城下,那它们更加不可能阻止得了他的士兵们。

眼见东城将破,吴奉先这时比耶律孤稳更加激动,他策马上前几步,振臂高声喊道:"孩儿们听好了!兰陵王有令,攻下东光,屠城三日!先进城的先抢,后进城的给老子喝西北风去!"

他话音未落,城头城下,攻城的,未攻城的,全都欢声震天。云梯上的辽军连手脚也利索了几分,只怕落在别人后头。耶律孤稳在西域之时学了不少攻法之法,攻打东光东城,便颇有章法,有人攻城,有人掩护,有人接应,得利如何,失利如何,各有部署。故他攻得虽然凶狠,又是蚁附,伤亡却远较旁人要少——当日萧忽古便是不听他劝谏,数万人马黑乎乎地一拥而上,看起来倒是声势慑人,但倘若吓不死守城的宋军,被城内抛石机、床子弩搭着滚石、檑木、开水、震天雷一阵反击,城下的尸体都能堆得丈把高。而耶律孤稳打了三天东光,直接攻城的兵力却也不是太多，城外始终都有三千余骑兵列阵而立，压住阵脚。

但这时候看着东城将破，又听到吴奉先这一番喊叫，那压阵的人马也不由得人心浮动，有几员部署、副部署便驰马过来，向耶律孤稳请战。东光虽然富庶，但东西若被人先抢了几遍，落到后面的，便真的只能如吴奉先所说，旁人吃肉，他们只好喝汤。虽说宫分军都是有家有业，可若放在南朝来比，也就是些小地主，家里虽然有家丁，但平时不被征召服役之时，自己也是要下地干活才能维持家业的。大辽皇帝南征自是为了他的雄图霸业，这些宫卫骑军却无甚霸业可图，与宋军不同，他们平时虽不交赋税，但每次出征、打仗，马匹、盔甲、兵器、衣裳、粮草，甚至药材，都要自备，出征数月，回来时血本无归的事情亦是寻常。如果身死他乡，依着惯例，朝廷的抚恤都是极少或者干脆没有的，若家中尚有兄弟还好，否则便只能靠着乡邻帮衬，孤儿寡母不得不沦为奴婢或者改嫁他家……这等事情若发生在宋朝，自不免怨声载道，或有诗人写出许多诗来，让人读之泪下，油然而生同情之心，君主不免被讥为暴君无道。但在辽国，自古以来都是这个风俗，诗人们只会歌颂辽主的英武，只需不搞得国内壮丁死掉一半，牲畜死掉八九成，辽主想要听到点儿怨恨之声，却也实在不容易。诸夏多昏君，蛮夷皆明主，其中奥妙便在于此。大辽虽颇有华夏衣冠气象，又常以中夏正统自居，可到底还有点儿胡气未脱，因而这些宫分军在为辽主霸业卖命之余，免不了也要为自己的家业打算打算。弘义宫南征分在东路，沧州虽是富庶之地，可是他们却不曾占到多少便宜，平时在乡野之间打打草谷，丢丢拣拣的，连南征的本钱都捞不回来。自到东光之日起，这弘义宫六千宫分军，便眼睁睁盼着城破之日发笔大财，这时候听说要落到别人后面，哪里还按捺得住？

耶律孤稳抬头看看城头，只见城头的缺口越来越大，登城的将士已有数百之众，南北两边，宋军都被杀得节节败退。其实此时他军中亦没余下几架云梯，况且城上城下皆已十分拥挤，按理他是应当等着攻进城内的人马打开城门，再率军冲进城中，便算正式攻陷东光东城。但他眼见着诸将皆摩拳擦掌，士气可用，这是胜局已定之时，也不愿扫兴，当下点了点头，道："留下我本部一千人马，其余听其攻城！"

他军令既下，除去他本石烈的将士个个失望外，其余诸军都是喜笑颜开，欢声雷动。众人都弃了战马，争先恐后地抢了余下的云梯，朝着城墙冲去。那些未能抢到云梯的士兵，也不甘后人，有人扛着大斧便朝城门跑去，因耶律孤稳军中并无冲车，还有人竟不知从哪儿弄来几根浑圆的大木头，几十人合力扛了，便打算以此撞开城门。看得耶律孤稳提心吊胆——如果城中宋军稍有余暇，这些人不免都要死无葬身之地。幸而守城宋军此刻早已顾不得许多，挡住云梯上的辽军，将攻上城来的辽军赶下城去，单是这两桩事情，他们便已力不从心。若非城外吴奉先先后用汉语与契丹话喊出屠城的口号，东光通判又当着诸军给水军下过严令，即使城破，凡见禁、厢军、巡检敢自水路逃窜者，水军便即格杀勿论，众人心知这时只要再退得几步，便是覆巢之下无完卵，否则早就要弃城逃命了。

"恭喜都护，今日不费吹灰之力，便下此名城。皇上闻见，必然十分欢喜，加官晋爵，指日可待。"看见这东光城真的已经咬进了嘴里，吴奉先的眼角都眯成了一条缝，笑着朝耶律孤稳抱拳祝贺。他忽又临时想起一事，道："今日所见那守城的少年宋人，只恐有些来历。若非家世显贵，他乳臭未干，那些宋人如何肯服他？以下官之见，不若传令诸军，务要生擒那少年，或许有意外之得，亦未可知。不知都护意下如何？"

他堂堂监军，耶律孤稳怎能这点儿面子都不卖，忙道："便听监军处分。"

吴奉先笑着点点头，举起手来，正要发令，却听到有人高声喊道："报——"他不由得一愣，转过头去，便见一骑飞奔而来，直到二人跟前，欲待翻身下马，却从马上滚将下来。旁边几个耶律孤稳的牙兵连忙过来搀起，众人才发现他后背上中了一枝羽箭，一件战袍已是染满鲜血。

吴奉先识得这是耶律孤稳派出去的拦子马，这拦子马向来都是数人一队，此时却只回来一个，还身负重伤，必是遇敌无疑。他心中正在吃惊，耶律孤稳早已跳下马车，打开一个皮袋，往那拦子马口里灌了一口酒，过了一小会，那拦子马悠悠醒转，见着耶律孤稳，挣扎起来行了一礼，道："都护，南边有宋军！"

这却是众人已然料到的，耶律孤稳沉声问道："有多远？多少人？"

"水陆并进，算不清多少人马……属下遇见之时，已至二十里外，一眼望去，河上小船不下百艘，陆上马军，当有数千骑！"

这拦子马说话之时,虽然虚弱,条理却甚是清晰。众人听到耳里,都是大吃一惊。吴奉先愕然道:"宋军如何能来得如此之快?又为何马军不走河西,反走东岸?"

但他话音刚落,便听有人喊道:"看!"

众人抬头看时,只见那永济渠上,果真密密麻麻,有百余艘小船顺流而来。此时正是顺风,这百余艘船,都是张满白帆,顺流而下,当真如飞似的,才看还是黑点,转眼便已清晰可见——那些船上都站了士兵,船尾还有人击鼓,船中所立旗帜,都绣着斗大的"何"字。河西的耶律信显然也已发觉这支援军,未多时,便有火炮掉转炮口,朝着河上打炮,只见一颗颗石弹落到水中,激起好大的水花,却不曾有一颗能击中那些宋船。眼见着辽军只能望船兴叹,宋船的战鼓倒击得更响了。

"这……这……太快了……绝不可能……"吴奉先一双眼睛望着永济渠上,口里仍在喃喃念叨,一时半会,都不相信这是事实。这些宋船虽小,但百余艘船,至少也有数千之众,一旦进入城中,那想要再攻下东光,却是难了。

耶律孤稳却依旧十分冷静,沉声道:"传令,奋力击鼓。宋人援军还远,只须尽快打开城门,攻下东城,援军来得再多,亦无济于事。"

吴奉先这才醒悟过来,连连点头,道:"正是,正是!传令,先打开城门者,赏银一千两!"

但他的传令官还不曾将他的赏格喊将出去,耶律孤稳的脸色已变了一变,低声道:"马蹄声!"

弘义宫诸将都是马背上长大的人,耶律孤稳说话之时,众人也都已听到马蹄之声,一人说道:"听到这声音,不过一两千骑,怕他什么?"

但这话却是无法安抚众心了,人人心里面都清楚,宋人既来救援,便断然不是数千人马,这水陆之兵,想来不过是先锋而已。那水路的先锋便有三四千人马,陆上如何可能只有一两千骑?后面更不知有多少主力。以一敌二,他们自然不惧,但倘若那只是宋军先锋,一旦被纠缠上,弘义宫可能全军覆没——耶律信的大军虽是近在咫尺,可隔着一条永济渠,便与远在天边无异。

耶律孤稳望望南边天空中已然可见的扬尘,又望望城头,城上宋辽两军仍然还在苦战之中。看着援军大至,宋军已接近涣散的士气又振奋起来,苦守在城墙上与辽军近身搏斗,一步也不肯轻退。而辽军原本都是骑兵,若然野战,这些个教阅厢军真是不堪一击,如今却是困在狭窄的城墙上与宋人步战。苦战许久,眼见着就要成功,却听见宋人来了援军,众人不明状况,将信将疑,气势却是大不如前。城上面既然一时难分胜负,再看河中,那边守城的水军,已经在打开水门了!

权衡之下,耶律孤稳心中已萌退意,但却惧怕耶律信军法,又怕吴奉先不肯,因此踌躇不决,却听吴奉先已忍不住催问道:"如何?都护,可能战胜?"

耶律孤稳倒怔了一下,旋即摇了摇头。

吴奉先略沉吟了一会儿,忽然问道:"都护可知南朝有什么姓何的大将?"

耶律孤稳不料他问这个,愣了一下,一时却想不起来,却是旁边一个书记说道:"久闻有个叫何畏之的大理客将。"

"啊?!"吴奉先惊叫一声,"是他?"

耶律孤稳却不曾听过何畏之的名声,奇道:"监军知道此人?"

"曾听归附的西夏贵人提过,乃与狄郡马一道守环州者。南朝平西南夷之乱时,乃王厚手下第一大将。他既然来了,王厚必也来了……"吴奉先自顾自说道。耶律孤稳也不知道他说的是真是假,只见他沉吟一会儿,咬牙道:"敌众我寡,东光既仓促不可下,都护,三十六计,走为上策!"

耶律孤稳万万料不到吴奉先开口说要走,他心里面却还是惧怕耶律信的,犹疑道:"恐犯兰陵王军法……"

"哼!"吴奉先不待他说完,已是冷笑一声,道,"攻不下东光,兰陵王自有一屁股的烂事要收拾,却只怕没空来理会我等。况且是他料敌不明,不肯先用都护良策,否则何至有今日之事?"

耶律孤稳终不过是一介武夫,这朝廷之事,他却是远不如吴奉先了。前者东光将破,耶律信势必将威望更隆,吴奉先纵是萧岚亲信,口里也要敬重他几分;而如今东光城已成一场泡影,萧岚、韩宝都是打了大胜仗的,耶律信却闹了个灰头土脸,反害了萧阿鲁带一场惨败——这于大辽固然不是好事,于萧岚却不见得不是一件好事。此时此刻,吴奉先如何还会将耶律信放在心上?何况这又是性命攸关的时刻,他若全师而退,虽然无功,却也可将过错干干净净栽到耶律信头上。倘若打了个大败仗,就算侥幸逃得性命,纵然辽主不加处罚,几年之内,却也难再指望有加官晋爵的机会了。

见耶律孤稳还在犹豫,陆上的宋军越来越近,吴奉先连忙又催道:"都护速下决断,若然朝廷见怪,只落在下官身上。"

耶律孤稳听他如此说,又见城上仍在苦斗,一咬牙,道:"罢!罢!鸣金!"

4

冀州,信都城北门之外,数千骑具装骑兵挎大弓,持长枪,整整齐齐地布阵于北门官道的两旁,一面面赤红的大鹏展翅军旗与"姚"字将旗在风中猎猎飞扬,严整肃穆的军阵绵延数里。唐康身着丧服,骑了一匹黑马,立在这军阵之中。他的身旁,冀州知州、通判,还有自军都指挥使姚麟以下的云翼军诸将,按官阶高低,依次而立。众文武官员,全是穿着白色的丧服。

这一天是绍圣七年八月十日,距离东光、冀州围解已经有半个多月。在有意无意地一拖再拖之后,数日之前,辽主终于正式为宋朝太皇太后高滔滔发丧,遣使致哀,并向宋廷谋求和议。

经过事先的秘密交涉之后,辽国派来的致哀使是北面都林牙韩拖古烈,副使则是晋国公韩宝之子遂侯韩敌猎。因正副使节都是辽国亲贵,唐康等人早接到宣台札子,两国虽处交战,然仍当以隆重礼节相迎;而此时驻节阜城的中军行营都总管王厚又行文冀州,要让韩拖古烈与韩敌猎南下之时,"一观军容"。因此,唐康和姚麟才有意排出这么大的阵仗,其意自然是向辽使示威。

但其实无需如此仗阵,辽人亦已能感受到宋军的"军容"。

七月下旬何畏之以空船大布疑兵,水陆并进,增援东光,不仅惊走耶律孤稳,攻打西城的耶律信也不曾料到宋朝援军来得如此之快。他知道东光已难攻取,而宋军主力不久就要大举北进,次日便退兵解围,下令诸部大掠永静军诸城后,包括已经到达信都城下的韩宝部在内,所有人马全部退回深州、河间休整,准备与宋军主力决战。

耶律信退兵之果断,让冀州、永静诸将都大感吃惊。但其实这亦是迫于形势,不得不然。辽军南侵已经超过三个月,一切粮草全靠着国内供应,而对于缺少经验且粮道并不安全的辽军来说,河间、深州一线便已经是他们补给的极致了。这自然是辽国君臣事先所不曾想到的,然而他们到底也不可能摆脱这一条战争的铁律——他们的运粮车所能到达的最远的地方,就是他们军队攻击范围的极限。既然知道攻不下东光了,就算心里再如何悔恨与不甘,耶律信也不会为了一时的脸面与意气,莫名其妙地栽在东光城下。

事实也证明他的退兵是十分正确的决定。

一直稳居大名,即使拱圣军全军覆没、深州陷落也不曾惊慌的石越,在得知神射军溃败、东光告急之后,终于再也沉不住气,下令集结在大名府的西军主力数道并出,提前北上。同时又急令奉调经水路前往河间府的铁林军都指挥使张整,抛下辎重大船,轻舟急进,援救东光。仅在何畏之进入东光两日之后,铁林军也乘船抵达。紧接其后到达东光的,还有神卫第二十营[1]。神卫第二十营是宋朝组建最晚的一支纯火炮部队,配有四十门新铸克虏炮,后装子母铳的灭虏炮上百门,全营校尉节级共六百余人,随军厢军、民夫千余人,骡马四百余匹,虽然迟至绍圣七年六月中旬才正式成军,但因军中将士多是自各营抽调,不少武官甚至参加过宋夏之战,经验丰富。石越原本是调其去增援仁多保忠的,因此也是走水路,并有战船护送,行舟速度较运送铁林军的民船更快,只是不

---

[1] 熙宁军制改革时,宋廷建神卫营共八营,每营十指挥,每指挥二百人。神卫营为直隶殿前司之器械部队,平时分驻四方要塞,兼受各府州长吏辖制,战时则隶各行营主官直接调遣指挥。至宋辽之战前,宋廷已增建神卫营至十八营。至战争开始后,宋廷又增建两神卫营,第十九营即往河东援吴安国者。加上此处援东光者,神卫营已有二十营矣。然各营所配署器械不尽相同,有火炮者不过十之三四,兵员亦未必皆有满额十指挥,此亦古来军队发展中之常事,故读者不必以为宋之神卫营兵员已达四万之众。如前文所叙,新建神卫营或只有火炮数门者,其兵员自亦不过数百而已。又,战前宋朝神卫营之部署大体如下:京师四营、西京一营、陕西四营、益州一营、河东二营、河北五营、京东西一营。宋时交通不便,神卫营器械皆笨重难运,不仅如驻守陕西之神卫营,现实上断难支援河北之作战,便是京师、河北、河东之诸营,亦以协助守城为主,若非事先准备筹划数月,仓促之间,亦难以机动。如河北虽有五营,然其中两营固守大名府防线,乃大名府防线之重要构成;又有两营分守河间、真定二府,非可轻动;余一营散布河北沿边诸城寨之中,更难声援。如此部署,宋廷非不知其弊,然河北门户洞开,又兼平原广阔,无必经之道,无可守之险,与陕西情势大不相同,其势不得不然,所谓"两害相权取其轻"者。故宋廷可用于机动之神卫营者,若非新建,便只能是京师诸营。

想仁多保忠先遭兵败,结果便被遣来支援东光……倘若耶律信在东光城下再迟延两日,攻克东光固然无异于痴人说梦,能否全身而退,只怕也是未知之数。

而只比神卫第二十营晚了三天,中军行营都总管司的前锋龙卫军便在种师中的统率下到达冀州。此后数日,姚麟的云翼军、贾岩的威远军先后抵达冀州;苗履的宣武一军也与张整的铁林军合兵一道,大摇大摆进了河间府;连慕容谦的横山番军右军也赶到了真定。到八月初,当王厚亲率雄武一军与张蕴的神卫第十营抵达阜城之时,宋军的声势也达到了自开战而来前所未有的顶点!

仅仅王厚的中军行营都总管司辖下,不仅有包括雄武一军、镇北军、神射军残部以及东光厢军、冀州与永静巡检在内的近三万步卒,还有包括骁胜、龙卫、云翼、威远、镇北、横山番军六军将近四万骑兵!在一个战场上一次聚集近四万骑兵,这是自宋朝开国以来从未有过的景象,甚至可以说上溯到晚唐五代,中原王朝也从未有过如此盛况。如此兵威,不仅宋人没有见过,连对岸的契丹人在看见冀州、永静之间的平原上到处都是战马之时,也深感震惊。

除此之外,王厚麾下还拥有令辽人无法想象的火器部队。仅仅配署给雄武一军的便有一百五十门大小火炮与数百名神卫营将士;而张蕴的神卫第十营在宋军神卫营中更是以精擅火炮而赫赫有名。自冀州至永静,宋军的城池、营寨中,一共有三百多门火炮,其中克虏炮占到一百三十二门!

而王厚看起来也并没有隐藏实力的想法。

便在八月五日,辽主御驾亲临深州,黄河北岸到处欢声雷动之时,早就在武邑集结待命的神卫第十营与第二十营忽然对着对岸的武强开炮,九十门克虏炮与一百门多灭虏炮一齐开火,自清晨一直打到黄昏,炮声之大,连深州城都清晰可闻。

这一日的炮击,自然并无实际意义。克虏炮的真正有效射程,平射不过一里,仰射最多三里——实则要想形成有效杀伤,便是仰射,也只好在两里左右,打到三里,即便击中,亦已无力。至于灭虏炮,射程更近,最大射程也不过一里有余,有效射程不过二三百步,仅与神臂弓相当——这灭虏炮与河间府城墙上的那些后装子母铳火炮并不完全相同,事实上后者只是灭虏炮的过渡炮型,这种由高太后亲自定名的"灭虏炮"牺牲了射程,换来的是可以快速装填发炮,每次能打出百余枚甚至数百枚铅子。更妙的是，它方便运输，可攻可守，造价又相对适中，因而被宋朝枢密院寄以厚望，被认为是可以一举取代抛石机与神臂弓的火器。但以它的射程，加之隔着黄河，自然更加不可能对武强城形成什么威胁。所谓"强弩之末不能穿鲁缟"，何况宋军的这次炮击，甚至连鲁缟都碰不着。因此，这完完全全只是一次示威。

但是，这次示威似乎真的吓到了辽主。

辽主次日便亲至武强劳军，他登上武强城楼，远眺黄河之南，目睹黄河南岸连营数十里的兵营，遍地的战马与骑兵，还有数百门令人望而生畏的火炮，许久默无一言。当日他便返回河间，只过了一晚，辽国便为高太后发丧，遣使致哀议和。

唐康原以为石越断然不会接受议和。

但出乎他意料的是，不仅石越欣然接收，便是王厚坐拥步骑七万余众，兵强马壮，也无丝毫进取之意。王厚自到了阜城后，便要求诸军修缮营垒，坚壁以待。他将骁胜军调至东光休整，改以云翼军驻冀州，龙卫军与两个神卫营驻武邑，他亲率威远军与雄武一军驻阜城。又夺了仁多保忠兵权，调走听命于唐康的环州义勇，将神射军、环州义勇与镇北军混编为一军，统归何畏之统辖，驻于北望镇。如今唐康孤身在冀州，仁多保忠孤身在武邑，两人虽然名义上仍是当地官爵最尊贵者，但是姚麟与种师中如何会听他二人节制？

仁多保忠是败军之将，倒也罢了。他也不愿意在武邑自讨没趣，趁着韩拖古烈与韩敌猎南来，他便讨了个差使，陪着这两位辽使，准备先回大名。但唐康自认是有功之臣，况又是野心勃勃，岂能甘心这么被赶回大名府？而且他在枢府多年，固然得罪不少人，却也同样种下过不少的恩情。譬如龙卫军的种师中，便与唐康是极好的交情；威远军的贾岩，更是受石越知遇之恩，与唐康也是莫逆之交……这些人资历浅，官职低，又有人情在前，唐康若去了，他们纵不能将兵权拱手相让，也不免要对他言听计从。只是王厚实是个厉害角色，嘴里什么也不说，却不动声色地将他安排在了唯一让他差使不动的姚麟身边。虽说就算念在他几次三番去救深州的分上，姚君瑞也免不了要给他几分面子，但云翼军的事务是半点儿也不容旁人插手的。而唐康也并不敢放肆，只能暗自忍耐着在冀州继续待下去。

便在等候韩拖古烈一行之时，唐康还忍不住朝冀州城的城楼上看了一眼。

就在两天之前，那城楼之上还挂着武骑军都校荆岳的人头！

"诸军震栗"！每次想起这件事，唐康心里面都会冒出这四个字来。他不敢肯定这是不是大宋自开国以来处死的最高级别的将领，但他可以确定，这绝对是大宋自太祖皇帝以来，对统军将领最为严厉的处罚。

当日荆岳触敌即溃之后，不敢返回真定，一路南逃，跑到了赵州城下才停下来。这些武骑军的溃兵，御敌无能，残民有术，竟然在南逃的过程中烧杀抢掠。赵州百姓虽然大多南撤，但留守的仍然不少，却不料受过辽军几次掳掠后，竟又遭了武骑军这道灾。幸好赵州知州与通判颇有智术，荆岳一到，二人便大开城门，奉上酒肉牛羊劳军，温言相待。荆岳也不疑有他，只率数十亲信进城，结果当晚被二人灌得大醉，数十人全被绑了起来，丢进牢里。然后二人紧闭城门，亲自登城守御，城外武骑军群龙无首，也没有多少做贼的胆子，顷刻之间就作鸟兽散。赵州知州随即遣人急报宣台，石越闻讯大怒，一面给朝廷写奏章，一面就派了一名使者，持节至赵州，便在平棘将荆岳及其以下的四十余将校全部斩了，并令这使者带了荆岳等数人的人头，在河北诸军州"传首示众"。

大宋朝的统军将领们，可还真的从未想过会有如此严厉的刑罚。

荆岳的罪名不过三条：临敌怯懦、败军辱国、残害百姓。而他却是堂堂正六品上的昭武校尉！而且还是统军大将。若依惯例，至多不过贬官流放。哪想到石越竟然不请旨便行军法给斩了，还传首诸州示众。

据说此事传到汴京，亦是一片哗然。

然而自东京最后传来的敕令，却是认可了宣台的处罚。皇帝不仅下旨褒奖石越，还严厉警告诸将以此为戒。枢府在真定、赵州诸府州颁下榜文，凡武骑军溃逃将士，至八月二十日前未至各官府自首者，皆以通敌论。又下敕令，上自荆岳下至各营主将、副将、护营虞候，全都归案处死，家属流三千里。

不但武骑军诸将被严厉处罚，连兵败的渭州番军主将刘法也受重责，刘法被降职为从九品下陪戎副尉，戴罪军前听用，渭州番军由慕容谦另行择将统领。甚至连慕容谦也未能幸免，由游骑将军降为游击将军。

可以说束鹿之败，真正震动河北的倒不是慕容谦的兵败，而是兵败之后朝廷与宣台对统军诸将的重责。左军行营都总管司诸将中，只有两个人异常幸运：武骑军副将振威校尉王赡虽然先败，然而事后经他上表自辩，被认定所部是得到慕容谦撤兵命令后才撤退的，他并无过错，兼之他杀敌与损失大体相当，王赡不仅没受责罚，反而以振威校尉权领武骑军主将之职；刘延庆更是作战勇猛，射杀辽军大将，天子特旨，晋升为致果副尉，改任横山番军都行军参军。

但在这个时候，至少在中军与右军两个行营中，没有几个人去关注王赡与刘延庆，大概所有的统军将领，都很难忘记荆岳那颗用石灰处理过的人头。

所有的人，都在感受着时代的变化。荆岳的那颗人头，意味着五代以来中原王朝的骄兵悍将传统，已经彻底结束。

在这样的时刻，唐康是很识趣的。他绝不会蠢到此时去触霉头。尽管他无法理解，田烈武在河间坐拥步骑近五万大军后，反倒坐视辽主在半个河间府来去自如，竟连袭扰辽军的心思都收了起来；慕容谦就更加像是被打掉了锐气，在横山番军步兵抵达后，按理说他应该军势复振，有一点儿兴兵复仇的意思，然而他却龟缩于镇、定之间，毫无东顾之意。

任人都看得出来，辽军已经无力继续南下了。

而大宋在河北自东至西马步十三四万之众，却在行坚壁高垒之策，甚而堂而皇之地与辽人议起和来。

唐康突然很想回大名府，当面问问石越，他还记不记得他的"绝不议和"之誓！尽管他心里面也明白，凡是身居石越那个位置的人，大概都是将背誓当家常便饭。他若去指责他们，他们自然会有另一套大道理等着回复他。

"议和！议和！议个鸟和！"唐康在心里面啐了一口，忽然一夹马肚，掉转马头，朝冀州城内驰去。

"都承！""唐参谋！"冀州知州与通判万料不到他来这一手，慌得在身后大叫，但唐康头都不回，早已驱马消失在城中。二人转头救助地望向姚麟，却见姚麟正目无表情地望着北边，身子连动都不曾动过。

同一天。

第九章 和战之谋

大名府，三路宣抚使司行辕内，溪园。一座石亭之内，亭中的石桌上摆放着各色时鲜水果与点心，石桌两旁对坐着两位四五十来岁的白袍男子，两人身后各站着一位青衣侍从，都是低着头，叉手侍立。在石亭东边，离亭约五六步远的水池之畔，还有一个中年白袍男子，正端坐在一块大青石上垂钓。这年八月上旬的大名府，炎热并未完全消退，这溪园之内，树木成荫，清风徐来，好不清凉，若非石亭之外到处都是身着铁甲、荷戈持矛的卫士，真让人有人间仙境之叹。

"想来子明丞相当已猜到我的来意？"坐在亭内下首的一个男子端起面前的玉杯，轻轻地啜了一口冰镇酸梅汤，又将杯子放回桌上。他说话之时，一双锐利的眼睛一刻都没有离开坐在他对面的石越。

"师朴……"石越回视着这位与自己同为遗诏辅政之臣的参知政事、兵部尚书，默然了一会儿。能让韩忠彦亲自来做钦差，自然是了不得的大事。而如今之事，莫大于与辽国的议和。"是皇上不准吗？"

"是。"韩忠彦微微点了点头，"皇上不肯与辽人议和，想叫丞相不要接纳辽使。"

"如此，皇上只需遣一介之使持诏前来，便足矣。"石越淡淡说道，"劳动师朴前来，想来此事仍有转圜。"

韩忠彦不置可否地笑道："军国大事，有时只凭公文往来，却也说不太清楚。故此我特意来问问丞相的本意。到底是真议和，还是假议和？"

"真议和又如何？假议和又如何？总之都是议和。"石越笑道，"苟能制侵陵，岂在多杀伤？所谓'兵者凶器，圣人不得已而用之'，若能不动兵刃，便将辽人赶出国土，使百姓得以重返家乡，安居乐业，又何乐而不为？"

"若是如此，只恐皇上不肯答应。"

"只须是为国家社稷有利，只要我们做臣子的苦谏，皇上年岁虽小，却极圣明，必能从谏如流。"

"若两府皆不愿意议和呢？"

"这又是为何？"石越愕然望着韩忠彦，道，"只需条款合适，持国[1]丞相

---
[1] 指韩维，持国是他的字。

必肯议和。"

韩忠彦摇摇头，沉声道："吾来之前，持国丞相曾让我转告子明丞相：此一时，彼一时。"

"这又是何意？"

"攻守之势异也。"韩忠彦望着石越，他虽心里认定石越只是装傻，却也不得不先把自己的想法交代清楚，"八月之前，官军屡败，任谁也不能保证局势会到何种地步，议和不得不成为一个选择。但如今我军兵势复振，更胜过往，而辽人师久必疲，如今已经是强弩之末，中智以上，皆知辽人兵锋已止于深州，再难进半步。而我大宋却有十余万大军以逸待劳。他倾国而来，若是所向披靡，自然万事皆休，可既然奈何我不得，那就容不得他说战便战，想和便和！当年真宗之时，我兵甲不修，文武多怯懦，便有千载良机也抓不住，只好忍痛议和。可如今岂是真宗时事？御前数次会议，皆以为机不可失，时不再来。昔日汉武帝马邑不能击灭匈奴，最后不得不劳师远征漠北，落了个全国户口减半的惨淡结局。我山前山后诸州沦陷已久，朝廷久有规复之志。然与其做北伐这等事倍功半之事，倒不如抓住眼下的良机。既然要一决胜负，在自家土地上打，胜算总大过在别人的地盘上打！"

"两府诸公果真皆如此想？"

"如此大事，我岂敢妄言？"韩忠彦脸上露出不悦之色，"子明丞相远在北京，不晓朝中情况，或有顾虑，亦是常情。故此我才特意前来，要讨丞相一句实话。"

石越正容点头，笑道："既如此，我也放心了。师朴莫要见怪，汴京非守得了机密的地方。"

"如此说来？"

"兵者诡道也。"石越笑笑，道，"前者王厚献策，道如今之势，辽人利速，我军利久。但以人情来说，辽军自南犯以来，屡战屡胜，几乎未尝败绩。他打的胜仗，自契丹建国以来算，也都是排得上号的大胜仗。只是不料打了这许多硬仗，我军反倒越战越强，人马越打越多，如今马步已有十余万。他出师三个多月，人马疲惫，士卒必生归心，明知再无力进取，可要就此退兵，如何可以甘心？况且他虽然无力继续南犯，却只是因粮草难济，人心思归，并不是真的惧怕我军。相反他打了这许多胜仗,更免不了有些骄气。战场上得不到的,不免便要生些痴心妄想,想要靠使节得到……"

"所以王厚之策,便是将计就计。辽人想要议和,我便与他们议和。他在大宋多待一日,便要多耗一日的钱粮,士卒的战意也更加消退一分。我们一边高壁深垒,示敌以强,既不给辽人决战的机会,亦可打消辽人谋求决战的信心;一面却又与之虚与委蛇,派出使者交涉议和,只是这议和之事,既要令辽人相信我大宋是真心议和,又要在条款上慢慢拖延。拖得越久,对大宋便越是有利。"

韩忠彦原本便不如何相信石越议和之心,但这时听到他亲口说明,这才总算将一颗心彻底放回肚子里,笑道:"如此便好,我亦可回京说明……"

他话音未落,却听此前在亭畔垂钓的男子高声呼道:"参政万万不可!"韩忠彦几乎被吓了一跳。却见那人丢了钓竿,快步走到亭边,拜倒在地,道:"下官何去非,叩见韩参政。"

"你便是何去非?"韩忠彦惊讶地看了他一眼,以他的身份,自然不会认得何去非这样的小官,只是先前看此人在水池边悠然垂钓,他只以为是石越的什么亲信护卫,不料却是府中谋臣。韩忠彦也是很精细的人,见石越对何去非如此优容,便已知此人在石越身边颇受重视。因又说道:"起来说话吧。"

那何去非连忙谢过,起身又是长揖一礼,方说道:"恕下官无状,参政方才说要回京说明,此事万万不可。"

"这又是为何?"韩忠彦笑道,"莫非你以为两府诸公尚守不住机密?"

"不敢。"何去非欠欠身,道,"只是参政断不可小瞧了辽人。"

"难道你疑心两府之内有辽人细作?"

"不敢。"何去非连忙摇摇头,道,"下官倒不相信辽人通事局如此神通广大,只是汴京之内必有辽人细作,却是无疑的。"

"那又有甚要紧?"韩忠彦笑道,"难不成辽国的中京、上京,便没有我大宋的细作吗?"

"只因辽主与耶律信,皆是聪明睿智之辈。便除此二人之外,如今北朝朝廷中,才俊之士亦为数不少,断不可轻视之。参政试想,若是两府诸公皆知道这是假意议和,那朝中便不会有反对之声音——细作将这些传回辽主那儿,那辽人如何肯信？"

韩忠彦这才明白何去非担忧之事，先是愣了一下，然后便不由得哈哈大笑，点头对石越道："这倒的确不可不防。我大宋朝廷之中，事无大小，的确都免不了要有议论不同者。这和战大事，若说众口一辞，却是说不过去。不过咱们不可以找几个人演双簧吗？"

何去非欠身道："若是演的，便免不了会露出破绽。两府诸公，何人主战，何人主和，只怕辽人心中都有些主意了。若是某人举止反常，便易启人疑窦。况且皇上年幼，即便两府诸公能演好这场戏，总不便叫皇上也……"

他这话虽吞吞吐吐，但韩忠彦马上便也明白石越担心的是什么事——他害怕皇帝年纪太小，管不住嘴巴，泄露了机密。但这番话，石越自然不便说出来，所以要借何去非的口来说一说。

这番担忧，亦不能说是杞人忧天。韩忠彦心下计议，又望着石越问道："那么子明丞相之意是如何？"

石越听到韩忠彦点了名问自己，便不好再叫何去非来回答，当下笑道："窃以为此事便是师朴与持国丞相、尧夫相公知道便可。"

"那皇上那儿……"

"欺君乃大罪。然礼有经权，祖宗社稷才是大忠，说不得，只好先瞒上一瞒。待事后，吾辈再向皇上请罪。"石越淡淡说道，"陛下虽然年幼，然毕竟已有贤君之象，必不责怪。若果有罪责，越一身当之。"

韩忠彦想了想，点头道："丞相言重了。此事便依丞相的主意。既如此，我也不急着回京，只修书一封与持国丞相、范尧夫，说明此事。皇上的诏书，便由下官担了这个责任，就当是下官瞒了下来，丞相从不曾见过这诏书便是。然后丞相与下官再分头上表，向皇上讲明议和之利，有持国丞相与范尧夫在内呼应，皇上纵小有不愿，最后多半还是会答应。"

石越万料不到韩忠彦肯替自己分担责任，他原本还忧虑这样做会得罪小皇帝太深，但韩忠彦是小皇帝愿意信任的人，有他出面，自己的压力自是小了许多，因此亦不由得大喜，抱拳谢道："如此真要多谢师朴了。"

韩忠彦连忙抱拳回了一礼，道："子明丞明何必见外？论公这是为赵家社稷，论私你我也算是一家人。说起来，我倒还有一件私事，要与丞相商量。"

"师朴请说。"

韩忠彦笑道："是有人请我作伐，为的是我那外甥女的婚事……"

但他话未说完，便已被石越笑着打了个哈哈打断，"师朴，这事却由不得我做主。"

韩忠彦一怔，却听石越又说道："不瞒师朴，我与令妹膝下便只此一女，自小便娇宠惯了，令妹更是视若掌上明珠，日夜便担心她出嫁之后与夫婿不能相得，故此许下愿来，要让她自己择婿。只是小女顽劣，如今进士都不知看了几榜，竟没得一个入她眼的。我与令妹，为此头发都不知掉了多少。我虽不知师朴说的是哪家小舍人，然这事还是先与令妹说去，待小女点了头，我再看不迟。要不然，我虽看了满意，她却不答应，白白让我着急一场。"

韩忠彦看着石越愁眉苦脸的样子，又是惊讶，又觉好笑，却也不便相强，只好半开玩笑半认真地说道："既是如此，我便回京再去找我妹子商量。只是丞相，这事却也不好久拖。过得三年，皇上便是要选妃了，我在京时颇听些闲话，道是皇上看中了我那外甥女。虽说自古以来，后妃之选都是太后做主，也由不得皇上，况且这些闲话也当不得真。但终究是多一事不如少一事，我外甥女年岁也到了，早该适人，不如便此釜底抽薪，免了这个后患。"

韩忠彦这番话，当真是如平地惊雷一般。石越素知韩忠彦并非胡乱说话的人，他既然提起此事，那便再也不能等闲视之。但他身居高位已久，心中虽然吃惊，脸上却丝毫看不出来，只是轻描淡写地笑道："师朴说笑了，我大宋又不是汉唐，便是我想做皇亲国戚，也没这个福分呢。只需太后在一日，这后妃便只好向开国功臣家寻，别家再如何痴心妄想，亦不可能。"

韩忠彦哈哈一笑，却也不再多说，笑道："丞相说得是。听说这次辽国的致哀使是韩拖古烈，此人亦是一时俊彦，可惜未生在我大宋。丞相可知他吹得一手好笛子，只不知我能不能有此耳福……"

5

虽然唐康对议和颇有腹诽，以至于韩拖古烈一行途经冀州之时，他竟托病不见。但命运却仿佛在故意捉弄唐康，韩拖古烈前脚刚走，从大名府便传来命令，与辽人的秘密接触正式搬上了台面，两国使节谈判的地点，便定在武邑县。韩拖古烈要前往汴京对高太后进行礼仪上的祭奠，并向宋朝皇帝呈上国书。辽人显然有点儿等不及，要求同时在冀州或者永静军对和议的条款进行交涉。而石越竟也爽快答应了。辽国派来的谈判使者是以耶律昭远为首的三人，而宋朝这方面，因唐康有出使辽国的经验，宣台选中的使者，便是唐康与吴从龙。

唐康心里面虽然老大不乐意，却又不敢抗命，只好硬着头皮前往武邑。本欲以等待吴从龙为名在武邑多拖延几日，以待朝中生变——这在唐康看来几乎是一定会发生的事情——但没想到吴从龙对这差遣十分卖命，竟是昼夜兼程赶来，还带来了宣台想要的和议条款。

在看到石越想要得到的条件之后，唐康几乎是目瞪口呆，若说此前对石越同意与辽人议和还有些许怀疑的话，此刻也已荡然无存。在唐康看来，石越提出来的条件，辽人实在没有理由不答应。议和肯定能够成功，难怪吴从龙如此高兴与卖力——按宋朝的惯例，他办成这等重要差遣，回朝之后必定高升。这等于是将一件天大的富贵送到他手上，他如何能不喜出望外？

然而唐康对这桩"富贵"却没什么兴致，若非是石越的亲笔札子，他多半会托病拒绝，来个眼不见心不烦。只要想到石越要求的条件——辽国退兵并归还一切被掳百姓财物，罢免耶律信，两国重申熙宁年间之誓书，永为兄弟之国，并互遣皇子一名为质——唐康心里面便平生满腹的怨气。

因此，当唐康与吴从龙在武邑见着渡河而来的耶律昭远之时，他心里面想的尽是战事结束之后，便要辞官去国，到南海诸国去干一番轰轰烈烈的事业。但是，让唐康无论如何都意料不到的是，看起来几乎是可以一拍即合的两国议和之事，在头一日，却是当场便闹了个不欢而散。

如此结局,吴从龙固然有些呆若木鸡,仿若被人从头到脚淋了一盆冰水;而唐康也是不知道该愤怒还是该暗喜。

辽人不仅完全无法接受石越那在唐康看来几乎是委曲求全的开价,而且还开出了一份让唐康觉得简直是荒谬之极的要价——辽国要求宋朝放弃对高丽的宗主权、并"赠送"辽主黄金五万两、白银五十万两、缗钱二百万缗、精绢两百万匹——比起之前唐康曾风闻的要价,更高出了一百万缗缗钱。

唐康读过文书,当时便勃然大怒,将文书掷还耶律昭远,转身就走。而那边三个使节,除了耶律昭远外,另外两人看过宋朝要求的条款,同样都是满脸怒容,并出言不善——为了谈判的需要,唐康与吴从龙商议之后,交给耶律昭远的条款,除石越的要求之外,又加了好些条,诸如:辽国赔偿宋朝损失计黄金一万两、白银一百万两,许以马匹牛羊折价偿付;沿界河以北五十里不得驻军、耕种、放牧、渔猎;辽国放弃对高丽之宗主权;割让辽国占领之河套地区予宋朝⋯⋯

在唐康看来,这都已经是让辽人占了极大的便宜。然而在辽国的使者眼中,这却无异于羞辱。

若非吴从龙与耶律昭远从中竭力转寰,和议几乎就此夭折。

最终,双方的初次正式交涉,由吴从龙与耶律昭远做主,双方勉强达成一致,各自回去酌情让步,次日再议。

然而第二天的谈判,结果也好不到哪里去。

辽国做出让步,愿意重新接受熙宁之盟,互遣皇子为质,并将"赠送"辽主的钱帛削减一百万缗。但其余诸条,一条也不肯答应。吴从龙则和唐康商议之后,不再要求辽国放弃对高丽之宗主权,同意将辽国的赔偿削减五十万两。

双方分歧之大,看起来根本无法弥合。

只是因为吴从龙与耶律昭远仍然在竭尽全力,这谈判才勉强维持了下去。

但从第三日起,唐康便干脆不直接参与谈判了。而辽国那边的情况看起来也好不到哪里去,也是从这天开始,便只有耶律昭远一个人过来,与吴从龙交涉。唐康知道,对于吴从龙来说,是战是和都是无所谓的,就算他心里有什么主张,那也是次要的,他此时大概也已经渐渐熄了做"和议功臣"的心思。只是对于吴从龙来说,能够参与甚至主持对辽国的谈判,依然是一个千载难逢的机会,他自然要好好把握。即使和谈不成，若他表现突出，日后仍是极重要的资历。而耶律昭远，唐康也早就认识，在辽国朝廷之中，他是主张与宋朝维持和平通好的文官阶层的代表之一。仅以谈判的这两个人来说，他们都是抱着想要达成和议的期望的。只是，仅仅靠着谈判者的诚意，是无法拉拢宋辽两国之间的巨大分歧的。

每天晚上吴从龙都会来找唐康商议，汇报白天的进展，认真讨论哪一条可以继续让步，分析辽国君臣的心思，猜测他们真正的底线，撰写报告宣台的节略……谈判本来就是十分艰苦的事，尤其是自熙宁以来，宋辽两国之间的大小谈判数不胜数，双方都积累了丰富的经验。尽管分歧很大，而且事实上二人主持的谈判还要受到远在大名府的石越的遥控指挥，他们的实际权力小得可怜，但吴从龙并无半点儿抱怨，仍然假设辽国只是漫天要价，双方最终可以达成一致。

这种恪尽职守的态度让唐康都不禁动容，想来耶律昭远或许也是抱着与吴从龙差不多的心思……但唐康自认为自己是无法做到这一点的，他每天都在武邑的诸军营寨中流连，整日与龙卫军、两个神卫营的大小武官厮混。不是与种师中喝酒，便是找张蕴下棋，又或是在军中打马球、看相扑——这都是绍圣时大宋军中最时兴的娱乐活动。自从辽军渡河攻入永静军，许多当地百姓逃难不及，被辽军掳走，如今武邑一带几乎是十室九空，因此当地除了驻军便是随军的民夫，唐康也别无他乐，只好和一帮禁军校尉混得厮熟。以唐康的身份，武邑的禁军，自种师中、张蕴以下，谁不巴结？他既肯折节下交，出手又十分阔绰，众人自然更加拼命奉承，因此自到武邑，唐康倒也自得其乐，竟比在信都更加快活。

时间便在不知不觉中流逝，转眼之间，唐康便已在武邑过了七天的太平日子。这一年的秋分也已经过去了十天，在深、冀、河间一带，一年之间那为数不多的秋高气爽的日子，眼见着就要结束，再过四天便是寒露，天气要开始渐渐转冷。掐指一算，至立冬也就是一个月多点儿了。

从气候来说，天气转冷，其实对于辽军要更加有利。而且战争的僵持不决，对于宋朝最不利的，还不在军事方面，而是在生产上——秋分前后原本是种植冬小麦的时间，然而受到战乱的影响，差不多有半个河北，田地完全荒芜。如此广大的产粮区整整一年没有收成，宋廷要面临多么沉重的赈济压力，是可想而知的。处置稍有不当，便会形成群寇蜂起的局面。尽管不能说辽国便不受影响，数十万的壮年男子长年征战不归，即使是纯游牧民族，在生产方面也是一个灾难，更何况辽国已经并非纯粹的游牧之国。然而相对来说，仍然是宋朝蒙受的损失更加巨大。毕竟战争是在宋朝的国土上进行的，而辽军又是出了名的所过之处砖瓦无存。

不过，看起来宋廷已经做好了承受这些牺牲的准备，从后方开始源源不断地运来秋冬的棉衣与鞋子。宋廷以各种利益为诱饵，鼓励商人将棉花、秋冬衣鞋运往汴京与河北，以保障军队与灾民的供应，但即便如此，过冬物资仍是供不应求。此事还导致了一个意想不到的结果——因为宋廷从各地半强迫性地采购了大量的棉花，导致了全国性的棉花紧缺，皇帝被迫颁布"种棉诏"，下诏全国各州县强制推广种植棉花，形成自熙宁以后的第二次种棉潮，从此彻底改变了宋朝的纺织品供应结构。

但在绍圣七年八月二十一日的武邑，唐康对于这些事情都没有太深的感受。他只知道，托石越极度重视后勤补给的福，武邑的驻军居然在八月中旬便全部领到了秋衣，而为了赶在河水结冰前运送更多的粮草，御河的运能更是几乎被宋军使用到了极限——如今的大宋已非熙宁之时，更不似绍圣初年，现今决定前线粮草供应的，不是产量，而是宋朝的运输能力。

因为十几万人马能穿暖喝足，王厚又变本加厉地推行着他的高垒深壕之策，各军的营寨都扎得像一座座堡垒似的，寨门都是用合围粗的大木造成。其间偶有辽军小队人马过河挑衅，宋军虽然也出动骑兵驱逐，但王厚严令各军追击不得渡河。龙卫军有一个副指挥使率兵追击辽军，深入深州地界十余里，带了十几个首级得胜而回，结果刚到营门便被王厚遣人全部逮捕问罪。那副指挥使及其以下所有军官全部处斩，传檄各军示众，连百余名普通的节级士兵亦被杖责。更令诸军愤怒的是，王厚还将那个副指挥使的人头遣使送至深州韩宝帐中，申明宋廷愿谋求和好之意。虽然次日韩宝便也立即投桃报李，送了个人头过来，声称是率军渡河骚扰的辽将首级，然这边宋军之中却是无人肯信。众将校全部憋了一肚子气，只是畏于军法，敢怒而不敢言。唐康曾将此事详细禀报石越，不料换来的却是一顿极严厉的训斥，石越亲笔回信，警告唐康，除非王厚有谋反之心，否则他纵是阵前斩了姚麟、种师中、贾岩，唐康亦不必向他报告。并称他已给王厚下令，若唐康敢有违王厚节制，便让王厚先将他斩于军中，然后再上报。更让他尴尬的是，石越还将这封信分别抄送给了王厚及其以下诸统军大将，并令王厚宣示诸军，"咸使知闻"。

这个令人不快的插曲，更进一步巩固了王厚在军中的地位。各军将领不料石越如此信任王厚，自姚麟以下，见着王厚都不敢抬头。

而王厚也更加恣意自得，每天在军中置酒高会，以犒劳诸军为名，往来冀州、永静各军之中，所到之处必宰杀猪羊，赐酒军中，仅每天要杀掉的羊就有上千头。诸将凡言及攻战之策，他就只管用大话搪塞了过去；喝到高了，更会时不时漏出几句"归期不远"之类的话来；又常说什么"大事自有两府诸公安排"；甚至连提到辽国，也只称"北朝"，连句"胡虏"都不曾说过……

可石越与王厚纵是如此忍气吞声，辽军不耐烦的情绪仍是越来越明显，过河挑衅的小股骑兵也越来越多。因为每次这些挑衅的辽军都很容易被宋军击败，而且他们所乘的战马也有瘦弱疲劳之态，宋军中许多中级武官也越来越看不起辽军，许多人都相信辽军已然"师老"，宋军绝对有能力击而破之。若非西军自熙宁以来极重纪律，军中阶级鲜明，无人敢犯，又有一个前车之鉴摆在面前，只怕已不知是什么局面。

唐康也是个极聪明的人，这七天之中，他外表无所事事，但是心里不知多少次怀疑石越与王厚是假议和、真拖延。然而唐康心里也很清楚，他能猜到的事情，绝对瞒不过耶律信。不管宋朝是真议和假议和，辽国君臣绝不会傻傻地被石越与王厚牵着鼻子走，他们心里面必然也有几个时间点，如若到了那个时间，仍然议和不成，辽军必然也会有所举动。而宋廷这一边，涉及和战大事，朝廷中更不可能没有半点儿争端。但是，尽管有这些怀疑，唐康始终弄不明白，石越与王厚以及宣抚的众谋臣同样也是一时人杰，他们不可能不知道辽国君臣绝不肯被他们轻易牵着鼻子走……

既然无论如何都难辨真假，唐康便干脆耐心等待。

等待该发生的事情。

在某一天，就算是耶律昭远，也会彻底失去耐心。

在某一天，他收到的邸抄中，会报道朝廷中关于和战的争论，以及最关键的，皇帝与御前会议其他成员的态度！

他仍然有一个让王厚可望而不可即的身份——他也是御前会议成员。总有一日，朝廷会问到他的意见。

而且，这些应当都是指日可待的事。在这七天的谈判之中，他和吴从龙不断地接到宣台的指示，吴从龙几乎每天都会奉命向耶律昭远做出或大或小的让步，到八月二十日时，他们就已经退到了最初石越所划定的底线了。而辽人的让步却极小，数日之内，双方其实只达成两个共识——以"熙宁誓书"为日后两国关系之基础；不将对高丽国的宗主权问题归入和议之中。但分歧是根本性的，尽管耶律昭远松口表态，辽国要求宋朝"赠送"辽主的钱帛数目仍可商议，表面上看双方达成和议的障碍越来越少，可唐康心里面却也看得越来越清楚。

双方的分歧并非几个条款那么简单，而是关系到谁是这场战争的胜利者。

石越的开价看起来诚意十足，但摆明了是以潜在的胜利者自居。而辽国表面上看起来咄咄逼人，其实却也只是想要宋廷承认他们是胜利的一方而已。

大宋自恃有十余万精兵严阵以待，但辽人亦同样自恃有十万战无不胜的铁骑。并且，将来若有决战，必是野战，这更是辽军之长，况且又是在一个极适合骑兵作战的地区，辽人是相信自己占据优势的——至少从辽人的做派中，从吴从龙所转述的耶律昭远的言谈举止中，唐康是如此判断的。这是他在和议之初所完全没有想到的——辽主愿意议和，只不过是因为觉得宋军也不可小觑，再打下去，为了这种胜利，他要付出的代价与风险都太大了一点儿。辽军虽然丧失了一些主动权，然而另一个层面上的主动权，辽主仍然有理由相信还握在他手中——以耶律信、韩宝治军之能，在河北平原之上，辽主依旧可以想打就打，想走便走，大不了退兵回国，明年再来！

尽管唐康是无论如何也不相信辽人还有啥本事"明年再来"，但他至少已经看得明白，辽主麾下十万铁骑，断不会当真被宋军区区几百门火炮所吓到。火炮对于骑兵究竟有多大的威胁，是谁也拿不准的事。唐康虽然认为火炮对于扭转宋军的战略劣势意义重大，却也并不相信几百门火炮对数以万骑的契丹铁骑能有多大作用。

真正对辽主产生威慑的，应该是那几百门火炮背后所展示出来的国力。大宋朝有多少火炮，仅仅取决于火炮在财政支出中的优先等级而已。大宋不是一个穷兵黩武的国家，和平之时国库开支要优先满足的事情太多，未真正经过实战检验的火炮如果能排在优先事项前五十名之内，大概所有支持发展火炮的文武大臣们都要欢呼雀跃了——而那自然是不可能的。

从熙宁中后期至绍圣初年的具体情况来看，若非司马光、石越全力经营两北塞防，构筑大名府防线，再加上受到耶律冲哥成功使用火炮的刺激，装备火炮的事能排进前一百名就相当不错了。这是宋朝与辽国完全不同的地方之一，在辽国，如果辽主想要全力造火炮，他就可以全力造火炮；在宋朝，就算赵顼死而复生，若他不想激起朝廷之内的严重对立，最终搞得半个国家无法运转的话，那他最好还是要多多关心一下他的国库开支情况，以及各位大臣们的好恶取向。若单以绍圣初年那几年的窘状来说，他每往军费开支上增加一文钱，大概都得事先想好几十个重要大臣的职位该由谁来顶缺……

但是，当真正面对战争威胁之时，那就全然不同了。

这些事情，辽主自然也是明白的。只不过，在此之前，宋朝从没有成功地向辽人展示过将国力转变为军力的先例。相反，有相当长一段时间，这个国家只是一直在用军队来消耗自己的国力，然后一无所得。在最极端的一个时期，他们每年花费了七八成的财政收入在军队上，结果举国上下，却只有一支临时整编的军队能够野战。

宋人趁辽国衰弱之机，一举击败西夏，收复河西之地，实现中兴，这的确让人印象深刻。但若从事后来分析，西夏内乱不已，许多贵人被宋人分化收买，而之前又穷兵黩武，一而再再而三地分兵与宋军战于坚城硬寨之下，白白损耗实力……如此种种，恐怕也是重要的原因。从职方馆获取的情报中，唐康知道辽国君臣之间不乏这样的议论，尤其是在受挫于西南夷之后，这种议论就更多——宋朝整军经武是一个方面，但西夏其实更是自取败亡……

总而言之，国力是一回事，军力又是另一回事。宋朝国力远胜于辽，大概辽国君臣都是承认的，但是论及将国力转为军力的能力，尤其是速度，那只怕最乐观的人也会有所保留。

更遑论是直观的"感受"。

火炮其实仅仅是一个方面而已。如今想来,辽主站在武强城上看到的,当不仅仅是那几百门火炮,还有冀州、永静之间七万余众连绵数十里的宋军营寨!

而王厚在武邑的火炮齐轰,只不过是让辽人直观"感受"一下宋朝的实力而已。

许多事情,光明白道理有时候是没用的,必须让他"感受"一下。

辽主想必"感受"已经很深刻了,但即使他已经知道宋朝将战争潜力变成现实的能力,这场战争的胜利者的归属,哪怕是名义上的,他也不可能拱手让出。辽人是自居大国的,并非历史上的那些胡狄蛮夷可比,因此,他们也是要面子的。更何况,不管未来如何,至少此刻辽军是真正的胜利者。辽主顶多是觉得宋军远比想象的难对付,生了些畏难之心,尚不至于有何惧怕之意。

而大宋,若连个和议条款上的"胜利者"都争取不到,石越的相位大约也到头了。

这些个利害细节,都是唐康这六七日间才慢慢想明白过来的。所谓"当局者迷,旁观者清",他身在局中之时,不免觉得宋军已熬过最困难的时期,击败辽军,那只是顺理成章的事,却忘记站在辽国君臣一方来看待战局的变化。但这数日间,他每日里飞鹰走马,反倒想明白不少事情。辽国君臣之间,定然也有许多人觉察到这个问题。只不过,不管辽人有多么了解宋朝,有些事情,他们也难以感同身受——譬如要让宋朝再一次接受一份身为战败方的和议,没有过这类历史经历的辽人,总是会将此想得太容易。能够明白这种心情的人,大约只有韩拖古烈等寥寥数人吧?可这些人却很可能将接下来可能发生的战争视为对辽国更大的威胁,而寄希望于通过外交手段来解决这个问题。在言辞上润色一下,细节上周全一下,同时照顾到双方的脸面,也是可以办到的。

但唯有在这一点上,唐康却坚信不可能。若非石越与王厚的种种行为,让唐康觉得他们的确是真心实意想要议和,仅凭这一点,唐康就要认定石越在玩什么计谋。

因此,在八月二十一日的上午,唐康就几乎以为谈判破裂便是这一两日之内的事了。当吴从龙意外出现在他的营帐之外时,他心里还不由得一阵高兴。

这一天他特意留在营中读书，等的便是可能突然出现的变化，只是没想到来得这么快。

但当他笑容满面地吩咐护卫将吴从龙请进帐中，看见吴从龙的脸色之后，却忽然感觉到有点儿不对劲。

"康时。"吴从龙落座之后，欲言又止地望了唐康一眼，脸色几乎有些尴尬，但犹豫了一会儿，还是继续说了下去，"方才耶律昭远带来一个消息。"

一听到这话，唐康忍不住笑出声来："他们要翻脸了吗？"

吴从龙摇摇头，抿着嘴，道："这倒不是。算着日子，韩拖古烈该到东京有一两日了。不过耶律昭远大约也早就知道凭着吾辈，是难以谈成什么了，就算要翻脸，肯定要等等韩拖古烈的消息。他今日是来兴师问罪的……"

"兴师问罪？问什么罪？"唐康也糊涂了。

"他说数日之前，有三百余骑宋军偷渡白沟，在辽国境内袭击了一支运送财物回国的辽军，杀死五百余伤兵、家丁，抢走了几十车物什……"吴从龙苦笑一声，"这些宋军还留了一面旗帜在那儿，自称是致果校尉赵隆所为。"

"这等事，子云理他做甚？实不足挂怀。"唐康听得眉开眼笑，又笑问道，"子云如何回他？"

"我只得说，虽属两国议和，然他契丹兵马，亦不曾停止在我河北州县劫掠。我大宋议和的条件，便有要他们归还所劫财物一条，契丹果有诚意，便不当趁着议和之机，偷运财物回国。这本是他契丹不是，如何能怪我大宋？况且如今我军与雄州、高阳关全为辽军隔绝，我们虽在这儿议和，赵隆又如何知道端的？若要他收兵，还须请辽军从中间让出一条道来，好让我们的使者通过。"

"说得极好！子云真有苏、张之才。"唐康笑道。

吴从龙却有些无精打采，道："康时说笑了。就算真是苏秦、张仪在此，又有何用？这军戎之事，我不敢妄议，然既是要在下来此和议，打仗之前不知会也罢了，仗打完了，总该让你我知晓吧？如今却要耶律昭远问上门来，在下还揣着糊涂当明白……"

唐康听他满腹怨气，正想开解几句，又听他抱怨道："这差遣实是难做。议和也是他王大总管赞同的，可这些事情，不论你如何行文过去问他，结果总是一纸回了。我难道便是契丹细作，他大总管府的事，到了咱们这边，就会泄露给契丹人了？最可笑是两头不讨好，康时可知道朝中出了变故？"

唐康闻言不由一愣，"出什么变故？"

吴从龙狐疑地望了唐康一会儿，确认他神色不似作伪，方才说道："原来康时竟不知道。我方才与耶律昭远议完，因为中午要陪宴，便回营换件衣服，才听小厮说收到好几封东京的书信。我也是匆匆读过，这才急急忙忙来找康时……这回可非小事。"

"究竟是出了什么事？"唐康更加糊涂，追问道。

吴从龙转头望望左右，见帐中再无外人，这才向前倾了倾身子，压低声音，沉声道："为这议和事，朝中已是乱成一团了。谏章交攻，两位丞相以下，两府诸公，皆被弹劾。听说皇帝读奏折才知道韩拖古烈已至大名府，召开了几次御前会议，痛骂诸公，扬言要召回章惇做枢密使，还……还在内廷对太后说子明丞相与韩参政是霍光！"

吴从龙说得冷汗都冒了出来，唐康却几乎笑出声来，装傻笑道："霍光是汉朝的忠臣，皇上说得没错呀，家兄丞相与韩参政皆受托孤之任，确是本朝的霍光。"

"这……这恐怕不是什么好话……"吴从龙却急了，"康时，皇上年纪轻，颇欲有所作为，而两位丞相与两府诸公为国家社稷考虑，不免每每要从中谏阻。皇上自即位以来，几乎是无一事得快意行之，皇上又是有名的聪明天成，这心里面只怕是有许多不满郁积了。平时倒也罢了，两府没有差错，朝中大臣都服气，皇上也不好说什么。可如今朝中不欲议和者甚众，朱紫以上，上章弹劾、反对者，据说已有六七十人！尤其是还有个陈元凤从中撺掇，皇上不晓得为何，偏又十分信任他，不但留他在京中，每日召见；还由他荐举，又拔擢了许多新党中的能干人物——更邪门的是，尧夫相公对他亦十分包容。持国丞相老了，子明丞相在外，皇上身边有个陈元凤，诸事难料得紧。"

吴从龙的这番话，虽然仍有些遮遮掩掩不敢直说之处，但唐康心里面却已明白他在担心什么。这必是东京有人写信给他——或是真为他着想，或是想给他施加压力。其实说皇帝读奏折才知道韩拖古烈一行已至大名府云云，唐康自然是绝不肯信的,那必是谣传无疑。他虽不知实情,却也能猜个八九不离十,那多半又是两府相公逼迫皇上勉强答应接纳辽使,他开始不情不愿,却也无可奈何,待到看到有人上章弹劾,便有意无意放出这些话来,那自然是为了鼓励朝中大臣出来上表,增加声势,然后皇帝便可以挟此以对抗两府。皇帝年纪还小,未必想得出这样的办法来,其中有陈元凤做谋主,亦未可知。但若说这便要"诸事难料",那当然是夸大其词。

唐康笑道:"这朝廷是要议和还是要继续打仗,轮不着你我操心。然子云尽管放心,便是最后又不肯议和了,朝廷亦断不至于追究到你我的责任……"

吴从龙被他一语说中心事,脸上一红,却仍忍不住继续问道:"康时如何敢下此断言?听说如今弹劾的奏折之上,连在下的名字都赫然在列呢。如康时、王厚,都是朝廷重臣,现今用人之际,或许不会有事,然在下又何德何能?如此许多大臣交章论列,若果然扳了过来,却一个官员也不贬责,本朝无此先例!"

唐康见他仍是忧心忡忡,忍不住笑道:"休管他扳不扳得过来,我只问子云一句话,我唐康可还说话算话否?"

"那是自然。"吴从龙莫名其妙望着唐康。

"那便好。"唐康笑道,"那我便向子云保证,倘若子云因此事受责,我唐康也绝不独善其身。我也便辞了官,回家做富家翁去。"

"这……在下并非此意……"

吴从龙正不知道要说什么,帐外忽然有人高声禀报,原来却是送宣台札子的差官到了。二人不敢怠慢,连忙见过差官,收了札子。自大名府至武邑虽有四五百里,但两地之间有官道相连,又在宋军控制区内,采用换人换马的接力传递方式,宣台公文仍是一日多几个时辰便可送到。因此自议和以来,唐康和吴从龙收到的宣台札子每日少则一封,多则三四封,早就习以为常。只是此刻二人各怀心思,各有担心的事情,当下连忙一起将装札子的匣子打开,取出札子,摊在案上,二人一道览读。

这札子上的内容却是极短,二人几眼便已看完,然后都是面面相觑,半晌说不出话来。唐康先前脸上的高兴之色,早已一扫而光,脸色变得十分难看;

便是吴从龙的脸上,也是忧形于色。

过了好一会儿,唐康才冷笑着对吴从龙说道:"看来待会儿宴会之上,子云可以给耶律昭远送件大礼了。"

但吴从龙的心思,却似乎全不在此,喃喃回道:"这……这……皇上果真肯答应么?"

第十章

韩氏北归

法曰:"无约而请和者,谋也。"

——〔宋〕《百战奇法》

1

汴京，禁中，延和殿。

吴从龙的担忧，却也不算全是杞人忧天。正如唐康所猜到的，皇帝赵煦的的确确是迫于两府的压力，而不得不点头同意接纳辽使，然而石越也低估了赵煦不甘心受人摆布的心意。这一次的议和，虽然朝中有韩维与范纯仁极力主持，可即便是在御前会议中，也是态度分化的。其中枢密副使许将、刑部尚书李清臣、翰林学士苏轼、工部侍郎曾布、权太府寺卿沈括、权知军器监事蔡卞、职方馆知事种建中等七人立场皆十分鲜明，全靠韩维与范纯仁一再保证和议条款绝不会辱国，又用数十万的流民问题向他们施加压力，御前会议这才算勉强达成一致。然而，分歧仍然存在。赵煦年纪虽轻，但对于"异论相搅"这等家传的帝王之术毫不陌生。对于一个新掌握权力的君主来说，臣子们之间出现大分歧，是一个难得的机会。利用他们的矛盾趁机得利，树立起自己的权威，这也算是必修的一课。更何况，这一次的政策的确是赵煦所无法接受的。

因此，他故意在向太后面前说出石越、韩忠彦是霍光这样的话来。而这句话也不出他所料很快便流传出去，许多本就不满的人、望风承旨的人、对石越与韩忠彦有私怨的人，立即读懂了这句流言的意思，在他的鼓励下，弹劾当政者的奏状便如雪片一般飞进宫中。

读"弹章"这种东西的技巧，此前太皇太后跟他说过，后来清河也说过、桑充国也讲过，赵煦早就知道，绝大多数的"弹章"中，总免不了要有些不尽不实、夸大其词的话——太皇太后、清河、桑充国所说的重点，当然是希望他既能分辨这些，又不要因此而拒谏。要做一个好皇帝，最重要的当然是兼听则明，倘若因为"弹章"中有些夸大不实之语，便扔到一边，不去留意其中的可取之处，就很容易成为一个致命的弱点，而被奸臣所利用。许多自以为聪明的君主，便都栽在了这个弱点上。

道理虽然早就懂得，可真的见识到之后，赵煦却仍然禁不住有一种发自内心的反感。

譬如这一次，有不少人便在奏状中将石越骂了个狗血淋头，称他不过是徒有虚名，宣抚三路，自开战以来，却是每战必败，故闻敌而丧胆，又惧怕朝廷问罪，是以才又生出议和之意，全然不顾出征之初的豪言，甚至将他与后蜀的王昭远相提并论。又称皇帝当日下《讨契丹诏》，明言"凡敌未退出吾土而有敢言和者当斩于东市"，石越身犯此令，纵皇帝念及往日功劳，不将他赐死，也不当再以军权付之云云。

赵煦固然对于石越有许多的不满，但是要说他是后蜀的王昭远之流，他还是无论如何都不肯相信的。那王昭远原是五代末年的一大笑柄，他在后蜀掌握大权，自比诸葛武侯，先是自不量力，傻乎乎想要与北汉夹攻宋朝，结果不仅联络北汉的使者半道叛逃宋朝，还引火烧身，引来宋军攻蜀。他至此还是十分狂妄，蜀主令他率军抵抗，他还声称"取中原如反掌"，哪料到最后连战连败，一路逃跑，竟被宋军活捉，后蜀也因此亡国。那些人将石越与王昭远相比，就算是赵煦，也觉得未免诬之过甚。虽说开战以来连战连败，可宋军却从未乱过阵脚，若是那些个败仗也要算到石越头上，连赵煦也觉得冤枉了一些。

可尽管如此，这些"弹章"，仍然不失为赵煦手中得力的武器。

这便是身为万乘至尊的好处。如果他愿意，他依然可以将这些连他自己也不相信的东西，当成石越的罪名，加以问责。

当然，做这种事会面临多大的阻力，赵煦也是心知肚明的。

所以，他也只是想想而已。给石越一点儿压力就可以了，真的要罢掉他的话，现在还不是时候。

"官家！"庞天寿蹑手蹑脚地进来，打断了赵煦的遐思，"守义公仁多保忠已在殿外候旨。"

赵煦"唔"了一声，连忙收拢思绪，道："宣他进来吧。"

这是仁多保忠回京之后，小皇帝第一次召见他。其实这谈不上有何特别之处，即便是很亲贵的皇亲国戚，也不是天天能见着皇帝的。办了差遣回来，皇帝见或不见，都是很寻常的事情。然而，不管怎么说，仁多保忠这次却是以败军之将的身份回京，因此总是有些许的尴尬与忐忑。陪着韩拖古烈一行抵京之后，仁多保忠去太皇太后灵前哭了一场，又上了封请罪的札子，便回到府上，闭门不出。就这么着关在家里两三天，没想到皇帝突然又说要召见他，这不仅让他一颗悬着的心落了地，而且还有点儿受宠若惊、感激涕零的感觉。

仁多保忠离开汴京的时间其实很短，然而再次回来之后，宫里面的情形便已让他颇有物是人非之叹。垂帘时期宫中最得势的陈衍与清河郡主，如今都已是明日黄花。陈衍在忙于太皇太后的山陵之事，而清河郡主则退居家中，深居简出，整日替太皇太后念佛讼经。曾经炙手可热的两个人，几乎是转瞬之间，便可以让人看到他们凄凉的下场。而如今宫内的权贵，摇身一变，换成了李舜举、庞天寿、童贯三人。尤其是李、庞二人极得新帝信任，李舜举官拜入内内侍省都都知，这是从五品的高官，"内臣极品"，是大宋朝宦官所能坐到的最高位置，号称"内宰相"；而庞天寿虽然还只是从八品的入内省内东头供奉官，但他是一直跟着皇帝的从龙之臣，自非寻常内侍可比。再加上内西头供奉官童贯，这三人，都是当年雍王叛乱之夜，曾经拼了死命保护小皇帝的宦官。因此，其中的酬庸之意，倒也十分明显。

想到这些，仁多保忠心里面又更加慰藉了几分。

不管怎么说，小皇帝对于那些忠于他的人，并不算十分薄情。

他小心翼翼地随着庞天寿进到殿中，行过大礼，听到皇帝淡淡地叫了一声"平身"，又谢恩起身，低着头侍立在殿下，静静等待皇帝发问。但他耐心地等了许久，都不见皇帝说话。仁多保忠心下纳闷，终于忍不住悄悄抬头偷看了一眼，却见赵煦提着笔，还在批阅奏章。短短几个月的时间，赵煦仿佛又长高了不少，一张清秀苍白的脸上，更多了几分阴沉的感觉。

仁多保忠哪敢催促，只好继续侍立等候。这却是一番好等，幸好他是武将出身，久站倒还不算什么，只是不知道皇帝究竟是有心还是无意，心里面不免又打着小鼓，胡思乱想。便这么着等了约小半个时辰，才忽然听到皇帝问道："守义公，朕听说你生了两个好儿子。"

仁多保忠愣了一下，怎么也没想到皇帝一开口说的是这个，他又不知皇帝的意思，只得躬身回道："臣惶恐，臣有失教养……"

"什么有失教养？"赵煦也不料仁多保忠会如此狼狈，不禁笑出声来，又笑道，"卿家三郎十几岁便能守东光，若这也是有失教养，耶律信大概会气死。朕听说韩拖古烈这次来，还特意问守东光的少年是谁家子弟？"

仁多保忠这才算真正松了口气，谦道："陛下谬赞了。"心里却是不住地苦笑。这次他率两子出征，当日渡河之前，他是安排第三子仁多观明去冀州的，哪知道人算不如天算，仁多观明少年心性，将他的话完全置之脑后，自己又跑回了东光。结果差点儿父子三人都为宋朝尽忠。这次他回京，又想将两个儿子一并带回来，不料又是一个也不肯听他的，仁多观国在冀州时便自告奋勇，随何畏之救援东光，如今颇受何畏之赏识，在镇北军中如鱼得水，再不肯走。而仁多观明被王厚荐了个行军参军之职，"回京"二字，更是提都不用提。此时皇帝当面夸奖三郎，他脸上虽觉光彩，可心里面倒是担忧更多几分。

但赵煦哪里体会这些为人父的心情，只是自顾自地笑道："俗语道'将门虎子'，这话真是一点儿不假。十几岁便有如此忠义胆色，日后必是我大宋栋梁之材。如今国家正是多事之秋，所谓'千军易得，一将难求'，若是我大宋的那些世家将门，皆能如卿家一般，朕复何忧？"

仁多保忠正想再谦逊几句，但赵煦思维跳跃，说话语速极快，根本容不得他打断，便听他一口气都不歇，又继续说道："守义公你是我大宋的宿将，此番又曾亲自领兵与辽人作战，深知辽人虚实。这回也是你陪着韩拖古烈来京，路途之上，当与韩氏多有交谈。如今契丹请和，朝议纷纷，有谓可和者，有谓不可和者。朕深知卿知兵，又深信卿之忠义，只是卿回京之后，却实令朕失望。"

这话一出口，仁多保忠慌忙又跪了下去，顿首道："臣自知罪不容诛……"

"罪不容诛？"赵煦冷笑道，"卿有何罪不容诛之事？"

"臣败军辱国……"仁多保忠才说了五个字，便被赵煦厉声打断。"胜败是兵家常事，你有何罪之有？朕失望的，是你回朝之后，于和战不发一言！"

"这……"

"今日朕召你来，便是要当面问问你，究竟是可和，还是不可和？"

赵煦的目光咄咄逼人地看着伏在地上的仁多保忠，短短几个月的时间，亲政的小皇帝就已经如此像他的父亲，让仁多保忠感觉到一种无形的巨大压力。

但是,尽管如此,仁多保忠仍然在心里面犹疑。

"臣……臣不敢说。"

"不敢说?"赵煦几乎是愕然,"卿有何话,只管说来,朕非拒谏之主,绝不至因言加罪。"

"不敢。"仁多保忠忙道,"陛下之明,堪比尧舜,天下不论贤愚不肖皆知。臣所虑者非此,而是……"

"而是什么?"

"而是,而是臣以为子明丞相不过假议和而已!"虽然在心里面有过一些挣扎,但仁多保忠最终还是认为不要得罪皇帝才是明哲保身之法。

"假议和?!"赵煦已经不由自主地站起身来,脸上写满了震惊,"卿莫不是说笑?果然是假议和,难道连朕都会不知道?!"

"此非臣所知。"涉及宰相们与皇帝之间的矛盾,仁多保忠毫不犹豫地装起糊涂。

"那卿有何依据说是假议和?"

"臣在永静、冀州之时,见御河粮船依旧昼夜不停往东光运粮;至大名府时,听到宣台急急催促各地冬衣;回京之后,又听闻朝廷明年要从荆湖南北路多买粮数十万石,有官员正在为运输而发愁……若说冀州、永静、大名之事只是未雨绸缪,那明年自荆湖南北路多买数十万石粮食,又是为何事?自熙宁以来,荆湖南北路虽垦田日多,户口滋衍,已有富饶之称,然至京师转运非易,走水路须沿江而下,至扬州再走汴河,可江淮已然是鱼米之乡,故朝廷若不是迫不得已,两湖之米是不进汴京的。"

"不错。先帝开发湖广,规模宏大,然最终却只可说完成了一半。荆湖南北两路,最终到底没能修成一条运河,以水路连通汴京。走陆路事倍功半,下江淮多此一举。故此荆湖南北之粮,毕竟只能用来防江淮益黔有个天灾人祸。"说到这里,赵煦忽然笑了起来,道,"到荆湖南北多买粮食,卿只怕是听错了。"

"臣听错了,抑或是有的。然以臣对子明丞相之所知,仍不能信他是真议和。"

赵煦见仁多保忠说得如此坚定,亦不觉讶然,默然一会儿,若有所思地点点头,又问道:"且休要管什么真议和假议和,倘若和议是真的,卿又以为如何?"

仁多保忠脸上抽搐了一下，但他伏在地上，赵煦自是半点也看不见他神色的变化。他本想说："那也无甚不可。"但是，最终说出口的，却是迎合皇帝心意的话，"若如此，臣以为此时不当议和。"

他话一出口，赵煦便十分高兴，哈哈笑了几声，道："朕果然没有看错人。你快起来吧。"望着仁多保忠谢恩起身，赵煦又说道，"卿在武强吃了败仗，朕知道卿十分灰心，然卿还是要打点精神，在京休养数日，日后朕还有用得着卿处。"

一时之间，仁多保忠也不知道是该高兴还是吃惊，但他心里明白，如今大宋选将，只怕他面前的小皇帝说了也不能全算，虽然皇帝他绝不敢得罪，但两府诸公他同样也不愿招惹，因此忙又欠身道："恕臣愚钝。陛下，所谓军权贵一，陛下既以征战之事委右丞相，似乎……"

"此事卿不必担心！"仁多保忠话未说完，赵煦已摆着手打断他，道，"石丞相的事权，朕既任之，则必信之。朕要用卿的，是另一处。"

"另一处？"仁多保忠疑惑地抬眼偷看了皇帝一眼，却见赵煦满脸兴奋之色，又听他说道："正是。有人献策，可效李唐攻高丽故技，征调海船水军大船，筹兵四五万，自海路攻辽国东京，使其首尾不得相顾……"

"陛下！"仁多保忠不等皇帝说完，已是大吃一惊，急道，"此策恐不可行。"

"为何？"赵煦却不料仁多保忠反对，兴头上被人浇了一盆冷水，不由得大是不悦，拉了脸说道，"朕筹划已久，颇觉可行。况李唐当年攻高丽，曾得奇效。"

"高丽与契丹不同。高丽国都近海，以水师自海攻之，虽花费甚大，然而正是攻其要害，故而有用。而契丹之精华在其南京、西京道，往北则是中京、临潢附近。以海船水军攻辽之东京道，便好比征调骑兵，焚掠其上京道之西北草原，是以宝贵之兵力，攻敌所不急，击敌所不救。纵然做得到，又有何意义？只是白白耗费国帑而已。如今朝廷方在河北河东与契丹相持，陛下果有四五万人马，请使之增援河北河东，或许最终取胜，便胜在这四五万人马之上……"

"朕哪有这四五万人马？须得临时征募。"赵煦被仁多保忠这么一说，脸一下子便红了，讷讷道，"只是兵法有云，以正合，以奇胜……"

"话虽如此,然奇兵不可恃。用兵之道,若以正可胜,便没有必要节外生枝。"涉及这等大事,仁多保忠便不敢再一意迎合皇帝,毕竟日后若有个什么差错,他此时若不劝谏,到时便也脱不了干系,因此他一心一意要让皇帝打消这个念头,"陛下果真要袭辽人东京道,与其临时去征募乌合之众,莫若静待高丽出兵。高丽之兵再差,亦强过陛下临时征募之兵。"

"高丽果然会出兵吗?"赵煦疑道,"朕已是几番下诏,要秦观催促,然至今仍不见他一兵一马。"

"高丽以一小国居于两大国之间,胜负未明,陛下催也无益。然陛下只须宽心等待,其必然出兵。"

赵煦揣摸仁多保忠话中之意,不由喜道:"卿是说我大宋必能取胜吗?"

"臣观王厚用兵,有必胜之理。"

这话却是赵煦所喜欢听到的,他立时高兴地问道:"何出此言?"

"以臣观之,耶律信如剑,韩宝如斧,而王厚似墙。剑斧再如何锋利,砍在墙上……"

2

召见过仁多保忠之后,赵煦心里面又多了几分绝不议和的底气。此前无论谁说,毕竟只是一种愿望而已,他不想议和,但若战局逼着他议和,他也无法可想。但仁多保忠是自两军交战的地方回来的,他既也说不当议和,又认为宋军能很快取得更大的优势,这便让赵煦的底气更加足了。因此,便连他的心情也变好了几分,而心情一好,思维又变得更加敏捷。他突然又想起石越前不久呈进的一份札子,依稀记得札子中石越曾提到给战损的几支禁军补充兵员的事,他连忙叫庞天寿帮他找出来,又细细读了几遍,脑子里面不断想起仁多保忠"假议和"的说法。

"假议和"的说法是不可思议的,赵煦无法理解如果石越他们有这样的想法,怎么会不禀报与他知道。但这个想法又如生了根似的,在他脑海中挥之不去。议和不是什么奇怪的事,倘若能够通过和议达成目的,便最好不要采取战争的方式,这原也是理所当然的。当年太祖皇帝想要收复幽蓟诸州之时,不也是设想先通过交涉赎买的方式,如契丹不肯答应,才诉诸武力吗?"兵凶战危"不是说着玩的。赵煦自小受的教育,也是"兵者凶器也,圣人不得已而用之"。每个人都会告诉他,不管拥有多么强大的军队与武力,也不可能保证战争一定会取得胜利。远的不说,对西南夷的战争就是一个好的例子。

因此,赵煦也从不曾怀疑过他的宰执大臣们是可能将议和当成一个选项的。

直到仁多保忠提出石越是"假议和"之后。虽然当时他觉得是不太可能之事,但事后再想想,却总觉得莫名的蹊跷。

因为心里一直萦绕着这样的想法,下午的时候,御前会议向他报告石越请求在议和条款上做出重大让步,不再要求辽人归还掳获的财物,赵煦竟然也没有感到十分愤怒,更没有坚定反对。

赵煦的异常表现,被视为皇帝的态度发生了微妙的改变,让一些人松了一口气,又让另一些人开始紧张。但赵煦却浑然不觉,只是一直忖着"假议和"的事。到傍晚时分,他又让人去唤来陈元凤,在便殿接见,询问他的看法。

然而,陈元凤的回答却让他大吃一惊——"臣以为此亦大有可能!"

"既是如此,那为何要瞒着朕?"他不解地追问。

"恐陛下年幼泄机也!"

陈元凤直截了断的回答,便如一根刺狠狠地扎在了赵煦敏感的自尊心上。但也让他立时明白了这可能就是真相。他年轻的脸顿时涨得通红,身子气得一直发抖,却半晌说不出话来。

而陈元凤却始终垂着头,仿佛全然没有感觉到皇帝的怒火,反倒是自顾自地发着议论:"此亦无足怪。本朝自熙宁以来,朝野儒者所宗,其大者不过道学、新学、石学、蜀学,而这四派,名则纷争,实则同一,最后不过归为两个字——'宗孟'!汉唐之儒,都是宗荀子;本朝之儒,都是崇孟子,此即本朝与汉唐之大不同处。这亦是儒者最大的区别。宗荀子者,必然崇君,重君权;崇孟子者,便是民为贵、社稷次之、君为轻。陛下虽为天下至尊,但是在本朝那些儒者看来,却到底还要排在祖宗社稷之后。此辈自相标榜,自以为为了黎民百姓、祖宗社稷,

'尊君'二字，竟可以不讲，至于触怒至尊，无君无父，更是引以为荣。这便是熙宁、绍圣以来儒者的风气！似韩维、范纯仁、韩忠彦辈，皆是本朝忠厚醇儒、老成可信之人，然此风所及，此辈竟皆为一干邪说所惑，明明是跋扈欺君，他却当成忠君爱国。开口祖宗之法，闭口社稷为重，可曾有一人将陛下放在心上？恕臣大胆，这等事情，若在汉唐，便是权臣乱政，虽三公亦可诛之。"

"可在本朝，朕却只好忍了。对吗？！"赵煦尖声讥刺道。陈元凤的这一番话如火上浇油，然而却也句句皆是实话。赵煦气得手足冰凉，心里面却也清楚，他的的确确做不了什么。他或许可以用欺君跋扈的罪名来处分他的宰相们，但那只是成全他们的令誉，让他们在国史上面浓墨重彩，然后，他还只能换上一群一模一样的宰相。这种事情，是不分新党旧党石党的，将吕惠卿、章惇召回来，又能好多少？除非他找几个三旨相公一样的人物来做宰相。

而且从现实来说，陈元凤口中"宗荀"的汉代，如汉宣帝那样的令主[1]也奈何不了霍光。他父皇留给他的几个遗诏辅政大臣，更不是他轻易动得了的。这个时候，赵煦不由得有点儿怨恨起他一直尊重的父皇来。大宋朝本无这样的家法，他却偏偏要多此一举，给他留下几个偌大的麻烦。

"以卿所知，本朝可有崇荀卿的儒者？"

"恐怕没有，便有，亦籍籍无名。"陈元凤淡然回道，一点儿也不理会皇帝口中的讽刺之意，"世风难易，陛下要振纲纪、尊君权，臣以为，不必远法汉唐，只需学先帝便可。先帝之时，儒者亦讲宗孟，然何人敢不尊君？"

赵煦是最爱听人说他父皇的好话的，陈元凤这话，却是说到他心坎里去了，他立时便敛容相问："这却又是为何？"

"盖以先帝英武，而勇于有为，不烦改作，故大臣皆惮之。"

"卿所言极是。"赵煦连连点头，"只是如今之事，又当如何？难不成朕也跟着装糊涂吗？"

陈元凤抬起头来，望了面前的皇帝一眼。这是一个急欲获得尊重与成功的少年，然而，这正是石越他们给不了的。他们天然处在对立的位置上，而没有人愿意为他的成长支付代价。其实，陈元凤也能理解两府的宰执们，他们对于

---

[1] 贤德的君主。

忠君有自己的理解。况且，再无私的人，要放弃到手的权力也是困难的。能让皇帝真正"垂拱而治"的话，就意味着相权的最大化，他们纵然不是有意为之，却也很难拒绝这样的诱惑。

而这却正是陈元凤的机会。

将韩维、石越们斥为奸臣，那是拙劣的伎俩，皇帝年纪虽小，但也不是完全不能分辨是非的昏庸之君。但是，在皇帝面前将他们描述成"祖宗之法"的维护者、孟子的追随者，而将自己打扮成君权至上的忠臣，这样的两种形象，却能正中要害，大获成功。

小皇帝渴望权力，所以，他知道他需要哪一种忠臣。

而他，甚至谈不上诋毁过石越。他说的全是实话。这不都是石越、桑充国们所鼓吹的吗？只不过为了顾及皇帝的好恶，陈元凤小心翼翼地将桑充国划了出去。

"此事是真是假，尚不能完全确定。只如今却有一要紧之事，臣不敢不言于陛下。"

赵煦不由怔道："有何要紧之事？"

"臣风闻今日御前会议对辽国的和款又有让步？"陈元凤几乎是有些无礼地注视着皇帝，问道。

赵煦点点头，讽刺道："原来非止是朕，御前会议亦是守不住机密的。不过辽人是要朕'赠送'他们钱币，虽是让步，其实分歧仍大……"

"不然！陛下此言差矣！"陈元凤陡然高声，连连摇头，道，"恕臣直言，此前的和议条款，臣也曾与陛下说过，虽是议和，陛下不必担心，辽人绝难接受那几条和款。但如今果真只是要重申熙宁之誓，罢耶律信，归还河北百姓，和议便不见得不能成了。"

赵煦吃了一惊，"这是为何？"

"因为辽人想要的，其实不过钱财而已。此前石越要辽人归还掳掠财物，便如同叫辽主胸口剜肉，辽主绝不会答应。想来石越亦是想明白了这一点，故此才又请将这一条去除。以臣之愚见，辽人接下来，必会要求将'归还'二字改成'赎还'。只要朝廷肯答应这一字之别，辽主便也不会再要求朝廷'赠送'

他钱帛。如此一来,双方便等同于避开了谁胜谁败的问题,各自保全了脸面,些许分歧,亦不过是在'赎金'之上。唯一的问题,便只是要不要罢免耶律信!"

"这……"这些日子以来,陈元凤没少在赵煦面前做过预言,几乎无不中的,这次说得合情合理,由不得赵煦不信。

"此事若如仁多保忠所言,是右丞相假议和,则此为诱敌之计。是故意让辽人以为有谈成的希望,拖延时日。然万一是真议和,陛下又当如之奈何?"

"这……"赵煦咬着嘴唇想了半晌,"朕便召见韩维、范纯仁,问个明白!"

"不可。"陈元凤连连摇头,道,"韩、范两位相公,不见得肯说实话。"

"那当如何?"赵煦此时,已是对陈元凤言听计从。

"以臣之见,若是假议和,必是右丞相的计策。陛下要问个明白,须从韩师朴参政处入手。陛下只需写一封手诏,差人送至韩师朴处,责之以君臣之义,韩参政是忠厚之人,必然据以实告。"

其实赵煦既然已经猜到,若召来韩维与范纯仁,二人也断无再隐瞒的道理。但陈元凤深知二人品性,一旦承认,必然会将责任揽到自己身上,替石越与韩忠彦开脱。尤其是韩维,已是快要致仕的人,也不怕多担些怨恨。他若一口咬定这是自己的主意,虽说这件事颇犯赵煦的忌讳,但人走债消,赵煦也只得优容一二,最终不了了之。然而陈元凤心中知道,这等胆大包天的事,多半是石越的主意,他哪肯让石越占这个便宜?如此虽是舍近求远,大费周章,可这笔账,却也终究是记到了石越头上。

3

出宫之后,陈元凤特意绕道去了一趟州桥投西大街。陈元凤现在住的驿馆是新城西北,投西大街在旧城城南,两处原本是南辕北辙,但辽国使馆在投西大街街南,而韩拖古烈一行又住在街北的都亭驿,投西大街如今也算是汴京一个炙手可热的地方。不过陈元凤是没什么借口去拜会韩拖古烈的,他心里面也并无这个想法。如今,陈元凤在汴京是以"知北事""主战"两件事而立身的,朝中除了那些因为吕惠卿事而怨恨他的新党，以及对他偏见很深的旧党，许多年轻力壮而渴望有为的官员，都十分亲近他，认为他是个"不党不阿"的君子，值得信任。而且，大家暗地里都觉得他既在宣台之中举足轻重，也在皇帝那里与御前会议中颇受重视。陈元凤知道自己并无什么根基，反倒是政敌不少，因此也格外注重自己的形象，绝不肯在这个时候去私见韩拖古烈，招人非议。

他去投西大街，只是因为李敦敏不久之前，刚刚把家搬到了投西大街。

太府寺丞的确是个肥差，大宋朝官员薪俸虽然优厚，可州桥一带的宅子也不是寻常官员买得起的。李敦敏才入京时，穷得连马车都坐不起，但几年下来已是宦囊颇丰，难得的是，他官职虽卑，也没少得罪人，可御史台居然没找他麻烦。这一点让陈元凤十分羡慕。虽然也有人说那是阿沅颇善货殖之术，替李敦敏打理家产，生财有道，但这些话陈元凤自然是半点儿都不信。那阿沅还是他送到李敦敏府上的，如今逢年过节，阿沅还要差人送些礼物到他府上，可他压根儿也不相信当年那个落魄的小丫头懂什么货殖之术，便是那个"杭州正店"，陈元凤也认定全是因为石越关照，方能一直开下去。他当年将阿沅送回，其实也没安什么好心，原本他是希望这丫头能回到石府，再加笼络，可以帮他收集一些石府的阴私。哪料到阿沅脾气固执得很，竟然死也不肯回石府，让他如意算盘打空。虽说那阿沅一直十分感激他，但对陈元凤而言，她既不肯回石府，对他便全无价值，他又哪里会真的在乎阿沅这类人的感激？相反，他心里面的歧视是根深蒂固的，因此也认定李敦敏必是因为做了太府寺丞，才能有现今的家产。

而他因为得罪的人太多，此前虽然一直做地方官，却都十分谨慎，守着点儿俸禄过日子。虽然宋朝之制，地方官的各色收入远较京官为多，又兼之地方开销远低于汴京，在任之时，倒也不曾为那阿堵物发过愁。可他此番入京，一旦多滞留几日，便觉得囊中羞涩，十分支应不开。他虽是住在驿馆，兼之是国丧，声色犬马的开销已是省去不少，但石越与司马光改革驿馆之法后，对官员来说的确是颇有许多不便。以前驿馆使费，官员只管混用，亏空往往要驿吏填补，如今连借个马车，都要先让管家把缗钱交到账房，否则这些驿吏便装聋作哑，不肯支借。尤其这又是在汴京，驿吏都是极赖的老吏，千方百计讨要打赏，连晚上送点儿热水，都要"汤水钱"，要不然便连热水都无人伺候。这等事情，若发生在各路府州，早就一顿好打，但既在汴京，御史台虎视眈眈，官员们都要个体面，谁也不想为了几个铜钱成为同僚笑柄，也只好忍气吞声。

陈元凤这次来京，随从带得稍多了点儿，十几口人加上坐骑都在驿馆，每日花销不菲。再加上总有些人情往来、赏赐打点，又免不了有打秋风的同乡故旧上门，他来汴京时带了三百足贯缗钱，竟然就花了个精光。迫不得已，数日之前，他只得找李敦敏借了五百缗交钞。谁知道偏有这般巧法，才一借到钱，便有几个河北的儒生逃难至此，叫他在安远门碰着。他原做的是河北学政使，这些人都是当日他亲自考试、拉到面前谆谆教诲过的，难道这时候见他们落难，他也视而不见？只好咬咬牙，白送出二百缗。剩下三百缗交到管家手中，各家店子赊欠的账一结，已是一文钱不剩。

没奈何，陈元凤只好又找李敦敏借了二百缗交钞。早上叫管家去李府取了钱，李府又跟着管家过来一个人，送了张帖子，道是晚上要请他吃顿便饭。陈元凤自是不好回绝，兼之他与李敦敏交情甚笃，虽是赶上皇帝召见，耽误了时辰，却仍不以为意，出宫之后，依旧往李敦敏府上去。

虽然大宋朝现在处于战争之中，可汴京的夜晚依旧是灯火通明、金吾不禁。国丧之间，瓦子勾栏暂停营业，可其他的行商、住商，都照常经营，州桥一带，依旧是熙熙攘攘。除了偶尔听到报童叫卖，大声喊着前线的战报，偶尔能见到一些逃难的流民在沿街乞讨之外，陈元凤几乎感觉不到战争的气息。他骑着马到了投西大街，发现街南的辽国使馆依然是在禁军的严密看管之下，偶尔有一两辆马车进去，都是蒙得严严实实，让人觉得神秘莫测。而街北的都亭驿，这几日间也是戒备森严，但驿馆外面的马车明显要多出许多。

韩拖古烈在汴京毕竟是很有人缘的。尽管是两国交战，但还是有许多士大夫自认为心中坦荡，并不如何避讳，亲自来拜访的，送上诗文书信的，络绎不绝。而韩拖古烈也抓住一切机会，向这些人表明辽国议和的诚意。他竭尽所能地将这场战争描绘成一场可悲的意外，尽可能在不丧失尊严的情况下让人感受到他的歉意——尽管他绝不会宣诸于口，但仍然赢得了许多人的谅解。

至少对他个人而言，汴京很少有人能痛恨得起来。汴京绝大部分的士大夫，都知道他是坚决反对这场战争的，人人都相信他对宋辽通好所抱持的善意与诚意。大概这也是为什么韩拖古烈来京不过数日，便能顺利拜会御前会议的几乎全部大臣的原因吧。若是换一个人，宋廷多半会将他扔在驿馆晾个十天八天再说。

无论有多么不可思议，但这的确是一个事实。汴京的士大夫们，直到这个时候，似乎仍然将韩拖古烈看成自己人。仿佛他们仍有一种共同的语言，能够互相理解彼此的无奈与痛苦。据陈元凤所知，即使在御前会议中，也有大臣相信，如果石越的议和条件能够成功让辽主罢免耶律信，而以韩拖古烈取而代之的话，那么宋辽之间恢复和平，依然是可以信任的。甚至可以这么说，假设宋辽之间要实现和平的话，那么韩拖古烈在辽国执政，便是必须的条件。即使是陈元凤，也是如此认为的。

只不过陈元凤并不认为辽主会任由宋人来决定他的北枢密使人选而已。

陈元凤才到了李敦敏的宅子外面，李府早有家人在门外候着，远远见着陈元凤，就一路小跑着过来，服侍着他下了马，将他迎进府中。便在同时，已有家人进去通报，李敦敏亲自迎出中厅，与陈元凤笑着叙过礼，也不在厅中奉茶，便将他往自己的书房里请。

李敦敏的书房十分宽敞，陈元凤进到书房之时，已有家人在书房里摆下桌椅与各色点心，点起几盏明晃晃的大蜡烛来。待李敦敏与陈元凤落座后，又有侍婢送上温好的酒菜，李敦敏提箸请陈元凤吃了一口旋切鱼脍，一面喝着酒，一面说些家常闲话。

自从熙宁末年，陈元凤对吕惠卿反戈一击之后，七八年来，陈元凤都很少再享受声色犬马之事。他是一个将功名事业看得极重的人，为了搭上范纯仁这条线，巩固他对自己的信任，也为了不给朝廷中那些政敌把柄，这些年陈元凤一直过得小心谨慎。范纯仁自己很节俭，也不喜欢别人生活太奢侈，陈元凤就算远在成都，也要每十天才能吃一两次肉。这种状况，一直到他转任河北路学政使才稍有改变，然而即使如此，在河北官员中，他也是有名的不爱口腹之欲。

但李敦敏与陈元凤却是布衣之交，二人相知已久，李敦敏素知陈元凤未中进士之前，吃东西便已经是十分讲究了，因此他办的几个下酒之菜，看起来寻常，却是特意去寻了汴京有名的厨子来府中做的，平常便是李敦敏自己也吃不起。

他这点儿心思却也不曾白费,果然陈元凤口里虽然不说,但下箸极快,吃得甚为欢快。

酒过三巡,李敦敏瞧见陈元凤已是脸色微醺,当下轻轻挥了挥手。他那管家见着,连忙打了个眼色,领着几个侍婢退出书房。李敦敏从袖子中抽出一叠交钞,轻轻放到陈元凤跟前。

陈元凤原本就料到李敦敏请自己绝不是吃顿"便饭"那么简单,因此虽然一直在闲扯,心里却在等着步入正题,只是他绝没料到,李敦敏竟是要送一大笔钱给他。他瞥了一眼桌上的交钞,全是五十贯一张,大约有二十来张,竟然有一千贯之多!

他不由愣了一下,问道:"修文,这却是何意?"陈元凤的惊讶,倒的确是发自内心。他与李敦敏相交数十年,对他也算十分了解。李敦敏大半生为官都清廉自持,虽然这几年他做到太府寺丞,慢慢发起财来了,但说一下子堕落到要向他行贿,却也有些让他难以接受。

却听李敦敏笑道:"履善兄,这些是你应得的。"

"我应得的?"陈元凤一时有些摸不着头脑,不解地望着李敦敏。

"履善兄忘了种棉诏?若非你在皇上面前力陈其利,又游说两府诸公,此诏哪能那么快颁行?"

"可这和这些钱,又有何干系?"陈元凤依然糊涂。

李敦敏嘿嘿笑了几声,道:"履善兄以为是谁最着急棉花的事?如今天下州县种棉花的已经不少,然而朝廷的考绩中,却一直只有劝桑麻的,这棉花究竟算不算在桑麻之内,朝廷却没有规定,各地各说各的。东南那些种棉花的州县,这几年没少闹出事来,县官要耕地,要桑麻,如此考绩才能优等,因此常常禁止百姓种棉花。而织棉布的作坊越来越多,各地经常为了抢棉花打个头破血流。需得运气好,碰上个好郡守、好县令,这事才能解决。这次朝廷又大举收购棉花,对许多作坊来说,更是雪上加霜。故此有几十家商行一道想了个法子,请人来找弟陈情。弟人微言轻,又能有何用?只得拜托履善兄与沈外府[1]。履善兄自是不爱财的,然沈外府兄是知道的。那些商行一共筹了四千贯送到弟这里,

---

[1] 外府即太府寺的别称,因唐代旧称而得名。沈外府即指沈括。

已送了沈外府两千贯，此事弟无寸功，余下两千贯，自然是履善兄的。"

陈元凤听得目瞪口呆，怔道："原来这也能生财？只是为何此前却不曾听修文提过半句？"

"弟知履善兄品行高洁，若事先说了，反而不美。我事先不说，履善兄向皇上进言之时，便全是出于公义，就算事后收了这笔钱，亦谈不上因私害公，可以心安理得。"李敦敏淡然笑道，"不是弟矫情做作，履善兄若果然如沈外府一般爱财，兄身为随军转运使，只需稍开方便之门，这区区两千贯，又何足道哉？"

陈元凤连忙摇头，笑道："修文说笑了。军国大事，我岂敢中饱私囊？"说着，用手摸了摸脖子，又笑道："况且还在石子明眼皮底下，我这大好头颅，不想被他砍了去。"

"履善兄说得极是。"李敦敏笑道，"不过这笔钱，取不伤廉。沈外府已然收了一半，这一半我断断不能退回去，否则大骇物情，便连弟也要受牵连。"

陈元凤笑道："既然如此，修文自己留下便是。"

"奈何无功不敢受禄。履善兄莫要再辞。"

陈元凤见李敦敏十分坚定，心里面又认定李敦敏必也收了一份，当下也不再推辞，将一叠交钞轻轻拢入袖中，笑道："如此，便生受了。"

李敦敏见他收了，这才放下心来，又敬了一回酒，笑道："如今汴京议论纷纷，都说些议和之事。我知道履善兄是主战的，不过，依我之见，即便是议和了，亦维持不了几年。子明丞相不过是缓兵之计，辽人如此欺我，朝廷只要缓过这口气来，必要北伐。如今这些争论其实没什么意义。此事我原不该置喙，不过我实是不愿见到履善兄与子明丞相再起不必要的误会……"

陈元凤没料到李敦敏话锋一转，竟做起说客来，一时哭笑不得，却听他又继续说道："其实子明丞相不会与辽人议和是明摆着的事，可惜连两府之中，有些公卿亦太糊涂。弟在太府寺，有些账目进出，看得清清楚楚，朝廷直到现在，都在增加各地的铁课、铜课，还有硫黄、硝石、牛皮、竹子……这些物什的和买采购，皆是平常年份的数倍甚至数十倍。朝廷还在准备打仗，这是明摆着的事。不久前，朝廷还下了一道密诏，河东路这几年的两税，一粒米一文钱都不出境。

履善兄,恕我直言,屈指一算,我认识子明丞相已有二十余年,子明丞相每事皆深谋熟虑,绝非反复无常的小人。不论旁人如何说,我是绝不相信他会无缘无故与辽人议和。履善兄的才华,非弟能望项背,又得蒙皇上信任,若能与子明丞相同心协力,助子明丞相一臂之力,此非止大宋之福,亦可使履善兄得以一展胸中抱负。还望兄三思。"

李敦敏言辞恳切,陈元凤虽然心里嫌他天真,嘴上却不得不说得冠冕堂皇一些,笑道:"修文说得极是。我与石子明虽无私交,却也并无私怨,同为国事,自当同心协力。其实石子明是假议和,修文看得出来,难道我便看不出来吗?只不过,朝廷上面,总要有一些人来唱唱反调才好。若没有人对辽主战,这士气民心,又要如何维持?"

李敦敏望着陈元凤,他说的每一句话,都是十分顺耳的,但是自他说话的神色语气当中,却又感觉不到半点儿诚意,他怎么也分辨不出陈元凤的话究竟是真心还是假意。良久,他轻轻叹了口气,道:"我在京师,也听到一些传闻。履善兄有鸿鹄之志,我亦不敢勉强。但不管怎么说,于公,子明丞相是国家社稷之臣;于私,咱们也算是布衣之交。如今皇上对履善兄十分亲近信任,果然要如传闻说的那些,君臣之间有些嫌隙,不管是为公为私,还望履善兄从中多多周旋劝谏,使小人之谗不得行,如此我大宋中兴,方能长久。"

陈元凤随声应和着,心里想的却已是另一件事。便在此刻,他突然想到,石越的假议和,连李敦敏都看出来了,只怕也很难持续下去了。那么接下来,战火又将重新点燃,大概,皇帝会更希望他到石越身边去,他恐怕也难以推辞。想想又要离开汴京这等锦绣繁华之地,离开天下权力的中心,陈元凤不觉凭空生出几分怅然。他所做的一切,都是为了回到这个地方,进入大宋的权力中枢,这段时间,他几乎有种心愿达成的满足感,然而,这个时间还真是短暂。

与此同时。

投西大街街北,都亭驿,朔风院。

韩拖古烈站起身来,亲自剪掉一根蜡烛的灯芯,只见灯花跳了一下,烛光顿时又明亮了几分。他又轻轻踱到下一根蜡烛前面,熟练地轻剪烛芯。

都亭驿对韩拖古烈来说,熟悉得如同自家的后院,这次宋廷安排他独住的院子——"朔风院",还是当年他在宋朝做使节之时取的名。当年都亭驿意外遭了一场小火灾,宋人重修之后,又换了个士人来主管都亭驿,其时辽宋交好,宋人因都亭驿也经常接待辽国特使,便特意请韩拖古烈给几座翻修的院子取名……这些,如今都已恍若隔世。但宋廷对韩拖古烈的礼遇,他还是能感受得到的。并非每一个出使宋朝的正使,都会被单独安排一座院子居住。而且,为了表示格外优待,尽管都亭驿外面肯定有数不清的职方馆、职方司细作,甚而在都亭驿里面也少不了这些人众,但在朔风院内外,宋廷连一个宋人都没有安插进来,侍候韩拖古烈的,全是他带来的辽人。

韩拖古烈并不天真,他知道虽然表面上宋廷对他并无限制,然而,每日他去了哪些地方、拜会了哪些人物,又有哪些人物来拜会过他,肯定都被宋人监视着。宋朝枢密院对他,甚至他整个使团的行踪,多半都是了如指掌的。能有表面上的尊敬与礼遇,他便已经心满意足。

况且,若非有这表面上的礼遇,他要想见着面前的这个人,恐怕要更加困难。

安静地坐在屋中的这个人,看起来与宋人并无区别,他的穿着打扮也是汴京大户人家的厮仆中最常见的那种——最普通的青衣小厮。就算是南朝职方馆的种建中,大概也料不到,大辽通事局南面房的知事,竟然敢在他无数细作的监视之下,大摇大摆地走进都亭驿中。

表面上,他是来替南朝参知政事、户部尚书苏辙来送札子的。

这个是很大胆,却也是极妙的主意。韩拖古烈知道,苏辙府上一共有数百口人,只要宋朝的这些细作不曾重蹈皇城司覆辙的话,大概没有人敢去监视苏府,因此他们是难辨真假的。也许他们迟早会设法向苏府核实是否差这么个家人来过都亭驿,但就算苏辙或他的管家愿意搭理他们,那多半也是几天以后的事情了。如果南朝那些细作聪明一点儿的话,大概会趁他回去时跟踪他,而不是拿这点儿小事去麻烦苏参政。不过,他们最终肯定也会无功而返,因为大辽通事局的南面房知事,此前的的确确是在苏府做仆役的。

"大林牙,为免惹人生疑,下官不能在此耽搁太久。此番冒险前来,实亦是不得已而为之。自司马梦求入兵部之后,南朝职方司几乎脱胎换骨。平时倒尚可，如今两国交战，平民百姓只有南下者，没有北上者。石越在河北，令勾当公事高世亮与职方司一道，对北上商旅百姓严厉盘查，水陆孔道都看得甚紧。几个月下来，下官属下已折了十来人，如今与国内几乎是音讯断绝，便有要紧之事，也极难传递回去。"南面房知事低声说着，一面指了指放在桌上一份札子，道："这札子中写的，皆是极紧要之事。七月底下官便想设法传回来，然而……迫不得已，才来见大林牙。一则为这札子所言南朝虚实，一则奉杨公之命，特来转告大林牙——朝廷若不能在河北大败王厚，南朝恐终无和意，杨公请大林牙速归，毋要滞留。"

韩拖古烈一面听他说着，一面缓缓剪完所有的烛芯，这才慢慢踱到书案之旁，讥道："杨公自负智术，然南下已久，周旋数月，却只留得这一句话？"

那南面房知事愣了一下，一时不敢接嘴。

他二人口中的"杨公"，便是萧岚的亲信南院察访司判官杨引吉，自从萧佑丹死后，辽主颇有怪罪南院察访司未能事先侦知叛乱之意，萧岚迫不得已，只得将杨引吉罢官。然杨引吉仍是萧岚的谋主，此番辽军南侵，萧岚便又用杨引吉之策，将他荐于辽主面前，使他先行南下入汴，伺机而动，设法与南朝朝廷中的主和派接触，一则分裂南朝朝廷，再则未雨绸缪，为两朝议和做些准备。这其实也是杨引吉为萧岚谋划，想要助萧岚在与耶律信的斗争中抢回先机——如今耶律信影响辽主的，是靠着战争；萧岚既然难以在这方面与他争锋，那杨引吉便想帮他掌握着对议和的影响力。当"战"字在辽主那儿占到上风之时，自然是耶律信得势；然而有朝一日，必是"和"字重新占到上风，那时候，萧岚便有机会压过耶律信一头。

这些内情，许多自非区区一通事局南面房知事所知，然而他也知道杨引吉是个惹不起的人物。而面前的韩拖古烈，更是当年一手拔擢他的上司。不管怎么说，神仙们打架，他是一点儿也不想招惹。

但韩拖古烈说的，终究也只是一句气话而已。

尽管他也殚精竭虑，想要促成宋辽恢复通好，然而，他这次能南下议和，与其说是他的主张得到了认可，倒毋宁说是因为皇帝的心理发生了微妙的转变。先是雄心勃勃的意图冒险，然后便在进展不如预期或者说对手出乎想象之时，又骑虎难下,意图侥幸……韩拖古烈对于宋朝颇为了解,在他的内心深处,他其实是知道议和难成的。然而,韩拖古烈虽然是辽人,却也是个标准的儒生。知其不可而为之,这样的文化性格也已经刻进他骨髓了。所以,他才毅然南下,几乎是自欺欺人地想要抓住每一丝的机会。

这是他对大辽忠诚的方式。

但他自南下以来,十多天的时间,接触的南朝官员几乎有近百名之多,结果却是不甚乐观。宋人未必不能接受和议,然而辽主提出的条件是宋人所无法接受的。而另一方面,即便石越提出的条件在宋人看来已是"不为已甚",可是,果真要让辽国君臣接受,却也难如登天。

而还有一个更大的隐忧一直埋藏在他的心底——韩拖古烈始终都拒绝去认真思考石越与南朝君臣同意议和的动机。辽军自开战以来一直占据优势,宋军即使主力大集,的确也没有必胜的把握,表面上看,此时议和,不失为明智之举。然而,很多人都忽略了大名府防线对于南朝君臣心理上的意义。倘若没有大名府防线的存在,大概南朝最坚定的主战派,心里面也是会害怕战争带来的难以预料的后果的。谁也不能保证战场上的必胜,而万一王厚战败,汴京就是岌岌可危,而大宋就有亡国之危。因此,在没有绝对把握的前提之下,输掉战争的后果又完全无法承受,只要能够议和,南朝就一定会议和。没有大名府防线,南朝与大辽的每一场战争,几乎都是孤注一掷的战争。可有了大名府防线的存在,对于南朝就是完全不同的心理。即便王厚输了,即便实际上大名府防线很可能也会随之崩溃,但在心理上,宋人总会想,他们还有一道固若金汤的防线。大不了,他们再召集天下军队勤王,再募兵,他们最多也就是拿半个河北与大辽拼个你死我活。而对于那些主战派来说,只要自己是躲在坚固的防线之后,人们就有了强硬到底的理由。人情总是如此。也许有少数人是例外,可是绝大多数人,他们的主战还是主和,强硬还是软弱,的的确确是根据自己的安全程度来变化的。

韩拖古烈从来就知道,石越与司马光耗费巨资构筑的大名府防线,于南朝究竟有着什么样的意义。这也符合石越一贯的风格,此人的性格,从来都不是拿着一切身家去关扑的人。他总是慢吞吞地做好一切准备,再开始出手。因此,即便有人说石越修筑大名府防线是为了图谋大辽的山前山后诸州，韩拖古烈也会深信不疑。因为，这就是石越会做的事。别人想要图谋山前山后，或许会整军经武，经营边地，调集重兵前往沿边诸州，可是石越，他首先做的事情，大概就是先做好防范万一大军全军覆没的准备。

兵法说，先为不可胜，待敌之可胜。在韩拖古烈心里，石越是将这一条准则应用到极致的人。而偏偏对于南朝来说，这一条兵法，是真正的金玉良言。若是宋朝永远做好"先为不可胜"的准备，在这个世界上，韩拖古烈的确也找不到能战胜他们的力量。南朝的缺点，是即便他们等到了"待敌之可胜"这样的机会，他们也不一定抓得住。至少他们建国一百年的历史，就已经充分证明了这一点。

直到熙宁年间，他们的变法给了他们抓住这样机会的能力。

石越等到了西夏的机会，也许，他一直在等大辽出现这样的机会……

而眼下，也许不明显，但是，大辽的举国南下，在某种程度上，的的确确是向石越露出了一个破绽。

他为何会轻易放过这个机会？

就算这可能谈不上是一个机会，只是一个小小的破绽，可是，石越也应该知道，大辽也已经今非昔比，他这次放过了，或许以后几十年连个破绽也不会露给他。而他如何也不可能再做几十年的宰相！甚至他能再做超过五年的丞相，都算是个奇迹。南朝皇帝再过五年，就已经二十多岁了，他绝不可能接受一个石越这样的宰相。事实是，古往今来，就没有一个君主，不管他贤明也好，愚蠢也好，会心甘情愿地接受这样的臣子。

许多宋人都对山前山后抱着企图，难道石越就真的没有吗？

倘若他也有的话，那么，他就没理由放弃任何的机会。他的时间并不多了。五年之后，即使他能继续做南朝的宰相，也要花费大量的精力来应付来自南朝内部的挑战。以南朝的政治现状来说，就算他能成功，他也会在无穷无尽的政治斗争中度完自己的后半生。韩拖古烈不相信那时候他还敢离开汴京与南朝皇帝半步！

所有的这些，韩拖古烈心里都很清楚。

只是他从来不让自己去想。他心里面在害怕，一旦他想了这些，大辽与南朝想要恢复通好，就几乎不可能了。他不知道那样一来，兵连祸结会有多久，也不知道大辽的中兴，会不会因此就告终结……对于大辽能彻底击败南朝，他毫无信心，可是他也无法想象大辽失去山前山后的后果！

而杨引吉，用一句冷冰冰的话，将韩拖古烈所不敢想、不愿意想的事情全部勾了出来！

他的目光扫过南面房知事送来的札子，上面密密麻麻写满了南朝各种军资采购的动向，关键物品的价格波动，汴京私下里流传的各种流言……

韩拖古烈心里面比谁都清楚，这些都意味着什么？！

或许和议，终究只是镜花水月一场。

不过，韩拖古烈倒并不急着回去，通事局获得的这些情报，的确十分要紧；杨引吉亦可能确是一语中的，但是，若大辽的君臣庙算之时要完全依赖这些细作间谍，他们也达不成中兴的伟业。尽管韩拖古烈与耶律信是政敌，在政见上水火不容，但他们始终都是忠于大辽的。在韩拖古烈南下之前，耶律信便曾与他在滹沱河畔定下约定，大辽不能将数十万人马曝师于外，无止境地等待和议。耶律信最多等到九月，若到时议和再无进展，耶律信便可以不顾韩拖古烈的安危，做一切他认为该做的事情。

掐指一算时间，韩拖古烈知道他无论如何都赶不回肃宁了。

他很快沉下心来，望了南面房知事一眼，平心静气地说道："杨公呢？他不回大辽吗？"

"此非下官所知。"那南面房知事见韩拖古烈冷静下来，不由松了一口气，低声回道，"汴京人口上百万，兼之商贾流民不计其数，南朝是奈何不了杨公的。大林牙不必担心。"

"那我知道了。"韩拖古烈点点头，"你这便回去吧。自明日起，你也便安心躲藏起来，既然石越与司马梦求要切断你们北上联系的孔道，你也不必再心存侥幸。高世亮张了网在那儿等你们，你没必要去自投罗网。我若能平安回去，朝廷便尽知南朝虚实。你只要安心等待朝廷再行征召之日便可。"

他说完，停了一下，又想起什么，忙又抬了抬手，说道："还有一件事，即便日后传出我被扣留的消息，你亦不必惊慌。无需理会。"

南面房知事一惊，问道："大林牙是说？"

韩拖古烈笑着摇摇头，道："我还要做点儿最后的努力。和议即使今日不成，日后还是要谈的。打点儿伏笔，亦不可避免。你放心，只要南朝有石越在，我便可高枕无忧。"

那南面房知事见韩拖古烈如此说了，心中虽然惊疑，却终不便再说什么。虽然通事局这些年来是萧岚的地盘，但是卫王萧佑丹的影响依然无处不在。年初自辽国传来萧佑丹蒙难的消息后，南面房更是受到极沉重的打击，有三四名很得力的细作心灰意懒，不肯再为大辽效力，他们先后失踪，据说是悄悄逃往南海诸侯国避难去了。这种军心涣散的局面，直到大辽南征的消息传来，才终于得到扭转。然而有一点是始终不变的，那就是萧佑丹、韩拖古烈在通事局中余威犹存。尤其是专门负责刺探宋朝东西两京事务的南面房，因为韩拖古烈曾长期担任驻宋正使，更是对他又敬又惧。

因此，韩拖古烈既然下了命令，那南面房知事便连忙欠身应允，仍然将他当成上司一般对待。

4

韩拖古烈又吩咐了南面房知事一些事情之后，后者便告辞离去。为免启人疑窦，韩拖古烈自是不便相送。南面房知事一走，他便端了几盏蜡烛到书案之上，打开札子，细细阅读。就算是在军心涣散的局面下，通事局南面房还是恪尽职守的，这份札子中，的确收罗了许多的紧要军情，包括宋朝宣抚副使、京东路转运使蔡京已率水陆兵马两万余众，向沧州进发等机密军情。

南面房还打探得清楚，蔡京是奉南朝皇帝密旨行事，而齐州都总管府宋球则仍奉石越之令，并没有北上。因此蔡京率领的两万余众，其中只不足千人的禁军，其余都是所谓"京东兵"。那是战争开始后，蔡京在京东路征募的厢兵，其中还有许多受招安的寇贼。虽然大宋是承平之世，然而京东绿林，在宋朝也算是赫赫有名的,不过,这些绿林豪杰先是被李清臣严厉镇压,后又被蔡京剿抚并用,如今已是十去其九,余下的都是些小寇,已经难成气候。此次蔡京两万余人马,其中一半以上倒是绿林出身。因此这两万余"京东兵"其实是乌合之众,倒是不足为惧。然而南面房获得的消息,是皇帝已令蔡京兼领沧州一切兵马,其目的可能是救援霸州。一旦蔡京的京东兵与沧州的海船水军、禁军、教阅厢军,以及霸州的宋军合兵一处,声势大振,对辽军的东翼就会形成威胁。

除了蔡京的情报,还有许多让韩拖古烈头皮发麻的事:汴京风传石越在大名府操练环营车阵;宋夏达成协议,陕西其余宋军还可能东援;宋朝决定在各地增建数个火炮作坊;段子介可能在组建一支奇怪的军队……诸如此类,不胜枚举。

这也是当年萧佑丹要特别组建南面房的原因——汴京是一个奇妙的地方,任何在别的地方被拼命保守的秘密,在汴京总会被莫名其妙地流传出来。不过,司马梦求的确不可小觑,他深知要除去汴京的细作几乎不可能,便朝准了南面房的最大死穴出招——要从汴京将情报传回大辽,平时并不困难,但在战争之时绝不容易。在宋辽交战之时,北上的人是极少的,他只要沿着大名府防线严守各条南北交通孔道,南面房便形同虚设。就算他们什么都打听得到,若不能及时传到辽军那里,却也毫无意义。

韩拖古烈一个字一个字地读着这份札子,一面在心里掂量这些情报的意义,与自己接下来要做的事情放在一起,权衡着利弊得失。过了许久,他终于将札子小心收进一个匣子内,站起身来,整了整衣冠,走到门口,大声唤道:"来人!"

一个随从连忙跑过来,才朝着韩拖古烈行了一礼,已听他朗声吩咐道:"去请韩侯与萧将军过来。"

那随从慌忙答应了,一路小跑着,往韩敌猎与萧继忠住的院子跑去。

韩拖古烈这次前来汴京,为了表示诚意,特意送还了在深州之战中被俘的几名宋军将领,其中便包括姚兕之子姚古。投桃报李,韩拖古烈一抵达开封,宋朝就释放了萧阿鲁带的义子——漠南群牧使萧继忠。辽国风俗,于这种被俘甚至投降之事,都并不太以为嫌,只要是略有所长,归国之后,照旧信任甚至重用都是有的。这一点上，契丹倒是颇有匈奴遗风。因此，宋朝既释放萧继忠，韩拖古烈便将萧继忠安置在使团之内，与韩敌猎一道，倚为臂助，凡有重要之事，无不与之商议而后行。

此时随从唤来韩敌猎与萧继忠，韩拖古烈让二人坐了，自己坐在上位，手里端着一盏茶，一面轻轻啜饮着，一面在心里斟酌着将要说的话。

"此次咱们多半是要白来一次了。"良久，韩拖古烈终于开口，缓缓说道，"宋人恐非真心议和。"

"这亦是意料之中的事。"韩敌猎与萧继忠的表情都很平静，韩敌猎抿着嘴一言不发，听萧继忠说道，"南朝今非昔比，朝廷轻开边衅，是启无穷之祸。兰陵王若不能在河北击败王厚，大辽之祸患，才刚刚开始。以下官之见，南朝之所以议和，不过是因为两军僵持，对其有利。况且他们到底亦无必胜的把握，便抱着万一之心，来试试议和。若条款有利，谈成了亦可，就算谈不上，于他们亦有利。"

"倘若宋人果真是心怀叵测，咱们亦不会让他们占到多少便宜。"韩拖古烈淡淡说道，"吾请韩侯与萧将军前来，是要商议吾等接下来的应对之策。"

韩敌猎与萧继忠对视一眼，都不约而同地坐直了身子。

"和议之事，是果真彻底无望，还是尚存一线生机，我亦拿捏不准。日前范尧夫亲口对我说道，南朝又做了极大的让步，我大辽在河北所获财物，南朝不再要求归还。如此一来，大辽归还被掳宋人，亦无不可，只需要南朝交一点儿赎金，使我大辽军士没有怨言，和议便能达成。"

"南朝的条款中，还有罢兰陵王一事……"韩敌猎轻声提醒道。但他话音方落，萧继忠已在一旁低声笑了起来。韩拖古烈亦只是意味深长地看了他一眼，却没有回答他。韩敌猎看看萧继忠，又望望韩拖古烈，心中立时大悟——大约只要能在其他条款上谈拢，不损失大辽的实质利益，韩拖古烈等人只怕正是要借宋朝之力，将耶律信赶下北枢密使的宝座。因此这一条在韩拖古烈等人看来，根本便算不得什么阻碍。

想明白此节，韩敌猎顿时略觉尴尬，轻咳了一声，又说道："还有一事，或是末将杞人忧天，只恐宋人虽然今岁同意议和，缓过气来，便要兴兵报复。"

"那是另一节了。"韩拖古烈不曾回答,萧继忠已经笑着回道,"和议也好,战争也罢,说到底,仍是要靠实力说话的。我大辽既然无力灭了南朝,那它迟早有一日,总是要缓过气的。若我们没有实力,亡国亦是活该。否则,又何惧他报复?只不过自取其辱而已。韩侯可能一时没想明白——皇上同意议和,那便是皇上认为我大辽没有把握一口吞掉王厚;南朝同意议和,说白了,亦不过是他们亦无战而胜之的把握。"

"萧将军说得极是。"韩拖古烈接来话,缓缓说道,"天底下所有的和议、盟誓,皆是建立在实力均衡之上的。若我大辽主暗臣佞、政事不修、甲兵不治,一纸誓书,尚不及一张草纸。南朝若如此不智,妄想兴兵报复,那便再打一仗,他们便会心甘情愿地接受和议。"

韩敌猎听着韩拖古烈说出这番话来,气度雍容,掷地有声,不免大出意料。他一向追随其父在军中,虽然天性聪明,可这等政略策谋,却毕竟极为陌生。以往他只道韩拖古烈是个文臣,使宋已久,故此不愿意与宋朝交恶。但他这次随韩拖古烈南下,一路之上,路过许多宋军驻地,见到宋军都是行伍严整、纪律井然,而且人马众多、兵甲精利;至于所过州县,虽逢战争,到处都是逃难的流民,可城市之内仍是秩序井然、市面繁华,由南方运来的各种物资更是堆积如山;而宋朝的官员到处搭棚设帐,救济灾民,与他们打交道的官员,个个都显得十分精明能干……这些最直观的感受,令韩敌猎感触颇深。特别是他与南朝的拱圣军、骁胜军皆交过手,虽皆取胜,但对于宋军的战斗力亦颇为忌惮。平常与同僚议论,总觉得大约这便是宋军最精锐的禁军,余者皆不足道。然而这次南下之时,路过永静、冀州,所见宋军,看起来竟然丝毫不逊色于拱圣、骁胜二军,这给他心理上的冲击实是远过旁人。他早已经开始在心里面怀疑耶律信发动这场战争的正确性,只是对韩拖古烈这些主张与宋朝通好的人,仍然有"未见其是"的感觉。直到此刻,听到韩拖古烈与萧继忠的议论,韩敌猎颇有茅塞顿开之感。他本是十分聪明的人,只是因为年纪尚小,又格于成长环境所限,如韩拖古烈与萧继忠所说的,虽非什么高深的大道理,可他却也的确从未如此考虑过。不过此时他却是一点即透,举一反三,于许多事情,他亦看到更加透彻。又听到韩拖古烈的这一番话语,至此方觉面前的这个男人,实是称得上大辽的奇男子，非寻常文官可比。

韩拖古烈却不知道韩敌猎心里面在想些什么，见他不再说话，以为他是接受了自己的看法，又继续说道："故若从此事看来，和议之望，仍未全然断绝。不过……"他沉吟了一会儿，方才又说道："不过，南朝石越，貌似忠厚，表面上观他行事，总是光明正大，不肯去使阴谋诡计。然我在南朝亦颇有些时日，知道此人有时狡诈似狐。他宣台的谟臣，如折可适、游师雄辈，皆是南朝智谋之士。尤其他幕府之中，还有一个潘照临潘潜光，智术绝人。虽说此人如今已不在石越幕中，然这等事，外人又如何能知真假？因此，这一切若是石越的诡计，亦是说不准的事！"

"那大林牙之意？"萧继忠倾了倾身子，问道。

"此正是我要与二君商议的——若是为我等身家性命考虑，我等便应该辞了南朝朝廷，速速归国。这亦算不得有辱使命，毕竟如今看来，说南朝非真心议和，当有七八成的把握。最起码，南朝国内仍有争议。便是南朝皇帝，从我这些天的所见所闻中，亦可知他是不愿意议和的。有这许多掣肘，纵使石越是真心议和，变数恐怕也不会太少。"

萧继忠与韩敌猎皆听出他言外之意，一同问道："若不为我等身家性命考虑呢？"

"然若是为了大辽计，我等便还当冒一冒险。"韩拖古烈断然说道，"我可设法去试探一下南朝君臣，逼出真相！只是如此一来，万一南朝果真是假议和，吾等很可能会被南朝扣押，沦为阶下之囚。虽然我以为有石越在，我等亦不必过于担心。只是这仍有极大的风险，石越虽然威望颇高，可在南朝，便是皇帝亦不能说一不二。变数仍然是有的。"

他说完，望着二人，却见萧继忠犹疑地望了韩敌猎一眼。他知道萧继忠做阶下囚已经有些日子了，自然不想再在汴京继续被囚禁，只是此事他虽然不乐意，却总是不便反对，因此这件事情，韩敌猎的意见便至关重要。韩拖古烈虽然可以独断专行，可是这等大事，他仍是希望能上下一心，方能免生他变。

韩敌猎沉默了一会儿，才抬头望向韩拖古烈，说道："若我等果然在此沦为阶下囚，南朝只怕亦很难守住这个秘密。此事用不了多少时日，便会传得天下皆知。"

韩拖古烈听他这么说，不由愣了一下，方点头笑道："韩侯说得不错，以南朝的行事，他们再有本事，亦瞒不住这个消息。晚则十日，快则五六日，河间府必能听到流言。"

"那吾辈更有何惧？"韩敌猎沉声说道，"大林牙试一试亦好，果真南朝是假议和，咱们便断了这个想法，好与它战场上分个高低。若万一真有一线希望，南朝是真心想要议和，那就是两朝之幸。"

萧继忠万不料韩敌猎如此说，顿时瞪大了眼睛，却也只好随声附和，道："韩侯说得极是。"

韩拖古烈见二人都表态支持，亦颇觉惊喜，笑道："既如此，便要连累二位。我等便在这汴京多留几日！"

商议妥当之后，接下来两天，韩拖古烈便专心奔走，希望可以见一次宋朝皇帝。他知道韩维、范纯仁都不好对付，要实行他的计策，自然赵煦是最佳的目标。然而，即使他是辽国特使，要求见宋朝皇帝，亦不是一件容易的事。

禁中的赵煦，此时正处在一种既得意、又恼怒的情绪当中。

他采纳陈元凤的献议，给韩忠彦下了一道手诏，责以君臣之义。果然，不出陈元凤所料，次日赵煦便收到韩忠彦谢罪的札子，韩忠彦坦承了设计假议和以行缓兵之计的事实，但他大包大揽，将从头到尾的所有责任全都揽了下来，宣称瞒着赵煦完全是他的主意，石越只是勉强接受。而他之所以如此，则是因为汴京人多嘴杂，难守机密，非敢有意欺君。但他仍自知罪不可赦，甘愿服罪，自请辞职，并请赵煦发落。

这份洋洋万言的札子，让赵煦心里面五味杂陈。

他的确是有几分得意的，得意的是，他那些老谋深算的大臣们，到底欺瞒不住他。他决心通过这件事，敲打敲打他的几位重臣，让他们知道他是位聪明睿智的明君，便如汉昭帝、汉明帝那般，年纪虽轻，却不是底下的人可以欺瞒得住的。

他也有一些轻松，轻松的是，既然确定是假议和，那么他就避免了与石越这些重臣的一场大冲突。他的国家还处在战争当中,他需要臣子们和衷共济,他也需要石越这个宣抚使。

而除了得意与轻松之外,赵煦的心里面还有一些担忧。陈元凤所指出的和议有可能达成的危险,让赵煦一直在心里面感到不安,万一石越弄巧成拙,他又当如何?就算是兵不厌诈,可是大宋是堂堂天朝上国,翻脸也是需要找个好借口的。仓促之间,这个借口上哪儿去找?

但是,无论是得意也罢、轻松也罢、担忧也罢,所有的这些情绪,加在一起,也抵不过他心中的恼怒!

石越、韩忠彦们欺瞒自己,欺他年幼而瞧不起他,这些都可暂时放到一边。让他愤怒的是,在被揭穿之后,韩忠彦竟然还在袒护石越!而这个韩忠彦,不仅被他父皇当年认定为社稷之臣,便在赵煦心里,也是相信他绝对忠于自己的!自英宗皇帝入继,濮王一系承绪大统以来,韩家父子两代三朝都是定策元勋!

帝王之术是什么?大宋朝的家法是什么?他的宰执大臣们水火不容,固然不行,那会令国家无法正常运转,政令难以推行,朝中陷入党争;可是,更加危险的,却是所有的宰执大臣都一条心!这比宰执大臣之间势不两立更加糟糕。因为如此一来,便容易乾坤颠倒、太阿倒持。君权轻而臣权重,危害的是赵家的江山社稷!

与他的祖先们不同,赵煦是不介意朝中有朋党的。从小的耳濡目染,还有桑充国、程颐的苦口婆心,让他从心里面接受了"君子亦有党"这样的思想,朝中大臣分成新党、旧党,甚至石党,都不是大事。

可是,如果朝中皆成一党,或者一派独大,那赵煦就会感觉到背脊上的凉意。

前些日子,他还听苏轼讲论本朝政事,苏轼是评价熙宁年间的变法之事,可他却无意中一口揭穿了大宋朝的一项国本。按苏轼所言,本朝自太宗以后,常行"守内虚外"之策,内重而外轻,故此大宋之患与李唐不同,李唐之患在藩镇权重,而大宋之患则在宰相权重。本来已经是内重外轻,若不分宰相之权,而只顾恢复汉唐之制,那么宰相便会凌驾于皇帝之上了。故此祖宗才要将宰相之权一分为三,夺掉宰相的兵权与财权,分给枢密院与三司使。苏轼本意当然是极赞熙宁之变法,改善了内重外轻的局面,虽然恢复了宰相的财权与部分兵权,却又增强了参知政事的权力,使得左右丞相难以独揽大权……

便如他们的对手所攻击的,苏家兄弟所学,即所谓"蜀学",实际接近于纵横家之学。如程颐便曾经直言不讳地对赵煦说,苏家兄弟,与其说是儒生,不如说是纵横家。甚至连桑充国在赵煦询问之时,都不得不承认,苏轼的文章固然是执大宋之牛耳,可他的学术却难称"圣人之学"。赵煦知道,桑充国虽然祖籍开封,可是桑家曾经避居蜀地,也算是蜀人。熙宁、绍圣朝的蜀人,凡是识文断字的,十之八九都视苏家兄弟为天人一般。他两兄弟一为参政,一为内相,可以说"天下荣之",至于本乡之人,更不用提。

书生学者们很在意苏家兄弟之学不是"圣学",可赵煦于这方面,倒不甚在乎。儒家也罢,纵横家也罢,有时候只怕纵横家的话,还要更加一针见血些。对赵煦来说,苏轼对本朝政治的这番分析,实是颇有独到之处,令他印象深刻。

如今他已经将天下大半的兵权交付石越之手,而倘若韩维、范纯仁、韩忠彦都与石越沆瀣一气,那他这个皇帝,又该往哪儿摆?

这件事情,倘若韩忠彦将一切赖到石越身上,把自己撇个干干净净,赵煦还不会担心,可是,韩忠彦的举动,与他所期望的,却完全是背道而驰!

这时候的赵煦,已经完全不在乎石越、韩忠彦的假议和究竟是为了何事。

被心中恼怒的情绪驱使着,占据着他脑海的,是另一个计划。

他本可以将韩忠彦谢罪的札子扔到御前会议,然后他就可以知道,哪些人知情,哪些人被瞒在鼓里——被隐瞒的人,心里面一定会有一种被侮辱、轻视的感情,这是容易分辨出来的。若是被瞒了依然为石越与韩忠彦说话,那肯定便是二人的党羽无疑。但赵煦心里面也很清楚,他如果这么做,便是将事情闹大了。到时候肯定会引起一场很大的风波,而他也将骑虎难下,至少要将韩忠彦罢相贬官,才能收场。

可在这个时候,如此处置绝非明智之举。赵煦对韩忠彦仍然抱有期待,他还是希望能保全韩忠彦,以观后效。

因此,他很谨慎地只将韩忠彦的札子送到了左相韩维与枢使范纯仁处。

不出赵煦的意料,韩维与范纯仁很快递上了札子,请罪、辩解、表明自己将待罪在家,辞相听劾。然后,赵煦遣中使召二人到禁中面对,表示慰留之意,并将所有的罪责全部顺水推舟地推到韩忠彦头上，然后又宽宏大量地宣布他也不会过于责怪韩忠彦，并表示这件事情到此为止。

在这种局面之下，韩维与范纯仁亦只有叩头谢恩，感激于皇帝的英明与宽厚。这还是赵煦即位以来，头一次对他的宰执大臣们占据如此明显的优势。

然后，他顺水推舟地提出了两个任命——拜参知政事工部尚书吕大防为参知政事吏部尚书，拜前兵部尚书章惇为参知政事工部尚书。

从赵煦尚未亲政时开始，六部尚书之中，一头一尾的吏、礼两部便长期空缺，皆以侍郎掌部务。当日高太后尚在时，石越曾经上表，推荐吕大防为吏部尚书，但未被采纳。此事赵煦当时也是知道的，并且他心里面亦很清楚，吕大防是个不折不扣的旧党，石越并非是喜欢他而荐他掌吏部，只不过是希望借此拉拢、安抚旧党。而高太后也并非不喜欢吕大防而未采纳，只是因为宋辽战事方起，她需要借助吕大防在工部，与苏辙一道掌管财权，相比而言，升吏部尚书并非急务，倒可以等到战争结束之后，作为赏功，将吕大防拔擢到吏部尚书的位置，更能增其威信。

然而高太后未能等到这一日，便已逝世。

而赵煦却势难再耐心等下去，事实上，他本人更是一点儿也不喜欢吕大防。然而此时，他却不得不借助吕大防——原本，吏部他是希望能交给韩忠彦的。可现在情势却改变了，拔擢一个他不喜欢的人掌管吏部，是他迫不得已之下的一箭双雕之计。为了召回他颇有好感的章惇，他需要拔擢吕大防来拉拢、安抚旧党势力，至少使他的宰执大臣们无法反对；此外，尽管他不喜欢旧党，可是，在新党一时难以恢复旧时气象之前，他也需要增强旧党的声势与力量，借此制衡石越。

不出赵煦所料，在他一面占据着心理优势，一面还拔擢吕大防作为一种妥协的局面之下，韩维与范纯仁虽有几分勉强，但还是接受了章惇起复的变化。为了安抚二人，亦为了翰林学士草诏与给事中书读时减小阻力，赵煦又主动表示，章惇暂不回京，以参知政事工部尚书的身份，再兼宣抚副使，仍在河间，协助石越主持河间、雄、霸一带军务；同时，他又顺势提出，使田烈武兼知河间府事。

韩维与范纯仁心里面正担心章惇此人野心勃勃，回京后平生事端，又觉得他在河间足以信赖,因此虽然明知道皇帝这一手有分石越之权的意思,但他们都知道章惇也曾经依附过石越,对石越多少有些敬畏之意,便也不反对。总之与其将这个大麻烦带到汴京来,倒不如送给石越自己去领受好了。至于田烈武以武人做亲民官,虽然近数十年比较罕见,但如今是战时,从权亦无不可。

赵煦亲政之后,凡是有何主张,十条里面倒有七八条要被大臣们驳回,往往心里憋了一肚子气,还要忍着听他们婆婆妈妈的劝谏。他皇帝做了七年,何曾有一日像今日这么快活过?几件如此重大的人事任命,竟然如此顺利地得到韩维与范纯仁的支持。

他心里面免不了要自觉自己手腕纯熟,处事十分得体,颇有些自鸣得意。不过他也知道韩维与范纯仁也不是好惹的,他这是打了二人一个措手不及,但若是自以为是拿住他们什么把柄,这两人恐怕都是吃软不吃硬,弄不好就让自己碰一鼻子灰,讨个老大没趣。因此既得战果,赢了第一局,他也就见好便收。

甚至在韩维与范纯仁回府之后,他又遣中使去二人府邸,表彰二人功绩,赏给韩维一件隋代的绿瓷琉璃、一根鹤骨杖;赏给范纯仁一条玉带、一方金雀石砚。做完这件事后,赵煦又亲自给韩忠彦、石越各写了一道手诏,恩威并施,安抚二人,既严厉责怪他们举止失当,又表示谅解他们的苦心。

做完这一切后,他心里更加得意,自觉自己一手棒打,一手安抚,直将朝中这些元老勋臣玩弄于股掌之上。

然而,赵煦却不知道,他突然召见他的首相与枢使,然后又是中使赏赐,又是夜御内东门小殿召翰林学士赐对、锁院——当天晚上,汴京便已骚然。人人都知道,这是将有大除拜的铁证。至次日,白麻[1]出学士院,经皇帝审阅,然后东上阁门使[2]持至尚书省政事堂,由中书舍人宣读,宰执副署之后,再送

----

[1] 白麻为宋代诏令的一种,所书之字极大,每行只写四字,规格极高。承唐制而来,专用于任免三公、宰相、大将、立皇后、立太子以及征伐之事。历史上,宋制白麻本不经中书或三省行出,只送至中书宣读,宰执副署之后便生效。小说中,熙宁改制之后,白麻亦要经给事中书读,故程序与历史上略有不同。

[2] 实当为"东上阁门使",熙宁改官制后,改隶门下后省。改制前,品位视同少监。改制后,为正六品上武衔,即昭武校尉。东西上阁门使各有三人,二司皆负责与朝廷重大典礼有关之事务,东上阁门司掌与吉礼有关之事,西上阁门司则掌与凶礼有关之事。

至门下后省书读……很快,整个汴京,人人都知道吕大防做了天官[1],而章惇又东山再起,拜了冬卿兼宣抚副使。

至于田烈武兼知河间府事,自然没资格这么郑重其事,也几乎没有激起任何波澜——宋朝本就有许多武官刺史以上做知某府事的"故事",其时武官刺史不过从五品而已,熙宁改制后,知某府事是正五品下,从五品武官自然做不得了,可是田烈武乃正五品上的定远将军,资序上面完全没有任何问题。而且田烈武在汴京名声甚好,此时又是战时,他的这道任命,甚至在给事中那儿都没遇到任何阻力。

所有人瞩目的焦点,都是吕大防与章惇的任命,特别是章惇的起复,让所有人都浮想联翩。

很快,再一次,汴京的街头巷尾,各种各样的流言又开始疯长。其中赫然包括宋廷是假议和的传言!

一天后,禁中政事堂。

韩维坐在一张圈背交椅上,细细读着书案上的公文,还忙里偷闲地瞥了一眼正在伏案疾书的范纯仁,只见他右手持笔蘸墨,左手飞快翻阅书案上的公文,然后熟练地在公文后面写批注、画押。韩维比范纯仁要大上整整十岁,此时不得不羡慕范纯仁那旺盛的精力。当他还在六十多岁时,他也能如范纯仁一般思维敏捷,绝不为案牍所累,即使再多的公文,他也能迅速处理完,而且件件妥当。可如今,他读一份公文要花费以前数倍的时间,而哪怕只是简单的画押,很快也会觉得手腕酸痛。更让他害怕的是,他现在偶尔已经出现忘事的症状。

已经七十五六岁的韩维,久历宦情,早已历练成精。他已然位极人臣,终于在致仕之前达到了人生的顶点。尽管他对左丞相的位置不无留恋,可是他毕竟也不是那种贪权恋栈之人,也早已经想好,只需战事一了,他就要辞相致仕,回到雍丘去,或者干脆搬去西京洛阳,安享晚年。此前,他就托人去洛阳觅了一座园子,打算致仕之后在园中种满他最爱的牡丹,再买几十个歌姬,过几年

---

[1] 天官,《周礼》官名,吏部尚书的古称。后文的"冬卿"是拟古官称,因《周礼》中的冬官即相当于后世的工部尚书。

神仙也不换的生活。

因为一直抱着这样的想法，自韩维做上左丞相起，他便常有一种局外人的心态。尤其是高太后死后，看到咄咄逼人、一心想要有所作为的小皇帝，韩维虽然仍坚持自己做一个首相的尊严与本分，可心里面的退隐之心更是愈发坚定。他也知道，自己在某种意义上只不过是右丞相石越的一个挡箭牌。尽管他心甘情愿替石越做这个挡箭牌，尽管他与石越有几十年的良好私交，但是，作为一个大宋朝的士大夫，他永远都不会放弃自己的自尊与独立。他不能给后世留一个左丞相成为右丞相附庸的恶例，他的自尊也无法允许他如此。因此，他既要坚持自己的见解与主张，有时却又不得不为顾全大局而屈从石越的意志……这样的现实，更加令他时常感到矛盾与疲惫。

不如归去。

这样的念头，便在此时，再一次从韩维的心底里浮了上来。

"韩公、范公。"突然，一个令史出现在门帘外，欠身禀道，"辽国致哀使韩拖古烈来了。"

韩维"唔"了一声，见范纯仁从一叠公文中抬起头来，二人会意地对视一眼，便听范纯仁吩咐道："请他到西厢房相见吧。"

5

宋朝的尚书省，实际沿袭的是原来的中书门下省，又被称为东府或者东省。但其职权与中书门下仍有相当的不同。为了方便宰执们办公，其在绍圣年间又经过一次较大规模的修葺与调整。因为改制后的诸部寺监虽然名义上都隶属尚书省，但实际上并不在禁中，而是在皇宫以外各立衙门，故此修葺之后的尚书省，亦常被宋人称为"政事堂"。但真正的"政事堂"，其实只是尚书省内的一座小院子而已。

这座小院子坐落于禁中右掖门至文德门之间的横街北面，它东边的建筑直到文德门钟楼为止，西边的建筑直到枢密院为止，也都属于尚书省，是尚书省诸房与左右丞、左右司郎中、员外郎们办公的地方，其中只有一座小院子是中书舍人院，算是归属于中书省的。政事堂的所在，便在尚书省建筑群的正中央。院子的正北便是狭义上的"政事堂"，一间朴实无华的单层木结构建筑，那是宰执们召开会议时才使用的地方，平时大门紧锁，除了每日洒扫的内侍，无人进去；东西两边是两列厢房，也都不施纹饰，所有门窗柱壁皆漆着深红色的漆，让人感觉单调到乏味，全无半点儿美感可言。但这里，正是主宰这个庞大的国家日常运转的地方。东厢房是当值的宰执日常办公的地方，此时则由韩维与范纯仁在此共同办公；西厢房是宰执们接见各级官员、外国使臣，以及谒见官员们休息等候的地方。这东、西厢房也同样是单层木结构建筑。整个政事堂内唯一的高大建筑，是东厢房南边水池旁的那座三层高的藏书楼——这是一座如假包换的图书馆。尚书省已经有专门的机构分门别类整理、保存各种档案文书、图章典籍，所以，这座藏书楼里面收藏的都是大宋朝坊间能见到的各种经书、史书、文集，以及各家刊印的报纸……乃专供宰执们空闲时读书浏览之用。即便完全不知道的人，只要走进政事堂，都可以猜到这里完全是按着司马光的审美来设计的。只有在被这些简朴得毫无美感可言的建筑环绕的中间空地上，那些树木花草水池假山的布局，才稍稍体现了一点儿宋朝精致巧妙的园林艺术。

韩拖古烈每次走进这座院子都要情不自禁皱一下眉头，他完全无法接受司马光的风格。可是，对于宋朝的那些园林匠人，他打心眼里发出赞叹，如此逼仄的空间，如此令人望而生厌的建筑，经过这些匠人的点缀，竟然就能生出来一种幽雅怡人的气息！

在这方面，大辽的工匠们实在相差太远。韩拖古烈在心里面早已经想好，将来有一天，当自己致仕以后，他一定要亲手设计一座真正的园林，就建在大辽的某个地方，让南朝所有的园林都黯然失色。

即使这次他身负使命，甚而可以说有些忧心忡忡，但是，当他坐在西厢房内，抬眼望着窗外的景致时，这样的念头便抑制不住地再次从心底浮了上来。

"韩林牙。"一位尚书省的令史走到门外，打断了韩拖古烈的思绪，欠身说道，"韩丞相与范枢使已经到了，请韩林牙移驾相见。"

韩拖古烈连忙起身，整了整衣冠，拱手说了声"劳驾"，出了房间，随着那令史朝北边的一间厢房走去。其实不用人来带路，他也知道韩维与范纯仁会在哪间房间等他。进了房间，与韩维、范纯仁见过礼，看了座，韩拖古烈不待二人发问，抬抬手便先说道："韩公、范公，拖古烈此来，是向二公辞行的！"

说到这里，他有意停顿了一眼，观察二人的表情，却见韩维正端着一盏茶送到嘴边，听到他的话，眼皮都没有动一下地继续喝着他的茶；范纯仁却关切地向前倾了倾身子，"哦"了一声，温声问道："不知林牙决定何日启程？"

"在下想越快越好，便择于明日。"

"林牙有使命在身，吾等亦不便多留。"韩维轻轻地啜了一口茶，将茶盏放到旁边的桌子上，接过话来，慢条斯理地说道，"既是如此，吾等当禀明皇上，修国书一封，略致薄礼，聊谢北朝皇帝之情。"

"如此多谢二位相公。"韩拖古烈连忙抱拳谢过，又叹道，"只可惜未得再拜会大宋皇帝一次……"

"皇上此前便已经吩咐过，道林牙大概这数日间便要归国，辞行前不必再面辞，只盼林牙回国之后，仍能以两国通好为念，多多劝谏北朝皇帝，早日退兵，罢干戈，修和议，如此方是两国之福。所谓'机不可失'，若是此番议和不成，下次再议和之时，恐将不再是今日乾坤！"

韩拖古烈听着韩维慢吞吞地说着这番语近威胁的话——这样的话，南朝如今大概也只有韩维适合说，他德高望重，年纪又足够老，是可以倚老卖老的，而韩拖古烈也可以假装不将他的话视为一种威胁。

但是，韩拖古烈也知道，他想见宋朝皇帝最后一面的希望已经破灭。而这个事实也让他几乎肯定，南朝的议和并无诚意。否则，若是南朝急于求和的话，赵煦就算再不愿意，也不会不见他。这个时候，韩拖古烈的心仿若掉进了冰窟一般。

他失神地怔了一会儿，半是故意，半是自暴自弃，喃喃说道："如此说来，坊间所传之事，竟是真的了！"

"坊间所传之事？"韩维与范纯仁都愣了一下。但见范纯仁问道："不知林牙说的是何事？"

"事已至此，二公又何必再欺瞒？！"韩拖古烈突然拉高了声音，几乎是质问地说道,"汴京便是三岁小儿,如今都在传南朝并无议和之诚意,乃假议和!二公难道真不知情吗?"

但也在韩拖古烈的意料当中,韩维与范纯仁听到他的质问,连眼睛都不曾眨得一下,二人只是对视一眼,哑然失笑。

"林牙说笑了。"范纯仁轻轻摇了摇头,道,"这等市井谣言,本就不足为信。我大宋是诚心诚意希望两朝能恢复通好之谊,平息刀兵之祸。范某只盼林牙这番话,不是因为北朝没有议和的诚意,便来反打一耙。"

尽管这些反应全在韩拖古烈的预料之内,可是不知为何,韩拖古烈依然感觉到嘴角凄苦,他望望韩维,望望范纯仁,良久,才叹了口气,道:"韩公、范公!果然再无转寰之机了吗?"

"林牙言重了。"韩维回视着韩拖古烈,缓缓说道,"虽然林牙不肯见信,不过——倘若北朝真有诚意,肯接受我大宋的条款,老朽亦敢向林牙保证,我大宋绝不会做背信弃义之事!"

范纯仁也点点头,说道:"然某亦不瞒林牙,如今的条款已是最后的条件。我大宋亦已无法再退步!"

"二公,若贵国果有诚意,现今条款只需改一个字——由南朝赎回被掳河北百姓——拖古烈敢保证,赎金不超过二十万贯!此于南朝,不过九牛一毛。于我大辽,亦可安抚将士之心……"

"林牙,大辽要以此二十万贯赎金抚将士之心,未知我大宋要以何物来抚将士之心?"范纯仁打断韩拖古烈,反问道。

"兵凶战危,两军交战胜负难料。韩公、范公,莫要忘记,如今战场之上还是我大辽据着胜券。况且,若和议不成,我大辽铁骑今岁虽然退回国内,日后却不免边祸未已!二公又何惜这区区二十万贯?邀虚名而招实祸,窃以为恐非智者所为。当年大宋真宗皇帝之时,两朝本已早立盟约,此后百年之间,两国皆再无刀兵之祸,百姓得以安居乐业。平心而论,这是于两国社稷、百姓皆有百利而无一害之事。辽宋两国和则两利,斗则两伤。此理不言自明,二公不会不知。拖古烈亦曾久在南朝,虽知南朝有轻狂之士,颇以岁币为嫌,然于士林之间,亦曾闻得些真知灼见——我大辽自与南朝开放互市,敝国之中无论贵贱,皆爱南朝器物精美,南朝每岁河北沿边关税之收入,便何止十万贯?而敝国为了满足与南朝之互市,牛马羊群尽入河北仍不能止,不得不使百姓采参药于深山,摘东珠于渤海——纵是如此,犹不能偿。我大辽于两国互市之上,岁岁亏空。而自熙宁以来,又有取消岁币之盟,如此则大辽日穷而大宋日富。此虽中智以下,亦知其中必有不堪者。是故司马陈王执政之时,又立新约,以全大宋之仁,大辽之义。故斯时两国太平无事,全因司马陈王深谋远虑、宅心仁厚,其德泽亦被于大辽。此番两国交恶,亦是由贵国君臣惑于一二轻狂之士,而招致边衅,未可一味归罪于我大辽背盟。然如今事已如此,过往之事深究无益,拖古烈所不解者,是二公又何惜这区区二十万缗铜钱,而不顾千万将士之性命?在下听闻,当年贵国王韶开熙河,半年有奇,所耗缗钱便超过七百万贯!王韶之开熙河,又如何能与今日之河北相比?今日二公惜此区区二十万贯,恐他日付出二千万贯,亦难止战祸!非是拖古烈出言不逊,然则若今日盟约不成,河北之胜负休去说它,只恐此后数十年间,贵国西北边郡,难有一日之宁!"

韩拖古烈舌辩滔滔,一口气说完这一大段话,方才停顿了一下,朝着韩维与范纯仁抱拳一礼,又诚恳地说道:"拖古烈此言,还望二公三思!"

然而,虽然他的话听起来入情入理,却也打动不了韩维与范纯仁。

二十万贯的确不是个值得一提的大数目,尽管自绍圣以来,宋朝军费开支日渐减少,但这也只是相对过往每年军费折算下来远远超过五千万贯缗钱这个天文数字而言的。从宋仁宗至熙宁年间,宋朝每养一个禁兵,平均每年开支少则五十贯,多则一百贯——而无论怎么样进行改革,这笔平均开销是很难摊薄的。绍圣年间,军费开支最低的一年,曾经只有三千四百余万贯,折合下来平均每个禁军的开支只有六十贯左右;大多数时候,每年日常军费开支总不会少于四千万贯——而这已经令宋朝君臣欢欣鼓舞了。毕竟绍圣年间的缗钱,早已经没有仁宗朝那么值钱了,想要回到每五十贯养一禁军的时代,大概永远都不可能了。而宋朝的中央税赋收入,折算下来,已达到每岁七八千万缗之巨,日常军费开支,由当年占到每年中央税赋收入的五分之四以上,成功地降为如今的二分之一强,这也是宋朝能够迅速走出交钞危机的重要原因。这对于宋朝来说,算是一个标志性的事件,新党们认为这是王安石新法的成功,石党认为这是石越变法的成功，而旧党则相信这是司马光战略收缩策略的成功。

但不管是谁的成功都好，最直接的结果就是，如今宋朝国库不缺钱，打得起仗。

战时的军费开支远高于平常是不用多说的，特别是熙宁西讨之后，赵顼颁布了《熙宁赏功格》，重新详细规定了禁军杀敌、俘获、重伤、轻伤、战死等等各种情况下的奖赏抚恤。尤其是加大了对获胜部队、参加艰苦战斗部队的集体赏赐，加重对斩杀、斗杀敌人的赏额，对战斗中受重伤、轻伤者也给予重赏——凡在战斗中受轻伤者，即赐绢十匹；重伤者除赐绢十匹外，还可优转一资；连续在几次战斗中受重伤的，赏赐更是惊人。这改变了宋军过往完全以首级、胜负定功过赏额的做法，的确提高了宋军的斗志，可是随之而来的负面影响便是战时军费开支的激增。

韩拖古烈说得一点儿也没有错，当年王韶开熙河，半年多点儿花掉近千万贯，连王安石都不敢再公开他的军费开支。可是今时不同往日，自四月开战至今，不过短短四个月，包括救济逃难百姓在内，宋朝的各项开支早已经迅速超过了两千万贯！

然而，即便在范纯仁心里，这个仗仍然打得起。只要军事上不造成无法挽回的巨大失利就好。

"林牙所言差矣。"范纯仁望着韩拖古烈，不管遇到什么事，他说话的声音总是不疾不徐、从容淡定，哪怕他是在辩驳、批评别人，语气也总是十分温和，"天下之事，抬不过一个'理'字，若是无理索求，休说二十万贯，便是二十文亦不能给。林牙将北朝启衅归咎于两国互市，然则当日萧卫王出使后，北朝已经提高许多货物之关税。便以丝绸来说，丝绸入辽境，原本是十五抽一，其后贵国改为十分抽一，不久又改为十分抽二，而商旅遂绝。连大食胡商，亦宁可过西夏贸易，也不愿前来中京。此后贵国改回十分抽一，商旅复通。北朝三易其法，我大宋未置一辞。为何？因为我大宋并不贪图与北朝通商之利。两国互市，是为互通有无，而我大宋无大辽有者少，大辽无而大宋有者多，此非是我大宋贪图互市之利可知。北朝要果真以为互市上吃了亏，是何物上吃亏，便禁绝何物入境可矣，又何必背盟犯境，伤我百姓？恕我直言，与北朝互市之利，于我大宋不过九牛一毛，不值一提。便是自此禁绝互市，又有何妨？只恐贵国不肯！"

"尧夫相公说得不错。"韩维也点头说道，"他事可以不计较，然道理不能不明。若北朝果真继续穷兵黩武，恐更非智者所为。还望林牙归国之后，能向大辽皇帝晓明利害。我大宋确是诚心议和，然而并非乞和。诚然，我大宋禁军未必便能稳操胜券，然大辽的宫分军亦不能说有必胜之把握。如今之事，是辽国先背信弃义，犯我疆界，似不宜再贪得无厌，见利忘害。否则，若北朝定要选择干戈相见，大宋亦不敢不奉陪！休说是两千万贯，便是两万万贯，又何足惜？！"

韩维和范纯仁将话说到这个地步，韩拖古烈知道再说什么也已没有意义。他微微叹了口气，缓缓起身，欠身长揖，说道："既是如此，拖古烈亦已无话可说，就此告辞别过。不过，拖古烈与二公，当仍有相见之期。但愿下次相会之时，二公莫要再如此固执。"

韩维与范纯仁也连忙起身，回了一礼，笑道："彼此彼此，愿林牙毋忘今日之言。"

韩拖古烈抱着最后一线希望，在汴京又多留了这数日，结果却让他大为失望。到政事堂拜会韩维、范纯仁之前，他还想着虽未必能如他所愿见着小皇帝，但韩维、范纯仁都是重百姓之福祉而轻边功之人，一切所谓"宏图霸业"，倘若要累得百姓流离失所，或者赋税加重、生活困苦，那在二人尤其是范纯仁心中，实是轻若鸿毛。而只要二人略有动摇，他便再去设法拜会吕大防，这位新任的吏部尚书，如今几乎已经完全是司马光晚年政治理念的继承者，韩拖古烈曾将他的政见归结为六个字——"省事、汰兵、薄赋"。一切大的变动，能没有就最好没有，更不用说打仗，别人打上门不得不应战也就罢了，但是只要能有机会恢复和平，那就没有理由再继续打下去。倘若能用二十万贯恢复和平，特别是能换回被掳的百姓，韩拖古烈相信吕大防没有理由拒绝。省下来的军费开支，足以帮助那些遭受战祸的河北百姓重建家园，并且将沿边州郡都修得固若金汤，再造一条大名府防线。战争的目的是什么呢？还不是为了让百姓能重返家园、安居乐业,从此再不受侵略?倘若这一切不需继续打仗也能达成,那为什么还要打仗?

从这个意义上来说,南朝的旧党是最不在乎"天朝上国"脸面的一群人。不去管他们实际上是怎样的一群士大夫,至少在政治理念上,他们的确是将思孟学派的"民本"之说在这一个方面发展到极致的人。这也是为什么在南朝,倘若是一个"货真价实"的旧党去做地方官,当地的赋税收入可能不会急速增加,也可能不会马上就看到商旅往来、工商兴盛的繁华景象,可是,他们会远比新党与石党的官员更受当地士人、百姓的欢迎与爱戴。

韩拖古烈一直认为这才是旧党最大的政治根基所在。从整体实力来说,旧党的影响力要远大于新党与石党,因为他们植根于南朝的每一个乡村,受到最广泛的士人与农民的爱戴与支持。对那些常年在乡村之中且耕且读的中下层士人来说,接受旧党的理念显然更加容易。而新党与石党,倘若离开城市,他们就难再找到多少能接受他们理念的士子。即便他们也读王安石、石越、吕惠卿的书,可是他们所处的环境,很容易就能决定他们内心的倾向性。

从这个层面来说,旧党的根基甚至是超越简单的南北地域之分的。大约只是在陕西、益州、两浙路的乡村,倾向石党的士人会略多一些;在江南东、西与福建路的乡村,倾向新党的士人会多一些,除此以外,便都是旧党的天下!

因此之故,抑或是因为旁观者清,韩拖古烈看到了一个宋朝许多人都没有意识到的政治现实——在宋朝,倘若没有旧党的支持与合作,任何变法、任何政策,都不会有好结果。韩拖古烈相信石越是明白这一点的。在韩拖古烈的观察中,石越一直都在礼让旧党,或许旧党会在中枢失利——以旧党内部的派系矛盾重重来说,这是极有可能的——可是在这个庞大帝国的最底层最根本的地方,却依旧是由旧党的支持者与同情者把持的。倘若中枢的胜利者够聪明的话,那么,不管他取得了多大的胜利,他仍然需要竭力避免不要将旧党变成自己的敌人。

而旧党如今的领袖,不出于范纯仁、吕大防、刘挚、程颐四人。和战大事上,程颐直接影响力有限,刘挚很难接近与游说,韩拖古烈能寄予希望的,就只有范纯仁与吕大防。倘若这两人倾向议和,那么刘挚也很可能同意,如此一来,不管石越心里面究竟打的什么主意，他多半也要妥协。小皇帝更加只能屈服。

然而，范纯仁的态度却出乎韩拖古烈意料的强硬。

这也可以理解。韩拖古烈再如何了解宋朝，他到底不可能知道宋朝确切的军费开支与国库积蓄。旧党并非不想让大宋朝如汉唐一样，有着辽阔的版图与强大的军力，事实上，熙宁、绍圣年间的旧党，年纪大一点儿的，正是当年支撑着仁宗朝与西夏战争的那些官员。这些人只不过是比一般新进的官员更加了解战争的困难，而在某些选择之上更加现实而已。

但倘若现实并不需要他们做抉择的话，那么战争也同样可以成为他们的选项。

更何况，范纯仁本身就是旧党诸领袖中，立场最温和者。这个"温和"，当然不是对辽国，而是对新党与石党。他与石越原本就有极好的私交，对石越也十分信任，在这个时候，只要石越不同意议和，范纯仁断不至于做出釜底抽薪的事来。

韩拖古烈失望而归，回到都亭驿，又有下人来报，称吕大防也婉拒了他求见的请求。

这时候他终于不再怀抱幻想，着人将早已写好的辞行表送至礼部，讨了国书，即吩咐韩敌猎与萧继忠并一众随行，收拾行装。宋廷果然也并不慰留，当日皇帝赵煦便颁了敕令，赏赐韩拖古烈一行，又有两府各部寺官员来辞别，并安排了护送的文武官员与军队。

韩拖古烈暗中计算时日，知道耶律信早晚间就要停止和议，重启战端。眼下宋廷虽然待之以礼，但一旦战事重开，那就祸福难料，一行人保不定便会被宋人扣留，当下也不敢再多停，次日便在数百名天武军的护送下离了汴京。

韩拖古烈虽然一心想要兼程北归，奈何出了汴京还是宋人的地盘。护送他们一行的宋将是天武二军的一个指挥使，唤作郑夷中，官阶不高，不过是个正八品的宣节校尉[1]，可是为人却不太好相处。绍圣中宋军马匹渐多，天武二军虽是步军，却也配有不少战马，这郑夷中部下五百余众，便个个有马，但他却

---

[1] 小说中宋军编制，指挥使一般为御武校尉。然天武军为禁军"上军"，故其军中武官的阶级视其余诸军要高。

仍按着步军的速度，每日算着时间，最多走六十里。超过六十里，无论韩拖古烈如何好说歹说，他都一步也不肯多走。有时候更是托言种种变故，一天下来，连二十里都走不到。韩拖古烈心里着急，想要悄悄贿赂郑夷中，但他不知道，这郑夷中早就受了陈元凤的嘱托，哪敢违命？离京之前，陈元凤便警告过他，限期到达大名府，只许晚，不许早，早一个时辰到，便要郑夷中项上人头。金银再好，终不如自己的脑袋好。

郑夷中那里既说不通，韩拖古烈也无可奈何，只得外示从容，随着宋军缓缓而行。如此非止一日，转眼之间便到了九月，而韩拖古烈竟然还没到大名府。一路之上，各种坏消息不断传来，先是传闻辽主知道宋廷终无和意，大怒之下，已经终止和议，深冀一带已经重燃战火。据说韩宝率军屡次进犯冀州与永静军，向宋军挑战，但王厚始终坚守不出，绝不应战。

此后不久，又传来消息，称宋帝下诏征发京师禁军，除调集了包括宣武二军、骁骑军在内的步骑两万五千余人的禁军，又在京师、河北诸镇及逃难百姓之中，征募精擅武艺的勇壮男子两万余人组成一军，并尽数征调朱仙镇讲武学堂之学员充入军中担任武官，赐名"横塞军"[1]，拜天武一军副都指挥使王襄为主将——如此一共征发了步骑近五万人马，组成"南面行营"，又拜熙宁朝宿将、王襄之父王光祖为南面行营都总管，以李舜举为宣抚使司提举一行事务，随军北上，大举增援石越！

这个消息传到韩拖古烈耳中，让他又是惊讶，又是担心。这王光祖是仁宗朝名将"王铁鞭"王珪之子，将门出身，能征善战，颇有勇略，熙宁初年也曾在河北做过边臣。其时为了一点儿小纠纷，萧禧率数万大军压境，而王光祖看穿了萧禧只是虚张声势，竟遣他当年不过二十来岁的儿子王襄单骑赴会，说退萧禧。此事令萧禧印象十分深刻，曾多次与韩拖古烈言及。但王光祖与王襄都有些时运不济，王光祖做过多任边臣，虽然治军有方，却也没能立下多少了不起的战功，每逢大战，他总是阴差阳错的错过，如熙宁西讨之时，他在广西路；西南夷之乱时，他又调任河东路……最后还因为在黔州路当知州时，对治下夷人过于残暴，受到弹劾罢官。绍圣之后，他便调任三衙，并在朱仙镇兼个教官，

[1] 宋制禁军中本有"横塞军"番号，熙宁整编禁军时裁撤，至此恢复。

清闲度日，据说如今已是六十好几。而王襄自当年与萧禧一会儿之后，二十多年间，皆默默无名，只是在禁中安分守己地做侍卫，偶尔出外，担任过几次"走马承受"的差遣——说白了，就是皇帝派出去的耳目之臣，中规中矩，积功积劳，用了二十多年时间，才做到天武一军的副将。其人究竟有多少统兵之能，便是韩拖古烈这个"大宋通"，亦不得而知，只怕这其中，主要还是因为他是两朝皇帝的亲信武臣。倒是王襄的幼弟王禀，韩拖古烈数年前还见过一面，弓马出众，颇有当年萧忽古之风，只是当时年纪甚小，掐指算来，如今最多不过二十来岁，官爵未显，世人也未知其名，却不知此番是否也随父兄出征。

故此这赵煦以王光祖为帅、王襄为将，韩拖古烈实是有些讶异的。如今南朝有名的将领不少，王光祖父子虽说二十年前还算颇具声名，可若非韩拖古烈曾格外留意，他们大概也已经要算是籍籍无名之辈了。但他也并不会因此而感到放心，在他看来，越是这样的籍籍无名之辈，石越与王厚便越好统制，南朝在河北又多出近五万兵马，于大辽可算不得一个好消息。

韩拖古烈哪里知道，这其实不过是赵煦在简拔亲信而已。此番随这近五万人马北上的，除了李舜举，还有陈元凤！李舜举的"提举一行事务"是位在诸总管之上的要职，而陈元凤本就身兼宣抚判官之职，二人既在军中，这王光祖其实也就是拱手而已。赵煦有心要将这支大军交给李舜举统率，然如今宋军既废监军之名，又不便公然以内侍掌兵，作为权宜之计，赵煦只好费点儿周折，以塞两府门下之口。这支大军，石越虽指挥得动，可是却绝对轮不到王厚来插手。

不过这也怪不得赵煦，他采纳陈元凤的献策，派出这支大军之后，京师兵力已经空虚之极，除了班直侍卫之外，便只有捧日与天武两军勉强可以守一守东京城，连西京洛阳都已经是一座空城。他既倾京师之兵欲谋求与辽人决战，自然不能不让亲信之臣来掌兵。而陈元凤在得知深冀重燃战火后，撺掇小皇帝增兵，也不可能是为了石越与王厚打算。他这是一石二鸟之计，一则迎合赵煦的心思，催促石越与王厚进兵决战——与辽人议和之事决裂之后，宋朝东京与北京之间信使往来频繁，赵煦急欲石越速战速胜，他满心想的是要趁此良机，与辽人决战，歼灭契丹主力，进而收复燕云。而石越却总是拖拖拉拉，不断借口兵力不足，难保必胜，不肯下令决战——故此次陈元凤献策赵煦再派出这近五万大军，便是为了塞石越之口，迫他进取；再则这近五万大军，陈元凤亦当成是他最大的本钱。他知道自己以目前的资历，很难长久地留在汴京中枢，他也要建功立业，也要积攒资历，也希望能出将入相，让天下人无话可说……总之，凡是石越做得到的，他陈元凤没有理由做不到！而他要做到这一切的话，他就需要牢牢掌握着南面行营的这近五万人马！尽管李舜举是个阻碍，但这也是为了取信皇帝不得不付出的代价。

这些内情韩拖古烈自然不可能知道。他所能知道的，是宋廷一定还在为是否要扣留他们这一行人而犹豫，甚而很可能发生争吵，所以，宋人才既没有立即扣留他们，也不肯让他们尽快返回——事实上，辽国使团中的每个人都清楚他们正面临着什么样的处境。每个人都或多或少有些惴惴难安，谁也不知道自己一觉醒来，将会遭受什么样的待遇……但在使团之内，人人都心照不宣地忌讳公开谈及此事。看到韩拖古烈镇定自若的样子，自副使韩敌猎以下，直至普通的士卒、仆从，都不愿意或者不敢显露自己的怯懦。

尽管在韩敌猎与萧继忠面前，韩拖古烈总是信誓旦旦、信心满满地宣称宋人绝对不会扣押他们作为人质。可是，在内心的深处，韩拖古烈却也并不如他嘴上说的那样有信心。他一方面的确相信石越会确保他平安回到辽主跟前，但另一方面，鉴于大辽至今还扣押着朴彦成等宋朝使馆的文武官员，他们被扣留为质的可能性仍然相当大。

他们的命运，可能就决定于石越的一念之间。但一切都要等他们到了大名府，才会知道答案。

第十一章

滹沱南北

与昔一何殊勇怯。

——欧阳修《谢观文王尚书惠西京牡丹》

1

北京，大名府。

"胡马嘶风，汉旗翻雪，彤云又吐，一竿残照。古木连空，乱山……"宣抚使司溪园花厅之内，一个歌姬端坐下首，轻弹琵琶，和声清唱，坐在厅内喝茶的宣抚使司一干谟臣武将，似是对这曲《青门饮》的歌词都感觉到陌生，有人低头细品着词中的悲凉深厚，有人悄悄侧过头去，向同席的同僚打听这曲子的作者，然而被问到的人都是轻轻摇头，同样也不知道这首词的来历。

莫非是这歌姬自作？眼瞅着众人都不知作者是何人，已经有人在心里犯起了嘀咕。有宋一朝，曲子词甚多，风尘之中亦有佳词，倒也并不足为奇。在座的虽然多有饱学之士，可坊间词曲之多，学问再大的人也难以尽知。一阙好词流行不过三五日，便有新曲新词取而代之亦是家常便饭，只怕便是苏子瞻在此，亦不敢说他听遍了天下的佳词。故此众人倒也并不会因此觉得羞愧，眼见座中无人知晓作者，听见那歌姬一曲唱罢，与游师雄坐在一起的参议官折可适已经开口询问："叶三小娘子，未知这曲《青门饮》，竟是何人所作？"

那歌姬盈盈一礼，轻启朱唇，正待回答，却听花厅外面传来一阵笑声，有人朗声接道："折将军，这是熙宁朝的状元公，尚书省左司员外郎时公邦彦的得意之作……"

听到这个声音，折可适的脸色微微一变，却见众人纷纷起身，他也连忙整了整衣冠，起身相迎。那个歌姬好奇地望向门外，不知这个一语道破的来人是谁，却早有管事的下人过来，轻轻招呼她退出花厅之内。

声音落下，最先走进花厅的是宣抚使司的主管机宜文字范翔，紧跟在他身后的，赫然是辽国北面都林牙韩拖古烈，而在韩拖古烈身后的，则是遂侯韩敌猎。

韩拖古烈原本就在宋朝交游甚广，此番出使，南来之时，大名府众人也都曾见过他与韩敌猎，对二人并不陌生。这时见着二人，众人各自行礼，让了客位与二人坐了，范翔却坐在二人旁边相陪，一面笑道："韩林牙说得丝毫不差，这词正是时邦彦昨岁所作。时邦彦虽然是状元公,诗词亦颇佳,可惜却不如何受歌女青睐,便在汴京,亦甚少有歌女唱他的曲子词,诸位不知,亦不足为奇。只是不想竟能在北京听到这曲《青门饮》,更让在下意外的是,韩林牙竟渊博至此,连这等小事都如此熟悉!"

就在几个月之前,范翔还在尚书省做右司员外郎,与时彦熟得不能再熟。他既然如此说,那这词便确是时彦时邦彦所作无疑了。只是谁也不曾想到,这韩拖古烈竟然对宋朝如此了解,纵是对手,众人也都忍不住要纷纷赞叹。

只有折可适与游师雄二人,只是端着茶盏,低头喝茶,并不言语。那范翔是个极风趣的人,顺着这个话题,随口又说了几件时彦的趣闻佚事,引得众人皆掩口低笑。因这厅内宋朝文武官员,便以折可适与游师雄官职最高,说完笑话,他又正式向韩拖古烈介绍二人。韩拖古烈与二人都有数面之缘,却谈不上深交,这时又叙了一回旧,折、游二人只不过随口应承,不料韩拖古烈说起二人的事情来,却是如数家珍,便是相识多年的至交好友,恐亦不过如是。

三人聊得一阵,竟是颇有倾盖如故之感,一时间谈笑甚欢。尤其是折可适,说了一会儿,干脆将座位移至韩拖古烈旁边,反将范翔挤到一旁。座中凡有宋朝官员提及和战之事,不用韩拖古烈回答,折可适都替他挡了驾。

如此直闲谈了小半个时辰,折可适才略显倦意,便朝韩拖古烈告了个罪,离席更衣。

他方出了花厅,却不知何时,范翔竟然也溜了出来,便在花厅旁边的长廊上等他,见着折可适过来,范翔远远笑道:"恭喜大祭酒交了个好朋友。"

折可适淡淡一笑,不理会他揶揄,径直走到他跟前,问道:"丞相还是不曾拿定主意吗?"

范翔摇了摇头,笑着问道:"未知折将军之意又是如何?"

折可适却不回答,反问道:"仲麟以为呢?当留?当放?"

范翔轻笑一声,道:"似韩拖古烈这等人物,可惜不能为我大宋所用!"

"仲麟是说要招降他吗?"折可适也笑了起来,但立即又摇摇头,道,"绝无可能。"

"下官也知道。"范翔若有所失地笑了笑,旋又说道,"不过,既是如此,下官有个不情之请，要拜托折将军。"

　　折可适惊讶地看了范翔一眼，他这时候才知道范翔专程在这儿等他的原因，笑道："仲麟说笑了，你是子明丞相最信任的人，主管机宜文字，倒有事要来拜托我这个闲人？"

　　"折将军这话却是见外了，哪些事情该听谁信谁的，丞相心里面可分得清清楚楚。如今宣台之内，谁不知道折将军是丞相最信任的谟臣呢？"范翔说到这儿，不待折可适再说什么，又继续说道，"如今这事，下官或许不当多言。然此事亦关系重大——我知道折将军此刻正是要去见丞相，故特意在此相候，只盼将军见着丞相之时，若丞相问及韩拖古烈去留之事，能劝丞相扣留他们……"

　　"这又是为何？"折可适更加讶异，但他见范翔越说越严肃，最后已是十分慎重，全不像开玩笑的样子，他也变得认真起来，又说道，"此事关系重大，仲麟需告诉我缘由，我方能答复你。"

　　范翔抬头望着折可适，仿佛想从他的眼神中知道他是不是在说假话，过了一小会儿，才轻轻叹了口气，压低了声音，道："将军不知道朝廷是想要丞相扣留韩拖古烈吗？"

　　听到这话，折可适大吃一惊，问道："莫非朝廷已颁诏旨？"

　　"这倒不曾。"见范翔摇了摇头，折可适一颗心却又放回肚子里，却听范翔又说道，"只是……"他欲言又止，却也是的确不知道从何说起。这十几日间的公文往来，朝廷旨意的字里行间，表面虽然说是交由石越定夺，但是范翔仍能感受到背后的压力。至少，他可以肯定，小皇帝是希望石越能扣留韩拖古烈一行的。然而，这些事情，他又实在不便向折可适说明。

　　范翔自觉受石越知遇之恩，对石越纵然不能用"忠心耿耿"来形容——因为这个词，实是并不太适合用来形容大宋朝的士大夫们——然视石越为师长，颇存尊敬爱戴之心，这却是毫无疑问的。何况在政治上，他更一向以石党自居，与新旧两党在心里面就存了门户之别。而这次石越宣抚三路，特意召他主管机宜文字，同样也是信任有加。投桃报李，范翔自也不免事事都站在石越的立场，为他来考虑利害得失。他官职虽然不高，可是却一直身处中枢机要，位轻而权重，对于朝中最上层的许多利害关系，也因此看得更加分明。站在一个"石党"的立场，范翔心里面是希望石越与"石党"能继续得势，主导朝政的，这于他自己，也是一荣俱荣，一辱俱辱。他眼见着亲政之后的小皇帝一天天有主见，意图自己来主导朝政。大展身手的小皇帝，与先朝留下的老臣们，原本就有天然的矛盾，弥合这个矛盾本就十分不易——自秦汉以来，就极少有皇帝会真正信任先朝做过宰执的臣子，一朝天子一朝臣，石越是先高宗皇帝一手拔擢的，所以无论他当年如何受到猜忌，但是打压归打压，重用归重用，在高宗皇帝心里，那总归是自己的大臣。可在现在的小皇帝赵煦看来，无论表面上的关系如何好，包括石越在内，现今的宰执重臣那也是他父亲、他祖母的大臣。范翔心里面也清楚，指望着小皇帝如何亲近、信任石越，那是神仙也做不到的事。但是，只要不激化矛盾，维持着君臣之间的和睦，因为石越身上还有"遗诏辅政之臣"这样的头衔，小皇帝想要摆脱掉石越他们这些元老重臣也很困难。毕竟，在大宋朝，外朝的势力空前强大，不是说皇帝想做什么就能做什么的。

然而，范翔心里的这种期望，并不会顺理成章地实现。

身为宣抚使司主管机宜文字，他比旁人更能了解、感觉得到皇帝与宣台之间那种隐隐的矛盾。自和议破裂之后，小皇帝愈发想要进兵与辽人决战，而石越却就是下令王厚按兵不动；皇帝给河北派出了五万援军，却安排了个李舜举来做提举一行事务，陈元凤更是等同于监军——石越如今已经面临着巨大的压力，别说是范翔，宣台之内，每一个谋臣都看得出来，若是再不下令王厚进兵决战，皇帝心里面，就不知道在想些什么了。李舜举、陈元凤的这五万人马，说是援军，可是真的只是如此吗？

现今宣台之内，此前力主持重的众谋臣，不是改变口风，转而劝石越下令决战，就是缄口不言，或持两可之说。唯一还坚持前见的，便只剩下折可适一人。

兵戎之事，范翔不敢妄进谏言，可是如今这韩拖古烈的放留，在范翔看来，算是无关大局的小事。皇帝既然流露出想要扣留韩拖古烈一行的意思，那么石越希旨行事，让皇帝高兴一下，也是缓和君臣关系的办法。可是不知为何，范翔却隐隐觉得石越竟有要放韩拖古烈归国之意。他自知自己劝谏，石越必然不听，而他心里觉得能劝动石越的人，潘照临不在大名府，陈良早已功成身退，唐康远在王厚军中……这些个"自己人"皆不在跟前。如今宣台之内，石越最为信任的、倚为谋主的,便是眼前的折可适。

而折可适再如何说,也是个武人,在范翔心里,他连"石党"都算不上,更不用说是说这些心腹之事。

他支吾了好一会儿,才终于又字斟句酌地说道:"只是下官听到一些传闻,有人上本,请皇上扣留韩拖古烈一行为质,皇上将这奏状给御前会议看了,或称当放,或谓当留,是韩丞相与范枢使坚持,皇上才勉强同意,待韩氏一行至大名府后,再由石丞相定夺。此后皇上又数度遣使询问丞相之意,下官又听闻南面行营中,有人公然宣称当斩韩拖古烈人头祭旗云云……此等话语,恐非军将所敢妄言。韩氏放留,下官以为其实无关紧要,只是宣台之决策,常与皇上之见相左,虽说做臣子的,自当以忠直事君,可若事事如此,以唐太宗之明,亦不免有怒魏征之时。以下官之见,这些小事上面,不若稍顺皇上之意……"

"仲麟用心良苦。"折可适微微笑道,"不过你大可放心,当今皇上现时虽不见得有唐太宗那般英明,可也不逊于汉之昭、明,到底是个英明天子。况且朝中两府诸公皆是当世贤者,纵有奸佞,亦无由得进,仲麟似不必过虑。如今我既在宣司参赞军事,丞相待我以诚,推心置腹,我亦不敢不以忠直相报。仲麟的担忧,我会转告丞相,我自己的计较,亦当坦然相告,至于如何决断,以丞相之英明,你我皆不必杞人忧天。"

范翔听到折可适如此回答,心中虽然大感失望,但他知道折可适为人甚是爽直,既与自己如此说了,那再多说亦是无益,当下只好抱拳谢过。

折可适辞过范翔,他知道此时石越必在宣台后院的书房之内,便径往后院而去。到了后院,却见楼烦侯呼延忠一身便装,守在院门旁边,却是与石鉴在一张石桌上面下着棋,二人见折可适过来,连忙起身见礼,石鉴朝着他行了一礼,笑道:"折祭酒如何来了?丞相正在与吴子云说话哩。待我去与祭酒通传。"

折可适忙谢了,目送着石鉴进院子,回过头瞥了一眼石桌上的棋局,才朝呼延忠笑道:"楼烦侯,这一局,你却是要输了。"

呼延忠与折可适却是世交,笑着摇了摇头,叹了口气,道:"莫看他出身低,要赢他不容易。剑术、弓弩、枪棍、拳脚,样样输给他,几日间,统共已输了一百多贯了，除了骑术赢了一场，连下棋都下不过他。我军中有几个相扑好手，京师中都有名气的，昨日和他比了三场，连输三场。也不知他从哪里学来了，问他师傅，总是不说，只是笑着说'杂学甚广'这等鸟话。我以前听老田说他教过石鉴，还有兵部的司马侍郎也教过他。可老田和我半斤八两，云阳侯看他个文绉绉的书生样，果真好武艺？我却是不信的。以前在汴京时，可从未听过……"

"你这是以貌取人了，若真要较量起来，你和阳信侯联手，只恐亦非云阳侯敌手。"折可适笑道，"你输给云阳侯的徒弟，倒不算太冤。"

"果真有这等厉害？"呼延忠仍是将信将疑。

折可适未及回答，便听院子里面石鉴已经抢着回道："楼烦侯，你莫要不信，日后见着阳信侯，你自去问他，他却是见识过的。"他一面说着，一面出了院子来，见着折可适，笑着说道："折祭酒，丞相请你进去。"

折可适又谢过石鉴，辞了二人，走进院中。这后院却是很小，顺着走廊，绕过一座假山，便到了石越的书房之外。守在书房外面的，是石鉴亲自从呼延忠的班直侍卫中挑出来的四个侍卫。见着折可适过来，其中一人过去示意他止步，折可适忙停下来，解下腰间的佩剑，交予侍卫收了，方有人至书房外禀报。他听见石越在里面说了声什么，待了一小会儿，便见吴从龙自房中出来，二人见着，只是互相颔首致意，一个侍卫已在折可适旁边说道："折将军，丞相有请。"他连忙整了整衣衫，快步走进书房。

进到房中，才行了个半礼，便听石越笑道："遵正可见着韩拖古烈了？"

"已经见过。"折可适行完礼，方回道，"真人杰也。"

"确是如此。博闻强识，观及毫末之微，而不失器局宏大。"石越含笑望着折可适，道，"如此人才，要放归契丹，亦难怪众人都担心其日后不免将成我心腹之患。"

"下官却以为无妨。"

"哦？遵正有何高见？"

"不敢。"折可适连忙朝石越欠了欠身，方继续说道，"下官以为，大宋渐强而契丹渐衰，此乃天命。纵起萧佑丹于地下，复掌契丹，亦不能变此大势。

区区一拖古烈，又有何为？软禁此人，徒失我大国风范，致万邦所笑，更落契丹口实。"

"然辽人亦曾扣押朴彦成。"

"难道我大宋不曾扣押辽国使馆众人吗？韩拖古烈是来我大宋吊丧致哀者，凡圣人治平天下，莫不以孝为先。朝廷或者不要纳辽使，他既然来了，若竟扣押辽国致哀使者，将何以表率天下？更贻后世之讥。休说是一个拖古烈，便是辽主亲至，亦当礼送出境，再决胜负！"

石越听着不由笑了起来，"遵正，此非兵家之言。"

折可适却正色欠身一礼，道："回丞相，下官学的是儒家圣学。"

石越笑道："儒家亦知兵吗？"

"丞相博学，难道不知吴起亦曾是曾子、子夏的学生吗？"

石越一时被他难住，不知如何回答，却听折可适又说道："用兵亦分正道、诡道。当行诡道时，不得拘泥于正道；然当行正道时，亦不可行诡道。世人爱笑儒生迂腐误事，却不知自古以来，只知权谋诡变之术者，同样亦难成大事业。况且使韩拖古烈归国，于我大宋，下官以为亦是利大于害。"

"这又是何道理？"

"丞相岂有不知之理？"折可适道，"韩拖古烈虽然对我朝知之颇深，却也于我大宋并无敌意。因其知之深，故而更知敬畏。下官以为，朝廷若有志一举翦灭契丹，吞并塞北，则韩拖古烈不可遣。若其不然，则当遣之。使韩拖古烈在契丹，日后两国通好，方可希冀。否则，契丹不亡，边祸不止。"

他这番话说出来，石越默然良久，才叹了口气，问道："遵正以为契丹可灭否？"

"下官未知丞相以为是古之匈奴、突厥强，还是今之契丹强？"

"自是契丹强。"

"下官亦以为如此。"折可适点点头，侃侃而谈，"契丹之强于匈奴、突厥者有二，契丹无部族争立之祸，而兼得耕牧两族之利。自古胡狄易除，盖因胡狄之属，莫不乘中国衰败之机而兴，中国强盛，则其自败。若契丹是匈奴、突厥，以我大宋中兴之盛，当逐北千里，斩其名王，封狼居胥，非如此不得谓成功。然下官以为，契丹却不得以胡狄视之，而当以大国视之。自古以来，要攻灭契丹这样的大国，又正逢其鼎盛之时，非有十数年乃至数十年之大战，绝难成功。"

"朝廷若欲攻灭契丹，亦下官所乐见。然下官以为，每场战争，朝廷上下，只能有一个目标。否则，便容易进退失据，举止纷扰。以今日之事而言，我大宋与契丹战争之目的，只是将契丹赶出国家，并伺机歼灭南侵的辽军，让辽人从此数十年间，只要听说'河北'二字，便忆起今日之疼，再不敢存南犯之心！便是收复燕云，此时亦不必去想；至于攻灭契丹，更不必提。便果有此等志向，亦待做完了眼下之事，再去想下一步未迟。大饼须一个一个地吃。眼下我们尚只是看得见第一个饼，饼都不曾咬到嘴里，吞进肚中，便老老实实想着如何吃完这个饼再说。无论旁人如何想，丞相万万不能一时想着驱除辽人便可，一时想着还要收复燕云，一时又想着要攻灭契丹，如此患得患失，实是用兵之大忌。"

"大饼须一个一个吃。"石越低声重复着折可适的话，叹道，"知我者，遵正也。"他在房中踱了几步，手里拿着一柄如意，轻轻在左手掌心不停地击打着，过了好一会儿，才又说道："如此，吾意已决。"

"只是……"折可适想起自己对范翔的许诺，又说道，"下官听说朝廷之意……"

他正待将范翔的担忧转告石越，不料才说了这么一句，便已被石越打断，"是范仲麟吧？他连你那儿也游说过了？"

折可适偷偷看了一眼石越的脸色，见他并无恼怒之意，才笑着说道："范仲麟所虑，亦并非全无道理。朝廷之欲，亦不能不考量。自古以来，皆是要内外相和，大军才能打胜仗。"

石越抬起头来，看了一眼折可适，忽然笑道："遵正，你以为如今我军已然稳操胜券了吗？"

"那却未必！"问起军事上的事，折可适立即敛容回道，"下官一直以为，而今宋辽两军，在河北实不过半斤八两。我大宋占着天时，辽人占着地利，至于人和，那是一半一半。辽人固然进退两难，可是我大宋稍有不慎，同样可能满盘皆输。"

"遵正说得不错。形势上如今我军的确已渐渐有利,然而打仗不是说形势有利便一定可以获胜的。"石越点了点头,神色变得严肃起来,"如今便有不少人,见我大军会师,军容颇盛,辽人已是进攻乏力,便以为局面鼎定,迫不及待要弹冠相庆了。他们关心的是报捷的时间,高谈阔论的是如何反攻辽国,收复幽蓟,甚而攻灭契丹,混一南北!"

"士心民心乐观一点儿,未必全是坏事。然而在这宣抚使司之内,本相却仍是战战兢兢,生怕犯下半点儿错误。大错铸成,到时候再去悔叹九州之铁不能铸此错,便已经晚了。"石越言辞说得宽容大度,语气中却已经带上了讥讽,"非是本相不想去面面俱到,然所谓'国之大事,在祀与戎',旁事和光同尘,亦无大要紧。这兵戎之事,我便是殚心竭智,亦不敢说万全。便是古之名将,如白起、乐毅辈,若他们打仗之时,还要想着顾着朝廷中各色人等的喜好,只恐亦难全其功业。更何况论及知兵善战,我只怕未能及其万一。方才遵正说得好,饼须得一个一个地吃。这其中道理是一样的,以我的才智,如今亦只能顾着一面。顾好了这一面,我便算问心无愧,死后亦有面目去见高宗皇帝与太皇太后。至于其他的,只好顺其自然。"

以石越此时的身份,说出这样的话来,其实已经是形同发牢骚了。折可适自小从戎,其时宋朝武将,大多都要受制于地方文臣,这世上,通情达理的上司,总是要少于求全责备的上司。折家虽然几乎是一镇诸侯,代代世袭,然而同样也免不了要受许多这样的气,或是监军,或是钦差,或是诸路长官……而他所见的,所听闻的,就不免更多。故此,石越的牢骚,事有大小,官有高低,然而境遇却其实是相同的。他听到耳里,不免亦心有戚戚焉。

只是二人毕竟身份悬殊,折可适既不好说什么,却又不能什么也不说,只好干笑几声,在旁边说道:"丞相过谦了。以下官看来,如今我大宋君明臣贤,便犹昔之燕昭与乐毅。实是下官多虑了,朝廷委丞相以专阃,举天下之兵付之,军国之事,无不听从,大事无不成之理!"

"是吗?"石越又看了一眼折可适,忽然嘿嘿冷笑了几声,道,"倘若我是乐毅,却未知谁又是骑劫?"

这一下,折可适却是也再不敢接口,也不知道该如何说,只是尴尬地站在那儿,却听石越又哈哈笑道:"遵正休要为难,本相不过是玩笑而已。就算真的有骑劫,我大宋亦非燕国,我也没有赵国好投,只能学诸葛武侯,死而后已。"

折可适连忙跟着干笑了几声。但无论如何,他也不觉得这玩笑有什么好笑。

此时的折可适并不知道石越正承受着怎么样的压力。待他辞出书房之后,石越突然感觉到前所未有的疲倦,还有寂寞感。他突然间有些后悔没有将潘照临带来。尽管他知道那样并非明智之举,如今潘照临的名头太大了,那会给他招来更多不必要的麻烦。这一点,潘照临自己也很清楚,大宋朝的历史上就有过一位这样的幕僚,他当时的声名可能还远不及潘照临现今在汴京的名气,那个人叫赵普。

不管宋朝如何开明,倘若有那种举世公认的人中英杰,竟然不愿意臣天子,出来征辟当官,反而愿意"臣臣子",去甘心当一个大臣的幕僚,那也是上至皇帝,下至朝廷百官,绝对不可能接受的事。可以和司马梦求一样出仕,成为天子之臣;也可以如陈良一样去教书;或者像潘照临现在这样,游历天下,大隐隐于市……这样,已经是开明的极限。至于继续公然留在石越幕府中,皇帝当然不能用这个来治罪,但是台谏一定会让石越下野,而朝廷当中,石越也不会有任何同情者。

这就是"率土之滨,莫非王臣"的意思。

所有的人,你可以当作天子的臣子,这个叫"本分";也允许你去做逍遥世外的隐士,不给皇帝当官,这个叫"开明"。除此以外,就叫"叛逆"。

作为石越的幕僚,潘、陈二人谢绝过许多次荫封的机会,但当高太后与司马光几次向石越流露出想要正式下旨,征辟潘照临与陈良的想法之后,石越问过二人想法后,便只好让他们离开府中。这也是间接向朝廷表明忠心,说明自己并无蓄积羽翼之意。而高太后与司马光知道二人无意出仕,又已经不在石越府中之后,便也打消了征辟的念头,算是成全二人。

缺少了二人的辅佐,石越有过一段时间的不习惯,但这个时间很短,毕竟,他那时候的身份地位已经完全不同了。他已经很熟悉大宋朝的运转,他的其他幕僚,其实也是很出色的人物,只是无法与二人相比而已。

渐渐地,他几乎都已经忘记了曾经他凡事都要与潘照临、陈良商议而后行。他很快习惯了与另一种"幕僚"打交道,这些人都是朝廷的官员,并不总会事事考虑到他的利益，每个人关心的角度都不一样……如现在宣台的众多谟臣，包括折可适，甚至范翔，莫不如此。

这些人也都算是一时俊彦，他并不能说出什么不是来。

但是，就是突如其来地，如潮水一样涌来，石越感觉到一种无以言喻的寂寞感。别说痛骂，便连讽刺几句，发几句牢骚，他现在都找不到人来说。

因为他知道，身边的每个人都会过度解读他说的每一句话。就像是折可适，素称爽直豪侠、不拘小节，但是，在石越面前，二人地位上的巨大差异带来的鸿沟，还是能轻易让他尴尬得不知所措。他现在很能理解，为何贤明如李世民，也公然宣称身边需要有佞臣。但他没有这样的资格，也不敢如此。他正在打仗，与对西夏的战争不同，这不是一场策划已久、准备充分，对敌人了若指掌的战争，当年的西夏，是远不能与如今的辽国相提并论的。尽管一直与宋朝打仗的是西夏，可是宋朝真正的劲敌，却是与之和平了几十年的辽国。他谨小慎微，生怕犯错，自然也不允许在宣台之内出现任何不称职的人。

但这样一来，也让他几个月来，整个人一直像一根绷紧了的弦。

身在后方指挥的紧张感，有时候是比在前线厮杀的将领们还要有过之的。当年征讨西夏之时，他还可以与潘照临下下棋，发发牢骚，听听潘照临的讥讽、嘲笑……这都可以很好地纡缓压力，更重要的是那样有一种心理暗示，潘照临的讥刺，能让他产生一种他并不需要担负所有责任的错觉。那让他觉得他并不是最了不起的一个人，他犯点儿错也没什么，反正有人会指出来，有人会帮他弥补……而现今在大名府，却完全不同，他被所有的人寄予厚望，无人真正质疑他，所有的人都仰望着他。他要担负全部的责任，也就要担任全部的压力。

所以，他需要一直演戏。

他不仅要在众多的下属、将士、百姓面前表演他的镇定自若，还要在朝廷面前表演，安抚、解释、劝说，让他们保持信心……当他不需要表演的时候，便只有他一个人了。

如果他怀疑了，担心了，动摇了，紧张了……他都只能自己去承受，而不能让任何人知道。

倘若只是如此，倒还罢了。

但如今朝中形势，亦远不及熙宁之时。表面上看来，他声望之隆、官爵之高、权力之重，都远远超过熙宁之时，但实际情况却是，如今他反倒不似熙宁之时那样可以没有后顾之忧。

朝廷之上，是燕昭王还是燕惠王，真是很重要的！

辽人此番南下，的确没有像真宗时那样顺心如意，宋军也抵住了压力，渐渐站稳阵脚，将战争拖到了对于宋朝更有利的僵持拉锯中来。但是辽军的实力并没有多大的折损，或许在辽人看来，与拱圣军、骁胜军，甚至慕容谦部、田烈武部相逢，都是恶战连连，打到心里发凉。可是石越其实也是一样的感觉，拱圣、骁胜、横山番军，皆是宋军精锐之师，碰上辽军，不仅难求一胜，反而连连损兵折将，拱圣军更是全军覆没……账面上，他可以觉得自己没有亏。但是，打仗又不是算账。

如今河北虽然诸军齐聚，可真要与辽军决战，以骑兵为主的辽人占据地利，胜负之数依然难说。不要说万一失败，就算是最后拼个两败俱伤，道理上是宋朝国力更强，可是实际却并非如此。辽国损失了南下精兵，国力自然大损，对各部族的控制力会减弱，但他还可以迅速征召一支数十万人的军队，虽然不可能再如此精锐，可也是来之能战。而战败波及各部族的反叛，至少也有一两年时间，甚至更长，毕竟那些有实力的部族同样也被辽主绑在南征的战车之上，他们的精壮男子也一样会受到损失。但宋朝呢？要重新培养一支有战斗力的军队，最快也要两三年，若要形成精锐之师，没有五年以上，几无可能。辽军大概是没有能力再南犯了，即使辽主能再征召一支大军出来，他的文武百官、国中百姓也会怨声载道，不会随他南下。若他执意南下，以辽国的国情与历史经验来看，大约辽主会死于某次政变之中。可如果石越将宋朝的这点儿底子也拼光了，休说恢复燕云、攻灭辽国，他要拿什么来震慑西夏？

李秉常现在是在安心经营西域，愿意与宋朝维持和平，两不相帮，可那是有前提的。如若中原空虚至此，西域再好，又有何用？他若不挥师东返，那李秉常就一定会死于某一次政变之中。

到那时，宋朝别说保不住西夏故地，连陕西也会陷入危险。而带来的连锁效应是，倘若李秉常东犯，辽主就有可能说服国内的反对声音，再次南侵。

所以，石越既不肯便宜放辽人回去，却也绝不愿意轻易与辽军决战。因为他觉得自己还只有五成的胜算。

他要想方设法，不惜一切，将辽人拖在河北，能拖一天算是一天。聚蓄更多对宋军有利的因素，就意味着增加更多对辽军不利的因素。他不是一个能临阵指挥若定的将军，也不能保证率领军队打赢每一场恶仗。他能做的，就是争取尽可能多的对于他的将领们有利的东西。

既然现在辽人骑虎难下，而宋军进未必有功，僵持则一定可以无过，那就拖着好了。时间站在宋朝一边，从短期来看是这样，从长期来看，也是如此。那他就犯不着冒险。

战争从来都是这样的，只要你自己不失败，敌人就一定会失败。

但石越的如意算盘，现在却有点儿拨不响了。

皇帝三番五次催促决战，还有一个陈元凤不断地上书，大谈辽军之不利，宋军之必胜。自古以来，人情都是如此，喜欢听对自己有利的事，不爱听灭自己威风的话。陈元凤素称"能吏"，熙宁以来的几次战争，他都有参与，在陕西、在益州，如今又在河北。汴京上至皇帝与文武百官，下至士子、百姓，都认为他是知道宋辽两军底细，且又知兵之人，他既然大言辽军可以战而胜之，若石越只是一个普通的官员、士子、百姓，大约也会愿意相信他的话。况且他又极聪明，绝不说石越半个不字，反替石越辩解，声称此前石越持重，是因为兵力犹有不足，兵凶战危，不得不谨慎一些。如今河北又增五万大军，击破辽人指日可待。

他更悲天悯人地宣称，朝廷与宣台都体恤河北数百万百姓受辽人蹂躏，流离失所，因此，想要将辽军赶出河北、让百姓重返家园的心情，实与数百万河北百姓一样的急迫。他屡次提及皇帝的手诏、诏令，将小皇帝描绘成一个爱民如子，完全体谅河北百姓心情而急于与辽人决一死战的明君。

这样的说辞，无法不让小皇帝龙颜大悦，更无法不让各家报纸争相转载，士子百姓交口称颂。当大半个河北受到辽人侵略的时候，不要说那些河北的百姓，大宋朝所有的百姓，谁不盼望朝廷能出圣君，大宋能有救星呢？

而且，救星是不嫌多的。

石越固然是个好丞相，可若小皇帝也是个明主圣君，岂不更加符合大家心里面的期待？

至于河北的百姓，那是什么样的心情，石越是可以想见的。

据说横塞军中的将士，许多人都主动在脸上刺上了"忠义横塞"四个字！

朝廷、百官、士子、百姓，都翘首以盼石越早一点儿击破辽军，让河北百姓重返家园。便是在御前会议中，尽管众人都还支持石越，但是韩维与范纯仁毕竟没有真正带过兵，在他们心里，未始不会想，若能早一点儿结束这场战争，至少也可以为国库省下大笔的开支，而那些都是百姓的血汗钱……石越能明显地感觉到，来自御前会议的支持变得没那么坚决了。

他们不会相信小皇帝的话，也不会随便就相信陈元凤的话，但这样的态度，开始只是陈元凤一人，可是很快，就是许多人在说。这个世界上，许多人都是这样的，他们听到一些话，开始只是别人的观点，但是当他们转叙时，就有意无意地将之变成了自己的观点，然后，在别人的认同与反对中，他都会更加坚定，从此彻底相信那就是自己的观点了。本来现在人们最关注的就是这场战争，而关于这场战争的话题，只要宋廷允许，就会迅速传播。更何况是如此打入每个人的心坎，让所有人都愿意听到，愿意相信的话。

现在，在宋廷的上层还好，在中下层，特别是市井当中，若有人提出些质疑，就会受到铺天盖地反驳、围攻，简直便如同过街之鼠一般。

你们怎么可以怀疑石越打不赢耶律信？怎么可以怀疑宋军战胜不了辽军？怎么可以怀疑皇帝的英明？你再号称自己知兵，你能有宣抚判官兼随军转运使陈元凤知兵吗？甚至没有人相信陈元凤是贪功冒进的人，因为这时候人们会翻出过去的事情来，当年便是陈元凤终止了在益州的错误。谁会相信这样的人，会不够谨慎呢？

而当这样的论调迅速传播开以后，又会影响到御前会议的判断。这时候，在御前会议的眼中，便不只是小皇帝这么说，陈元凤这么说，而是有数不清的人都在这样说。而这中间，免不了会有他们平时亲近的、信任的人，从而影响到他们的判断。

便是石越也不得不承认，陈元凤这一次干得极为漂亮。

这是真正的阳谋，他从胸前，而不是背后扎向自己的这一刀，让他疼到心里，却还只能笑脸相待。

皇帝赵煦没能做到的事，陈元凤做到了。

现在就算石越大声宣称他还不能保证击败辽军，也没有人会相信。他能看到的，只会是河北百姓不解的目光。更何况，他根本做不到"大声宣称"。这也是他作茧自缚。现在是战时，所有的报纸关于对辽战事的文章，都要经过审查。陈元凤的话，那是有利于小皇帝形象的，可以振奋士气民心，当然可以登。但石越辩解的话，那就是军国机密，最后能看见的，只不过御前会议那些人而已。

如今，他就与耶律信一样骑虎难下。

进兵决战也不是，不进兵决战也不是。

更加雪上加霜的是，对他不利的信息还不止于此。

南面行营的四五万人马，是分批前往大名府集结的，宣武二军走的是隋唐以来的驿道，由汴京出发，经封丘、长垣、韦城而至澶州濮阳津过河，经清丰、南乐而至大名府，如今已至南乐；而骁骑军是自洛阳出发，走的是唐代以来的驿道，自河阳渡渡河，经卫州往东北而行，如今也已经到了相州汤阴县境内；走的最慢的则是横塞军，他们走的是正北最短的一条道，由封丘向北走直线，经滑州白马津过河——可是，石越刚刚收到的报告，因为官道阻滞，走了这么久，横塞军竟然刚刚过了白马津，赶到黎阳县。横塞军的前锋部，也才到临河县。

可是，喊得最响的，也是南面行营。尽管南面行营麾下三支大军，说得刻薄一点儿还是"天各一方"，但他们却斗志最为高昂。他们还身在最后方，却不断地向石越请战，要求担当先锋，誓与辽军决一死战。

南面行营这样做，间接刺激了其他行营诸军。按着宋军在河北渐渐完备的军事制度，宣台会汇总各行营的最新情报，然后发到各个行营的高级将领手中。战时军队行踪不定，有时候更需要保密，不能完全做到这一点，但如今河北两军僵持，没有大的战事，各大行营与宣台之间联系无碍，石越终不能故意将南面行营的这些事情瞒了下来。其他行营诸军的将领心中的不忿，可想而知。

先锋轮到谁，也轮不到南面行营诸军，他们如此请战，分明就是骂他们胆小，不敢与辽人决战。尤其对自负精锐的西军诸军将领来说，是可忍，孰不可忍？

一面是高级将领们越来越盛的请战之风，而另一方面，耶律信仿佛是故意在撩拨宋军一般，从各方面不断传来情报，显示辽军似乎已经有意撤军。

首先是往北回运的车马明显增加了，甚至超过了南下的车马。这或许表示有更多的辽国显贵意识到战争将要结束；而他们并不能轻易退回国内，所以开始提前打算。

辽军一直在往国内运送劫掠所得的财货与伤兵。但在此之前，辽军的构成方式决定了那些能送回去的财货只会是极小的一部分。哪怕是宫分骑军，谁也不会将自己辛苦抢来的东西交到别人手里带回国去，这都是卖命得来的钱，关系到一家子今后十年甚至几十年的命运，谁又能信得过旁人？辽国没有保险业，而路上丢失是不可避免的，万一被人以路上丢失的名义侵吞，也是他们承受不起的损失。他们能信任的，除非是自己的亲戚、邻里、家丁。但战争没有结束，家丁只要没有严重受伤，还要跟着他们打仗。能碰上亲戚、邻里能够因伤提前回国的，那也只会有极少数的幸运儿。为了避免过多的分兵，辽军显然会选择将伤兵们聚集在一起，将来随着大军一起归国。因此，辽军运送归国的财货，多半是辽主与达官贵人掳掠所得。也只有他们才能借用回国运粮的运粮车，将自己的财物送一些回去。

但现在情况似乎发生了变化。北归的车马超过南下的车马，就意味着辽人调动了运粮的空车以外的车辆……这是一个明显的信号。

除此以外，还有报告称辽军在河间、深州一带调动频繁，他们开始重新聚结，有细作打探到肃宁一带，辽人的大车成千上万地聚集在一起。另一个迹象则是，真定、定州，甚至高阳关、博野一带，都已经没有辽军出现。沧州、清州的辽军，也彻底北撤到了霸州境内……

任何人综合这些情报，都会判断辽军是已经打算撤兵了。

因此，宣台的谟臣中，各军的主要将领中，也有不少人认为该动手了。包括何去非，都力主要与辽军打上几仗，扰乱他们的部署，再拖一拖辽军。连河间府的章惇与田烈武，也主张出击。

但是，王厚、慕容谦与折可适三人坚决反对。

石越心里面是很愿意信任他们三个的。但是，他如今算是腹背受敌，上上下下都在催促着他速与辽军决战。就在这一天的早上，他吃过早饭，见给他送菜的侍婢怯生生地看着他，似乎有什么难处，他当时心肠一软，主动问了一句。没想到，那个女孩问的，却是他冬天之前能不能将辽人赶出河北？！那个侍婢是定州新乐人，因为家境贫寒，由一个商人介绍，签了三年的契约，到大名府给人做下人。如今期限已近，她在新乐还有老父老母，前些日子听到同乡的消息，说她双亲依然健在，只是生活艰难，这个冬天只怕十分难捱。但倘若战争不能尽快结束的话，她即使再有孝心，也是难以回去照顾双亲的。

在这种情况下，他的确承受不起让辽军全身而退、从容撤出河北的结局。

石越靠坐在一张黑色的交椅上，闭目养神，心里面却如同一锅沸水一样不停地翻滚着。连石鉴何时进来的，他都没有注意。

"丞相。这是开封来的家书。"

"哦。"石越微微睁开眼睛，接过石鉴递上的信函，看了一眼信皮，不由惊讶地"噫"了一声，原来这封家书却是金兰写来的。他连忙拆开，打开细读。金兰在信中除了给他问安之外，说的却是十来天前，她与高丽使馆已经给高丽国王上书，力劝高丽参战，夹击辽国之事！此前宋辽之间的和议，因为也涉及高丽，曾经让高丽使馆十分紧张，但在确定宋朝绝无出卖高丽之意以后，他们显然都松了一口气，也意识到是他们表明态度的时候了。石越知道，金兰的算盘是打得很精的，这时候表态，是因为她已经看到了战争的天平已向宋朝倾斜，但同时她也留有余地，等她与高丽使馆的奏章到高丽国，又是一两个月过去了，态势就更加明显了。到时候，高丽既可以反悔，也可以参战，而且还显得他们并不是因为大局已定才加入宋朝这一方的。因此，他们开出的条件也显得"理直气壮"。除了要宋朝保证高丽国的安全，在辽国报复时出兵援助之外，还要求作为出兵的补偿，宋朝要免除高丽国的全部债务，同时若能攻灭辽国，宋朝同意将辽国的东京道划归高丽。

石越不由得嘿嘿轻笑了几声，顺手将这封信递给石鉴，笑道："你读一下，再替我写封信给两府，请韩丞相召见高丽正使，问明是否确有此事。高丽所请，都只管答应。只除这东京道一条要稍稍改一下，凡是他们高丽大军自己打下的州县，都归他们所有。他们若能攻下中京道，那大定府亦归他们。"

石鉴一面迅速看完金兰的"家书"，一面留神记着石越说的话，这时却不由得抬起头来，担心地问道："丞相不嫌太大方了吗？倘若高丽果真攻下辽国东京道，那便又是一个渤海国，甚至比渤海国更盛！"

"那亦得要他们有本事。"这一天来，石越第一次发自内心地畅快地笑出声来，"给人画饼，自然是要越大越好。我就怕他们连一个州都打不下来。攻灭辽国……哈哈……"

石鉴却不知道为何石越会觉得这么好笑，只是奇怪地看着石越，却听石越又吩咐道："待韩丞相问过高丽正使后，便请两府将此事登上各大报纸，务必要头版头条，字体要大要醒目。"

"啊？"石鉴轻呼一声，连忙又低下头去，应了一声，"是。"却又在心里面想着金兰与高丽使馆诸人见着报纸后的表情，几乎要忍不住笑出声来。

但是，接下来石越的话，却让他真的惊得连下巴都快掉到地上了。

"你速速办妥此事，休要耽搁，便这几日间，还要随我去冀州！"

"丞相、丞相要亲往冀州？！"

"不错。亦正好顺道送韩林牙一程。"石越又将头靠回椅子上，闭上眼睛，淡淡说道，"明日便要召集众人，宣布此事。"说完，他突然又想起什么，又说道："对了，吴子云若找你，你便说我对他此次差遣颇为满意。方才我忘记对他说了，他给镇北军写的军歌甚好，陈履善也几次在文书中提起，要请他给横塞军也写一首军歌，你让他多多费心。"

"是。"石鉴答应着，直到退出书房，他心里面还在想着石越将要亲往冀州的事情。

2

石越突然决定亲自前往冀州前线视察，对此宣抚使司内众谋臣都各持己见，意见不一。但是，石越似乎心意已决，九月十三日，便率众人自大名府出发，除了楼烦侯呼延忠率三千殿前侍卫班寸步不离外，石越只留下了参议官游师雄在大名府处理日常事务，其余主要的谟臣，除了陈元凤还在横塞军中，仁多保忠已经返京，唐康、何畏之、和诜皆已先后去了冀州与永静军前线，自李祥以下，折可适、吴从龙、高世亮、黄裳、何去非，以及范翔、石鉴，尽皆随行。此外，随石越北上的，还有数十名在宣台听差的低级文武官吏，以及十几位文士清客——这些大多是河北本地人，都是石越在北京开府之后前来投效的。这是当时风气，这些人在河北各府州都算小有名气，也算是当地人望，延揽这些人，对于了解河北之民情地理以及宣台军令通行皆颇有好处。这十几人中，也有几名是逃难而来的，石越将之招致幕府，也是为了安抚河北的士大夫们。

其实在军事上的决策，别说是这些人，便是范翔、吴从龙、黄裳的建议，石越也并不甚重视。他倚为谋主的，身边主要是折可适、游师雄与何去非三人，除开这三人，他是宁肯舍近求远，公文往来去询问王厚、慕容谦、何畏之等人的。至于此刻聚集在大名府的许多不掌兵的河朔将领，那也只是在宣台挂个名而已，许多人自从到了大名府，几个月来，甚至都不曾见到石越长什么模样。这与他当年在陕西之时完全不同。熙宁时石越在陕西，虽不能说有周公风范，可是当地才俊之士，只要到安抚使司递上名帖，绝大部分人还是有机会亲自见到他本人，面陈自己的建议的。

石越在朝廷做宰相时，便已经略略有一些重陕西而轻河朔的风评。但他曾在陕西做过地方官，熟悉、了解当地的人物，而肯加以重用，这也是不足为怪的。正如两浙路的进士，尤其是西湖学院出身的进士，也更受石越青眼，这都是一个道理。众人也并不会因此而生怨恨之心。他此番宣抚河北，河朔名士大都还是十分高兴的，虽然石越来无论如何都比不上韩维、韩忠彦来，可众人都知道他有礼贤下士的名声，也都将此看成一个机会。在当时人的心目中，石越算是京东路人，而范纯仁算是陕西人，韩维与韩忠彦则算是河北人。因此，河朔的名士们都觉得，石越现今虽然偏向陕西人，可是他毕竟是京东路人而不是陕西人，若来过河朔之后，必然态度会大有改观，不仅眼下就有难得的受赏识的机会，日后对河朔士人来说，也是大有好处的。

但是，现实的情况，却不能不让他们感到一些失望。石越到了河北后，对文士虽不失礼遇,却也难有亲信重用的例子;至于武将,则更是大多受到冷落。他信任重用的依然是西军与河东出身的将领,河朔军中,一些名不见经传的低级武官有时候反而能在宣台谋一个要职,中高级武官却完全受到排斥。只不过,若没有文士替他们出头,这些河朔将领心里再如何郁闷,也是没有人会关注到的。尤其是在石越斩了武骑军都校荆岳之后,许多河朔将领虽然心中都十分不平,可是却根本没有人敢做伏马之鸣。

由大名府至冀州,有四百多里。石越虽然下令轻车简从,麾下一干人马,统共也有四千余众,六七千匹马,外加几十辆马车。这还没有算上随行的辽国使团。这么多人马,尽管是在宋朝境内,都是骑马坐车,又是沿着官道,沿途又都有补给供应,每天也只能走六十到八十里。计算时间,到冀州大约要走上六七天,那时已经是九月下旬了。

因此,石越走了一天,也不过走了约七十里路,刚好赶到馆陶。他心里有些嫌慢,当地官员前来接他进城休息时,他便有些踌躇,只是他知道这浩浩荡荡的人马,单是供应吃喝、住宿之处,便不是随便找个地方就可以解决的。故此他虽不太情愿,却也只得随地方官进城,在馆陶城内过夜。

他这次北上冀州,负责替他打前哨的是勾当公事高世亮。高世亮率领数十名精干官吏,比他们早行一日,一路打点,石越一行到达馆陶之时,他早已离开,只留下两名亲吏等候,将石越迎至他亲自选定的下榻之处——这是一座十分幽静的大宅院,也不知道是谁家的产业,在石越进入宅子之前,石鉴与呼延忠已经率领班直侍卫将这座宅子又重新搜查了一遍,又遍设岗哨,待石越入住之时,这里俨然已经成为了另一座宣抚使司行辕。

石越也没什么心思关心高世亮是不是扰民,在宅子里刚刚安顿下来,便立即叫人将那两名打前哨的亲吏唤来,问道:"你们高将军现在到了何处?"

那两名亲吏听到石越亲自召见,都是诚惶诚恐,谁料问的竟然是这件事,二人愣了好一会儿,才赶忙回道:"回丞相,高将军走前曾说道,今晚该在临清落脚。"

"临清!"石越似是自言自语地重复了一句,便挥了挥手,道,"你们辛苦了,都下去歇息吧。"

二人面面相觑，想不通石越召见他们，竟只是为了这么一句话。二人莫名其妙地告了退，出到中门，远远望见折可适与何去非联袂而来。二人在宣台当差也有数月，认得他俩，连忙退到门边行礼。

折可适自是不记得二人，何去非却是记性甚好，见着二人，问道："你们不是高将军的人吗，如何会在此处？"折可适本也不曾将这些小事放在心上，正嫌何去非多管闲事，方要拉着何去非快走，却听二人回答道："下官是受丞相之命来此……"他心中一动，立时停了下来，转身看了二人一眼，问道："丞相见你二人何事？"

那两个亲吏互相看了一眼，一时却不知道如何回答。宣台之内，军令甚严，原本石越召见他们，不得石越允许，便连高世亮，二人也不敢乱说，可是方才石越所问之事，却实在谈不上任何机密可言，问话的又是宣台之内最得石越信任的折可适。二人犹豫了一会儿，终于还是觉得这并非大事，便据实回道："是丞相问下官二人，高将军现到了何处……"

"唔？"折可适也似乎怔了一下，旋即点点头，道，"原来如此。"当下便不再作声。

何去非莫测高深地看了折可适一眼，问道："大祭酒，这其中可有何玄机吗？"

折可适却只是笑着摇了摇头，并不回答。二人放了那两名亲吏离去，都默不作声地朝院子里面继续走，快到石越住处之时，远远看见石鉴抱着佩剑，斜靠着一块大石头上。石鉴见着二人过来，笑嘻嘻地便伸手拦住，笑道："折祭酒、何承务，丞相在见客哩，还请稍待一会儿。"

折可适奇道："见客？这么晚了，在馆陶？是丞相召我二人前来的……"

"我知道。"石鉴笑着说道，"不过丞相确实是在见客，我可不敢打扰。还望二位多担待。"

何去非听到这话，便开始左顾右盼，打算找个地方坐下来等，折可适却愈发好奇了，问道："丞相究竟是见的什么人？"

"是裴昂裴千里先生。"石鉴倒没什么忌讳。

何去非倒还罢了，折可适立时笑了起来，"那个自比管仲、乐毅的河间名士？

他又来献策吗?"

石鉴正要回答,那边何去非却有些不高兴了,道:"大祭酒休要小觑天下之英雄。书生当中,也未必便没有知兵的。裴千里先生虽未中进士,可当年赵韩王亦不过一村秀才,也能辅佐太祖平定天下。"

他这么一认真,石鉴便不好说话了,折可适却是努努嘴,笑道:"我可瞧不出来裴千里先生竟可与赵韩王相比。我听说他不过在白水潭读过几天书,晓得些杂学,考不上进士,便回河间,谈些格物之术,又能讲些各家之学,凡王、马、石、程、张、桑、苏,诸家之见,都能说些皮毛,兼又写得几句曲子词,还办过一次报纸,便在河间府自称是程先生、桑先生的门人,号称名士。他自称功名馀事,是闲云野鹤的高人。可朝廷说经术,他便讲孔孟;朝廷说货殖,他便讲管桑;朝廷说无为,他便讲黄老;朝廷重边功,他便讲孙吴。先是在莫州做幕僚,辽人南犯,他倒是颇能料敌先知,敌方在雄州,他便已至大名府。到了大名府又大谈北事,在一干秀才中得了个知北事的名声,这才被荐到宣台……"说到这儿,他故意停了一停,讥讽地看了何去非一眼,笑道:"何先生,我可有半点儿说错?"

何去非被折可适说得脸都红了。他与那裴昂其实并无半点儿交情,只是他自己是以一介书生,因喜谈兵事而做了讲武学堂的教授,但也因为他没有从军的经历,常常被人讥讽。折可适瞧不起裴昂,于他来说,不免有点儿物伤同类的感觉,故此才出言辩护。哪知折可适一点儿口德都不肯留,说话如此刻薄。

他张口正要回敬几句,却见一个侍卫自里头走了出来,朝他们问道:"丞相叫我来问,折将军与何先生可到了?"

石鉴懒懒起身,笑着回道:"早已到了,正在候着。"

"那丞相有请。"

何去非与折可适听到那侍卫如此说,也不再斗嘴了,连忙整了整衣冠,随着那侍卫进去。

进了房中,却见果然房中除了石越以外,还有一个人,正是裴昂。折可适和何去非先向石越行过礼,又与裴昂见礼,石越吩咐人给二人看了座,便对裴昂说道:"烦请裴先生将方才说的计策,再与折将军与何先生说一次罢。"

"不敢。"那裴昂抱拳朝石越行了一礼,略侧了侧身子,面对着折可适与何去非二人。他身材矮小,面目黑瘦,但声音却中气十足。他继续说道,"折将军素称'将种',何先生亦是本朝兵学大家,学生班门弄斧,还望二公毋怪。"

他谦逊两句,便话入正题,"学生向丞相所献者,乃铁壁合围、十面埋伏之策!若用学生此策,必能生擒辽主,使十万辽兵,匹马不得生回南京!"

折可适方听完这一句,嘴巴已是张得好大,惊声问道:"袁先生是说,要在此河北平原之上,四面包围这十万契丹铁骑?"

"不错,此乃当年韩信围项王、匈奴困汉高之法!"裴昂点了点头,慷慨说道。

"先生真规模宏大,非吾辈敢想。"折可适讥讽地说了一句,挑衅似的看了何去非一眼。何去非脸都快要红到脖子根儿了,尴尬地避开折可适的目光,轻轻咳了一声。

裴昂却不知道折可适这是在讽刺他,高兴地朝折可适抱了抱拳,连声说道:"不敢,不敢。"当下便滔滔不绝地说起他的策略,折可适与何去非听得心不在焉,又不知道石越究竟是什么意思,只好像个泥塑木偶一样,听他说得天花乱坠。

好不容易听他说完,石越却也不问他二人意见,只是温言与裴昂说了两句,打发他高高兴兴地辞去。石越才笑道:"你们听听裴千里说什么,也好知道外头现在都是何种议论。我记得裴千里才到宣台之时,正逢拱圣军之败,他献的是固守大名府,以待天下勤王之师之策;其后他献的是高垒深壁,毋与之战,待敌自去之策;转眼之间,已成铁壁合围、十面埋伏了!"

到了石越面前,折可适却没有那么随便了,他与何去非都知道石越的话没有说完,便静静凝神听着。

果然,过了一会儿,石越烦躁地起身踱了几步,道:"我须得尽快赶到冀州,亲眼看看深冀局势。明日起,你二人便随我轻骑前往,人不要多,只坐两辆马车,四马拉车,沿途到驿铺换马,侍卫也只带一百骑便可。"

"这……恐怕不太安全。"折可适其实早已猜到,这时候听石越亲口提出,便知他心意已定,但他却不能不劝谏,"丞相若是嫌慢,明日起,咱们不妨昼夜兼程。"

"昼夜兼程谈何容易，人可以吃干粮，叫马吃什么？大队人马，沿途供应皆需事先准备。还是人少些好。"石越摇摇头，道，"韩参政已经回京，汴京……"他叹了口气，欲言又止，"方才冀州来报，连深州的辽军也已经有北撤的迹象。"

折可适正要劝石越沉住气，何去非已经急道："深州之敌，无论如何都不可让他们跑了！"

"故此我打算下令让慕容谦率兵东下。"石越踌躇道，"他虽经大败，可也已经快两个月，该恢复些元气了。河东久无战事，吕吉甫也已经率太原兵下井陉，算着时间，这几日间该到真定府了。两路合兵……但王厚却建议我令慕容谦与吕吉甫率部走满城，北攻辽国易州。"

"此妙计也。"折可适击掌赞道，"丞相尚有何疑？"

何去非也说道："慕容谦与吕惠卿虽然未必能攻下易州，然而辽人绝不敢弃之不顾。一旦易州失守，不仅自易州攻紫荆岭，紫荆岭天险顿失；更可威胁范阳，辽军一切粮草供应，必经范阳南下。下官敢担保，耶律信绝对不能听任易州告急而无动于衷。自辽人南犯以来，我军与辽军交战，几乎都是在辽军选择的地方，他们要打便打，不想打便不打，我军全无主动可言。如今两军既在深冀间僵持不下，我军趁此机会，在辽国境内辟一战场，未必不是一个好办法。"

"辽人在易州本就有精兵驻守。"石越却仍然颇有顾虑，"休说慕容谦与吕吉甫多半是攻不下易州，便是要调动辽军，也不容易。我以为耶律信远水不解近渴，辽人要增援易州，多半是耶律冲哥出兵，或者调动幽州守军。而我军少了左翼这一支兵力，对河北战局，亦是举足轻重。"

折可适心里未必真的瞧得起慕容谦的横山番军，但他揣测石越心意，以为是石越不愿意慕容谦错过河北的大战，心中一转，便笑道："丞相所虑，亦不无道理。既是如此，何不只遣一支偏师，行王厚之策？"

石越愣了一下，奇道："偏师？"

"不错。"折可适笑道，"吕惠卿的太原军，亦有五千之众，号称悍勇。虽是客军，正好段子介的定州兵熟悉地理，丞相何不令段子介率定州兵到吕惠卿帐下听用，两处合兵，佯攻易州。"

石越觉得这不失为一个办法,却又有些迟疑,过了好一会儿,才道:"恐遭物议……"

"不妨。丞相只令吕惠卿佯攻,可取则取,打不下来亦不勉强。至于慕容谦,仍令他东下,进兵祁州,只在深泽驻军,不可与辽军交锋。"

石越这才点点头,却听何去非又说道:"丞相既然已令太原兵北攻辽境,蔡京率军至沧州已有时日,何不同时也令他率京东兵解霸州之围?"

"他那些乌合之众济得甚事?"折可适冷笑道,"若遭挫败,反伤我军士气。"

"不妨。"石越倒没有折可适那些成见,笑道,"也好。先让两支偏师弄些动静,看看耶律信如何应对。至于大军究竟是战是守,待我到了冀州,再行决断。"

"那河东那边?"折可适试探着问道,"那几门火炮已经到了……"

"河东先不去管它。"石越断然说道,"我知道朝中军中,于河东诸军颇有非议,然我不能去指挥千里之外的事。有章、折、吴三将在河东,吾辈尽可高枕无忧。遵正,你替我写封信给他们三人,便说不管朝廷有何命令,是攻是守,一切用兵之事,他们仍可自行决定。所有的责任,由我来承担。尤其是吴安国,他想如何打仗,便如何打仗。不管谁的命令,都不必听从。"

"是。"折可适连忙欠身答应了,心里面却也不禁有几分羡慕吴安国的好命。

商议妥当,次日一早,石越便抛下大队人马,只带了范翔、石鉴、折可适、何去非以及韩拖古烈、韩敌猎诸人,在呼延忠及一百骑班直侍卫的护卫下,轻骑快马前往冀州。众人每日纵马疾驰一百五六十里,到了十五日傍晚,冀州城墙便已遥遥在望。

"丞相,前面就是冀州城了!"在半道上加入众人的高世亮高声说道。他是这一行人中对于河北最为熟悉的,此时,他回头望见石越正从马车里面伸出头来张望,便连忙勒马回转,靠近石越车旁,伸手指着远处的信都城。

石越微微点了点头,伸手虚按了一下,赶车的侍卫立即会意,大喊一声,熟练地轻勒缰绳,马车的速度立即减缓下来。石越从车里面探出身子来,手扶车辕,站在车门之外,眺望着冀州城。随从众人见着石越的马车减速,也纷纷跟着慢了下来。

"现今冀州是姚君瑞的云翼军驻守吧？"

"正是。"高世亮侧头应道，"下官已经着人知会姚将军，此时他们在城墙上，应该已经见着我们了，大概就会出城迎接。"

他话音刚落，便听到号角大作，高世亮连忙转头望去，只见冀州城南门大开，数百骑带甲骑兵手持大旗，自城内疾驰而出，朝着他们这边奔来。

"来了！"高世亮方笑着回头，却见石越已经坐回了马车之中。

因石越事先有令，诸军将领，自王厚以下，皆不得擅离职守前来迎接，因此冀州前来迎接的，也就只有冀州守臣与云翼军诸将。此时距石越抚陕已有十余年之久，西军之中，也已物是人非。如云翼军中，除了姚麟以外，自副将以下一直到营一级的将领，十余年前，大多不过是一介指挥使甚至官职更小，石越几乎不可能认得他们，而对他们来说，石越也近乎是一个传说中的人物。毕竟，十余年前，哪怕是西军之中，指挥使这一级的低级武官中，能够亲眼见过石越的，本来也不会太多。

但这似乎无损于石越在西军中的威信。

尽管石越自从与高世亮说话之后，只是在冀州知州与姚麟前来参拜之时，掀开车帘回了一句，此后便再也没有露面，但宣台随行的众人都可以感觉到，云翼军诸将在有意无意地将目光瞥向石越马车之时，脸上流露出来的那种敬畏。

石越无意宣扬自己的行踪，当天晚上，宣台众人便入住姚麟的行辕。然后石越便颁下令来，由范翔、折可适替他宴请冀州的文武官员，何去非与高世亮代他犒赏冀州诸军。但石越本人，却并没有出现在众人的面前。

当天晚上，和石越一样没有出现在冀州宴会之中的，还有随他前来的两名辽国使臣——韩拖古烈与韩敌猎，以及一直寸步不离石越身边的呼延忠与石鉴，还有云翼军的都指挥使姚麟。

"林牙，咱们真的要在这儿一直玩双陆吗？"姚麟的行辕之内，韩敌猎百无聊赖地望着面前的双陆棋，他其实一点儿也不想与韩拖古烈下棋——他从来就没有赢过对方。

韩拖古烈笑着看了他一眼，把手里的棋一丢，道："遂侯要是不想下棋的话，我这次在汴京又买了几本书,有苏子瞻的新词……"

"罢!"韩敌猎连忙摆手,止住韩拖古烈,道,"那我宁可下棋。只是,咱们不能出去走走吗?石丞相也说了,冀州城内,任我们通行。"

"话虽如此,可冀州城内,又有什么好看的?"韩拖古烈假装没有看懂韩敌猎眼中的意思,淡淡回道,"这冀州又不是开封,这个时辰,外边早已经宵禁了吧。要不,咱们去折遵正的宴席上去做个不速之客?"

"那还是算了。"韩敌猎摇了摇头,道,"明知过几日就要杀个你死我活,现在却要把酒言欢,我做不来。况且范翔来请时,咱们已经婉拒了,此时再去,岂不叫人笑话。我看此处离城墙不远,何不上城去走走?我倒想知道,石越究竟是故作大方,还是真的让咱们畅行无阻?"

他说完便要起身,但韩拖古烈却端坐在自己的胡床之上,纹丝不动。他只好又坐回来,听韩拖古烈慢条斯理地说道:"遂侯,孔圣有句话,不知你听说过没有?"

"是什么话?"

"君子慎独。"

韩敌猎愣了一下,不知韩拖古烈是什么意思。

"石越下令,冀州城内,许我二人通行无碍,那是待我们以客礼。宋人既然以客礼相待,难道我二人却好将自己当贼?"韩拖古烈端起手边的一盏茶来,慢悠悠地喝了一口,笑道,"如今是两国交战,我二人出了这房间,所见所闻,便不免皆有瓜田李下之嫌。可其实,便让我们将这冀州翻个底朝天,却也不见得能有什么于我大辽有用之事。那咱们又是何苦来着?"

"这……"

"石越既以君子之礼相待,我等便以君子之礼相报。他说冀州城内,我二人可以四处通行,那么我二人便老老实实,不出这房门一步,也让宋人知道我大辽上国使臣的风范。"

韩敌猎听得目瞪口呆,原本他确是想出去探探冀州的虚实,但听韩拖古烈这么一说,也觉得确有他的道理,只是他毕竟没有这么多花花肠子,半晌,才说道:"如此,岂不虚伪得紧?"

韩拖古烈哈哈大笑，摇头道："遂侯说得不错。不过，天下之事便是如此，有时虚伪亦有虚伪的道理。"

与此同时。冀州城，北城楼上。

几个守城的节级惊讶地看见云翼军的都指挥使姚麟一身便服，恭恭敬敬地陪着三个陌生的灰袍男子登上他们驻守的城楼。对于冀州的士兵来说，很少有人能看到姚麟穿便服的样子，这当然不是说姚麟时时刻刻都会穿着铠甲，但他的确每时每刻，都会穿着那身绯红色的官袍。

这件事已经令他们如此的惊讶，而他们更加想象不到，大宋朝的右丞相、三路宣抚大使，会以这样的方式出现在他们面前。

"丞相请看，那边，便是辽军的大营……"

石越顺着姚麟手指的方向望去，便见北方的夜空中，远处依稀可见一处地方，有许多火光相连。

"前些日子，韩宝还不断派兵过来挑战。但这几日辽军已经不再渡河，我军派出去的斥候发现，韩宝已经放弃了深州城，将他的兵力往东北移动，如今他的主力已退至武强的北面，还在滹沱河上搭了几座浮桥。韩宝要退兵的话，大概不会走乐寿，而是会走饶阳，或者干脆走安平。"

"这么说来，如今我军离韩宝已经有点儿远了？"

"正如丞相所言。"姚麟脸上露出一丝忧色，"辽人将地利利用得极好。我军原本是欲以河为界，与辽人相持。然韩宝退上这么几十里，我军进也不是，不进也不是。若是进，便要渡河，焉知不是辽军诱敌之策？我军渡河，他便可乘我立足未稳、尚未扎寨之时，与我决战。若是不进，万一辽军是真的退兵，我军便只好望着他从容北撤。除非阳信侯能在河间拖住辽军，否则只能是鞭长莫及。大军追不上，若以轻骑去追，难免要吃耶律信的大亏。但若韩宝干脆走安平、经博野北撤，阳信侯也无可奈何。"

"这个无妨。"石越说道，"本相已经下令，令慕容谦进驻深泽。"

"丞相明断。"但姚麟却并没有松一口气的意思，"只是恕下官直言，我诸路大军中，实以左军行营最弱。辽军若过了滹沱河，往北便只有唐河能勉强阻一阻他们，左军行营主力皆是步军，易为辽人利用。下官若是韩宝，便直趋博野，慕容大总管若率军来追，除非抛弃步军与辎重，否则断难追上。而下官则以骑兵背唐河布阵，与慕容大总管决战，如此，以众击寡，以强击弱，以有备击无备，无不胜之理！唐河以南非唐河以北，到时只怕慕容大总管连个藏身之处都难找到。非止左军行营如此，便是阳信侯的右军行营，亦是如此。辽军兵力聚集，我军兵力分散，河北又无必经之道，我军若急于牵制辽军，便易被其利用，各个击破。"

"那君瑞之意？"石越看了一眼姚麟，目光突然变得锐利起来。

"下官以为，我军绝不能让韩宝过滹沱河！"

"哦？"

"如今已近冬季，这河北平原之上，所谓'林寨防线'也好，'塘泊防线'也罢，皆无大用。唯一于我军有利的一点儿地利，便只有滹沱河！是以我军一定要善加利用，只要能拖住韩宝，这几万人马便形同人质。辽军如今的阵形，犹如一条长蛇，要阻住一条长蛇溜走，不一定非要挡住蛇头，正当蛇头，反易遭蛇咬。我军只要咬住蛇尾，它照样跑不掉！除非辽主与耶律信果真见死不救，舍得让韩宝的几万大军葬身河北！"

"而君瑞以为，要咬住韩宝，慕容谦与田烈武皆靠不住？"石越不动声色地望着姚麟，继续说道："可如此一来，中军行营，便只有渡河……"

"只要我中军行营的主力渡河紧紧盯着他，韩宝就算是架好了浮桥，可想要从容渡过滹沱河北撤，也绝非易事！"

"万一如君瑞所言，辽军正要诱我渡河，与我决战呢？"

"与辽人提前决战，固非上策，然凭着韩宝之能，要想轻易击败我中军行营几支精锐之师，嘿嘿……想要吃下我西军精锐，也要他韩宝有副好牙口！"姚麟不屑地冷笑道，"丞相明鉴，如今河北之势，能与辽人相持，待其自败，自是上策；可是举大军与契丹决一死战，下官以为，算得上是中策；纵辽人全身而退，日后再去仰攻幽蓟，方是下策。渡过河去，打得几场硬仗，让耶律信、韩宝晓得我大宋西军的本领，从此彻底死心，也未必全是失算。"

他说完之后，望着石越，却见石越既没点头，也没有摇头，只是定定地望着远处的夜空，若有所思。

3

尽管不事张扬，但右丞相、三路宣抚大使石越亲临冀州的消息，还是很快在中军行营诸军中宣扬开来。对于无所事事，每日只是操练部队，绝不与辽军交战的中军行营诸军将士来说，这几乎是他们这一个多月来最重要的事件，每个人都在心里面兴奋地猜测，不少人将此视为大战即将开始的一个信号。

然而，石越九月十五日抵达冀州之后一两日间的所作所为，却又不像是来督战的，更似来犒军的，甚而很像是来给韩拖古烈送行的。十五日晚进驻冀州之后，石越就再没有离开冀州一步，而是坐镇冀州，连续召见中军行营王厚以下的致果校尉以上将领，从阜城、东光、武邑、北望镇，宋军的高级将领走马灯似的往返冀州之间。但无论是召见哪一位将领，是亲信如唐康、王厚，还是一个素不相识的营都指挥使，石越都只是提问、倾听，绝不发表意见。

与此同时，追随石越而来的宣台谟臣们，何去非与高世亮分道前往各处劳军——自从宋辽在深冀间相持以来，宋军这边算是过上了好日子。其时宋朝虽然号称繁华富裕，肉价也不算很贵，如陕西长安地区猪肉不过三四十文一斤，开封也不过一百一二十文一斤。然而以整个社会来说，即使是收入还算不错的禁军，除非他没有家小，否则也不可能每顿都吃上肉食，更不用说大鱼大肉。而自熙宁以来，虽然宋军一直实行募兵制不变，但禁军募兵的对象却也始终在缓慢却坚定地改变着。尽管大量招募来自中产之家的"良家子"一直是个社会性的难题，世代从军的禁兵仍然是宋朝禁军的主要来源，但减少招募无赖子的数量，增加有一定家业的下户男子的比例，也一直是石越与司马光努力的目标。而在一二十年后，他们的努力在西军中已经有一定的成效，其中原因，大半倒是因为外部环境的变化。一则自熙宁西讨之后，大量禁军裁汰屯田，还有许多负伤的禁军拿着丰厚的抚恤金离开西军，由宋廷另行安置，这就使得世代从军的兵源大量减少；二则因为相对来说，当时陕西路相较河北路贫困，而西军声誉又要好过河朔禁军，兼之在持续不懈的努力下，歧视从军的风气也有相当改善，陕西路下户中男子投军的意愿也更高。因此，在熙宁西讨十余年后，西军中由下户出身的禁军已然接近五成。而另一方面，西军中世代从军的禁军，较之河朔禁军中同样出身的禁军，也要淳朴许多。所以，对以西军为主的中军行营诸军来说，这一个多月的生活，除了不能喝酒，便真的是如在天堂一般。他们竟然因此生出一种淳朴的感激之情来。因为他们相信这并非他们应得的东西，在享受了这一切后，他们便会感到不安，期望能够有所行动来报答这一切。

这样的一种心情，在河朔禁军看来就只会觉得可笑。同样的待遇，若是施于某些河朔禁军，大概换来的只是当停止这种待遇之后的怨言以及随时可能因此而爆发的兵变。

但对于这些淳朴的西军士兵来说，这却是切切实实的感情。和他们讲什么保家卫国，有时候便如同对牛弹琴。在他们的心里面，会自然而然地将陕西当成家，面对西夏时，他们能理解这一切，并产生一种同仇敌忾来。但要他们将河北这个陌生的地方当成"家"，那却是极困难的。那对他们来说只是一种虚无缥缈的概念。因为在这个时代，他们中的绝大部分人一辈子都不曾听说过"河北"，他们到了此处，其实和到了外国也并无区别。因为他们也想象不到"外国"是什么样的，在他们心里，外国就是西夏，而西夏与河北又有何区别？西夏人的话他们听不懂，河北人的话，他们同样也听不懂。

对他们来说，与其在一个陌生的地方说什么"保家卫国"，不如直接告诉他们要"忠君护主"，至少后者的概念在他们心里还是根深蒂固的，易于理解。虽然同样也难有共鸣。

他们最真实的感情，都表现在最普通的事情上。诸如有恩必报、乡里之情、袍泽之谊，以及上司、同伴的感染……倘若他们的长官在战场高喊着"忠烈祠见！"并且奋不畏死，他们就算心里面并不真正清楚"忠烈祠"是个什么东西，也会血脉偾张、义无反顾地跟着大喊"忠烈祠见！"然后为此而战死沙场。

只有受过一定教育的武官们，以及极少数的普通士兵，才会有可能自觉意识到他们是为了另一些事情而战斗。尽管很可能每个人的动机都很复杂，往往都是高尚的与自私的动机混合在一起。对于绝大多数的武官来说，他们的战斗既是为了保护百姓，也是为了效忠宋室，但同样也是为了升官发财。旁人很难知道，在某个时刻，他们心里的哪一种动机会突然占到上风……

有过抚陕平夏之经历的石越，虽然十余年来身处庙堂之高，却还没有忘记尊重该尊重的现实。何去非与高世亮所到之处，必定杀猪宰羊、问疾给药，宋军的生活，令黄河北岸武强城里的辽军都感到羡慕。其实就算对于契丹的宫卫骑军来说，他们平时在辽国也不可能保证天天有肉食吃，只能说是以乳制品与小麦类制品为主。南侵之后，初时还可以常常宰杀劫掠的牛羊牲畜，大口吃肉，大碗喝酒，但自从八月中旬以后，每日就只能煮点儿肉汤，啃啃乳酪，连酒都要限量供应。进入九月以后，辽人最爱喝的酒露，除了军中贵人，普通士兵便完全喝不到了，只能勉强保证奶酒的供应。

何去非与高世亮四处劳军，而石越与宣台另外两个谟臣——折可适与范翔的举动，更看不出马上要开战的迹象。九月十六日，石越先是在冀州大宴，包括当日前来冀州参见石越的宋军将领王厚等人在内，所有文武官员一律参加，为韩拖古烈饯行。宴会之上，除了石越外，人人赋诗，虽然许多人的诗中多含讥讽之意，但折可适与王厚的送别诗却是中正平和，一派祥和之气。十七日，石越又遣折可适与范翔亲自护送韩拖古烈与韩敌猎至武邑上船，临别依依，几乎令人疑心宋辽之间已经停战。

但局势的变化，总是出人意料。

九月十八日清晨，在神卫第十营、第二十营近两百门火炮的掩护下，武邑的龙卫军在种师中的统率下，突然强行渡河，攻打武强。

战火重新点燃。

不过，辽军似乎早有准备。此时驻守武强的辽军不过三四千人，在神卫第十营渡河之后，几十门火炮刚刚架好发炮，辽军便在武强城内四处放火，随即弃城北走。种师中下午便夺回武强城，却直到深夜才算勉强扑灭城中的大火。

同一天，姚麟亦率云翼军自信都北上，收复了被辽军放弃的深州城。

尽管深州与武强城都已经残破不堪，但为了谨慎起见，姚麟与种师中都没有进一步行动，而是选择了在两处扎寨过夜。

九月十八日的战局发展，令当天抵达武邑督战的石越与王厚略感意外。辽军没有趁宋军立足未稳之时发动攻势，这让二人的心中都隐隐生出一种不祥的感觉。而接下来发生的事情，更是真正出乎预想。

石越最终采纳的是何畏之所献的双头蛇战术，宋军的反击以种师中与姚麟为先锋，分头并进，互相支援，而王厚则率威远军与雄武一军为中军，随后策应。宋军步步为营，互通声气，不给辽军可乘之机，使其纵有诱敌之意，亦无计可施。

但这个万全之策，却像是一拳打在了空气中。

当十九日姚麟与种师中率军北进，打算向武强以北的辽军大营挑战之时，才发觉在十八日晚上，辽军已经兵分两路，从容北撤。并且可以断定，辽军是由韩宝率领所部主力，北撤安平；而萧岚则率一部分辽军，北撤饶阳。

宋军原本张开大嘴，露出獠牙，想要一口咬住辽军的蛇尾，没想到一口下去，却咬了个空。辽军仿佛突然之间，完全没有了与宋军在深州决战之意，不仅没有对宋军半渡而击之，反而一击即走，果断地退到了滹沱河以北。

这比宋军诸将事先所设想的更狠更绝。

辽军的意图是十分明显的。

这一切绝不可能是巧合。若非早有预谋，就算早已架好浮桥，一夜之间，辽军数万人马，也断难从滹沱河南撤得干干净净。而若说是宋军的进攻正好赶上了辽军的撤军，就未免更加令人难以置信。辽军几乎是摆明了在引诱宋军追击。

只不过，宋军本以为深州是双方默契的决战战场，而事实却是辽军不再接受这个战场。

但事已至此，宋军也不可能再犹豫不决。

九月二十一日。祁州，深泽镇。

百余骑披着暗红色皮甲、高举着持盾白额虎头战旗与红底白尾鹞战旗的骑兵，沿着滹沱河北，稀稀散散地拖成长队，朝东边的安平方向行进着。统领这队骑兵的，正是新上任不久的横山番军都行军参军刘延庆。

所谓的命运弄人，莫过于此。就算是刘延庆自己，大概也想不到，他的官运竟然如此亨通。几个月的战争，他如今俨然已成为大宋左军行营中屈指可数的高级将领。而与之形成鲜明对比的，则是此时也在队伍中的刘法，一个区区的陪戎副尉，在武骑军中，做个都兵使都不够资格，还是刘延庆一力保荐，刘法才得以靠权都兵使的身份，来统率这一个都的武骑军。

刘延庆抬头看了看队伍前面的两面战旗——横山番军的红底白尾鹞战旗和武骑军的持盾虎头战旗——心里面不由得觉得十分讽刺。白尾鹞是一种小型鸟类，在威风凛凛的老虎面前，让人感觉给老虎塞牙缝都不够，可事实上，这种鸟却是迅猛的肉食动物，捕杀猎物毫不留情。

看到这面战旗，刘延庆不禁又有些得意，横山番军原本是没有这种徽记战旗的——熙宁年间，这种战旗往往是大宋朝整编禁军的标志。刘延庆履新之后，对横山番军原来的战旗怎么看怎么不顺眼，便向慕容谦献言，上禀枢府，横山番军才有了红底白尾鹞作为自己的徽记。慕容谦选择白尾鹞这种动物，大约是希望自己的这支军队能够打下与当年西夏铁鹞子一样的威名。不过刘延庆当时想的其实很简单，一是觉得这样更威风更有气派，再者他也是希望可以借此给横山番军去去晦气，转转运。尽管这并没有什么依据。刘延庆知道王瞻对此很是羡慕，他也想让武骑军改一改军旗来转转运，不过结果却是换来一顿严厉的训斥。说到底，徽记不是想改就能改的，仅仅是要给武骑军的大小武官换腰牌，就是一笔不菲的开销，如今从枢府至宣台，众人对武骑军是既不抱什么希望，也没什么好脸色，王瞻此举，实是有自讨没趣之嫌。

刘延庆又仔细看了看那面持盾白额虎头旗，端详那白大虫半天，总也觉得没什么杀气。选择白虎做徽记的禁军不少，赫赫有名的宣武一军的徽记，与武骑军的相比，就是少了一面盾牌，可刘延庆每次看到，都会觉背上直冒寒气。

"也是，明明是大虫，却又拿什么盾牌！这分明便是露怯了……"刘延庆不由得在心里面嘀咕道。

大败之后重新整编的武骑军只有四千余人马，也就是两个营略多。更令王瞻感到羞辱的是，他想在真定一带募兵，补充兵员，结果根本征募不到什么人，真定府的青壮宁肯舍近求远去投定州段子介，也不肯进武骑军。一个多月下来，王瞻才勉强征募了不足两千人，组成第三营。然而宣台、兵部、枢府，没有一个地方肯拨给武骑军战马，王瞻只得从其他两营中匀出一百匹战马，至少让武官们有马骑，因此这第三营有与没有，其实也没什么差别。此番左军行营再度东进，第三营便留在了后方，没有出征。

在一个多月前，这四千余武骑军萎靡不振、士气低落的程度，令人看了都觉得可怜。石越诛杀了一大批武骑军将领之后，这支河朔禁军的骄横之气的确是彻底消失不见了，但是，他们也一同失去了军队该有的悍勇之气，从各级校尉至普通的节级士兵，若不是变得浑浑噩噩，就是唯唯诺诺。恐怕如今就算找遍大宋，也再找不到一支如此听话的禁军。

承受着耻辱性的大溃败，主将以下一大批中高级将领被斩首，此外，几乎每天都有未如期自首的武骑军士兵被捕获，然后以通敌罪处死，传首军中……不仅如此，还要被上司、友军甚至市井百姓们歧视、嘲笑，仿佛背负着武骑军的名字活着，便已经是一种罪过。这一切，让这些残存的武骑军将士，只要稍有风吹草动，就觉得将要大祸临头。

对于这样的剧变，武骑军都校王赡一筹莫展。找不出任何应对之策的王赡，只好向刘延庆求救。刘延庆本人也是毫无办法的，但是他很快想到了刘法。尽管他不是很喜欢刘法这个人，可他心里面还是知道刘法是颇有治军之能的。而王赡虽然老大不乐意，但为了自己的前程，也只能权忍一时，听从刘延庆的劝谏，向慕容谦要来了刘法，让他在武骑军直属指挥中担任都兵使，时时问计问策。

刘法的确很有些能耐。才到武骑军，他便要王赡给全军士兵放假探亲三日。其时武骑军的家属，除了一些武官，大部分都住在真定城内，当三天假毕，这些士兵归营之后，果然都变得渐有生气。然后刘法又向王赡献策，将武骑军移营到真定府以东定州境内的无极县训练。到了无极后，刘法又要王赡严守营门，将士轻易不能出寨，而外人也无由得入，几乎是与世隔绝。同时，他又让武骑军两个营全部改披皮甲，卸去马甲，每日只管操练骑射，并按每天的射箭成绩将士兵分成三等，上等者分在一营，每顿有酒有肉；中等者在一营，每顿有肉无酒；下等者分在一营，每顿无肉无酒，还要多练两个时辰。十余日后，他又从士卒中选出三百武艺出众者，皆披铁甲，只习练砍杀冲陷之术……如此自刘法到武骑军，不到一个月的时间，原本众人皆以为无可救药的武骑军，竟然又渐渐有了些模样。慕容谦亲来校阅，很是夸赞了王赡一番，称他治军有方，并向宣台保荐他正式升任武骑军都指挥使。

可惜的是，天下之事，祸福相倚。

慕容谦很快接到了石越再次率军东进的命令。左军行营诸军东进深泽，在无极扎营的武骑军便做了前锋。本来谁也没有料到这次东进深泽镇会遇到什么战事，这"先锋"之名，其实也就是慕容谦鼓励武骑军而已。哪知道，大军未至深泽，便听到探马传回的辽军韩宝部北渡安平的报告。刘延庆几乎怀疑是不是自己命里和韩宝犯冲，他随慕容谦去深泽前，还满心以为辽军必然自饶阳与辽主会合而撤兵！

不出他所料，慕容谦自上次败给韩宝，憋了一肚子的气，听说韩宝到了安平，立即下令全军加快行军速度。原定在深泽镇扎营的武骑军，奉令再进二十里，至祁州与深州的边界附近扎寨。

深泽与安平相距本就不过五六十里，两地之间一马平川，三四十里的距离，宋辽两军都隐约可以看到对方的营寨了。不过韩宝多半也没有料到，他才到安平不久，会从西边又冒出来一支宋军。武骑军营寨都没有扎稳，便有两千余骑辽军气势汹汹地杀来——幸好辽军见到是持盾白额虎头旗，识得是河朔武骑军，便也没太放在眼里，两军在深泽、安平间激战半日，各自死伤了几十人。等到韩宝醒悟过来，派兵增援，王赡竟然将营寨扎好了。

这虽然算不得什么胜仗，辽军以半数兵力进攻，武骑军两倍于敌，还有个半就之寨可供防守，武骑军伤亡还要略高于辽军，要换在拱圣军，姚咒多半会气得想杀人，但对武骑军而言，却真是如同打了个大胜仗，全军上下士气大振。待韩宝再遣兵来攻，一则天色将晚，再则武骑军当真是众志成城，辽军也只好作罢。

待到次日，慕容谦已亲率轻骑赶到，入寨增援。但韩宝仍欺慕容谦部是新败之军，只是分兵一部，由萧吼统率，围攻慕容谦与王赡。自己则亲率中军，监视滹沱河南蠢蠢欲动的种师中与姚麟——这也是情理之中的事，在韩宝心里，比起手下败将慕容谦，赫赫有名的云翼军与龙卫军，自然是更大的威胁。

而慕容谦的数千轻骑，再加上四千武骑军，的确也非辽军敌手。九月二十日双方激战整日，面对辽军的优势兵力，宋军可以说是屡战屡败，屡败屡战，全靠王赡扎的好硬寨，才总算稳住阵脚。但横山番军的步军主力赶到，至少还要两三天，慕容谦既担心坚守不住，又害怕辽军牵制住自己，分兵前去截击他的步军，因此便定下计来，二十一日一大早，趁着双方混战之时，由刘法护送刘延庆趁乱出寨，绕一条远道，渡过滹沱河，联络滹沱河南边的宋军。

慕容谦与刘延庆其实都不知道姚麟与种师中就在滹沱河的南边，这是战争中的平常事，但他事先已得到宣台的军情通报，知道中军行营已经开始反攻深州。而韩宝又突然出现在安平，再加上打了一整天的仗，辽军不仅主力没动，连韩宝的大旗都见不着……故此慕容谦才认定，在几十里外的滹沱河附近，必然还有一支让韩宝更加忌惮的宋军存在。他不知道那支宋军是否已经知道自己正在与辽军激战，但就算知道，也不会清楚这边的真实情况。因此，他才做出这样的决断，不惜派出都参军刘延庆亲自前去联络。

当然，这其中还有一个原因，却是刘延庆所不知道的——慕容谦心里已将刘延庆视为一名福将。

不过不管怎么样，刘延庆都对这个任务高兴不起来，只是他也没有办法拒绝而已。虽然他们顺便出寨，还绕了一条远道，没有引起辽军的注意。但是，在滹沱河与木刀沟之间这片狭长地带上，如今可是有数以万计的辽军存在着。双方交战之际，就算是为了及时发现宋军的援军，辽军也必然会派出不少拦子马四处活动。在这平原之上，不管你是人多也好，人少也好，想要不被辽军发现，几乎是不可能的事。

也就是说，他们迟早会引起辽军的注意，被辽军的拦子马追杀。福将什么的都是没谱之事，相比而言，虽然正被辽军围攻，可是留在慕容谦的身边依然要更加安全。

刘延庆心里面已经不知道多少次冒出"倒霉"的想法来，但都被他赶紧甩开了。毕竟，这时候有这样的想法，可不太吉利。他又看了看那两面战旗，按理说，他们执行的任务最好是偃旗衔马，这样招摇过市未免有点儿太狂妄了。但刘法说这是"虚虚实实"之计，反正他们百来骑人马，青天白日的，打不打旗帜都是一样的，倒不如干脆光明正大地打出旗号来，反倒可能让辽人有些猜不透虚实。但是……刘延庆也是忍不住在心里面暗念了一声佛号，但愿刘法的这条虚虚实实之计，不要害了他们才好。

想到这里，刘延庆转过头去，大声说道："大伙都快点儿，趁着辽狗还没发觉，找个水流平缓之处，先过到对岸去。"说完，又朝身边的一个向导说道："孙七，你说的那处好渡河的河段还有多远？"

"回致果，就在前头，不过五六里便到。"

刘延庆狐疑地看了那向导一眼，没有作声，双腿一夹马腹，驱着坐骑小跑起来。此番前去联络滹沱河南的宋军，刘法的那一都武骑军未必能随他渡河，倘若他们的行踪被辽人发现，那么刘法便要率军掩护他们，只有横山番军的这十余骑人马会与他一道走完余下的路程。这十余人全是从慕容谦的牙兵中抽调的，有番有汉，这孙七也是其中之一，不过却是新近才被慕容谦看中的。

据说此人原本是个"标师"，也就是南方所谓"武伴当"，武艺颇为了得。刘延庆也知道，战争之前，大宋朝虽然号称治世，可要想杜绝劫道的绿林好汉们，却也几乎不可能。这其实与地方是否富裕，百姓是否能安居乐业，不见得全然相关。如大宋京东路颇为富庶，但是绿林之盛，全国各路都望尘莫及。故此伴当行、标行自兴起后，生意十分兴盛。一时间，习武之人若不能考武举或者投军，做标师或武伴当便是另一条出路。不过北方的标师，虽然与南方出海的武伴当一样，都提着脑袋挣钱，可是大多数人的收入却远不及南方，也就是够勉强养家糊口而已，甚至还不如投军，故此这些人的武艺大多数是远不及禁军武官的。慕容谦的牙兵，刘延庆亲眼见过其战斗力，自是没什么好说的。不过这孙七看起来矮矮胖胖，比起寻常的禁兵都要矮上一大截，此人若要投军，只怕站到木梃面前，募兵的官员立时便将他丢到厢军中去了。[1]刘延庆在拱圣军中待久了，身边同僚袍泽个个都是五尺七八的大汉，对孙七便不免颇有歧视与怀疑之意。

而且绍圣以来，河北路贼盗之患并不严重，刘延庆听说这孙七先前受雇的标行虽然是设在大名府，可他们的主顾却多是去辽国贸易的行商。深州、安平之间并非宋辽贸易的主要通道，只不过他正好是祁州土人，自称对河北道路了若指掌，毛遂自荐，慕容谦才让他来做了向导。

但慕容谦信任他是一回事，刘延庆心里却是另一回事。他抬眼望去，身边之人真是一个个面孔都生疏得很，此时此刻，见着刘法在身边，都能让刘延庆

---

[1] 宋朝传统募兵的条件之一，以木梃为"兵样"，应募者，身高约177厘米以上有资格成为上禁兵，约172厘米以上有资格成为中禁兵，约161厘米以上有资格成为下禁兵或厢兵。不过此法只是条件之一，亦常有变通。后文所说之五尺七八，则合177至180厘米。

感觉到一丝亲切。可见这升官晋爵，也不可一概而论。若是以前在拱圣军之时，倘能做到都参军，刘延庆大约会有"夫复何求"之叹。想到这些，刘延庆心里面突然一阵黯然，东进之前，他在真定府听说了朝廷对姚咒的处分，虽然比事先猜测的要轻许多，只是罢去职事官，武阶贬降为从四品上的宣威将军，蕲州安置[1]——但虽未过岭[2]，对刘延庆来说，蕲州也已是一个偏远而陌生的地方，姚咒已年近六旬[3]，岁月不饶人，还能不能健康甚至是活着回陕西，都是难以预料的事。不管怎么说，刘延庆此时颇为怀念在拱圣军的时光，在时不觉得，但离开之后却觉可贵。更何况如今拱圣军七零八散，主帅落到这个下场。

不过时代的确也是变了。他到横山番军后，也听一些参军偷偷谈起姚咒与拱圣军之败。整整五十年前，姚咒的父亲就战死在定川。当年那场败仗，宋军最终损失也就是九千数百余人，刚好大约相当一支拱圣军的规模，却直接导致了宋朝最终不得不与西夏达成"庆历和议"。那些参军们一度还以为，五十年之后姚咒的全军覆没，又会带来另一份和议。

可历史并没有这样简单的轮回。

刘延庆心里已隐隐预感到，这场战争不会轻易结束。

也不知道是不是刘延庆真的吉星高照，虽然一路提心吊胆，但是，这大摇大摆的一百余骑队伍，竟然直到抵达孙七所指的渡河处，刘延庆已下河扶着马游到了河中间，才有岸上的武骑军发现了几骑辽人拦子马的身影，众人一阵紧张。但是，那些辽兵只是远远张望了一阵，或许是顾忌敌众我寡，竟然也没有过来骚扰。几骑辽兵远远地观望着，一直到刘法最后一个下河，都没有靠近过来。

待到刘法游到南岸之后，也不由得连连感叹侥幸。

拦子马也经常会有拿不定主意而误判形势之时，不过那都是发生在别人身

---

[1] 官职改革之后，宋朝之官员惩处制度亦与此前略有变化，识者请毋骇怪。又，某州安置，是宋代主要用来处罚宰执以及侍从以上高级官员的一种流刑，庶官一般称"某州居住"。是诸流刑中最轻的一种，犯事官员在该州城之内，仍享有人身的自由。前文中亦有提及此刑，皆是针对高级官员与宗室、外戚等而言。偶有例外，是与"编置"一词混用，指代针对官员之流刑。
[2] 过岭，指到岭南。虽然当时宋朝封建海外不过六七年，但国内也渐渐已经不再将海外之地仅仅视为"瘴疠畏途"，更何况是岭南。不过当时及此前，前往岭南地区的北方人多是犯官罪人，大多数人生活不免困苦，更常受凌侮，故此染病死亡率居高不下。刘延庆生长于北方，成见难除，故有此感。
[3] 姚咒之生年无考。然《宋史·姚咒传》称其"幼失父"、又谓其父"战死定川"，考其年月，宋军定川寨之败在1042年，至此整五十年。以此推算，则其当六十岁许，姑取其中。

上的故事，被自己撞上，可是要祖上积德才能发生的事情。

过了滹沱河后，刘延庆心里的石头才算落下了一大半。众人稍事休息，吃了点儿干粮，便重新部署，由刘法挑出十人，分为五队，往东边寻找宋军大营。刘延庆则率众沿滹沱河南岸东行。

众人越往东走，就越是觉得侥幸。原来自他们渡河之处往东，没走多远，便发现辽军的拦子马在滹沱河对岸巡视，越是往东，拦子马的数量就越多。许多辽兵甚至就在滹沱河对岸洗脚吃饭，见着刘延庆一行，开始时都很警惕，但发现只有百来骑之后，甚至会挑衅似的朝这边打唿哨，甚而用契丹话大骂。这边的孙七也是听得懂契丹话的，也粗会几句骂人的话，但凡河对岸只有要辽兵挑衅，孙七必定就要大声骂回去。其余宋军虽然听不懂，也免不了用各自的方言土语回敬。不过双方也就是过过嘴瘾，安平一带的滹沱河面虽然不甚宽广，可也已在双方寻常弓箭的射程以外。

不过，随着对岸辽军越来越多，刘延庆心里面也几乎确定，确有一支宋军就在前头，而且，必定是令韩宝也颇为忌惮的宋军。因为辽军这样的部署，分明是在防范宋军渡河，打的就是半渡而击之的主意。刘延庆坐在马上，远眺北方，观察地形，只见安平境内，滹沱河北，到处都是废弃的耕地村庄，适宜布阵的区域不少，但是，要夺取控制一块足以让上万骑兵从容布阵的地区，绝非易事。他在心里面估算辽军反应的时间，辽军拦子马的数量已经足以让他们清楚掌握宋军渡河的地点，而滹沱河南也是一马平川，想要瞒过辽人，也是绝不可能的事，疑兵之计都没有发挥的余地。所以，即使辽军是自安平城出发，抵达宋军渡河的地点从容布阵，宋军最多也就能渡河两三千人马，而且只怕这两三千人马都来不及布好阵形。

一念及此，刘延庆更觉忧心忡忡。

正担心着，忽听刘法高声说道："来了！"

刘延庆一惊，回过神来，转头朝东边望去，果然，便见有数骑人马正朝这边疾驰而来。他这时候也顾不得想许多，大声"驾"了一声，朝刘法喊道："刘都头，咱们也快点儿。"刘延庆虽然心里认可刘法的才干，可是此时二人身份地位悬殊，他却是绝不肯与他平辈相交的。

众人也纵马疾驰，很快便可看得清来人的面容，刘延庆这时却跑在最前头，一眼看见前来相迎的人马，不由又惊又喜，高声呼道："来的可是田兄弟？！"

却听那边一人哈哈大笑，朗声回道："正是小弟！致果大哥，恭喜高升呀！"

说话之间，二骑已到跟前，那边跳下马来的正是田宗铠。刘延庆下马握着田宗铠的手，笑道："自家兄弟，连你也取笑我。你却如何来了？"

田宗铠笑道："且不忙说这个，给哥哥介绍个人，也是有名的英杰。"说罢，拉过一个人来，刘延庆这才发现，原来与田宗铠同来的还有一个武官。他上下打量一眼，不由得吃了一惊，原来此人身材虽高，可年纪看起来比田宗铠还小，不过一少年儿郎，相貌极是俊秀，更不似学武之人——以他的年纪，若非荫封，断不可能做到校尉。他不敢得罪，一面揣度着这是汴京哪家贵戚的衙内，一面抱拳笑道："劳烦足下相迎，延庆方才失礼了，还望恕罪……"

话未说完，田宗铠已在旁笑着打断，"就你这许多虚文。这位也是自家兄弟，守义公之第三子，守东光的仁多观明，如今在云翼军中做参军。"

仁多观明也笑着抱了抱拳，道："小将久闻刘致果威名，欲思一见而不可得，如今却是遂心如愿了。"

这边刘延庆与刘法都是吃了一惊，这仁多观明虽然年方十五，可如今已是天下闻名。二人都听说仁多观明被特旨奖掖，现已是正八品上的宣节校尉——这是他一刀一枪打下的功名，非荫封之辈可比。现今仁多观明是在王厚的帐中做参军，不想却到了云翼军。

刘法此时身份卑微，刘延庆既然不曾介绍他，他也不好贸然搭话，只能在旁听着。刘延庆早已是笑容满面，连连说道："失敬，失敬。原来是仁多宣节！"方要再说，田宗铠听他们寒暄客套，已老大不耐烦，在旁说道："休要宣节来，小将去的，我等皆以兄弟相称不好？"

仁多观明也点头道："田大哥说得极是。"

刘延庆正愁结交不上，笑道："两位兄弟说得是。方才田兄弟说是云翼军，前头是姚昭武到了？"

田宗铠笑道："正是。不过我与三郎皆非姚昭武麾下。走，咱们边走边聊。"

众人又上了马，按辔徐行，刘延庆这时候仔细观察，才发现果然二人带的兵，服饰都与云翼军不同。田宗铠笑道："大营还有些距离，我与三郎是出来打探虏情，在道上遇着你派出的两个禁兵，我们指了道路，让他二人先去营中知会，便来相迎了。三郎已经猜到哥哥的来意了。"

"哦？"刘延庆惊讶地看了一眼仁多观明。

仁多观明笑道："休听老田胡说八道，我不过是随便揣测，大约是慕容大总管已经到了，遣刘大哥来谋议协同作战之事。"

"原来如此。"刘延庆点点头，这才恍然，这个倒不难想到，"不过方才田兄弟道二位兄弟都不在姚昭武麾下？难道是王太尉亲自来了吗？"

"这倒不曾。不过如今不但姚昭武在，还有种昭武的龙卫军。收复深州、武强后，王太尉下令云翼军与龙卫军渡河与韩宝作战，宣台遣了唐康时来并监二军，我二人皆在唐大哥属下。"田宗铠笑道，"我是从大名府赶回来的，姚太尉离开大名府时对我说过，拱圣军之辱不可不雪。既是如此，那韩宝在哪儿，我就得跟到哪儿，不在战场上将韩宝打败，愧对拱圣军威名！"

刘延庆听到这话，亦不由热血上涌，慨然道："他日取下韩宝人头时，定要有我拱圣军的兄弟在场！"

"刘大哥真壮士也！"仁多观明却不知这只是刘延庆一时头脑发热而已，赞道，"二位哥哥之志，很快必能得偿。刘大哥或还不知，何畏之率军渡河攻乐寿，北进饶阳。田大哥的令尊阳信侯，亦已受宣台之令出击，攻打牵制辽主与耶律信。若何畏之能夺下饶阳，便是将韩宝与耶律信切割为两部。当初辽军如此布局，大约是想引我军分道追击。其弓马娴熟，颇胜于我，利用河北之地形，诱我追击，其以轻骑穿插分割，我军断难保持各部之联系，辽虏便可将我军各个击破。只是人算不如天算，此是天亡契丹。韩宝竟然意外被牵制在安平。想来这全是慕容大总管之功。如今辽人倘若抛弃劫掠之辎重，自饶阳渡河，与辽主相会，我军倒也并无良策。待他两军会师，他要想走，我军无力断其后路，拦不住，亦追不上，顶多获其辎重。可这却是契丹的致命弱点，不到生死关头，他们是绝不会丢弃辎重财货的。河间府辽军控制官道，他们还可以精兵断后，辎重先行，到时候尚有一番血战，我军未必便能如意。可是这安平，嘿嘿！"

"北有木刀沟、唐河，东南有滹沱河，我大军与之相持……"刘延庆接道，但他心里面，却并不是这么乐观。要想实现这一切，最起码要先保证慕容谦不被击败。否则，这可能是宋军的又一个伤心地。仁多观明说辽军绝不会轻易抛弃辎重不假，可是刘延庆是知道韩宝厉害的，他肯定还另有所恃。或许，他觉得他可以拒宋军于滹沱河之南，争取时间击败慕容谦；或许，他还可以等到冬天——马上就进入十月，他们口中的河流离结冰不远了。到时候，大车都可以在河面行走，这些河流便等于不再存在。韩宝若是早一步北渡唐河，将宋军引至博野一带交战，他既能进退更加自如，也能使宋军补给线拉得更长，并且完全暴露于辽军轻骑的攻击危险之中。然而，虽然他没能如期完成战略目标，宋军的一切也照样不见得变得乐观起来。

如今唯一值得庆幸的是宋军已经不需要面对最艰难的抉择。倘若韩宝真的退过唐河的话，宋军就算步步为营地追击，粮草也会是个不小的问题。当年曹彬的失利，就是因为没有粮草而进进退退。虽然如今宋军的补给能力大为提高，压力也没有那么大，但是辽军对粮道的袭击也一定防不胜防。就连一个赵隆都能将辽军的粮道搞得鸡犬不宁，遑论这本就是辽军的拿手好戏。在刘延庆看来，辽军不愿意再在深州与宋军决战，大约也是因为这个原因。一方要千里运粮精兵护送，另一方却粮草充足，粮道是安全便利的运河，这样的仗，用慕容谦的话来说，那是能打多久便可以打多久。可是这样的事，耶律信终究不会愿意让其发生。

刘延庆心里转着自己的念头，一面斜眼去看田宗铠，却见田宗铠脸上一直挂着淡然的微笑，却也并不接话。他不由感觉一阵释然。经历过深州之战的人，大约应该是不会再轻视韩宝了。不过他又有些嫉妒，田宗铠身上也有些特别的东西，似乎即使经历再惨痛的失败，也不会让他丧失勇气。对他来说，好像完全不存在这个问题。所以，他才会坦然地护送姚咒回大名府，据慕容谦说，那是他主动要求的——这未必全然是出于忠义。然后，他又这样坦然地回来了。想要与韩宝再次一决胜负。

尽管他只是个名不见经传的中低级武官，而对方却是名动天下的统军大将、北国名将。双方看起来根本不在一个等级上，所谓"打败韩宝"云云，理所当然应该是一个笑话。在刘延庆心里，要打败韩宝的，也应该是王厚、慕容谦之类的人物。可是，田宗铠却那么理所当然地说出这样的誓言来，认真、坦然得让人无法怀疑。

这样的东西，刘延庆听说过，有人称之为"气度"。让他嫉妒的是，这东西可能是天生的，他再怎么样努力，也不可能拥有。

4

宋军大营设在滹沱河南约十里处，分东西两座大营，种师中的龙卫军在东大营，姚麟的云翼军在西大营。唐康虽然与种师中交谊极好，但他仍然选择在姚麟的西大营居住。原因倒也很简单，虽然姚、种二人都是昭武校尉，各统一军，地位相当，可姚麟已经五十多岁，而种师中不过三十三四岁，论辈分，种师中见着姚麟得叫一声"世叔"；而二人资历更是大不相同，种师中是后起之秀，姚麟做昭武校尉却已经八九年了——在新官制之下，武官由昭武校尉升至游击将军，被称作两小坎之一，没有军功极难升迁。姚麟在做到昭武校尉后，宋朝发生的战争便主要在河套与西南夷，他都不曾参与，故此他的武阶迟滞于此，始终无法再进一步，甚至还低过比他年轻的折可适。但话虽如此，同是昭武校尉，到底也有资历深浅的区别。唐康再怎么样，也不能将姚麟与种师中等同看待。以姚麟的家世、名望、资历，就算他不如何买唐康的账，唐康也得敬他三分。

田宗铠与仁多观明领着刘延庆到了西大营后，便各自告辞，由刘延庆单独前去参见唐康，禀报军情。与和李浩合作时不同，唐康虽然受命并护二军，却极尊重姚麟，立即着人去请了姚麟过来，才让刘延庆禀报。

得知慕容谦被围之事后，唐康和姚麟并不如何惊奇，显然是早已知情，只是没有告之仁多观明这些人。只在听到刘延庆细禀寨内虚实之后，二人才显得有些动容。这也是慕容谦早就料到的——友军果然对他们的情况过于乐观了。

不过便如田宗铠与仁多观明在路上告诉刘延庆的，中军行营已经下令渡河，二人也早有心理准备，他的到来，只不过让这件事变得更加急迫了。唐康随即着人请来龙卫军种师中等高级将领会合议事，其实这亦无甚好议的，不过是决定次日渡河，连渡河的地点，他们都早有准备。种师中将先锋之任痛快地让给了求战心切的云翼军。由云翼军先渡，龙卫军次之。

然后刘延庆便随唐康至姚麟大帐，看姚麟击鼓、升帐点将。直到此时，田宗铠与仁多观明方有资格随同唐康与会。姚麟的大帐中，早已设了三张椅子，姚麟坐主将之位，唐康居左，田宗铠与仁多观明侍立在唐康身后；刘延庆是客将身份，也特别给他设座，在右边坐了。刘延庆坐在帐中，看着众将依次入帐，心里面不由得有几分得意。他嘴角微翘，微笑着望着对面唐康身后的田宗铠与仁多观明，二人却不知道他是内心感情的流露，还以为他在打招呼，也都含笑回应。

刘延庆以前听闻姚麟治军纪律严明，属下犯法从不纵容，用兵刚猛如姚兕，而谋略更胜之。他并不相信姚麟会胜过姚兕，在他的心里，根本不相信有任何人能胜过姚兕。不过，看着姚麟升帐，倒的确是颇有其兄之风，让他恍若又回到了拱圣军时。击鼓仅仅两通，诸将便已全部到齐。这是在慕容谦的帐下看不到的，慕容谦虽有严厉之时，但平时与部将关系极好，刘延庆上任不过十来天，慕容谦便经常拉着他喝酒看戏。他若升帐点兵，总会有几个将领险险地拖到鼓声快要结束时才到，让刘延庆不时地为他们捏一把冷汗。相比之下，到了云翼军，刘延庆更有一种熟悉而亲切的感觉。刘延庆注意到，云翼军的将领们进帐之后都不敢抬头正视姚麟，他心里几乎可以肯定，云翼军与拱圣军一样，也是一支上下阶级分明的军队。不过云翼军的将领们也一定自视甚高，他发现所有将领的右护膊上，都有大鹏展翅图案。

众将聚齐之后，鼓声方落，姚麟锐利的目光扫过帐中，刘延庆方一迎视，便不由自主地把头低了下去。待他再度抬头，却见对面不仅唐康仍是神淡气闲，田宗铠、仁多观明也在笑眯眯望着自己，他不由得一阵羞愧，脸上方一红，却听姚麟已经开口说话："酉时升帐，诸君当知所为何事？！"

刘延庆见众将互相看了看，便听一将大声回道："当是为攻韩宝！"

"不错。唐参谋、种昭武与某已经定策，明日卯初，强渡滹沱河！"姚麟厉声说道，"诸将谁愿为先锋？"

一位将领大步出列，刘延庆本以为是争先锋的，不料却听他高声说道："昭武,辽虏有备,此时强攻,恐非智者所为。若韩宝半渡而击之,我军再强,亦恐有不测之辱。"

此人刚说完,又一位将领也出列说道:"魏致果说得不错,还望昭武三思!"

"安仁、伯起所言,确有道理。"姚麟点点头,"不过,若是慕容大总管率军已与韩宝在安平苦战,前军大寨为辽军所围,旦夕将破,又当如何?!"

刘延庆立时感觉到众人的目光纷纷投向自己,那个姓魏的致果校尉高声说道:"若是如此,恕小将失言。如今之事,有进无退!小将愿领本部第一营为先锋!"

后一个出列的将领却笑道:"安仁岂可前后不一,先锋还是让给我第七营[1]好。"

刘延庆这才知道,这两人竟然都是营都指挥使、致果校尉。他正在想这种送死的先锋有什么好争的,却听那个魏安仁又说道:"我部是第一营,自当为先锋。伯起部是第七营,理当殿后。"

"你这是什么鸟道理?!"那叫伯起的顿时大怒,反唇相讥道,"要拉出去练练吗?上回是谁被我一枪挑下马来?"

刘延庆见那魏安仁臊得脖子都红了,正想要糟,却听姚麟已猛地拍了一下虎威[2],二人立即安静下来,姚麟瞪了二人一眼,道:"休要争吵,此番强攻,非比寻常。便以魏安仁第一营为先锋。"

那魏安仁连忙高声回道:"领昭武将令!"说罢,得意地看了那个叫伯起的一眼,退回列中。

姚麟"哼"了一声,没去理他,又说道:"然我军自翼州带过来的船只不多,须得架设浮桥,此事便由伯起的第七营来做。为策万全,须另募三百勇壮敢死之士,撑船渡河,护卫架设浮桥,为先锋军打头阵。这三百人,亦由伯起去各营挑选。"

"领昭武将令!"

刘延庆见那伯起也领了将令,正松了口气,却听田宗铠突然站了出来,朝

---

[1] 宋军一军五营,云翼军因第三、第五营被取消编制,故有第七营,实为第五营。
[2] 即所谓"惊堂木",军中称"虎威"。

姚麟抱拳欠身说道："昭武方才说要募三百敢战士，小将与刘延庆、仁多观明愿随尉将军与辽人决一死战。望昭武成全！"

田宗铠话音未落，刘延庆已然惊呆了。他一时也不知道说什么好，若出来拒绝，那自不免为众人耻笑；可是他一点儿也不想去干这种买卖。听着姚麟的布阵，这三百敢战士，最后能有一半活着回来就不错了。一时刘延庆背上已尽是冷汗。他眼睁睁地望着姚麟，心里却是一阵绝望，以他对姚咒的了解，若这两兄弟性格相似，大概不会因为他们的身份而特意拒绝。这时的他，甚至完全没有听到帐中云翼军众将听到"刘延庆"之名时的低声惊呼。

不过，出乎他的意料，姚麟说的却是："田将军与仁多将军可以去，然刘将军不能去。"

刘延庆顿时心中一阵狂喜，他这才想起来自己的身份，他到底是慕容谦的都行军参军……不过，也幸好这"二姚"性格也不是全然一样。他意外得救，生怕田宗铠再说什么，连忙朝姚麟欠了欠身，装作颇为遗憾地说道："若小将不能出战，愿以部将刘法代之。"

"渭州番军的刘法吗？"姚麟似乎也吃了一惊，点头允道，"如此，便依刘将军之请。"说罢，高声道："众将务必齐心协力，明日大破辽虏！"

散帐之后，因为准备次日大战，西大营内显得十分忙碌。田宗铠与仁多观明又来找刘延庆说了会儿闲话，刘延庆这才知道，今天那两名云翼军营将都是军中有名的悍将。那个魏安仁唤作魏瑾，字安仁，是扶风人；叫伯起的唤作尉收，字伯起，是开封人。两人其实是结拜兄弟、儿女亲家，早在绥德之战时，两人便已在云翼军中，做的都是挚旗，算是过命的交情。田宗铠又颇以刘延庆明日不能上阵杀敌为憾，很是安慰了他几句。然后二人便也回营准备。

唐康将刘延庆一行的营帐安顿在自己的大帐附近，又令人送来酒肉，刘延庆便与众人一道在帐中吃肉喝酒，又与众人说了他推荐刘法做先锋的事。众人都很是振奋，武骑军众人倒还罢了，慕容谦的那些牙兵，好几个也想去做先锋，让刘延庆意外的是，竟连孙七也是跃跃欲试的神情。他思忖到底也不是自己的人马，更乐得挣个面子，便一概答应下来。吃饱喝足，便有姚麟来传刘法相见，刘延庆也不去管他，自去见尉收。其时刘延庆在宋军中也算是颇有些名气，况且云翼军与拱圣军都算"姚家军"，尉收见着刘延庆，很是道了些仰慕之意，态度也十分亲切。刘延庆一开口提到属下有人想要加入敢战士，尉收一听是慕容谦的牙兵，立时没口子[1]答应下来。

刘延庆辞了尉收回来，那几人听说尉收答应了，都十分雀跃。刘延庆对这些人虽很是不解，但命是别人的，他也不如何操心，只是又嘱咐那几人，务必护卫田烈武与仁多观明安全。然后，他回自己的小帐倒头便睡。

这一觉睡得甚好，直到次日快近卯时，才有慕容谦的牙兵来唤醒他。原来是唐康着人来传他，他不敢怠慢，忙披了甲去见唐康。其时天色未明，但他到唐康帐外之时，只见整座大营的将士都已整装列阵。他这才知道，田宗铠、仁多观明与刘法、孙七等人，早已出发。

姚麟的战术十分简单，先遣三百精锐护住滩头阵地。搭好浮桥，精锐的先锋第一营先行渡河列阵，若能稳固住防线，其余人马便依次渡河，加入战斗，等待龙卫军渡河。渡河作战便是如此，人数越少，越不容易发生混乱。这也是没什么计谋可言的，辽军一旦进攻，就只能死战。可以想见，韩宝绝对会毫不客气，辽军以众击寡，云翼军第一营与那三百敢战士，绝对是凶多吉少。而对主将来说，把握进兵与退兵的时机，则至关重要。所以在滹沱河这边，宋军搭起了一座简易的高台，供唐康、姚麟观战指挥，因为刘延庆是客将，唐康便将他叫上了，一同观战。

刘延庆随着唐康、姚麟登上高台之时，几乎掩饰不住心中的激动与兴奋。

其时已到卯初，天色微亮，高台之下，有三个营的雄壮骑兵整齐地列阵以待，滹沱河南，到处都是飘扬的大鹏展翅战旗。眺目北望，宋军的三百敢战士人马分乘二十艘小船，已摇橹至河中。对岸的辽军拦子马早已发觉，此起彼伏的号角声在北岸呜呜响起，声传数里，至少有数十骑的辽兵在河岸下马，朝着河中的宋军射箭。

这却是刘延庆不曾想到的。他以为辽兵发现宋军，会先跑回去向韩宝报信。没想到却是分散在四处的拦子马朝着宋军渡河处聚集，先行阻碍宋军。连这一

---
[1] 满口。

点儿时间也要争取，看来西军的威名之下，韩宝还是十分忌惮的。

但云翼军亦不甘示弱，三百敢战士尚在河中射箭还击，且战且进，后面的第七营便已经有恃无恐地开始搭设浮桥。几十个士兵划着几艘小船至河中，每隔一两丈，便弃掉一艘船，然后用大铁链将这些相隔几丈的小船首尾相连，后面跟进的士兵则将一种类似壕桥的东西铺到船上。宋军渡河之处，是一处河面相对开阔但水流却较平缓的河段，如此只要前面的士兵牵着铁索，浮桥便也冲不太斜。转瞬之间，后面的宋军便已经将六道浮桥搭至了河中央。

而此时，三百敢战士中，亦有数艘小船已经靠岸。

刘延庆看见从第一艘船中跳下一个身影，不由得"啊"了一声，伸手使劲揉了揉自己的眼睛，再去看时，那人已经跃身上马，提着长枪冲向辽军。他仍是疑心自己看错，却听到旁边姚麟低声骂了句粗话。这才愕然问道："果真是尉将军吗？"

唐康与姚麟都是黑着个脸，只有旁边一个云翼军的参军低声说道："那便是尉将军了。"

刘延庆正目瞪口呆，这边河边第一营的阵前，魏瑾已是策马冲到河边，朝着对岸破口大骂。远远还可以听到那边尉收的哈哈大笑声。

尉收率队的三百精兵纷纷靠岸，辽军的拦子马便也不再死斗，丢下几具尸体唿啸而去。但宋军这边丝毫不敢放松，北岸的号角声越来越盛，站在高台之上，更可以看见自安平城外扬起的灰尘。

尽管辽人的号角声响彻四野，可是对于刘延庆来说，这仍是寂静的小半个时辰。浮桥的搭架，越往后进展越慢，尽管第七营的士兵们动作已经很快，刘延庆甚至能感觉到他们平时肯定受过这方面的训练，但他还是觉得太慢了。河边的魏瑾更是骂骂咧咧，嘴里没有停过。

待到好不容易搭好浮桥，对岸的辽军已经清晰可见了。

刘延庆在心里暗暗估算着辽军这支前锋的人数，一面死死地盯着这支辽军的服色、旗帜，总觉得似曾相识。他与韩宝打的仗，真是不少了。对他来说，韩宝的辽军渐渐也变得熟悉起来。不过要分辨辽军，总是不那么容易的。过了好一会儿,刘延庆才突然惊呼出声:"彰愍宫!"

姚麟与唐康都愣了一下,转头望着刘延庆,姚麟沉声问道:"刘将军是说彰愍宫?韩宝的那支先锋军?"

"不错,错不了!"刘延庆先是有些迟疑,继而肯定地点了点头,"肯定是彰愍宫!"

姚麟的喉咙空咽了一下,旋即骂道:"管他娘的什么宫,魏瑾也不是吃干饭的。"

站在高处观战的感觉,与身在军阵之中,果然是完全不同。尽管还是有些许紧张,但是当刘延庆的目光落到沿着浮桥行进的云翼军身上之时,心里面不由又安定了许多。每个人都能看到辽军就在眼前,但是魏瑾与他的第一营并没有急躁慌乱,也没有刻意加快行军速度——每个人都知道,那样只会带来更多的混乱。可是能做到如此从容的军队,却是极难得的。

辽军占据着战场的优势。除了兵力几乎多出一半,他们部伍整齐,不疾不徐,列阵而来,到达宋军的正面之后,他们再度从容布阵,并不急于发起进攻,只是静静地观察着宋军。

而云翼军的情况就不利许多。尽管他们搭架的浮桥看起来稳定性很好,可是要骑着战马在浮桥上奔跑仍是不可能的。近两千宋军只能沿着六道浮桥,分成六列,牵着战马渡河。到了北岸之后,将领与士兵都要尽快找到自己的位置布成军阵,但这样一来,就一定会有一个阵形混乱的时刻。

辽军显得很有经验,他们就是在等待那个时刻。一旦阵形混乱,再多再强壮的人马也经不起一次冲锋。然后他们就只要轻松追杀逃窜的宋军,看着他们自相践踏。

所以,不管怎么样,刘延庆都抑制不住自己的担心。他完全无法想象这样的情形不会发生,可当他悄悄去窥视唐康与姚麟的神色之时,却发现二人的脸色几乎没什么变化。

就在他分心的这一会儿,一阵响彻云霄的号角声在北岸响起。

"开始了!"刘延庆在心里哀叹一声,强迫自己转过头去——这一刻,他几乎不敢相信自己的眼睛。

他看到尉收端起了他的钢臂弩——先渡的三百敢战士，高喊着"忠烈祠见！"对辽军发起了冲锋！

"忠烈祠见！"

"忠烈祠见！"

滹沱河的两岸，宋军的吼声响彻原野，震得刘延庆热血上涌。辽军大概没有想到区区三百宋骑，居然也敢送死似的冲锋，稍稍愣了一下，才吹响号角——这时已经来不及了，宋军的弩箭似暴风骤雨般射去，顷刻之间，有数十名辽军摔下马来，随之而来的，是辽军阵中的一片混乱。

宋军的第一次冲锋，待到发射手中的弩机之时，都是突然伏低了身体，攻击的是辽军全无防备的战马。如此整齐的战术动作，对马术的要求很高，若非这三百人都是精挑细选之辈，是很难做到的。这是一次绝妙的进攻，数十匹战马受伤负痛狂奔，在辽军中引起的混乱可是说蔚为壮观。

不过彰愍宫骑军的确是宋军的劲敌。一阵混乱之后，辽军马上开始后退——这个本领却是宋军的马军一直不能好好掌握的，契丹人必然有一套独特的传令之法，数千骑兵，进退自若，军阵转弯之时，完全不会引起混乱。相比之下，拱圣军每次操练佯退、再返回进攻，需要的机动空间比辽军要大许多，而且总是不能如契丹人一样完美。

但辽军的这次后撤，也给第一营赢得了时间，待到辽军整阵再来，魏瑾几乎已经是严阵以待了。

接下来就是长达半天之久的血腥激战。

从某种意义上来说，契丹的宫卫骑军与云翼军是完全相同的一种部队。他们都擅于骑射，能从快速奔驰的战马的任何一个方向射箭，也都配有近战的长短兵器，不害怕近身格斗。采用的也是几乎相同的一些战术。相比而言，辽军的骑射与马术或要稍稍占优，但云翼军的兵源都是精挑细选的，身材体格往往较契丹的宫分军更加高大，马上格斗要略胜一筹。而双方的装备也大抵相当，云翼军虽然装备有一些火器，但在这样的骑兵战之中，也完全派不上用场，唯一的优势大约是云翼军的铠甲更加精良。

因此，辽军虽然兵力占优，但在一个很小的战场上，他们的优势只能体现于层层列阵，能够源源不断地发起冲锋，无法真正发挥骑射与马术的优势。而对于云翼军来说，这可以说是他们的首战，士气正盛，体力充沛，也不是那么容易击败的。

但这样下去，便连刘延庆也知道，宋军的失败是必然的。并非是他们一定会输给辽军，而是宋军的目的无法达成。

这是毫无意义的消耗战。

到中午时，双方都已经有点儿筋疲力尽，很快，双方开始默契地退兵。辽军虽然也曾试图追杀退往浮桥的宋军，但是见到宋军撤兵时法度严整，河面还有一些宋军手执弩机掩护，便也作罢。直到宋军全部撤离，才有一队辽兵过来，往浮桥上泼洒猛火油等物，将宋军的浮桥一把火烧了个干净。

云翼军初战不利，全军锐气不免稍挫。

魏瑾与尉收回来之后，都一个劲儿地大喊"好辽房！好辽房！"田宗铠、仁多观明都是筋疲力尽，累得不想说话，刘法受了点儿小伤，在一边默然处理自己的伤口，只有孙七还活蹦乱跳，向慕容谦的几个牙兵炫耀自己抢来的一张大弓。刘延庆见田宗铠与仁多观明平安无事，虽然宋军没能渡河，却也不甚介怀。从他内心来说，慕容谦与横山番军、武骑军之安危，他也就是尽力就好。反正他此时又不在辽军包围中。

当日姚麟再度升帐议事，但这一次，云翼军诸将皆知辽军有备而善战，不免都面有难色。议了半天，也没个章程。正好有人通报龙卫军种师中过来求见，姚麟一怒之下散帐，刘延庆本来也想跟着众将一齐退下，却被唐康叫住，与姚、种二人一道前往唐康帐中密议。

这却是刘延庆第二次来唐康帐中。第一次来时，刘延庆心中紧张，加上身上还湿漉漉的，竟是没留下什么印象。这次仔细观察，才发现唐康的大帐看似陈设简陋，其实却是极尽奢华，每一样东西都是价值不菲。他四人对坐喝茶，所用茶盏居然皆是柴窑名器。这种周世宗时的御窑瓷器，其时已不是寻常人家能见到的，只是拱圣军中的武官，家世显贵的也不少，刘延庆才曾经在同僚家见过一次。但像唐康这样随随便便带到军中，便与寻常的定窑白瓷一般使用[1]，不免让刘延庆看到眼睛发直。

"刘将军于瓷器亦有兴致吗？"唐康的话，将刘延庆拉得回过神来，他见唐康正望着自己，正要回答。但唐康已经不再理会他，转过头去，望向姚麟、种师中，讥讽地说道："某只愿能得猛士，大破韩宝，似此等物什，康视如敝屣！"

刘延庆脸上羞红，却听唐康又说道："我三人率精兵两万骑，而不能渡区区一滹沱河，康实耻之！诸公皆当世名将，天子倚为干城。今吾辈坐拥大军而不能进，万一慕容谦有失，悔之何及？康愿闻一策，以破辽房！"

唐康这话说出来，不仅刘延庆，便是姚麟、种师中，亦不免如坐针毡。姚麟老脸通红，种师中却直起身来，说道："都承，今日之事，无奇谋可用，唯死战而已。"

这话却让姚麟极不舒服，他看了种师中一眼，怒道："端孺讥我云翼军不曾死战吗？"

"不敢。"种师中半笑不笑地抱了抱拳，道，"然明日请换我龙卫军一试，不知世叔允否？"

刘延庆早就听说过姚家与种家之间的各种明争暗斗，这时才算亲眼见着，种师中口里说"不敢"，但这话摆明了就是笑话云翼军无能。他心里大不以为然，心道就算换上龙卫军，也是一样的结果。但他也不愿得罪种师中，便全当没有听见。

但唐康也不是傻子，他将目光投向种师中，缓缓说道："端孺，恕我直言，云翼军做不到的事，龙卫军亦做不到。"

姚麟本来还要反唇相讥，但听到唐康这样说，怒气稍平，便闭嘴不言。种师中与唐康私交极好，唐康又是他上司，唐康既然开口了，他是个玲珑人，便笑着朝姚麟欠身说道："是小侄失言，世叔大人有大量，莫要计较。"

姚麟有心想要讥刺几句，却又想着大局为重，生生忍了下去，只是重重地"哼"了一声。

却听唐康又道："但端孺有句话说得没错，如今之事，看来也只有死战一途。

---

[1] 其时定窑尚是民窑。

既然如此，康倒有一策，只不知姚老将军与端孺意下如何？"

刘延庆惊讶地看了唐康一眼，心中暗叫了一声"高明"，却见姚麟与种师中果然都朝唐康抱拳说道："愿闻都承高见。"

"既是如此，那唐康便献丑了。"唐康端起手中茶碗，轻轻啜了口茶，方继续说道，"既然唯有死战，某以为，滹沱河上可渡之处甚多，而云翼、龙卫，实力亦相差无几。如今之策，倒不如各自为战！"

"都承之意是？"这一刻，种师中与姚麟都变得认真起来。

"姚老将军率云翼军、端孺率龙卫军，于同一日同一时刻，各自在不同之河段同时强渡滹沱河。辽军兵分兵聚，变化无常，但如今韩宝麾下之众，最多不过四万。既要分兵围攻慕容谦，则手中兵力当不过两万。若吾军分道渡河，韩宝再强，亦不免于顾此失彼。无论是云翼军还是龙卫军，只要有一军先渡过滹沱河，韩宝便阻住另一支不能渡河，亦无意义。"

"好计！"种师中与姚麟不约而同地高声赞道，然后互相对望了一眼，随即将目光转开。刘延庆在一旁，分明听到了这赞叹声中的火药味。

但唐康仿佛全然没有注意到，只继续说道："只是我军准备的渡河器具，略有不足。凡浮桥、船只等物，皆须由两军各自准备，渡河之地点，便请二位将军自行决定。待万事俱备，便告知某一声，再约期分道并进。"

"便听都承安排！"

刘延庆看看姚麟，看看种师中，又看看唐康，旋即将头低下，假装品茶。隐隐地，他心里面对唐康，突然冒出一丝畏惧。

姚麟与种师中此时都已迫不及待地要回去各自准备。这是他们都输不起的一场竞争。二人很快告辞离去。刘延庆也想跟着告退，却被唐康留了下来。他忐忑不安地望着唐康，却听唐康语气温和地对他说道："听说刘将军吩咐属下今日要好好护卫田宗铠、仁多观明周全？"

"是。"刘延庆战战兢兢地回道，他不知道是祸是福，却也不敢撒谎。

唐康不置可否地"嗯"了一声，过了好一会儿才说道："你认得我大哥吗？"

刘延庆一愣，半晌才明白过来，道："小将无福，不曾见过石丞相。"

"那就奇怪了。"唐康喃喃说道，又提高声音，说道，"不过田兄弟很是夸赞将军。将军在深州的事迹,我亦有耳闻。方今正是大丈夫建功立业、报答朝廷天子之时,将军智勇双全,前途不可限量。"

这些话听得刘延庆莫名其妙,但听起来都是夸他的,那自是没什么坏事。当下连忙欠身抱拳,谦道:"都承谬赞了。"

5

接下来的两天,安平的滹沱河两岸再无战事。但在南岸的云翼军与龙卫军中,却全是一片紧张而忙碌的气氛。即使是种师中,心里面也是知道云翼军的战斗力的,因此并不敢掉以轻心。而对于这两支宋军来说,最大的问题莫过于船只。尽管事先有所准备,但他们到底不可能将船只从冀州扛到安平来,但深州已是残破不堪,深州之战时,辽军甚至将附近的树木都砍得差不多了。两军都得去束鹿一带征船,滹沱河畔原也有一些渔村,若能找到现成的小船,顺流而下,对岸的辽军也没什么办法阻拦。

这两日间,刘延庆无事可做,便也跟着田宗铠、仁多观明一道,在深州四处闲逛。仁多观明有个亲兵,叫刘审之,是他父亲守义公仁多保忠送给他的,就是深州人氏,此时便做了三人的向导。但这个时候的深州,其实真是没什么好逛的,到处都是浩劫之后的惨况,让人不忍目睹。令刘延庆惊奇的是,他原本以为深州已渺无人烟,可是,战争还没有结束,竟然已经有一些百姓重返家园。

这些百姓大抵都是当初在冀州、永静军一带有亲戚的,逃难到了那一带之后,便不再南逃,待宋军收复深州,他们便迫不及待地回来了,赶着在自家地上种上小麦。这样的韧性令人动容。还有一些人,则是附近冀州等地的富户雇来的佣工,这些人也已经开始迫不及待地来抢占无主之地。

但不管怎么说,这片土地在以令人惊讶的速度重现生机。

这些重返家园的百姓生活都是很困苦的。宋廷可能会免掉当地几年的赋税,但是几乎不可能给予更多的帮助。在这方面,不管是新党、旧党还是石党得势,他们都是同样吝啬的。不过,对于这些百姓来说,只要官府不来添乱,这种程度的困难，他们仍能顽强地挺过来，甚而在几年之后，又会有点儿小康的模样。

所以，说起来刘延庆会觉得唐康的确是个好官。唐康听到田宗铠说起这事后，竟然让田宗铠与仁多观明去给他们见着的这些百姓送些粮食。此时王厚的中军行营就设在武强县，不过王厚肯定是不会多管闲事的。传闻中石越去了东光，大概也没有空来理这些小事。而本来这也不关唐康什么事，但他还是管了这桩闲事。所以，就算这一天，田宗铠一路上都没口子地说唐康的好话，刘延庆也觉得理所应当。尽管他心里面还是很害怕唐康。

不过要送完给十户人家的大米，却也不是很轻松的活计。对刘延庆来说，虽然知道是善事，别人做他也不吝赞美之辞，但轮到自己的话，就是多一事不如少一事。只是被田宗铠拉上，他却也无法拒绝。更让他心里暗暗叫苦的是，他本想让属下帮着扛粮食，却被田宗铠一口拒绝。他们三个人，就由刘审之领着，找云翼军借了几头骡子，驮了整整两千斤的大米，到处去送粮食。天可怜见，这十户人家住得七零八散，天各一方。

亏得田宗铠与仁多观明，一个是侯府世子，一个是公府公子，做起这种事来，还兴致勃勃。刘延庆却是一路暗暗叫苦，田宗铠的心思是反正是军粮，唐康又没说给多少，自然不用客气，越多越好。可是有了这些骡子和大米，他们的速度便未免变得有若龟行。奔波了整整一个上午，刘延庆饿得肚子前心贴后背，居然才送完一半。他去看仁多观明，也是有些禁受不住，只是咬牙不说话。唯有田宗铠健壮如牛，还在马上高兴地唱着曲子词。

好不容易，刘延庆远远望见一座小庙，便如见着救星一般，赶紧说道："两位兄弟，走得半日，且去那边小庙中稍歇片刻，吃点儿干粮如何？"

仁多观明张张嘴，没说话，那个刘审之却是十分识趣，在旁说道："致果将军说得不错，依小的看，不到黄昏怕是送不完了。若不吃点儿东西，一来腹饥难耐，二来去那些个百姓家，家徒四壁的，让他们招待，也不好意思。"

田宗铠听他这么一说，亦觉有理，方才点头笑着答应："还是你想得周全。"

当下四人纵马改道，到了庙前，才发现是一座废弃的关公庙。大宋真宗皇帝曾经下诏天下崇祀关公，至绍圣之时，天下关公庙已十分常见。四人下得马来，刘延庆正想着要吃干粮充饥了，谁知那刘审之变戏法似的，竟然弄出两条羊腿来，还有几坛果酒,真是让众人又惊又喜。当下刘审之便在庙前生起火来,服侍着三人一面喝酒一面吃烤羊腿。

吃得半饱,刘延庆不由颇为羡慕地对仁多观明笑道:"全托仁多兄弟的福,这般懂事的亲兵,不晓得兄弟从哪里寻来的……"

仁多观明喝了一口酒,笑道:"若非家父所赐,便送给哥哥了。"

田宗铠却在旁边笑道:"哥哥的那个孙七亦不错呀?"

"孙七?"刘延庆愣了一下。

"哥哥还不知道?"仁多观明笑道,"好本领。那日渡河,亏他救了我好几次。"

刘延庆更加惊讶,"我却不曾听他提过。"

"那就更加难得了。"田宗铠笑道,"别的还罢了,就是好力气。昨晚我听云翼军的人说,他们比开硬弓,孙七一气开弓二十四次!我才能开二十次,那个刘法能开二十三次,便是姚昭武,听说年轻时也只能开二十五次!"

"果真如此厉害?"刘延庆还是不太敢相信。他自己开硬弓,一气最多能开十五次,在军中已是很值得夸耀了。

"哥哥不知道?!他不是哥哥的部将吗?"这下轮到二人吃惊了。

刘延庆笑着摇摇头,道:"他是慕容大总管的牙兵,要不然,我便也送给两位兄弟了。"

"当真?"田宗铠笑了起来,"既有哥哥此话,我便放心了。回去我便找唐大哥说了,将他留下来。"

仁多观明笑道:"此番慕容大总管让哥哥过来,算是亏大了。姚昭武要留下刘法,唐康时又要留下孙七……"

"兄弟说什么?"刘延庆惊得嘴巴张得老大。

"原来哥哥这也不知道。"仁多观明笑道,"当日我们渡河,姚昭武便想要刘法来统领那三百人,是尉收杀出来,他才没机会。但我们听说,姚昭武已经打定主意要留下刘法了,还要简拔他在姚昭武的直属马军中做副将。"

大宋军制,每个军都有直属的骑兵一个指挥,似云翼军这种部队,这个直属马军指挥,常常就是军中最精锐的部队,刘法不过一个陪戎副尉,根本没有资格担任此职。但是如果姚麟有意关照,变通之法自然有的是。刘延庆虽然不喜欢刘法，但也谈不上什么恩怨，原本刘法有此机缘，也与他无关。但这时候听到这些事情，他心里面却总是有些不舒服。冠冕堂皇地说，他也算是带人来求援，援兵未至，姚麟已想着挖他的墙角，实是有失厚道。不过刘延庆心里知道，这不是他不舒服的原因。

不过，他也不想让田宗铠与仁多观明觉得他小气，仍是勉强笑道："这亦是刘法的机缘。只要大军能杀过滹沱河，解了慕容大总管之围，便是这些人全送给姚昭武，也没什么要紧。"

"这个却要亏了唐大哥在此了。"田宗铠道。

"此话怎讲？"

仁多观明接过话来，放低了声音说道："哥哥有所不知，便是一直到此时，宣台的折遵正也是反对速战的。折遵正一直认为辽人是只佯退，诱我追击。我军不动，辽军便不会动。而耗得越久，辽国国力损耗越大。若依折遵正之说，这一战，不仅要打得辽军损兵折将，还要打得他财库空空。"

"那为何现在又……"刘延庆不解地问道："不是听说石丞相十分信任折遵正吗？"

仁多观明伸出一根手指，指了指天，低声道："朝廷不许。"

吃了一口肉，又说道："便是王大总管，听说亦不想速战。故每每下令，都是'持重'二字。不求有功，先求无过。不过除此二人，宣台之中皆主速战。李祥、何去非等人，都怕辽人跑了。打幽州不好打，投石机也好，火炮也好，攻城都要有石弹，但幽州城下无石材。故此个个都想着在河北歼敌。不过依我看，打赢了河北一仗，还是会打幽州。朝廷肯定会想，西军来一趟河北亦不容易……"

刘延庆本来凝神听着，这时候不由得"扑哧"一声笑了起来。

仁多观明又笑道："不过哥哥大可放心，有唐康时在，和韩宝这一仗，那是打定了。唐康时想做的是李卫公、侯君集，出将入相。在朝中，他已经是能臣了，所缺者一进士及第。康时生平自负，不肯考进士，不屑应制科。本来本朝以荫官入仕的名臣也有不少，唐康时也不比那些人差。可他偏还想着立军功，旁人是想以军功封侯，他却是想以军功证明自己。我看子明丞相未必不知他的心思，这也是有意成全他。如今便是他最好的机会，他岂肯失之交臂？"

田宗铠却笑道:"依我看,唐大哥也配得上这军功。"又问道:"李卫公我知道的,侯君集又是何人?"

刘延庆也摇摇头,望着仁多观明。仁多观明倒也不以为怪,李卫公李靖在宋代地位极高,他的兵法是当时武人必读之书,二人自是知道;侯君集在唐时虽与李靖齐名,可武人未必读唐史,不知道也正常。他笑道:"侯君集亦是唐太宗时的名将,也做过宰相。"

田宗铠惊讶地问道:"也做过宰相?原来李卫公也拜过相?是枢密使吗?"

仁多观明笑道:"非也,那时还不曾有枢密使这官,唐太宗时武人亦可以做宰相。"

这等事刘延庆与田宗铠却是从未听说过,当下都不胜艳羡。不过羡慕归羡慕,田宗铠想了想,还是说道:"怪不得唐时有藩镇之祸,说书的也说五代百姓之惨。家父时常说,武人便连亲民官,最好也不要做,还是专心带兵好。果然还是本朝之制,远胜于唐。[1]"

刘延庆与仁多观明亦点头称是。

仁多观明虽然年方十五,又是党项人,但仁多家自入宋以后,便生怕宋人瞧不起自己,家中子弟除了习武之外,更要延请名师学文。如仁多观明,自小便出入白水潭,所拜的老师莫不是当世大儒,加之他天资聪颖,因此颇有些学兼文武的模样。仁多保忠虽然不指望他能中进士,但其学问比起刘延庆、田宗铠之流,真有天壤之别。

三人又扯些闲话,吃饱喝足,方打算起身。仁多观明突然瞧了一眼庙中的关公,忽发奇想,笑道:"难得我三人在此相聚,此处又是关公庙,何不便在此处,结拜为异姓兄弟?"

自五代以来,军中结拜,便甚风行。刘延庆自是求之不得,田宗铠听了也极是高兴。三人便进庙中,拜了关公,叙了排行,方起身离去,继续送他们的粮食。如此又是一个下午,直到戌初时分,三人才回到营中。

回营之后,刘延庆便隐隐感觉营中的气氛又有些变化,似乎更加紧张。但

---

[1] 此宋人寻常见解。

他也不以为意,辞了田宗铠、仁多观明,自回帐中歇息。方到帐前,却见孙七正等在帐外,他又看了一眼孙七,怎么也不相信此人是一气能开二十四次强弓的壮士,心里不由摇了摇头。却见那孙七快步过来,禀道:"致果可回来了,唐参谋遣了人,让致果一回营,便速去帐中相见。"

刘延庆一怔,诧道:"可知道是什么事吗?"

"这却非小人所知。"孙七禀道,"不过,云翼军忙得不可开交,许多人都在擦拭兵器,怕是又要渡河了。"

"这般快法?!"这一日下来,刘延庆尽是听到些令他惊讶的消息,这时也不敢耽误,随便进帐擦了一把汗,便连忙前往唐康帐前听令。

到唐康帐前,倒未久等,方一通传,唐康便传他进帐。进去之后,刘延庆才发觉田宗铠、仁多观明都在,唐康正埋首看着一幅地图。刘延庆行礼参见,他头都没抬,只是说道:"刘将军今日不在,某与姚、种二位将军已经定策,明晨便渡河,与韩宝决一死战。"

唐康这例行公事的一句话,便表示他已经尽到对刘延庆的礼数了。当然,刘延庆心里也知道,这点点面子,也不会是给他刘延庆的,而是给慕容谦的。他只能讷讷说道:"想不到姚老将军与种将军准备得这么迅捷,左军行营上下……"

刘延庆话还没说完,唐康已经打断他,"不是准备妥当了,是箭在弦上,不得不发。"

"啊?"刘延庆一时没有听懂。

"下午接到急报,阳信侯与耶律信战于河间,我军不利。张整的铁林军中了耶律信的诱敌之计,若非苗履率宣武一军增援,从此就没有铁林军了。战报称耶律信麾下,有五千黑甲军,重甲长矛,他们的长矛较铁林军的长枪还要长上许多,善于冲陷。辽军先以轻骑佯败,诱铁林军追击,然后以黑甲军出其不意冲击,铁林军阵脚大乱。若非宣武一军及时赶到,后果不堪设想。直娘贼,到处都是黑衣军,辽人到底有多少黑衣军?还各不相同!"

唐康恨恨骂道,又说道:"看起来辽人还有撒手锏。步军与之作战,仍要步步为营,凭着强弩、利弓、火器与之相抗,刘将军回去后,也要请横山番军多加提防。"

刘延庆口中称是，心里却在苦笑。横山番军可不是禁军，哪儿来的强弩和火器？

"阳信侯已经退回河间府，这番失利，想要夺回君子馆，扼制官道，便已是水中月、镜中花。何畏之收复了乐寿，却又按兵不动。我看河间诸将根本是在摇摆不定。想击败辽军，夺回官子馆，控制官道，力有不足；欲击饶阳而置辽主、耶律信不顾，又心有不甘。如此当断不断，必受其乱。"唐康若不是顾忌着田烈武这层关系，早已经破口大骂，"某与姚、种二公相议，皆以为欲以河间之兵留辽主与耶律信，难矣。求人不如求己，倒不如我们自己死战，若得渡河，牵制住韩宝，则辽主与耶律信终亦不能弃之不顾。"

唐康说到这里，突然抬头，一双锐利的眸子盯着刘延庆，恶狠狠地说道："明日一战，有进无退！姚老将军要亲率先锋渡河，唐某要镇守中军，不能为先锋，然为鼓舞士气，刘将军与我麾下诸校尉，皆要入先锋营，为士兵表率！"

刘延庆心中一寒，颤声应道："遵令！"

唐康又凛然说道："明日某执宝剑于河南，有敢退逃者，立斩不赦。吾辈要么于安平痛饮高歌，要么忠烈祠相见。君等若全部战死于滹沱河之北，康亦当自刎于滹沱河之南以报之，绝不相负！"

刘延庆已经完全不敢去看唐康那疯狂而冷酷的眼神，甚至喉咙干得连话都说不出来。

绍圣七年九月二十五日。

这一年中，刘延庆已经经历过许多次的激战。做到横山番军都参军后，他本以为此生应该不会再害怕那样的激战了。他记得他曾经有几次，似乎是忘记过害怕的。

但他很快就知道自己错了。

开始发生的一切，与二十二日发生的战斗，几乎没什么两样。只不过刘延庆被姚麟安排在先锋营，而不是在河对岸的高台上观点。辽军也不会再被宋军的弩机杀个措手不及，不过云翼军也自有他们的办法，军中的工匠改造了几百枚的霹雳投弹，几十名宋军前锋渡河之后，不待辽军赶到，便纵马狂奔，到处扔掷这种霹雳投弹——点火之后，这种改造过的投弹并不会爆炸，而是放出加了各种稀奇古怪东西的浓烟。这本是在拥有霹雳投弹之前，宋军就已经掌握的技术，这时候他们又拾了起来。

很快，数里之地，浓烟弥漫，任何人只要吸一口这种烟雾，都会被呛得眼泪鼻涕齐流。老天作美的是，天空中，竟然一点儿风都没有。

赶到的辽军被这浓烟弄得有些不知所措。

辽军派出小队人马穿过浓烟来侦察，呛得眼睛都睁不开的辽军方出浓烟，便被宋军用强弩一阵猛射，只余下几匹战马跑了回去。

辽军只得漫无目的地射箭，却没什么作用。但刘延庆听到辽军军中传来类似于念咒的声音，他知道这是辽人的随军巫师在开始作法。就在那隐隐可闻的咒语声中，突然，一阵大风袭过战场，竟然将此前弥漫战场的浓烟吹散开来。刘延庆不由得在心里咒骂起来，他不知道这是巧合还是辽人的巫术奏效，但结果显然对他们不利，因为此时宋军先锋的阵形都没能完全列好。但这时候，他也只能知足常乐。若这阵风早来一会儿，他们的处境会更加困难。而且，紧接而来的血战，也让他没时间多计较。

幸运的是，这次来的敌人不是彰愍宫辽军，大概是因为东边龙卫军选择的河段离安平更近，云翼军侥幸避开了最强大的敌人。但不幸的是，这次辽军来的兵力更多。

姚麟的战术十分简单，就是想方设法将辽军拖入混战之中。让优势的辽军往来进退，一次次向宋军射出密集的箭雨，对于被迫背河列阵的宋军来说，实在难以承受。自古以来，都是骑兵利平坦，步军利险阻，若是陷入这样的战斗中，那么辽军的优势将得以充分发挥，而云翼军却还不如一支步军更有战斗力。

因此姚麟不惜冒险削弱阵容的纵深，分薄自己本已有限的兵力，将先锋营分成左中右三军。左右各两个指挥，中军包括第一营的一个指挥、军直属一个指挥、敢战士一个指挥。他亲自指挥中军，而由魏瑾指挥左军，尉收指挥右军。然后同时猛攻辽军的中央与两翼，迫使辽军无法使用他们最喜欢的中军佯败，两翼包抄战术。

辽军很快就知道了宋军的意图。也许是自恃有着两倍于宋军的兵力，尽管他们本可以一边后撤一面向后方射箭，耐心地让宋军落入他们擅长的骑射战中，但他们放弃了传统战术，反而将计就计，针锋相对地向宋军展开猛攻。辽军将领的心思也不难猜测，他们是想仗着兵力与地形的双重优势，凶狠快速地击溃眼前之敌。不仅仅只是骑射，辽军将领认为自己在马战中的优势是全方位的。

但让他们意想不到的是，宋军在这场战斗中，竟然占到了一些事先没有人想到的优势。

这支辽军是由宫分军与较精锐忠诚的部族军组成的联军，他们的武器五花八门，而其中差不多有三分之二使用的是马刀，而云翼军除了武官以外，却全部是统一的长枪。

契丹人已经好久没有接受过装备精良、训练有素的精锐骑兵部队的挑战了。所以他们有些忘记了，在混战格斗之中，直刺的长枪相对马刀之类有着很大的优势。辽军的骑兵们总是能巧妙地周旋到自己更趁手的一边，一次次从马上用长刀挥出完美的弧线，砍向右侧的敌人。大部分时候这是没错的，尤其是对于他们以前那些装备简陋的敌人更是有效，那往往意味着一个敌人的死亡。但是，当他们的长刀砍在云翼军精良的铠甲上时，宋军却往往只是受一点儿伤，就算是把他们砍下马去，他们也未必会丧命。

相反，当高速冲过的云翼军将长枪刺向辽军之时，战场之上却立时就会多出一具尸体。

这是连宋军自己也没有想到的。因为这并非云翼军对于辽军骑兵存在兵种克制，而是有相当程度的运气，虽然辽军的兵制决定了士兵们擅用的兵器难以统一，可是几近三分之二的人使用马刀，却和运气有很大的关系。要知道，使用长、重兵器的辽军比例是很高的。

在这一场血腥的混战之中，云翼军的士兵被辽军砍得惨不忍睹，可是战场之上，更多的却是辽军的尸体！

虽然很多云翼军士兵也缺少经验，他们刺得太用力，结果长枪扎进敌人身体后，用一只手抽不出来了，然后要么不得不弃掉武器，要么就是露出破绽，结果挨上辽军狠狠一刀。

而且，尽管占到意想不到的便宜，可辽军的兵力优势还是足以弥补这一切。

一旦到了战场上，刘延庆求生的欲望，就会让他拥有压倒一切的冷静。他亲眼看到左突又杀、又吼又叫的刘法被几个辽军围攻，身上至少受了五六处伤。还有姚麟，尽管穿着与寻常士兵一样，可他的年纪就是最引人注目的地方，刘延庆离得他远远的，这老头身上至少有三处刀伤、一处枪伤。可是这老头生怕辽军不知道他似的，每一次冲杀，都要大吼"忠烈祠见"，嗓门之大，几里之内都听得清清楚楚。若非有一堆亲兵拼死护着，早就不知道死了多少次了。

云翼军的人都是些疯子。

战场之上，到处都是"忠烈祠见"的吼声。每一次砍杀，每一次高速的冲刺，他们都会大喊！

这可真他娘的不吉利。还有些人，被砍下马后，居然点燃霹雳投弹就扔。刘延庆恨得破口大骂，在这种混战之中，乱扔这玩意，是会炸到自己人的。

他可一点儿也不想和他们忠烈祠见，就算是去吊祭也不想。他不喜欢死人多的地方。

他始终注意与孙七、田宗铠、仁多观明在一起，互相援手，他也不喜欢刀刺，其实长刀也是可以刺杀的，只不过要练习。那些辽兵喜欢砍杀，一方面是一种习惯，另一方面也是因为相比而言，砍杀不会露出更多的破绽给敌人。只要耐心地与敌人周旋，等到敌人到了右侧再出招，就不会露出破绽。而刺杀就不同，为了借力，就必须低头弯腰，如果没刺中，很可能后脑勺上就会被人来一下。

所以刘延庆总是很有耐心。他知道辽军的盔甲都是自备的，有些人很好，有些人很差，遇到装备破烂的，一刀砍下去，也能要人性命，既然如此，又何必那么不要命呢？

不管唐康在滹沱河如何拼命擂鼓，不管身边到处都是刀枪碰撞、血肉飞溅、战马嘶鸣、喊杀震天，刘延庆都会一直在心里默念着，让自己冷静，冷静。

那种歇斯底里的"忠烈祠见"，尤其是从姚麟这个五十多岁的老头口中一次次喊出来，的确会让人抑制不住地热血上涌，不顾一切。刘延庆几次都几乎要控制不住，想要冲到姚麟身边，与他一起并肩作战。

在他身边，田宗铠、仁多观明早已经杀红了眼。不过幸好还有那个孙七，他居然是用剑！在军中这实是罕见。不过想到他是标师出身，倒也不足为奇。刘延庆算是亲眼见识到了他的武艺，他很像个训练有素的骑兵，尽管他的兵器比别人都短许多，这在战场上本来是一个极大的劣势，但他总能准确抓住瞬间的机会，一剑刺入敌人的胸膛，不深也不浅，足以致命，又能迅速拔出剑来。

难得的是，这厮也很冷静，就像是一只伏在厮杀的狼群中的猎豹。他时时刻刻记得不离田宗铠，替他挡住背后的攻击，如果田宗铠和仁多观明被冲散，他会马上设法引他们聚起来。

这让刘延庆轻松许多。自从三人结义之后，不管是从感情上还是从利益上，刘延庆都衷心地不希望这两人有事。

至于刘延庆自己，他觉得自己更像是一只被卷入狼群混战的狐狸，只是竭尽全力地保护自己的生命而已。这个简单的目标，已经让他筋疲力尽。

在战场上，时间的流逝是不知不觉的。

也不知道过了多久，刘延庆突然感到一阵轻松。

他这时才有心力来观察整个战场，这才发现，不知道何时开始——辽军开始退却！

身边的田宗铠、仁多观明吼得更加高兴了，得势不饶人地开始追杀辽人。而刘延庆却只觉得一阵轻松。

他又活下来了。

他四下张望，观察着这个他们开始胜利的战场，却意外地发现刘法——他倒在一个辽兵的身上，胸口还插着一杆长枪。

这一刻，刘延庆仿佛被雷击中。

他跳下马去，快步跑到刘法的跟前。望着这个人，这个心高气傲、才华过人却命运不济的袍泽。他一点儿也不喜欢他，站在他的尸体之前，他也这样说。

但是，刘延庆仍然觉得双眼模糊了。

……姚、种遂分兵渡河，麟亲率两千骑为先锋，先渡，与辽将耶律乙辛隐战于河北。王师以寡击众，麟身被数创，犹大呼死战，众皆感念，无有退者。久之，辽军少却，王师遂渡河。韩宝方率军攻师中，知麟已渡河，大惊，乃引兵退守安平。萧吼知王师已渡河，亦解围走。时慕容谦被围数日，后军至深泽，屡为辽人所败，谦粮已绝，矢将尽，几有再败之辱。至是围解，王师大聚，遂与韩宝相持，营垒相望，不过数里。诸将以新胜，皆欲决战。辽诸将皆谏韩宝速走饶阳，而韩宝以十月河北诸水冰冻，军中粮足，虽败，未足虑，亦谋死战。

唐康遂遣将挑战，辽军阵伍齐整，士气仍盛，康甚忧之，与慕容谦议深壁毋战之策，而忧诸将不从。折可适亦以王师数日苦战，止得小胜，遂谏越，说以司马败诸葛之策，越大悟。乃谕唐康……

——《绍圣国史纪事本末长篇·安平之战》

6

两天后，九月二十七日。

滹沱河之东，河间府，乐寿县城之北。北距饶阳约九十里。

一支绵延数里的庞大军队，正沿着乐寿、饶阳之间的道路，不疾不徐地行进着。这支军队唯一可以确定的一点，就是它肯定是宋军，赤红的战旗，赤红的战袍，无不昭示着这一点。但是，即使是经验丰富的辽军拦子马看到这支宋军，也会感到疑惑。

这支人马近三万之众的军队可谓旗号混杂，大军的前军是额头上刺着青铜面具的环州义勇，紧随其后的是一支奇怪的雄武一军，拥有数以百计的战车，军中还有高举着猎鹰展翅旗的神射军，最后则是战旗简陋得只绣了"镇北"两字的镇北军。

统率着这支军队的，正是熙宁、绍圣间的名将何畏之。

或者更加准确地说，统率着这四支军队的，正是何畏之。

勇猛剽悍，只余下数百骑人马，却打心眼儿里看不起其余三支友军的环州义勇；穿着绿色背子，装备精良，被打残到整编后只剩下一个营的兵力，却仍是一副纡尊降贵模样，自觉是殿前司禁军而高人一等的神射军；兵强马壮，人马几乎占到整支部队的一半,自以为深得宣台器重,不过是暂时归于何畏之指挥的地头蛇雄武一军;以及彻彻底底、名副其实的杂牌军镇北军……

如此格格不入的四支军队,却被硬凑、混编在一起,何畏之觉得自己要做的事情几乎与一个行营都总管没有区别。

甚至更糟。

因为这四支部队中,兵力最为雄厚的雄武一军,因其都校病重,如今暂代指挥的,是地位与他相差无几的和诜。和诜不但同何畏之一样都是宣台的参议官,而且雄武一军原本是受王厚节制,不过是为了此次作战,临时调到何畏之麾下的。何畏之心里很清楚,身为地头蛇的和诜,未必会认为他是自己的部下。

而为了完成这次作战任务,顺利攻取饶阳,他却必须驾驭好这四支军队,尤其是兵力雄厚的雄武一军。但他甚至没有时间在和诜与雄武一军面前立威。

北进乐寿,策应河间诸军,伺机夺回饶阳,切断辽军韩宝与耶律信之间的联系,是石越与王厚交代给何畏之的既定战略。然而,枭勇如何畏之,在收复乐寿后,却迟迟按兵不动,不敢冒险进攻饶阳。

宋军将领中不少人对此颇有微词,但何畏之冷暖自知。在王厚将雄武一军交给他指挥之前,他麾下虽然也有一万四五千人马,但主力是战斗力无法信任的一万余镇北军,其中更有七千余众是步军。而占据饶阳的萧岚部下,虽然只有少量宫分军,主力都是部族军,可饶阳离肃宁也不过六七十里,耶律信的援军随时能赶到支援。而且,正面战斗的话,只靠着镇北军和环州义勇、神射军残部,何畏之觉得他未必能打得过萧岚。

何畏之自认没有点石成金的本事,所以,不管王厚如何催促,旁人如何议论,他都绝不肯贸然北攻饶阳,打一场输多胜少的仗。不论镇北军的战斗力如何,这支部队,都是他在这场战争中最大的本钱,他可不想将之随随便便葬送在饶阳城下。

反正他得到的命令是"伺机",而且,如果姚麟与种师中未能攻过滹沱河的话,饶阳的战略意义也没那么重要,就算他攻占了饶阳,不是会引来辽军的疯狂反扑,就是会打草惊蛇。

不过,现在战局却发生了变化。

在姚麟和种师中渡过滹沱河之后，趁着韩宝还没有跑，辽军还没有来得及做出调整而增兵饶阳之前，攻下此城，已成了王厚做梦都要念叨的事。为此，王厚果断将雄武一军急调乐寿，交给何畏之指挥。若仅以人数来说，如今何畏之的兵力甚至比慕容谦还雄厚。

这是何畏之一生带兵最多的时刻，王厚在他身上压了重注，若他不能攻下饶阳并守住它，只怕从此以后他都不用想着带兵这件事了。

因此，尽管只是东拼西凑、全不搭调的三万大军，但天下本也没什么完美的事，就着手头这点儿材料，何畏之也必须做一桌美味出来。而且，雄武一军应该还是值得期待的。

大军缓慢行进着，仅仅走了几里路，何畏之突然下令全军就地休息。就在诸军将士都莫名其妙时，他又让人去将何灌和环州义勇全部召了回来。

这支混编的军队本就不是纪律严明的禁军。眼见着原本走在前面的环州义勇突然折转回来，除了神射营的那几千人还能忍住自己的好奇心，雄武一军与镇北军的将士都开始窃窃私语起来。当心不甘情不愿回来的环州义勇经过雄武一军的军阵之时，阵中甚至响起了此起彼伏的嘁哨声。

对这种无视军纪的行为，何畏之完全视若无睹。他只是将在镇北军统领三千马军的骑将仁多观国与何灌一道叫到跟前，低声吩咐了些什么。然后，何灌与仁多观国便领着所部的骑兵，卷起战旗，往东北方向扬长而去。

二人率军走了之后，何畏之才向赶来询问的诸将宣布，他刚刚接到河间府的求援，田烈武在肃宁以东再次被辽军围住了。刚刚从东边飞奔而来的哨探，便是报告此事的。不过，他虽然派出了几乎全部的骑兵去增援，但全军仍然要继续向饶阳推进，因为这正是大好时机，肃宁不会再有辽军来支援饶阳了。

何畏之旋即又调整了兵力部署，将神射军调了回来，补充中军，而让雄武一军独自担当前军的任务。经过一番折腾之后，大军又开始继续朝着北方的饶阳前行。

但这次意外的调整，却在莫名其妙就变成了前军的雄武一军中，引起了持续的骚动。原本就对何畏之并不服气的雄武一军的将领们，都忍耐不住，一边行军，一边发起了牢骚。

甚至在雄武一军的军部，连都行军参军褚义府也撇着嘴，毫不顾忌地向和诜与众同僚讥讽道："我道何畏之是什么了不起的人物？盛名之下，其实难副。"

这番批评立时引起共鸣，一名军行军参军也很不屑地说道："方才处分，便是所谓'进退失据'了。就算是阳信侯被围，也不当告之军中，乱我军心；更不当敌情不明，便急急忙忙遣马军赴援。所谓'远水不解近渴'，当今之计，仍然要先打下饶阳，方是围魏救赵之法。"

"正是，大军已经布阵行军，方才那般调度，若万一有辽虏在近，我军阵形大乱，非遭溃败不可。"褚义府对何畏之的轻视之意，溢于言表，见和诜没有作声，他把头转向和诜，又说道，"何畏之虽然好大名声，可他到底从未带过这么多兵。只是王大总管是西军的，总是瞧不起我们河朔军，要我说，这支大军，本当由和将军来统御，却偏偏要交给这个连禁军都没正儿八经统率过的何畏之。"

这话却有些过分了，和诜连忙喝止褚义府："适之休要胡说。"他又有些担心地回头看了一眼都虞候硃行俭，见硃行俭没有留神这边，这才稍稍放心，沉声说道："是谁统率大军，无甚要紧，如今不宜有西军、河朔这等门户之见，还要同心协力，方能击败辽虏。"

话虽如此，但其实和诜心里面，对褚义府们的言论，却是颇以为然的。他碍于身份，不得不说了这些冠冕堂皇的话，却终是心有不甘，想了想，又说道："何况，便是大总管重用西军将领，亦是因为我们河朔禁军不争气。诸位想想，仗打到现在，除了云骑军，咱们河朔禁军可有什么好说的事迹？尤其是武骑军荆岳，将吾辈的脸都丢光了。"

褚义府却很是不服气，说道："昭武何必长他人志气，灭自己威风？虽说是荆岳不争气，然武骑军如此，有一半也是枢府向来偏向西军之故。我雄武一军却非武骑军之流可比，此番出征，必能让朝廷上下，刮目相看。"

自训练环营车阵之后，和诜对于雄武一军的战斗力也是十分自矜，当下虽不说话，却等于是默认了。

褚义府越想越不忿，又低声说道："昭武好好看看后面，如今去打饶阳，虽是何畏之统领，可靠的是谁？还不是我们雄武一军？难不成能指望神射军那些残兵败将和镇北军那些乌合之众？"说到这里，他又看了一眼和诜的脸色，见和诜没有制止之意，舔了舔嘴唇，声音放得更低了，"这一仗，是我们雄武一军卖力，打赢了，却是何畏之之功！下官以为，甚是不值。"

这些话却是说到和诜心坎里去了，这个念头在他心里面不知道已经打了多少个转转，但他口里却还是要呵斥道："适之胡说些什么？"

但他的语气是在鼓励褚义府，褚义府岂能听不出来，反又说道："昭武心胸宽广，不计较这些，可也得为我河朔禁军的声誉想想。"

"休说这些没用的。"和诜皱了皱眉，"如今难不成我还能回头去劝何畏之回去歇息？"

"那却不必。"褚义府嘿嘿笑道，把头凑到和诜耳边，低声说道："只需如此如此……"

"昭武，和将军他们走得有些快了。咱们要不要快点儿，或者让他们慢一些？两军离得太远，恐为辽人所乘……"

"不必了。"中军之中的何畏之瞥了一眼前面已经越走越远的雄武一军，眼神冰冷得让人害怕，"整好队形，不必走得太快，只管管好自己，小心辽人偷袭。给我盯紧行军阵列，阵列一乱，便停下来休整，务必保持方阵。"

"遵令。"何畏之身边的部将们都是无奈地在心里叹了口气，离辽人还有八十多里，就开始以作战方阵的阵形行军，这未免也谨慎得过分了。他们又不是正在从辽军的重重包围中突围。但是没有人敢劝谏何畏之，因为没有人敢正视他的眼神。

所有的人都知道，他肯定是在恼怒和诜不听号令——身为前军的雄武一军，行军速度几乎是他们的几倍。但这样的军中权力争斗，谁也不想卷入其中，引火烧身。

最终，当夜幕快要降临之时，雄武一军距离饶阳城已不足三十里。和诜派出的前哨斥候，甚至已经到了饶阳城脚下。而何畏之的中军，离开乐寿却还不到二十里。也就是说，宋军的前军与中军之间，相距超过四十里！若以当天何畏之的行军速度，再走两天，他才能赶上雄武一军。

饶阳城。

据说这座繁盛的城市，最初只是司马懿征讨公孙渊时为了保证运粮的安全而筑的一座城寨，但是，到宋朝之时，尽管城边的滹沱河经常泛滥成灾，城市每年都要面临洪水的威胁，可是它的繁盛仍然令萧岚艳羡。即使是在被辽军攻占之后，城中早已经被破坏得残破不堪，可是站在城墙上俯视城内，仍能想见它全盛时的气象。

不过，今晚，萧岚却不得不转过身来，将目光投向城外南方。这个时间，其实就算站在城墙上，也是看不到什么的，他只是在用这样的方式思考。

萧岚此时所掌握的情报，让他觉得宋军简直是在侮辱他。

一支杂牌军，行军半途中，几乎全部的马军奔往河间，然后一群乌合之众远在七十里开外，另有一支奇怪的南朝禁军，列阵于三十里外。

从旗号来看，虽然这支奇怪的宋军带了大量的战车、骡马，数量多得惊人，人数也不少，可是，却是雄武一军！

萧岚问遍了他所有的参军、所有的将领，在自己的记忆中搜索了无数遍。都是同一个结论——那是一支纯步军，而且还是河朔禁军！原本应该驻扎在大名府！

他记得韩拖古烈回来后，曾经和他提过一支奇怪的宋军，虽然他当时也不曾细问，但他记得很清楚，韩拖古烈并不曾提醒他要仔细提防这支宋军。

可这实在有些诡异。

如果在其他的地方，萧岚一定怀疑这是一个诱饵。然而这是在平原之上，宋人就算是想设伏兵也不好设。更何况这支雄武一军带了这么多大车，宋人如果想引他们上当，这些大车就是累赘，逃跑的时候只会碍事。

而若不是诱饵的话，他再也找不到更好的战机。

但情报显示，宋军的主将是何畏之，他没有理由犯这种愚蠢的错误。

"这支雄武一军的主将是何人？"突然，萧岚脑子里灵光一现。

"将旗上写着'和'字。"

"和？"萧岚摇了摇头，他没什么印象。

"下官听说南朝石越的宣台中，有个姓和的……"一个幕僚在旁边说道。

"对，下官亦曾听说，叫和诜，是个昭武副尉，做的是参议官。"

"何畏之亦是参议官。他是昭武校尉，只大半级。"萧岚抿紧的嘴边露出一丝笑容。

"签书是说，宋人将帅失和？"

萧岚仿佛是在喃喃自语，又仿佛是在回答他的部将们，"拦子马回报，何畏之统共约有三万人马，又称这个和诜部下有一万五六千之众。南朝编制，步军正好约一万五千人马。那便是拦子马没算错。统率着半数兵力，还是整编禁军，而主将手下却是些所谓'镇北军'之流的乌合之众，武衔又只低半级。如此局面，肯乖乖俯首听命的人，只怕普天之下也找不出几个来。"

"可石越刚刚才杀了荆岳……"一个幕僚将信将疑地说道，"况且，他也未免太胆大了。区区一支河朔禁军，敢来送死？"

"必然是有些古怪。"萧岚道，"拦子马说有近三百辆大车，其中必有玄虚。虽说利令智昏，可要没有些倚仗，亦不敢如此。但要想知道有些什么玄虚，站在这儿想，终究是想不出来的。"

"拦子马称宋军扎营时，将大车首尾相连，组成一个扁平方阵。"

"那是汉朝人用过的法子，靠着车阵来以步破骑吗？"萧岚笑了起来，"走，休管他许多，且去试试，瞧瞧河朔禁军如何突然变得有出息了。"

"签书要夜战吗？"几个幕僚、部将都吃了一惊。

萧岚看了他们一眼，笑道："君等不知夜长梦多吗？"

尽管天色已经全黑，但和诜还是下令营中点燃火炬，士兵们亦不得解甲。此时他心里稍稍有些后悔，他们离饶阳城太近了一些。后面的何畏之早已不见踪影，他已是孤军深入，而据此前探马的侦察，饶阳的辽军当有两万之众。虽然全是些私军、部族军之类，可这也是敌众我寡。而环营车阵的威力，却并未经过实战检验。按照折可适、何去非的说法，环营车阵最好还是要依险列阵，只专心对付敌军两面为宜。因为他军中的火炮还是太少，不足以发挥此阵真正的威力。

几经改良、调整之后，雄武一军如今拥有大小火炮一百五十余门。而实际上拥有火炮战车的，只有四成左右的部队。他们最终的编制，是一个大什配备一辆战车，一个指挥十辆战车，全军战车二百五十辆，加上辎重车，共有三百辆大车。而其中约四成的战车配备克虏炮或相当程度威力的大炮一门，或者较小型的速射子母铳两到三门，每车配有三名也就是一个伍的炮手，一个伍的刀牌手，一个伍的车夫。此外长枪手、弩手各九名，也就是一个什，弓手两个什共计十八名。战斗之时，刀牌手竖起大盾，保护车马，火炮架在车上发射，长枪手在后保护火炮，其后依次是弩手、弓手。战车都是特别设计的，方便首尾相连，布成方阵。因为火炮数量有限，只能隔一辆车配备一辆火炮战车，而大阵的两侧都没有火炮。因此他们的方阵必须较为扁平，减少侧翼的破绽。其余如军部直属的一个指挥的轻骑兵等兵力，其主要任务不是战斗，作战之时，便躲在车阵之中。但这支骑兵也是至关重要的，因为结成车阵需要时间，因此必须依靠这支骑兵进行侦察，行军时进行警戒，以便及时发现敌军。

打心眼儿里，和诜就觉得这个环营车阵完全是给河朔禁军量身定做的战术。和诜很喜欢这种刺猬一般的感觉，让他非常有安全感。他布阵之后，南北方向，各有大小火炮七十多门，虽然按照折可适、何去非的构想，最好是每面增加到三百多门，可是和诜已经觉得十分足够。他甚至觉得，环营车阵唯一的缺点就是只适合在河北平原作战。这个阵法其实是对宋军重兵方阵的改进，只要地势平坦，补给充足，和诜无法想象辽军有什么能耐攻破此阵。而最妙的是，此阵稍加改进，还很适合攻城——只要枢密院舍得花钱给他们装备攻城炮的话。

所以，和诜才敢如此有恃无恐。在他心里，尽管还没有正儿八经打过一仗，可是神射军之类的，他已经认为可以从此消失了。

不过，虽然想得如此轻松，可事到临头，和诜心里依然还是有些紧张。两万的辽军，不管那是什么部队，也是两万马军，若是以前，只要听说有这样的一支军队，和诜能想到的，就是赶紧找座城池去坚守待援。

只要想到他居然敢在一望无际的平原上，在这个最利于骑军作战的地区，布一个方阵过夜，和诜就觉得很不真实。他几乎有些神经质地不断在阵中巡查，尤其是折可适与何去非提过的两翼的弱点,他总是下意识地去看,好像辽军一定会从那儿进攻。那儿也是隐藏的阵门,阵中骑兵的出入都要经过那儿。

当和诜不知道第几次下意识地将目光投向两翼之时,忽然,他浑身哆嗦了一下,他看到一骑轻骑自阵门飞驰而入,那骑兵下了马,快步跑了过来。

"出什么事了?"

"禀昭武,饶阳辽军大举出城。"

和诜愣了一下,方才又问道:"可看清有多少人马?"

"到处都是火炬,密密麻麻,总有数万之众。"

和诜在心里骂了一声,停顿了一刻,突然便歇斯底里地大声喊了起来:"都起来,打起精神,准备迎敌!"

顷刻之间,整个车营之内如同一锅沸水,开始忙碌起来。到处都有人在喊着:"火药,火药!""铅子!""火炬都点起来!""扎好大牌!"

当雄武一军的车阵之内再次寂静下来之后,夜幕笼罩的平原之上,清晰可闻的,是辽军数以万计的战马踩踏大地发出来的那种沉重如雷的声响。辽军分成三个大阵,齐头并进,听着大地传来雷鸣般的闷响,看着那仿佛一眼望不到边的火炬,宋军的车阵之内,许多士兵全身都在哆嗦。许多平端着弩机的士兵,手一直在颤抖。尽管经过整编,但雄武一军中仍有大量世代从军的士兵,他们的祖先,有些甚至可以上溯到唐代的魏博兵,但是,他们这一代早已没有了祖先的勇悍。对于大多数人来说,当兵只是一份儿世袭的职业,有着稳定可观的收入。在此之前,他们可能从来没有想过要打仗。但这已经算是不错了,因为若是在整编之前,河朔禁军中不仅有大量吃空饷的,更有大量的只是因为祖辈、父辈的关系,每个月空领俸禄,实际上从来不操练,也不住在兵营的禁兵存在。

和诜听到硃行俭用他的大嗓门不断高声喊着:"孩儿们,休怕!休急!听号令行事!"其实他的心都已经紧张得提着嗓子眼儿了。他紧紧盯着辽军,在心里估算着距离,可越是紧张,越是算不准。

辽军越来越近,仿若是已经近在眼前。和诜却还是拿不定主意,直到一个参军过来提醒他辽军已经进入克房炮的射程之内,他才恍然想起,他军中还特别设有神卫营出身的参军!

他慌忙下令:"开炮!"

这两个字一出口,仿佛有个什么包袱被卸了下来,和诜重重地出了一口气,然后马上意识到自己的失态,正红了脸想悄悄去看旁边的部将是否注意到他,但马上,他的注意力被几十门火炮齐射时发出的轰隆巨响所吸引。

夜空之下,数十门火炮吐出绚丽的火舌,在几十声巨响之中,炮子正好从正面击中准备发起冲锋的辽军前队,顷刻之间,数十骑辽军从坐骑上摔了下来。更加要命的是,许多辽军战马受到惊吓,发起狂来,载着他们的主人四处乱窜,辽军的军阵一片混乱。

火炮每发一炮,需要时间冷却、填药,这本来应该是辽军的一个机会,但是,辽军显然被突如其来的炮击打懵了,连和诜都能清楚听到,辽军军阵中到处都是声嘶力竭的喊叫声。辽军不仅停止了刚刚准备发起的进攻,还缓缓后退,重整阵形。

和诜这时候才突然意识到自己犯了一个错误。

他应该耐心一点儿的,等着辽军冲锋,等到他们拉开弓箭的那一刻,那时候开炮,才是最佳时机。

不过此时也没有人注意到因为羞愧难当而满脸通红的和诜。火炮才一次齐射便击退辽军,雄武一军的军阵之内,只沉寂了一会儿,便马上响起震天的欢呼声。连砵行俭都是笑容满面。

不管怎么说,旗开得胜,每个人都变得更有信心。

但辽军并没有因为宋军有火炮便惊走。

他们像一群贪婪的狼,虽然受了点儿小伤,但舔好伤口之后,便马上又卷土重来,畏惧却又不甘心地围绕着宋军的车阵,耐心地寻找宋军的破绽。

宋军突然火炮齐射,的确是让萧岚吃了一大惊。但是当他经过下令退兵的慌乱之后,发现宋军并没有追上来,他立即便意识到,宋军技止此尔。空有犀利的火炮,却没有足以扩大战果的骑兵。这样的对手,并不可怕。

没有人会怕一只刺猬,只不过需要寻找一个下嘴的地方而已。

甚至可以说,这是最有价值的目标。

成千的骡马已是巨大的财富,还有这么多火炮。宋军的炮击让他吃了一惊,却没有让他害怕,反而让他更加兴奋。这就是韩拖古烈提过的那支南朝军队,让他惊喜的是,南朝操练的这支新军,居然不是西军,而是河朔禁军。

若是西军,萧岚也许会放弃。毕竟两万骑兵,能不能啃动一支打定主意死守的西军步军,是很难说的事情。不仅代价昂贵,时间上至少需要几天……萧岚不怕付出代价,可是他知道他没有多少时间。

但河朔禁军就不一样了。只要他能找到弱点,一击得手,他们是不会有什么韧性的。方才的炮击就明显暴露出那个和诜只不过是个没有实战经验的草包。

萧岚马上识趣地将部队调离宋军的正面,并下令部下塞住战马的耳朵。

周旋了一小会儿之后,他突然派出三百骑向宋军车阵的后方发起冲锋。萧岚从方才火炮的声势来看,觉得宋军怎么着也不可能有这么多火炮……更何况,将大量火炮部署在方阵的后方,未免浪费。

果然,这次宋军没有开炮,而是用弩机在齐射。

眼见着冲锋的骑兵已经可以拉弓,萧岚号角再响,第二队三百名骑兵也冲了上去。但他的号角方响,突然,宋军大车前的大盾闪开,明亮的火炬映照着黑黢黢的炮管。"上当!"萧岚心里一阵惊呼,宋军的火炮再次响起。

带队冲锋的辽将颇有急智,一看宋军战车上露出火炮,就立即大吼着变阵,原本以密集队形冲锋的辽军迅速分散开来,让不少辽军因此幸免于难。可这次进攻到底又被瓦解了。

自萧岚以下,心有余悸的辽军将领们都几乎不敢相信自己的眼睛。

虽然宋军的火炮火力并不能完全覆盖他们车阵的正面与后方,但是他们的火炮数量已经足以让辽军咋舌。而最重要的是,在宋军火炮的攻击下,萧岚根本不要妄想什么阵形。不能保持阵形与密度的骑射毫无意义,唯一的攻击方式,就是一波接一波,前赴后继地冲锋强攻。先硬冲,再射箭,最后肉搏。有人会死,伤亡会很大。但是,宋军的火炮打不到每一个地方,而且萧岚肯定他们的火炮每发一炮后,同样会有间歇的时间。

问题是,就算舍得伤亡冲到宋军的车阵前,那些大车也不是战马能越过的。

大车后面肯定还有手持长枪的宋军。若是萧岚自己,他就会这样布阵。

眼前的美味,令人垂涎欲滴。可是要想啃下来,很难说会崩掉几颗牙齿。

萧岚思忖着,决定再试一下宋军车阵的东翼。宋军的这个车阵,两翼宽度相对较窄,大军施展不开,利守而不利攻,原本并非最优选择。但无论如何,每个地方都要试探一下。

与此同时。

饶阳城。为了集中兵力,一举击溃雄武一军,萧岚带走了大部分的兵力,此时留守城内的,只有不到两千的老弱病残。深秋入冬的季节,河北的夜晚已经颇有寒意,特别是在这座两河相交的高城之上——饶阳城虽然年久失修、残破不堪,但入宋之前,却曾经也是一座相当重要的城池。只不过自从周世宗收复关南之后,特别宋辽澶渊之誓以后,两国久无战事,饶阳城的军事地位早已一落千丈,宋廷也没有多余的财力用来修葺这些无关紧要的城墙。几十上百年的风吹雨打,再加上洪水常年的侵袭,饶阳城不仅有好几段城墙曾经坍塌,是后来的地方官临时勉强修补起来的,而且还有些地方被人为掏出一个个狗洞来。也是因此,当日辽军大军至此,不费吹灰之力便占领了此城。

此时,这些留守的辽军士兵百无聊赖地抱着武器,坐在饶阳那残破失修的城墙之上,背靠女墙,躲避着夜风,低声聊着闲话。偶尔才会有人探出头去,向城外张望一下。但其实也看不到什么,城头虽然有火炬,可是这些火炬甚至不能让他们看清楚城下——因为城市的发展,各种建筑建得鳞次栉比,城内的民居不仅已经建到城墙之下,甚至还延伸到了城墙之外。辽军也没有人力与闲心来拆掉这些房屋——虽然饶阳对目前的辽军也算比较重要,但他们本来也没打算靠守城来控制此处。对于辽军来说,如果宋军来攻,他们不会想着缩在城中,而是更愿意出城迎战。城池的意义,只是一个较安全的睡觉的地方,一座粮食的存放之所,以及,万一遇到敌众我寡无法应敌时,聊以坚守的地方——他们最多只要守一天,肃宁一带耶律信的援军就会赶到。

不过,自萧岚以下,也没有人想过会需要耶律信的援军。在河间、深州这种地方,敌军出现在哪儿,大约有多少人马,几乎是一目了然的。

"哥哥，你说我们什么时候才能回去啊？"一名年轻的辽兵把双手拢到了袖子里面，背靠女墙坐着，用阻卜话低声问着旁边一个正在擦着头盔的大汉。那是一名南朝拱圣军所戴的制式头盔。对于这些阻卜士兵来说，缴获的南朝盔甲是他们最珍贵的战利品。在部族之中，极少人拥有盔甲，更不用说这样手工精良的上等货。

"不知道。"那大汉头也不抬地回道，说完，想了想，又说道，"前几日听说，恐怕还要打一阵儿。"

"真想早点儿回去。死去的兄弟已经不少，抢到的东西也足够了。再说这是契丹人和南人的恩怨⋯⋯"

"你想又有何用？哪个部族敢开罪契丹？忘记普颜氏的下场了吗？"那个大汉冷冷地说道，"咱们也和南人做过生意，早些年前，还有不少南人带着商品来部族中，给贵人们送去各种礼物，那时候你还小呢。"

"是真的吗？"年轻的阻卜士兵怀疑地瞪大了眼睛，"他们怎么来的？"

"偷偷地走阴山。"大汉低头说道，"南人都很大方，很友善。不过，头领们不喜欢他们。因为他们带来灾难，有几个部族就是因为接受了他们的礼物，和契丹人作对，才有了灭族之祸。所以后来，他们一来，头领们就把他们赶走。有些部族还抢了他们的货物，杀光他们的人。慢慢的他们就不来了。契丹人和我们生活习惯一样，南人和我们不同，狼和狼生活在一起，狗和狗生活在一起。而且，耶律信、耶律冲哥，都是天下最好的勇士，我们阻卜人也认他们是英雄。"

"哥哥说得不错。女直人才和南人眉来眼去。听说东边的宋军中，有许多女直人，他们一见着南人就降了。"

"女直人和我们不一样，和契丹人也不一样。我们看他们不顺眼，他们看我们也不顺眼。女直人会做海贼，会造船出海，和南人互市，我们只会骑马。不过女直人也怕契丹人。"

"海？海是什么？"

"不知道。好像是和斡难河一样。"大汉摇摇头，将擦好的头盔戴在头上，脸上露出满意的笑容，又说道，"我也希望这场仗，在冬天结束前能打完。这样，就不会耽误牲畜交配、生小马驹子。我还打算⋯⋯"

他的话没有说完，就听到远处传来一声惨叫。靠坐在一起的几个阻卜人都被这声惨叫惊动，但他们刚刚拿起手边的武器起身，几枚淬过毒的弩箭，已划破空气，射进他们的身体。

不知道什么时候，饶阳城墙之上，已经到处都是额上刺着青铜面具的黑衣宋军。一名黑衣人走到这些阻卜人身边，小心地从他们的尸体上拔出弩箭，年轻的阻卜人听到的最后一句话是："郑二，你听得懂他们在说什么吗？"但是，他也完全不明白这个宋军在说什么。

与此同时，饶阳城的东门，吱吱呀呀地打开了，从城门外的夜幕之下，神奇地冒出一队队骑兵，冲入城中。很快，南门也被打开了——数以百计惊慌失措的辽军，正争先恐后地从这里夺路而逃。

雄武一军的车阵中。

和诜越来越得心应手地指挥着他的士兵们，应付着辽军的进攻。远则大炮，近则小炮、弩、弓、霹雳投弹，甚至当辽军进攻侧翼时，他还能及时从正面调一些小炮过去助阵。有好几次，辽军攻到阵前，向车阵之内扔掷霹雳投弹，有些辽兵还攻到了战车之前，和诜都马上补上了漏洞。他信心百倍，辽军很难越过他车阵的大车。即使攻到近前，也会被守在后面的枪兵击退。

和诜已经意识到，环营车阵最大的劣势是结阵之后就不能移动。如果敌人不来进攻，他就无计可施。但是，若敌人敢来攻打，这就是一座战车筑成的硬寨。和诜甚至已经明白，环营车阵中，火炮的妙用不在于直接杀伤多少敌人，而是可以有效破坏敌军的攻击阵形。

现在他开始有些不能理解为何辽军主将竟然一直愚蠢地一次又一次来尝试攻打他的车阵。他当然不会知道，正是他车阵上空飘扬的双戟熊战旗给了辽军如此的勇气。双戟相交中，那张开大嘴的凶恶黑熊头，在辽国每个将领得到的通事局的情报分析中，都是不堪一击的代名词。

否则的话，辽军是断不至于如此百折不挠的。

但终于，在一个意想不到的时间，辽军突然撤退了，带着上千具尸体。

"往东北，肃宁方向？"和诜站在一辆战车上，目送着辽军退兵，心里面反而更加糊涂。"他们不要饶阳了？"

"定是想诱我军上当。"旁边的褚义府仿佛突然明白了什么，说道，"此必是辽军欲以饶阳为饵，待我军收起车阵，往饶阳行军之时，再来杀一个回马枪。昭武，此不可不防，为万全计，我军依旧在此扎营，待明日再做定夺不迟。"

和诜在心里点点头，正要说话，却见前方一骑飞驰而来，高声喊道："前面可是雄武一军和将军？小将奉何将军、仁多将军之令而来，迎将军入饶阳！"

那一霎间，和诜的嘴巴张得老大，许久不曾合上。半晌才说道："饶……饶阳？"

第十二章

雪压飞狐

权不可预设，变不可先图。

——《荀子·议兵》

1

高耸的太行山脉从宋朝境内黄河北岸的王屋山,一直向东北蜿蜒,迄于北方辽国境内的燕山山脉,正好成为世界岛东部黄河大平原与河东高原之分界。太行山脉的西侧,坡度徐缓,而东侧则十分陡峻。但这长达数千里的山脉中,亦有八处中断之所,成为联结东部平原与西部高原之间的交通孔道。这就是所谓"太行八陉"。绍圣七年之时,这太行八陉,其中有五陉在宋朝境内,是联系河东路与河北路的要道;而另有三陉,则在辽国境内,联系着辽国的南京道与西京道——在宋朝这边,这个地区有时候亦被称为"燕云十六州"或者"山前七州"与"山后九州"。所谓"山前山后"之"山",指的便是太行山脉的北支。这"燕云十六州",其实是由太行山北支与燕山山脉隔断的两个地区,其联系之道路,严格来说,便只有两条。在北,则是居庸关;在南,则是易州。

而太行八陉在辽国境内的三陉——飞狐、蒲阴、军都,正与这两条道路息息相关。这三陉中,飞狐、蒲阴其实是一条道路的北南两口,于是,这条道路也是太行八陉中途程最长者。狭义的飞狐陉,北起蔚州以南四十里的飞狐口——亦被称为北口,辽国在此设立飞狐关,经过八九十里形势险峻的陉道,止于南口以南约三十里的飞狐县。然后,这一条道路转而向东,经过汉长城,过紫荆岭口之金陂关[1],至南京道之易州,全程约一百八十里,则是所谓"蒲阴陉"。

但是,因为飞狐县恰好处于一个山间盆地之中,却也让飞狐地区成为一个奇特的交通中心。以飞狐县为中心,除了上叙之飞狐陉与蒲阴陉,至少还有三条重要的联系孔道。这三条孔道分别为往东南经五阮关至宋朝定州北平的蒲阴古陉,亦称五回道;往南经倒马关至定州唐县的所谓"望都陉";以及由西北经隘门至灵丘的"灵丘古道"。这三条要道,到了宋辽之际,世人也都混称为"飞狐道",并不详加区分,但同样皆为历代兵家必争之地。

比如所谓"灵丘古道",过灵丘之后,西南可入宋朝河东之瓶形寨;西北

---
[1] 即子庄关,后世之紫荆关。

过隋长城石铭陉岭可直趋浑源、大同；东北过隋长城直谷关则可入蔚州。这亦是飞狐道与太行其余诸陉大不相同之处，其余诸陉，大抵都是一条孔道，塞住关口，则再无出路。但飞狐地区，却是道路众多，四通八达，将宋辽两国之山前、山后、河东、河北四个地区全都联系起来，可同时又关隘林立，几乎每条道路都十分险峻，易守难攻。故此，但凡有人想要经略山前山后之地，又或者有意于河北河东，飞狐地区，便总是首当其冲。[1]

不过，在绍圣七年的宋辽战争当中，自开战以来，差不多有半年之久了，飞狐地区却一直都是风平浪静。当然，这其实也不足为奇，从地利而言，宋朝河北地区门户大开，辽军侵宋，几乎用不着飞狐道。而这场战争进行到现在，宋辽交战的主要地区，依然是在河北平原。尽管九月下旬，宋朝的何畏之攻取饶阳，迫使萧岚北走肃宁，从而在韩宝与耶律信之间插进一颗钉子，几近将辽军分割为两部，但是，河北战事仍旧胶着，一时半会儿分不出胜负。

在滹沱河与唐河之间，宋军的慕容谦部与云翼军、龙卫军，以及随后增援的第十、第二十两个神卫营，接近四万马步军队以及近两百门火炮，由慕容谦与唐康统一指挥，在安平的南边与西边，扎成四个大寨，与安平一带韩宝的近四万大军对峙。双方营垒相望，声息相闻。尽管辽军不断地想引诱宋军决战，但石越派出折可适坐镇军中，绝不出战。而尽管云翼、龙卫二军几乎是背河扎寨，大犯兵家之忌，可面对宋军互相呼应的硬寨，辽军也无可奈何。虽然一开始韩宝就千方百计阻止宋军扎寨，但在云翼、龙卫二军渡河之后，二军皆属精锐，又有慕容谦在西面策应，辽军亦很难阻止已经渡河的宋军稳住阵脚。而当横山番军的步军与神卫营赶到之后，韩宝就更加进退维艰。眼睁睁看着宋军的营寨由简陋而全备，却无破敌之策。欲待远走，背后又有唐河、高河之阻。所幸者，韩宝军中粮草足支一月之用，而河北天气日渐一日地变冷，到十月中下旬河水就可能结冰，他依然能重新夺回主动权。

而在河间地区，尽管未能如愿夺回饶阳，但辽军依然掌握着优势与主动。

---

[1] 本节描叙之太行地理，主要参考严耕望《唐代交通图考》第五卷。又，据严氏同书考证，太行诸道，古今地形地貌有相差极大者，许多道路，中古时期只能单骑通行，而近世已可通汽车；甚至有唐宋时与明清时大异者。其中原由，非作者所知，若有好奇，请询之于历史地理方家。但诸陉详情，仍请诸君以小说描叙为主。

辽军开始是想夺回饶阳的，但饶阳距武强不过约七十里，其城最初就是为了护运军粮转运而筑，尽管冬季水浅，又属逆水行舟，然而宋军仍可用小船从滹沱河运来源源不断的补给。在何畏之指挥宋军顶过了辽军头两日的反扑之后，便连耶律信也只好放弃。饶阳虽然城池卑小，残破不堪，但好处是处于两条河道之间，西北两面，辽军都无法攻城，只需少量兵力看守，宋军只要集中兵力守住东南两道城墙便可。何畏之守饶阳，他自统镇北军步军守南城，而以雄武一军在东城外布阵，以骑兵居城中策应协防。雄武一军的车阵，变化繁多，背城布阵，雄武一军可以放弃后阵之火炮，将阵门开在后方，其余三面火力更加密集，甚而还能调几门火炮去协助守南城。如此铁桶一般的阵形，宋军又旨在坚守，没有更多与射程更远的火炮，连耶律信也不知如何是好。而且，一旦发现耶律信调集大军前来攻打饶阳，河间府的宋军就立即大举扑向君子馆，令耶律信顾此失彼，不敢轻举妄动。

在小小的河间地区，宋辽两军的行动几乎都毫无秘密可言。大军一动，对方立即知晓。耶律信虽然没有将河间府的宋军放在眼里，辽军也可以说是想来就来，想走便走，但是目前的战局，他也只能留在河间。这既是因为大军作战，总要有梯次相继，前锋只到了深州，中军便只好停在河间。尽管在澶渊之誓那一年，辽军曾经将十几万大军聚集在一个战场，但那种事情，到底也只能欺欺宋军无能，可一而不可再。一个战场兵力越多，指挥效率越低，当年大辽铁骑一个三万人的前阵，正面宽度就有一二十里。若是十几万大军在一个战场，指挥什么的，几乎就不必考虑了。传说之中，历史上有些名将有此能耐，但是当今之世，宋辽两国大约都无此能人。

而另一个原因，则是为了确保官道，也就是辽军粮道与后路之安全无虞。

利用雄、莫至君子馆的北方官道，辽军可以更有效率地运送补给。尤其是对头一次尝试这种大规模补给运输的辽军来说，他们十分依赖这条官道。为此，耶律信对辽军的兵力部署还做了重大调整。东线萧忽古的偏师久战无功，耶律信先是不断抽调其军队到中线战场，最后更是干脆彻底放弃东线，只留给萧忽古少量的宫分军，让他领着一群渤海军、汉军与部族军为主的部队，在雄、莫一带驻扎，保护辽军的粮道。

这个改变可谓立竿见影，萧忽古攻城无能，但自其至雄莫之后，赵隆等人便屡吃败仗，渐渐安分下来。而辽军虽然终于离开霸州，但燕超也已经是筋疲力尽。蔡京率京东、沧州兵直趋霸州之后，立即反客为主，霸州之军政事务几乎全决于蔡京。京东兵数度越过巨马河，欲骚扰辽境，但每次都被辽军迎头痛击，无功而返。其后蔡京又亲自率领大军，想要夺回雄州，反被萧忽古打了个屁滚尿流，只得灰溜溜地撤回霸州"待机"。好在燕超早有准备，率军前来接应，否则只怕蔡京都已被生擒。蔡京生怕小皇帝不喜、石越追究战败之责，反将所有过错全部推到他的统兵官黄牧臣身上。他知道石越、章惇都十分精明，难以欺瞒，便耍了个小花招，算好时间，将战报与奏折遣使先报汴京御前会议，再报宣台。待石越得知之时，小皇帝已在震怒之中下了处分，将黄牧臣罢官送京师勘问，令石越、章惇、蔡京等合议，另荐主将。石越虽然明知这必是蔡京搞鬼，却不想为这点儿小败自乱阵脚，兼之当时姚、种尚未渡过滹沱河，饶阳还在辽军之手，他也无精力兼顾数百里之外的霸州之事，只好睁只眼闭只眼，令燕超暂替黄牧臣之职。

自此之后，雄霸一带暂时平静下来。辽军的补给状况，也同时大为改善。赵隆给辽军后勤造成的直接破坏有限，但是对其转运效率的打击却难以估量。没有了赵隆的骚扰，耶律信总算暂时又不需要为补给操心了。尽管这样花钱如流水的战争，大辽的君臣们大多没见过这种"大场面"，未免都不是很适应，甚至颇觉心疼，但是不管怎么说，事已至此，填饱军队的肚子才是最重要的。

而在不用担心饿肚子之后，耶律信就不得不考虑更多的问题。战争进行到十月，辽国内部，表面上看起来风平浪静，但是湖面之下，几乎就如同一锅沸水，马上就要爆发。大举兴兵南下，是耶律信的定策，也是他成为北枢密使最重要的理由。但是，仗打了五六个月，若以胜仗的规模与数量而论，自大辽建国以来，从五代入宋，这次南征都算得上战功赫赫。然而尽管打了许多胜仗，还是大胜仗，可是与战前的战略目标相比却反而越行越远。这是大辽历次南征从来没有遇到过的情况。尤其是最近的一次大辽南征，其实认真计较起来，根本就没打过什么胜仗，反倒是受了不少挫折，可结果却足以令辽国满意，与宋人签下了澶渊之誓。

耶律信心里也很清楚，上至辽主，下至朝中贵戚、重臣、军中将领，大辽需要的，就是一个满意的结果。军事上的胜利若不能转化成政治与外交上的胜利，那就毫无意义。如若就此撤兵，虽然谈不上失败，甚至辽军还算有所收获。但是，相比从此将辽国拖入与宋朝无休无止的战争之中这个结果，这点儿收获挽救不了耶律信。

虎视眈眈、随时准备取而代之的萧岚，一直反对对宋朝开战的韩拖古烈，还有萧禧等人，都绝不会放过他。而耶律冲哥与萧忽古不落井下石，就算仁至义尽。萧阿鲁带最近与萧岚打得火热，对耶律信只怕也颇有怨恨。更让耶律信不安的是，连韩宝都可能倒向了萧岚一边——他儿子韩敌猎使宋归来后，完全被韩拖古烈拉了过去，竟然公开劝谏皇帝结束战争！而萧岚又在此时，将自己的侄女许给韩敌猎……

战争还没有打完，耶律信就已经感觉到自己几近孤立无援。他能指望的只有皇帝与太子的信赖。可是，君主的信赖，永远都是需要更多的回报的。

耶律信并不后悔发动了这场战争。无论结果如何，这场战争都是必要的。一个蒸蒸日上、从不掩饰自己对山前山后诸州野心的南朝，在耶律信看来，想要避免战争就如同痴人说梦。在己方尚有优势之时不动手，难道要坐以待毙吗？澶渊之誓确立了大辽与大宋两朝之间的秩序与平衡，但这个平衡与秩序，在十几年前，其实就已经轰然倒塌了。两朝要重建秩序与平衡，确定双方所处的地位，战争就总是会来的。而早一点儿发生，对辽国更有利。

他对皇帝与大辽都是忠心耿耿、绝无二心。若是到了必须承认失败，才能更好地保存大辽实力的时候，他会毫不犹豫地这样做。尽管他知道那可能让他万劫不复。此前，在补给面临严重危机之时，耶律信就几乎要做出这个决断。

但老天又给了他一次机会。

如今他对南朝君臣的心理已经了若指掌——他只要耐心地等待时机，当河北诸水冰冻，安平之韩宝便可以迅速北撤，而宋军必然追击。到时候，韩宝引着宋军的骑兵向保州、定州追赶，他们的骑兵和步兵会脱为两截，而耶律信既可率主力迅速穿插至深州，从后面对宋军重重一击，先破其步军与神卫营；亦可以穿插至宋军骑兵与步兵之间，与韩宝一道对追击的宋军前后夹击……

如若不是韩宝被意外牵制在安平,情况甚至会更好。

不过,所谓"权不可预设,变不可先图",这也是战争中总会碰上的意外。耶律信没什么好抱怨的。只要他已经确知宋军有不愿纵辽军北归之心理,并且自韩拖古烈处得知那甚至已是其朝野共识,那他就可以善加利用。安平的韩宝,是一把双刃剑。只要韩宝部再次驰骋起来,耶律信就重新掌握了战场的主动,而宋军将到处都是破绽。

即使宋军在冰冻之前与韩宝决战,那也并非不可接受。若是四万铁骑在野战上败给了宋军,那就是天命已改!大辽当坦然接受这个现实,耶律信亦当毫无怨言地面对自己的命运。

而在宋朝这边,石越与王厚面对的战场之外的压力,更甚于站在他们对立面的耶律信。在一个君主制的国家,无论外朝的制衡力量有多么强大,君主一方都拥有先天的优势。宋朝的小皇帝赵煦,自从亲政伊始,每过一天,对御前会议、两府、朝廷的控制就越强。让石越头疼的是,赵煦的进取之心不断膨胀,尽管他对于石越这些元老重臣还不得不表示尊重,可是他对战局进展"过慢"的不满,也越发不加掩饰。每日都有快马在汴京与深冀之间飞驰,递送着赵煦与石越之间的对答。石越要花很大的精力,耐心向赵煦解释为何安平的宋军不马上与辽军决战,为何河间府的宋军直接与耶律信的精锐交战是不明智的……

然而,赵煦并不完全相信他的解释。他更相信宋军的强大,对于石越的解释,他半信半疑——石越心里面很清楚,赵煦需要的是一个时间表。如若他给皇帝约下一个明确时限,皇帝的怀疑在短时间内,就可能转变成一种狂热的信任与期待。可惜的是,给皇帝的许诺是绝对不能乱下的,任何人若忘记这一点,他的结果都不会太好。石越也不希望有任何时间表影响到他的谋臣与将军们对战事的判断——就算石越不在乎自己的结局,折可适、王厚们也一定会在意。他们与石越在某种程度上,也是一荣俱荣一辱俱辱的,倘若石越也没有好结果,为石越所重用的折可适与王厚又岂能有好结果?

但更加雪上加霜的是,在九月下旬,左丞相韩维意外病倒——虽然不是大病,但对于一个七十五六岁的老者,其实也没什么小病可言。韩维只能回到府邸休养,几乎不能再视事——如果皇帝没有特旨允许的话,他就不能在私邸办公、接见各级官员。而小皇帝虽然殷勤地遣使问疾，送汤送药，可对此事却闭口不提。而向太后一向秉持着不过问外朝政事的原则，也未加干涉。

祸不单行，石越在意外丧失朝中的一大重要支持之后，又发现回朝之后的韩忠彦的态度也变得暧昧起来。虽然韩忠彦不存在倒向皇帝的问题，韩家对于小皇帝本来就是绝对忠诚的。但汴京的来信说皇帝多次召见韩忠彦密谈，时间往往长达一两个时辰。与皇帝关系密切的桑充国也给石越写了一封信，提到皇帝与桑充国之间的一次长谈，信中声称皇帝希望在战争结束之后，形成石越左相、范纯仁右相、韩忠彦枢使的新朝局。石越不难嗅出其中的言外之意——小皇帝心中未来朝廷的格局，已经渐渐形成。他希望借助拥有遗诏辅政大臣身份却不属于任何党派的韩忠彦，来构筑属于他的朝廷。

石越对此并不意外，因为这几乎是小皇帝理所当然的选择。当高宗皇帝赵顼将韩忠彦的名字写进他的诏书之后，韩忠彦就已经必然是这几十年中大宋朝举足轻重的人物。而且，尽管他关键时候颇能杀伐果断，平时看起来却是锋芒内敛、温和忠厚，和朝中三党都保持着良好的关系，加上他的家世带来的河北、开封士大夫的支持，可以说韩忠彦是绍圣朝中地位最稳固的宰执。

谁都希望这样的人物是站在自己一边的，石越亦不例外。让他忧虑的是，他知道韩忠彦并不像他表面上的待人接物那样，是一个容易妥协的人，他肯定是在某些事上被皇帝说服了。只是石越还不知道是什么事！

陈元凤与李舜举、王光祖所统的南面行营近五万人马，在九月的最后一天，终于在冀州集结完毕。陈元凤希望这支人马立即前往安平，却在石越那儿吃了个闭门羹。石越根本不见他，让他在武强等了三个时辰后，只派了一个小吏出来通知，南面行营诸军全部前往东光休整待命，违制者斩。陈元凤憋了一肚子气回到冀州，李舜举、王光祖却都不敢违令，乖乖将人马带到了东光，与李浩的骁胜军交接防务。看着李浩率领兵员不整的骁胜军开往武强，陈元凤只好将满腔的恼怒发泄到奏章之中，向皇帝与两府抱怨受到的不公待遇，并反复宣称，加入南面行营的生力军后，宋军可以在任何一个战场对辽军取得优势。

这肯定加剧了皇帝对石越的怀疑。韩忠彦的来信中，就委婉提到希望石越给南面行营用武之地。但石越与王厚却也有不用南面行营的理由。休说他们行军之后需要休整,所谓"兵贵精而不贵多"亦是不破的真理。野战并非攻城与守城,在安平方面,无论防守或进攻,各军之间的协调远比兵力的多寡更重要。他日宋军出击,必以马军为主力,马军再多,列阵之时,纵深不过十排,否则大阵连转弯都做不到。如今安平的宋军骑兵,若倾巢而出,用最紧密的队列列阵,正面已有一二十里之宽——而实际上,无论是慕容谦、唐康或者韩宝,大约都不会列这样的阵形,所以他们其实也已经有充足的中军预备队。在这种狭小的区域进行会战时,两军的作战方式几乎是完全相同的,左中右前四军或者左中右三军,各阵之间配合作战,先互相射箭,射完箭后再冲杀格斗——至少有近两百年,世界岛东部的这种会战方式都没有发生过改变。而决定最后胜负的,往往只是其中的一个军阵,在这种会战之中,绝大多数情况都是其中一个军阵失败,则全阵溃败。

所以,尽管石越与王厚也希望可以使用南面行营中的骁骑军与宣武二军的兵力,但是同时也都觉得那并不急迫,相反,他们更担心这两支禁军加入后可能的失控。隶属南面行营的殿前司精锐禁军,除非石越亲自坐镇,就算是王厚去,他们也未必会老老实实听话,万一这两支军队到达安平之后,急躁地攻击辽军,结果就可能会是灾难性的。更何况,陈元凤也肯定不甘心南面行营的两支主力被抽调而失去控制权。再说冬季滹沱河的运能有限,安平宋军的粮草补给,大半还是要依靠陆路运输,既然没有明显的好处,反而有可以预料的风险,石越也不愿意再去增加补给的压力。

河间府地区,石越就更加不敢令南面行营进去。章惇可以与田烈武这个好脾性的人合作愉快,但如果是陈元凤与南面行营,就算章惇设计让耶律信全歼了这五万人马,石越也不会感到意外。那里如今就是章惇的地盘,以章惇的性格,整个河北除了石越,他不会把任何人放在眼里。南面行营进入河间府,这五万人马的粮草,到时候都得指望章惇,章惇必定会要求他们服从他的命令,而陈元凤却几乎没有可能俯首听命。章惇并非什么良善之辈,他要断了南面行营的粮草供给,石越都不知道该如何来收拾这个烂摊子。

偌大一个河北,倒也并非没有容得下南面行营五万人马的地方,只是石越却没有仙法奇术可以将这五万人马变到保州、博野去。南面行营以步军为主,带有大批辎重，若要去保州、博野，只能走官道绕道而行，先去真定府，再经定州东出，就算不考虑补给问题，正常行军也要十几天，若以此前的速度来看，只怕他们一个月都到不了。更何况深州、真定、定州诸州县，早已经不堪重负，这五万人马再去，粮草供应，很难指望当地州县，须得由宣台另行补给，免不了又要至少征发几万民夫。更重要的是，战争之中以上下同心为贵，如南面行营这样的部队，却是一个不稳定因素。

对于这样一个烫手山芋，石越也只好将它按在后方，放到自己的眼皮底下。只是如此一来，石越便不免要落人口实，便连他自己也知道，他纵是无私，亦见有私。在赵煦和朝廷大臣们的心里，陈元凤与南面行营是完全不同的形象，至少他们也会觉得其"锐气可用"，石越无论如何辩解，也都难以服人。但他到底不能让事实去证明他才是正确的——那样的代价，未免也太大了。

石越和耶律信各自背负着不同的压力，将几乎所有的注意力都放到了河北战场。双方心里面都知道，这一次的僵持注定短暂。虽然没有人知道这脆弱的平衡究竟会在何时被打破，但双方都意识到气温的变化将是至关重要的因素。

这个时期，仿佛整个世界岛东部的焦点都在河北平原之上。至于河东地区，虽然两国都部署了大军对峙，但自开战以来长达五个月的平静，让这个地区几乎被人遗忘。不过在历史上，河东与西京道，也从来都不算是契丹与中原王朝交战的重点。哪怕追溯到耶律阿保机的年代，舞台的中心也是河北的幽蓟地区。近两百年内，塞北与中原的争斗，河北一直都是主角，而河东则几乎微不足道——发生在此处的战争，无论胜败，都极少影响到大局。

一直到绍圣七年九月结束，历史都依循着这两百年来的轨迹运转着。尤其是在五六个月之久的平静之后，在宋朝的河东路与辽国的西京道，双方都有不少人开始相信，他们只是这场战争的看客而已。

所以，即使当十月初至之时，雁代都总管章楶与河东行营都总管折克行突然大举兴兵，自雁门、大石谷路两道并出，做出大举进攻朔州、应州辽军之势，许多人也觉得那只是迫于宋廷压力的徒劳之举。

朔州有耶律冲哥亲自坐镇，近在咫尺的应州也非当年潘美、杨业时兵力空虚的应州，辽军扼据形胜，以逸待劳，宋军倾河东之兵出击，结果十月八日折克行在应州遇伏，受挫退兵；十日，章楶闻折克行不利，亦引兵还雁门。自十月五日出兵算起，河东宋军的这次出击，前后不过五日，便告夭折。

2

绍圣七年十月六日。

太行山的北部山区，从前一个晚上起，飘起了入冬的第一场雪。这场雪不是很大，在地势较低的地区，地面上只是积了一层薄薄的雪。但是，这样的天气，已经令从宋朝河东路瓶形寨至辽国西京道灵丘的那条八十里的山间谷道更加难走。

这条道路已经废弃许久了[1]。这八十里的谷道，半程是山间谷道，半程则是由滱水[2]河谷自然形成的，此后经历代先民的开辟，便在此处形成了一条沿溪河而走、可通车骑的道路。这一条道路，也被视为飞狐道的一部分。但是，最晚是入宋以后，这条道路被人们渐渐荒弃了。因为道路联结的两端，分属于宋辽两个对立的国家，即使是在两国关系良好的时候，商旅、使者的往来，也不会走这条道路。河东路出雁门至大同，有一条隋唐以来的官道；河北地区更是往来便畅，除非奸细或者贼盗，几乎不会有人来这儿。在人迹罕至最少近百年后，许多原来的道路都湮没不见了，许多地方草长没膝，甚至长满了横七杂八的灌木。很难想象，这里竟然曾经也是一条重要的道路，甚至还有商旅往来，十分热闹。

但在十月六日这一天，这条废弃的古道上，却突然出现了数以千计的骑兵，朝着灵丘城的方向前进。这是一支奇怪的军队，骑士们装扮各异，有些是典型的游牧民穿着，头戴毛皮覆耳帽，身穿窄袖长袍——既有左衽，也有右衽；但还有相当一部分骑士，一看就是陕西汉人的穿着，厚厚的棉袍外面，裹着一件宋军常穿的紫衫，还套着深绿色的背子——上面都绣着"河套"二字。而他们低声交谈的语言也各式各样，虽然主要都是说陕西官话，但也有一些人说着难

---

[1] 瓶形寨（即平型关）至灵丘道路至宋朝已经不通，此据沈括《梦溪笔谈》卷二十四记载。
[2] 即唐河上游。

懂的番语，有时候一次交谈甚至包含三四种语言，而他们互相之间竟然也都能听懂对方在说些什么。

他们的队列拖得很长，大半也是因为道路所限，迫不得已。走在这支骑兵最前头的，是五十骑左右的骑兵，他们超出大部队十多里，谨慎地搜索前进，一有风吹草动便立即停下来，将自己隐藏在道旁的树木、岩石之后，抓紧手中的长弓。偶尔，在这条道路上，也会有一些砍柴的樵夫出现，他们接到的命令是毫不留情地射杀。尽管这些倒霉的樵夫几乎不可能是敌方的细作，无论是东边的灵丘也好，西边的瓶形寨也好，他们的探马最多放到城外二十里——这是最完美的距离，既足够让他们的守军对敌袭做出反应，同时也能很好保证细作的生命安全。但这些人显得十分小心，的确，行走在这条道路上，道路两旁的大山阴森森地耸立着，倘若敌军提前知道行踪，在路边的山上设伏，后果是不堪设想。毕竟，哪怕是简单搜索道路两旁的山头也是不可能的——如果那样的话，前锋小股部队行进的速度，只怕比部队最后面的神卫营都要慢，这八十里的谷道，走上两天也不见得能走完。

而在这五十名骑兵身后十里左右的，是数百名骑着骡子或驴，手里拿着斧头、长锯等工具的男子，他们中间有些穿的背子上绣着一张正待发射的床子弩——这是宋军某几支神卫营选择的徽记。但更多的人更像是普通百姓。在那些神卫营士兵的指挥下，这些人熟练地砍倒、搬开道路上的树木，甚至还来得及给一些坑洼泥泞的地方铺上木板。

在他们的身后几里，则是四五千骑的大队骑兵，以及队伍最后方拖着火炮的牛车与神卫十九营的宋军们。

"十哥，你说这个走法，天黑前能赶到灵丘吗？"

一位三十来岁的神卫营武官抬头望了望天色，天空中细小的雪花乱舞着，看不出什么时辰来，他低声吓了一下，说道："这条道，俺和吴将军帐下的徐参军一道，走了四五回，也拿着沙漏计算过时辰，路是难走一点儿，但并非走不了，天黑前，定能赶到灵丘。"说完，他又轻轻掸了下头盔上的雪花，朝问话的那个武官说道："仲礼，你到后头盯紧点儿，才走了三四十里，已经扔掉两门火炮了，振威脸色已是很难看了，再出点儿差错……"他这句话都没有说完，一个守阙忠士小跑着过来，说道："陈将军，范将军请您过去说话。"

他点点头，催着那个叫仲礼的武官去了，然后转身上马，朝着神卫营车队的中央驰去。

这个男子叫作陈庆远，是宋军神卫第十九营的都行军参军，官至致果副尉，因为行第第十，所以军中常呼为"十哥"。他口中的"振威"，正是该营都指挥使、振威校尉范丘。宋军的编制、武阶，皆以神卫营最为混乱，大的神卫营规模庞大，主将往往以昭武校尉担任，与一个军相同；小的则主将不过一致果校尉。而这个十九营，规模虽然不大，但因为装备了十门克虏炮，主将便也官至从六品上的振威校尉，连个都参军也是致果副尉。

没跑多久，陈庆远便已见着范丘，他骑了一匹黑马，正微侧着身子和身边的几个参军低声说着什么。见到陈庆远过来，范丘不待他行礼参见，便说道："十将军，你不是与徐参军去勘了四五回路吗？"

"是。小将……"

范丘却是没什么耐心听他解释，"一共便只十门炮，一门翻在路旁，一门陷在那破水沟里！他吴昭武是不心疼，一声令下，扔了继续赶路。俺老范有甚家当？这可是你十将军回来说了，这条道尚能通车乘的，火炮也走得动。这前半路是好走的，便已丢了两门炮，后半程你打算再丢几门？"

陈庆远被范丘数落得脸上红一阵白一阵，却也不知如何辩解。此番他们受令到河套番军的吴安国帐下听令，这吴安国乃当朝名将，陈庆远也好、范丘也好，都只有俯首听命的份儿，吴安国说要做什么，便是什么。就算是吴安国说要打灵丘，他们虽然觉得十分荒唐，却也无人敢有丝毫异议。几个月来，陈庆远便随着吴安国的几个参军一道秘密勘察地形、道路。他给吴安国的建议也是谨守本分的，既未夸大，也不曾故意叫苦——这条道路，虽然有一二十处地方比较棘手，但火炮勉强是可以通行的——如果吴安国肯让他们先在前头好好修整下道路的话。

但是，今天的这场雪，却是谁也不曾料到的。而且，陈庆远也想不到，吴安国根本不准备让他们好好修整道路，他的命令十分粗鲁，却不容置疑——所有掉队的士兵也罢、车辆也罢，都弃之不理。道路也只是粗粗修葺一下，能让车马通过就成。全军必须不惜一切代价保证行军的速度，遇到一些麻烦的地方，他甚至会亲自下马去砍树。

陈庆远清楚地明白"不惜一切代价"指的是什么。吴安国的一个参军路上不小心从马上跌下来，摔断了腿，吴安国冷酷无情地将他丢在了路上——这样的天气，如果他不能忍耐着回到瓶形寨的话，能不能活过这个晚上，是很难说的。晚上山间会很冷，还会有野兽出没。

但吴安国的心却似铁做的。他既然连他的参军都能抛弃，几门火炮又算得了什么？范丘急得跳脚，可他也只敢找陈庆远来发作。连留下一些士兵在后头处理那两门火炮他也不敢。吴安国的命令是一丝折扣都不能打的。

所有跟不上他行军节奏的东西，都将被抛弃。

这个就是命运。陈庆远毫不怀疑，如果神卫营成为累赘，那么吴安国也会马上抛弃掉整个神卫营。他参加了几次极度机密的军事会议，虽然没有明言，但他毕竟是讲武堂的高材生，也曾经参加过对西夏的战争，虽然那时候他只是个微不足道的低级武官。陈庆远能够感觉到，吴安国肯定制定了好几种作战方案，而且其中不止一种，是不包括他们神卫十九营的。

可是，无论如何，陈庆远都想参加这次作战。他勘探道路时，最远到达过离灵丘城不过十里的山上，那城池便建在滱水的东北，扼着这条道路的终点，虽然不是什么雄伟的大城池，却也十分坚固，堪称易守难攻。辽军的防守也算得上谨慎，在滱水两岸、灵丘城外，有许多村庄农田，因此白天的时候，灵丘的城门是打开的，偶尔这座城市还会接待一些陌生的商人，但进出的人们都会受到严厉盘查。哨探放到了村庄以外很远的地方，尽管那些哨探经常偷懒。陈庆远亲眼看到他们曾经钻进一个村庄中，一直到天色将晚，才心满意足地出来，回到城中。

这等程度的松懈是可以理解的，一座本来就不太可能被攻击的城池，再加上开战五个多月，这里就从来没有过任何战事。无论是谁把守这座城池，也不可能在这种情况下将百姓关在城内五个多月，让哨探们像猎犬一样时刻警醒。

况且，即使辽军有这样的松懈，陈庆远也怀疑他们能否攻得下灵丘。

从发现他们那一刻算起，辽人的援军最多两天就可以赶到，快的话也许只要一天多点儿，如果辽人的援军赶到的话，就意味着他们已经失败——这是不言而喻的，他们只带了三天的粮草。很可能，如果一天之内攻不下，吴安国就会放弃。那么到时候，他们能做的只能是逃命，他们带到灵丘城下的所有火炮，要么自己炸掉，要么就成为辽军的战利品。

这看起来是有些疯狂。

但是，不知道为什么，陈庆远也好，范丘也好，似乎都没有质疑。一方面固然是不敢，另一方面，他们心里面也没有认真想过要去质疑这件事。

这其中的原因，仅仅是因为他们的主将是那个人。

陈庆远不想错过这次作战也是同一个原因。

他希望自己能在那个人麾下作战——那个在讲武学堂被视为反面典型，被所有的教官口诛笔伐，异口同声地讥讽甚至谩骂的家伙！

当陈庆远正在为他的火炮被范丘数落的时候，几十里外的灵丘县衙正在大摆宴席。宴会的主人是大辽的灵丘县令檀迦，他的客人则包括灵丘县丞、主簿、县尉在内，几乎灵丘县所有的头面人物。

大辽的这个边境小县，全县人口只有三千户。可是与西京道的许多汉人州县一样，在灵丘，也有七大势家豪族。这七家豪强，不仅控制着灵丘全县半数以上的田地，更加重要的是，每个家族都人多势众，并有许多百姓唯其马首是瞻。因此，灵丘令檀迦从宴会开始，目光就一直没有离开过这七大势家的族长们身上。

大约五天之前，檀迦收到耶律冲哥的信件。在信中，耶律冲哥再三嘱咐，要他切不可掉以轻心，务必慎始慎终，确保灵丘不失。对于耶律冲哥的杞人忧天，檀迦心里很不以为然。

大辽与南朝不同，即使是在太平中兴以来大兴科举，但科举出身的官员依然属于少数。在州县守令这一级，科举出身之官员不足三成，其余的，无论是因为族群血缘、门阀势力，抑或是个人的能力声望，都可以归纳为"察举制"。耶律信在西京道经营日久，因此西京的地方守令，绝大部分都与耶律信有着千丝万缕的联系。若在南朝，这种制度必然引发严重的地方割据，但大辽制度远优于南朝，朝廷内倚御帐、宫卫，以契丹、奚部为本，外有科举文官相维，以渤海、汉人为枝，这种国体政制上的根本区别，让割据之患，在大辽成为一种微不足道的风险。但在另一方面，在这种制度之下，要让受耶律信荐举担任灵丘令的檀迦多么尊重他的竞争对手耶律冲哥的命令，也未免有些强人所难。

当年檀迦也曾经跟随耶律信南征北战，颇立功勋，且略有智术，否则耶律信也不会荐他去当县令。因此，对于战局，檀迦也有自己的看法。他不愿意指责耶律冲哥胆小，但是耶律冲哥过于谨慎，并且对这场战争持消极态度，却也是有目共睹之事。在檀迦看来，耶律冲哥是完全有能力在河东掀起惊天风浪来的，可他却什么也不做。五六个月过去了，这场战争很可能就要结束了，他却来要他谨慎小心，明眼人一看，就知道这只是个姿态。战争结束后，耶律冲哥需要有所解释，于是他开始做准备了。

灵丘——休说灵丘城易守难攻，与瓶形寨之间的道路早已废弃难行，就算宋军来攻，万一他守不住此城，还可以退守东南二十里外的隘门天险。那里高峰隐天，深溪埒谷，一夫当关，万夫莫开，宋军轻易是攻不破的，而蔚州、飞狐援军却可以迅速赶到——可以说，灵丘是固若金汤。而南朝将领，也断不会如此愚蠢！在檀迦看来，灵丘其实已无战略价值，宋人要攻大同，自可出雁门或大石谷；就算真要取飞狐，也可以从定州倒马关北上——又何必舍近求远，去易取难，来攻打灵丘？就算夺了灵丘，想北进蔚州，还有隋长城与直谷关之险；经由飞狐古道去攻打飞狐——怎么看都是倒马关更好走些。

人人都知道，无论是平时还是战时，灵丘县都只是大辽朝一个最偏僻的边疆角落。它的户口，尚不及蔚州州治所在灵仙县的六分之一！这是个被人遗忘的地方，四年前，当灵丘令出缺的时候，就没有几个人愿意来此。檀迦若非其时已经四十五六岁，四处征战有些力不从心，兼他家乡应州浑源县离灵丘不远，他也不会愿意来灵丘。

而另一个现实，也证明了檀迦是正确的。

战争开始后，飞狐每户抽一丁，征召了约五千汉军，并有千余骑契丹骑兵协防；蔚州虽平时只有少量兵力，但灵仙县却设有宫分军提辖司，一旦有警，不仅可征召数万汉军，还可以随时征召起数以千计的宫分军来。而相比之下，灵丘县却连一个契丹人都没有，全是汉军——准确地说，是所谓"五京乡丁"。

这固然与大辽一向的战争理念有关——大辽无论是进攻还是防守，都崇尚将大军集结起来，集中力量，伺机歼灭敌人的有生力量，而不关注于一城一地之得失。尤其是契丹本部兵力有限，条件亦不允许他们四处设防。因此各州县之防守，辽军往往采取一种更为灵活的方式。一方面，卫王萧佑丹设计的制度中，是依靠着各地宫卫提辖司、石烈为骨干，联合本地部族或豪强来守卫乡土；另一方面，他们也不到处都驻扎重兵浪费兵力与国力，而是根据敌人的行动而迅速地调兵增援。

比如在和平的年份，尽管是边界，灵丘县也没有驻军，只有县尉下面有十几号公人，还是轮流听差。战事一起，檀迦就立即征召了三千汉军来守备本县。而倘若灵丘遭到宋军袭击，附近的辽军都会向此增援，他们的兵力也会成倍增加——从法令上来，大辽是全民皆兵的国家，所有的成年男子都有参战的义务。

当然，那仅仅只是法令，执行起来会大打折扣，虽然檀迦理论上可以在灵丘征召上万的五京乡丁，可任何人都知道，这是他永远不可能做到的事。

同样的道理，灵丘只有三千五京乡丁守备的事实，也说明了灵丘真正的战略地位。

"宋军……宋军若……若是敢来，俺……俺就管叫……叫他有来……无回……无回……"县尉史香有点儿喝高了，歪歪斜斜地起身，端起酒碗，猛灌了一大口，高声喊叫着，"俺跟你们说……说……"

所有的人都知道他接下来要讲的内容，自从七年前史香在县南的太白山赤手空拳打死一头狼，这件事情，全灵丘的人都差不多听得耳朵生茧了。不过，史香虽然喜欢信口胡吹，檀迦却认为他的自信合情合理。倘若宋军真的昏了头，那么檀迦必让他们对京州军[1]的战斗力大吃一惊。也许在南下的辽军中，汉军几乎不参加战斗，而主要是作为工匠或者提供后勤补给。但那些主要是南京道的汉军，若要以为所有的汉军皆是如此，那宋人就要为他们的无知付出代价。

不提自当今皇帝即位，执政的卫王对国内汉人的态度就由提防而改为拉拢，辽军南征北战，其中便多有汉人豪强率领族人、家丁追随。单论耶律信入主西

---

[1] 即五京乡丁。

京道后,殚精竭智地准备与南朝的战争,西京道的汉军便已不可轻视。耶律信在西京时,曾将如檀迦这样曾随军征战的汉人部将安插到各个州县训练汉军,并且常常巡视各地检阅——他的法子类似于南朝曾经实施过的沿边弓箭手。从百姓中挑选一部分人出来,平时与百姓无异,也要耕种打猎,只在农闲时进行操练——回报则是他们可以免除一部分赋税。西京一地,本就民风尚武,经过训练的汉军也颇有勇悍之辈。

如今耶律冲哥麾下,便有许多这样的汉军。

便在灵丘,也有三百这样的汉军存在。托灵丘到底算是个边郡的福,这些人都留守本县,没有受征召前往耶律冲哥帐下。有这三百人作为中坚,依托灵丘之天险,纵然只有三千汉军,檀迦亦有足够的信心,对付任何来攻的宋军。

一面听着史香吹嘘自己的英雄事迹,檀迦一面将目光落到了一个身着白裘的老者身上,那老者正低头吃着酒,不经意抬头,撞见檀迦的目光,惊了一下,旋即谄媚地朝着檀迦笑了笑。

檀迦微微颔首,笑道:"燕翁,前日令郎送来裘衣百领劳军,燕翁父子如此忧心王事,对朝廷忠心耿耿,堪为全县表率啊。"

他一开口说话,宴席上立即便静了下来,连喝多了的史香也识趣地捂上嘴巴,悄悄坐回座中。那个被他称为"燕翁"的白裘老者满脸堆笑,用一种讨好的声调说道:"令君谬赞了,这不过是小民的本分。"

檀迦点点头,正要再嘉奖两句,却听身边有人干笑几声,说道:"裘衣百领,对燕家来说,原本的确只是九牛一毛,不过我听说燕翁因为两朝开战,商路中断,损失不小。燕翁能不计一家之姓之得失,以王事为念,良为不易……"他移目望去,说话的人却是本县的县丞石邻,不由微微皱了皱眉。

这石邻就是灵丘本地人,石家是灵丘七大豪强之首,他家有七兄弟,五个在朝为官,便连檀迦这个县令也要忌惮几分。那个"燕翁"唤作燕希逸,名字取得十分文雅,却是个十分油滑的商贾。燕家经营的主要是羊皮裘衣生意,他家从西京道各州县的部族中收购羊皮,然后制成裘衣,转手卖到南京,由那儿的商贩卖给南朝的行商。这是极为暴利的生意,裘衣是南朝配备给边塞禁军的冬衣,一件羊皮制成的裘衣,南朝官方收购价有时达到二万六千文甚至更高。

而在西京道，一头羊的价格不超过五百文，有时候几斤茶叶就可以换一头羊，而制作一件裘衣仅需要五块羊皮！因此，不过短短十几年间，燕家骤然暴富，由原本一个不起眼的小家族，成为仅次于石家的大豪强。而当时所有的商贾，一旦获利，必要回乡大肆购买田宅，燕家也不例外。也因此之故，石、燕两家的矛盾与日俱增，田地划界、争夺佃户，隔三岔五就要闹上一回。虽然檀迦每每有意偏向燕家，但有石邻做县丞，连蔚州刺史也与石家来往密切，结果自然仍多是燕家吃亏。

这时候石邻幸灾乐祸地说这番话，明着是褒扬，实则任人都听得出他包藏祸心。那燕希逸早已是满脸涨得通红，反唇相讥道："赞公[1]可言重了，我燕家并非大富大贵，比不上尊府家大业大是实，可却也不曾与宋人往来贸易。灵丘人人皆知，燕家的裘衣卖给的是南京千金坊，赞公不会不知道千金坊的大东家是何人吧？"

谁都知道南京千金坊是当今国舅萧岚家的生意，但石邻心机城府都是极深的，燕希逸气急败坏地剖白，他却只是打个哈哈，皮笑肉不笑地说道："燕翁误会了，石某可不曾说燕翁与宋人交通……"

檀迦听着他越说越离谱，连"交通"二字都说出来了，心中更是不悦，打断石邻，大声笑道："说这些没用的做甚。皇帝陛下南征，不日就当凯旋，到时候，南朝还得重订盟誓，我们灵丘也一样，日子还是照样过。不过在此之前，须得防备万一。这既是为了效忠王事，亦是为了本地安宁。诸公大多生在太平，杨氏之乱，灵丘也侥幸逃过一劫，是以诸公不晓其中利害，但本县却是军旅出身——果真要是灵丘失守，那便是玉石俱焚。大辽于南朝，乃敌国，攻下敌国城池，领兵大将都要犒赏将士，如此才能激励士气，烧杀抢掠，在所难免……"

说到此处，檀迦有意停顿了一下，环视诸人，满意地见到众人脸上都露出害怕担忧之色，方又说道："因此，本县还是那句话，小心驶得万年船。朝廷的规制，诸位都是知道的。数日前，本县收到西京都部署将令，要重修隘门关，这笔款项，便要靠着诸公有钱出钱，有力出力……"

说完，檀迦有意不去看目瞪口呆的众人，朝主簿打了眼色，主簿立即会意，

---

[1] 对县丞的尊称。

站起身来，高声说道："下官粗粗算过，修葺隘门关，若民夫自百姓中征发，其余开销，大约两万贯便足矣……"

檀迦"嗯"了一声，目光移向石邻，石邻却假装没看见，低着头不吭声。其实五个多月来，灵丘并无战事，县内根本没有人相信宋军会进攻此处。石邻也不是傻子，他当然知道所谓修葺隘门关云云，不过是檀迦借机敛财而已。檀迦虽是汉人[1]，却自视是耶律信部将，平素便和石邻不甚对付，这次明摆着连着他石家一起敲诈。石邻心里知道厉害，如今是国家用兵之际，大辽制度，文武一体，县令即守将。他自是不敢做仗马之鸣，惹祸上身，可是要他带头掏钱，那他也是心有不甘的。

檀迦见石邻装聋作哑，心中更怒，又不便发作，只得权且隐忍，目光转向燕希逸。那燕希逸明知道石邻若不说话，檀迦必然要来逼自己，但被他目光盯到，仍是嘴边的肌肉一阵抽搐。他心里肉疼得要死，可要在灵丘与石家斗法，檀迦却是得罪不起的，当下强忍着心中的疼痛，在脸上挤出笑容，起身谄笑道："为朝廷效力，小民不敢后人，这修葺隘门关，亦是为了全县军民之安全，那个……那个，小民愿捐……愿捐五千贯！"

他话音一落，席间亦不由得发出阵阵惊叹之声。檀迦一直聚精会神地听着他说话，待他口中吐出"五千贯"之时，脸上亦不禁露出满意的笑容。这比他预想的数额实是多出不少。其实两万贯之数，在灵丘是有些骇人听闻，檀迦亦不过虚开一数目，能敲到一半，檀迦亦已心满意足。谁知燕希逸一开口便出五千贯，这如何能不让他喜出望外。

便连石邻也是被燕希逸给惊到了，他呆呆地看着燕希逸，嘴里喃喃说道："五千贯……"

这时檀迦却不再客气，转过头望着石邻，冷笑着问道："燕翁肯出五千贯，赞府呢？"

石邻脸上的肉抽了好几下，过了好一会儿，才咬着牙说道："下官，下官虽不似燕翁财大气粗，亦愿出一千贯！"

有了这二人带头，这七大豪族或出八百，或出一千，再有一些次一等的富商、

---

[1] 檀迦或杂有鲜卑、沙陀血统，然在辽国，亦被视为汉人，其本人亦以汉人自居。读者不必骇怪。

庄园主几百贯的捐纳，那主簿取了纸笔记录，不多时，便已募得缗钱一万五千余贯。檀迦这才高高兴兴地放了众人回去。

那石邻却并不忙走，等到众人都散了，见檀迦也起身要往后堂，忙快步上前，抱拳说道："令君留步。"

檀迦停了下来，转身见是石邻，他此时虽然是心情大好，亦忍不住讥道："赞府有何指教？"

"不敢。"石邻脸上一红，却仍是继续说道，"下官虽知此时非进谏之时，然事关紧要，仍不敢不言。"

"有何事，赞府尽管直说便是！"檀迦语气已经有些不耐烦。

"如此下官便直言不讳了。燕希逸外忠内奸，还望令君多加提防。便在一个月前，有人发现在燕家庄有可疑人物出没……"

"一个月前？可疑人物？"檀迦愣了一下，脸色变得难看起来，"那时如何不来报知？"

"下官亦未曾拿着实据……"

"便是说不过是捕风捉影之辞了？"檀迦心里暗暗松了口气，板着脸对石邻训道，"既未有真凭实据，当时不言，此时却来禀报，赞府莫不是妒忌燕家？"

"令君说笑了，下官虽不才，却不至于与商贾却较什么高低。"檀迦不肯见信，本也在石邻意料之内，但他说话如此不留脸面，却也让石邻十分不乐。县丞在一县之中，乃佐贰之官，地位也是极高的，他平素便不甚惧怕檀迦，此时更是怫然不乐，道："令君信与不信，下官亦无可如何。只是燕家产业，下官素来亦颇晓其底细，富则富矣，若是五千贯之巨，只怕是连压箱底的钱也拿了出来，此是大违人情之事……"

"若依赞府所言，燕家是要一毛不拔，方显忠信？"檀迦讥讽地反问道，"便果真如赞府所言，如今守城兵丁中，燕家族人、家丁、佃户，不下五百，本县又当如何处置？莫非要问个纳钱过多，不合人情之罪，将之逮捕下狱？这五百余众，亦问个从逆之罪？"

石邻被他问得说不出话来，只喃喃说道："这倒不必。下官只是请令君加意提防……"

"那本县知道了。"檀迦不耐烦地挥挥手,道,"赞府若无他事,便请回吧,宋人虽必不敢来,然防备不可松懈,西边靠近故道几处地方,全是赞府族内产业,还要督促得勤一些,令其时时备好狼烟,以防万一。"

"这是自然……"石邻方躬身答应,檀迦已是转身走了。

石邻在檀迦这边讨了个没趣,燕希逸那边,却也并不安逸。

他自出了县衙,就显得忧心忡忡,也不与旁人招呼,上了马车,便即回府。然而回到家里之后,他同样也是坐立难安,家人稍有小过,便引来一顿打骂,哪儿都安生不了,最后干脆将自己关在账房内,拿着算筹,在那儿摆来摆去。

燕希逸虽然没有提起,但燕家上下很快便也知道了他在县衙认捐了五千贯的事情,这样一笔巨款,让一族的人都惊呆了,众人都知道了燕希逸究竟为何烦恼,更是没有人敢去讨没趣。因此,进了账房之后,燕希逸倒是清静下来了,只是耳根清净,心里却不清静,将算筹摆来摆去,也算不清这笔生意是亏是赚。

也不知究竟坐了多久,才听到账房的门"吱呀"一声打开,他抬头正要呵骂,却见是他的幼女佩娘端着一盘茶水点心走了进来。燕希逸共有七子十女,佩娘是最小的一个,虽属庶出,却长得冰清玉洁,且聪明伶俐、善解人意。他四十五六岁时得此明珠,不免十分宠爱。这时候他心情已平复许多,又见是最宠爱的小女儿,呵骂的话到了嘴边又咽了回去,只是默默望着她在面前的桌子上摆好点心,斟满热茶,送到他手上。

燕希逸接过茶碗来,轻啜一口,却终又忍不住叹了口气,将茶碗放回桌上,愁眉不展。却听佩娘轻声笑道:"燕雀南飞,亦是天理,爹爹又何必忧虑过甚?"

猛听到此言,燕希逸浑身都哆嗦了一下,一双眼睛瞪得大大的,望着佩娘,颤声问道:"你说什么燕雀南飞?"

佩娘抿嘴笑道:"难道爹爹不是忧心归明[1]之事吗?"

"归明?"燕希逸脸色顿时煞白,"什么归明?休要胡说,我不过是在担忧今日县衙所议之事……"

"五千贯倒也的确是笔大数目……"佩娘笑着点头。

---

[1] 弃暗归明之意,指投奔宋朝。

账房之内，突然沉寂了一小会儿，燕希逸到底还是忍耐不住，终于又问道："你方才为何说什么归明？"

"爹爹若不愿说，佩娘不提便罢。"佩娘轻声说道，"不过，八月底的时候，我记得爹爹曾与大哥一道，出过一次城。回来的时候，却是从庄子里运了几车布帛杂物，车子是从后门进的屋，然赶车的几个人，佩娘此前却从未见过。"

燕希逸微微叹了口气，他以为瞒得天衣无缝的事，没想到还是有破绽。他这女儿，自小只要见过的人，一面之后，便牢记不忘，他燕家的人，还的确没有他女儿不认得的。

"其中有个赶车的，气度举止，依佩娘看来，便是找遍灵丘，亦没有这般人物。"

"那是大宋吴安国将军的参军。"燕希逸这时也知道隐瞒无益了，"此事还有旁人知道吗？"

"爹爹放心，佩娘知道轻重的。"

"我也是一念之差，贪心作祟，如今悔之莫及。"燕希逸长叹一声，"当日有人找到我，说有一笔大买卖，我一时不察，便堕其彀中。原来宋人早将灵丘虚实摸得一清二楚，便连我家与石家打过多少官司，都清清楚楚。去了之后，我才知道是要我做内应，宋人当日给了我三百两白银，一道空名敕，封我做朝散郎、灵丘县令。我当时便一口拒绝，我燕家世世代代为大辽子民，这无父无君之事，又牵涉满门两百多口的性命，岂是好玩的？谁知宋人奸诈狠毒，说要是我不答应，便将此事宣扬出去，我既与他们见过面，那便是有口难辩。我燕家与石家势同水火，姓石的一家更不会放过我们。到时候，也是白白枉送了两百余口的性命。我被逼无奈，才上了贼船，如今不仅愧对列祖列宗，更要连累了一家老小……"

"既然事已至此，爹爹更有何疑？当断不断，反受其乱。休说我燕家本是汉人，爹爹率一族归明，祖宗必不责怪。便以时势而论，女儿也曾略识文字，读过些爹爹从南京带回来的宋朝报纸，大辽虽然中兴，以国势而论，却恐怕是大宋要更胜一筹。如今大辽兴师南犯，看起来咄咄逼人，最后却未必能讨得了好处。我燕家此时归明，未为失算。如今一家祸福，便全在爹爹一念之间。若要归明,便狠下心来,献了这灵丘城,从此我燕家在灵丘便是说一不二;若其不然,此时向檀将军告密,亦为时未晚。设下埋伏,引宋人上当,亦是大功一件。不求封赏,将功折罪总是可以的。檀将军与石家素来不和,他立下这样的功劳,绝不至于忘恩负义,加害爹爹。"

燕希逸听这个年不过十六七岁的女儿与自己剖析利害,竟一句句都击中自己的心思,心中亦不由得百感交集。他此时心里犹疑的,也就是归辽归宋之事,对于燕希逸来说,这恐怕是他一生之中,所做的最大一笔生意。他赌的,不仅仅是灵丘一城的胜负,还有宋辽两个国家的胜负,象灵丘这种弹丸之地,即使宋军一时赢了,若整个战局输了,那最终宋军还是只有拱手归还给大辽——到时候他就只有背井离乡一条路可走。人离乡贱,倘若离开灵丘,宋朝也不会如何优待他这种背叛者,这一点,燕希逸活了六十多年,心里面是十分清楚的。

"……爹爹乃一族之长,不管爹爹如何选择,大家也不会抱怨。燕家的命运,本来就是依托爹爹的……"

幼女的话,让燕希逸心里感到一股暖意,可是,他心中依然犹豫得厉害。他能感觉到自己的心在不断摇摆着。

此时,账房外的天空,已经暗了下来,燕希逸站起身来,想要去点一盏油灯,但他刚刚起身,忽听到自西城方向,传来刺耳的号角声。

父女俩不约而同地转过头,惊愕地望着屋外。

一个家人跌跌撞撞地跑到账房外面,颤声禀道:"员外,宋人……宋人打来了!"

3

十月六日晚,整个灵丘城内,包括燕希逸在内,没有人料到宋军会在这一天兵临城下。幸好这一日石邻出城巡视,及时发现了宋军——其时宋军的先锋距灵丘城已只有十五里。这个夜晚,灵丘城内人心惶惶,当燕希逸接到檀迦的命令赶往西城之时,街面上几乎已见不到人影,每一扇门都关得紧紧的,所有的人都在为自己未知的命运而担忧。

尽管事先信心满满,但当宋军真的兵临城下之时,檀迦才发现自己对于守城并没有任何经验。三千守军只到了两千六百余人,战斗尚未打响,便有近四百人已不知去向。檀迦也没有什么守城器械,床弩、抛石机……什么都没有。他唯一准备充分的,是城头城脚的滚石檑木,还有几口大油锅——但他此时才猛然发觉,他需要大量的人手去将城脚的滚石檑木搬到城墙上,还要人手搬来柴火,他的油锅才能烧得起来。

可城外的宋军,却比他想象的要多得多。

宋军甚至没有安营扎寨的意思,他们驱赶着城外的村民——没有人知道他们攻破了多少村庄——砍伐树木、拆掉房屋,在城外点燃了十几堆篝火,以及无数明晃晃的火炬,将城外的夜空照得通红发亮。

还有一些宋军在紧张忙碌着,有人在安装火炮——檀迦见过那玩意儿,大铁筒子,他无法相信宋军竟然将这种笨重的东西运到了灵丘城下。还有人在高声吆喝着,砍树锯木,那多半是在制作攻城工具。更让檀迦嘴唇发干的是,夜空之下,被火光映照的那一面面"吴"字将旗!

吴安国!

在耶律信麾下之时,檀迦没少听到他的传闻,辽军与吴安国在河套的冲突,曾经有一段时间是家常便饭。

一瞬间,檀迦对灵丘城突然没了底气。

灵丘城北面靠山,滱水由西而南,绕城汩汩流向东南的定州,这条河流也成为灵丘天然的护城河,守护着灵丘城的西南两面,东面则被灵丘城扼断,不经过城内,就无法通往东边的灵丘古道与隘门关——这样的地形,对于防守一方非常有利。但是相应的,灵丘的农田与村庄,也主要集中在西南滱水两岸的肥沃盆地,在宋军突然来袭之后,檀迦几乎丧失了他所有的村庄,这却是檀迦事先所没有料到的——他根本没有时间将城外的百姓撤回城内。这也是大辽长期重攻轻守酿成的苦果,否则,他们理当在盆地以西再造一座关隘。虽然城外的村庄中已经几乎没什么粮食,但这个打击,再加上宋军的统兵将领是吴安国,还是令檀迦心里面有些慌乱。

但他强行抑制住了想要退往隘门天险的冲动。连夜退兵,必然会在灵丘城内引起极大的混乱,这些汉军肯定大部分会作鸟兽散。不管怎么说也要坚持一个晚上,就算宋军打算连夜攻城,只要他坚守不出,宋人就算赶造云梯也需要造一个晚上!

仿佛是例行公事一般,从宋军阵中跃出一骑来,朝城头大喊着劝降的话,但檀迦半句也听不进去,令弓箭手一顿乱射,当作自己的回答。宋军也没有多少劝降的诚意,很快就停止了这种无意义的事情。城内城外,陷入一种奇怪的对峙中——双方在紧张忙碌着,做着自己的准备。

但这种对峙的时间很短暂,很快,它就被一声炮响给打断了。

宋军试探性地朝着城中发了一炮。

这一炮打得有点儿低了,直接砸在城墙上,砸出一个碗大的坑来。这样的一声巨响,将灵丘城中从未见过火炮的军民都吓得不轻,一个士兵甚至直接双腿一软,摔在地上。但站在超过半里远的城墙上,檀迦都能听到宋人的怒骂——他们显然不甚满意这一次的发炮,他看见一群人拿着几块奇形怪状的木板比画着,还有人在地上飞快地画着,好像在算数,有人高声吆喝着,将火炮移到更高的小土丘上。

又过了好一会儿,好像终于调较好了,突然"轰"的一声,宋军又打了一炮。城头几个士兵正把头伸出女墙去看,这一炮过来,檀迦只听到炮响,然后便是城头传来一阵惨叫。他转身去看,却见有五六个士兵正好被这一炮打中,倒在血泊当中,其中有一个士兵一半脑袋都打得不见了。宋军的这一炮,用的却是铅子弹。

"找几个人,抬下去!"檀迦板着脸检视过这几个士兵的尸体,史香已带了十来个人过来,手忙脚乱地将尸体抬下城去。跟着檀迦身边的石邻脸色惨白,颤声问道:"令君,这要如何是好?"

"都靠在女墙后,躲好了。怕个鸟!"檀迦几乎是怒声吼叫道,"我就不信,攻城的时候,他们也能放炮!"

仿佛是在回应着檀迦,城外,宋军的六门火炮依次响起,一门接一门,有些是铅子,有些是石弹,全都向着灵丘城头倾泻。在这一声声火炮的巨响中,灵丘城仿佛都在颤抖。许多百姓根本不知道发生了什么，只能躲在屋中低声哭泣。

宋军攻城的炮声不知道持续了多久。城外那六门火炮，未必真的能对灵丘城造成多大的破坏，真正让人绝望的是面对火炮的束手无策——宋军似乎也明白这一点，他们此起彼伏，一门一门地发炮，恐怖的巨响持续不断地敲打着夜空中的灵丘城。对于城中绝大部分从来不知道火炮为何物的居民来说，这是一个噩梦之夜。

让檀迦更加恼怒的是，将近一个时辰过去了，他去传召的那些势家豪族的族长，竟然一个人都没有前来听命。他恼怒地四下寻找，他的主簿固然已不知去向，连县尉史香也不知所踪，与他一起在城头面对宋军的，也就只有县丞石邻而已。

看见檀迦的目光投向自己，石邻怔了一下，立即猜到一脸愠色的檀迦在想什么，轻声苦笑，"令君，那些鼠辈多半是不会来了。"

"他们敢！"檀迦的右手不觉按到了腰间佩刀的刀柄上，眼中露出凶光。

但石邻恍若不觉，只是摇摇头。"此时纵然杀了他们，亦只会激起内乱。"他的目光扫过四周，又说道，"这些守城之卒，到时候只怕会一哄而散。"

檀迦冷着脸，咬牙切齿地看了一眼四周，半晌，却终是无奈地叹了口气，紧握刀柄的手也松了下来，"果然是国难知忠节！这笔账，日后再算。"

石邻却只是在心里叹了口气，他很清楚，就算是大辽最后打赢了这场战争，收复了飞狐，而这些人依旧留会在飞狐。如果皇帝不想激起叛乱与怨恨的话，这件事情，最后也会不了了之。但此时，他也不想多说无益之事，只是说道："令君放心，家弟已经召集族人前来协助守城，下官阖族上下，男丁也有五六百口，加上城上兵丁，守个半夜，人手亦足够了。只是……"

但他话未说完，便已听到城内四处锣响，他惊讶地转过头去，一时呆住了。

灵丘城内，到处都是火光。原本无人的街上，到处都是四散逃难的百姓，哭喊声与铜锣声响起一片！

"有奸人放火！"此时，石邻也掩饰不住他内心的慌乱，"令……令君，这……这要如何是好？"他惊慌地望向檀迦，却见檀迦嘴角都咬出血了，恶狠狠地说道："撤！去隘门关！"

几乎就在同时，灵丘城外也是角声齐鸣，上千名宋军丢下战马，簇拥着十来架简易的壕桥、云梯，朝着城墙攻了过来。

心里明明知道不妥，但此时无论是檀迦还是石邻，都已经没有了抵抗的决心。两人勉强集齐了三百名精锐守兵，弃了西城，往东城逃去。

二人离开西城不过一刻钟，"吱呀"一声，西城的吊桥放了下来，城门也被人缓缓打开。

十月七日，清晨。

昨天飘了一天的小雪，在后半夜时变成了鹅毛大雪。不过半个晚上，便将灵丘一带裹上了一层银妆，在厚厚的大雪的覆盖下，人们甚至疑心昨天晚上的那场战斗到底是否发生过。不过，当这座山区小城的居民抬头仰望时，这一切都变得现实起来——城头已经都是宋军的赤旗。

一些豪族、势家、富户们，一大早起来就忙不迭地去县衙对新主人表现自己的忠心。据说还有一些去得更早，当宋军进城时，他们便已经准备好牛羊，在城门附近等候犒劳"王师"。但也有一些谨慎的人与普通居民一样，躲在家里，忐忑不安地等待未知命运的降临——究竟是安民告示还是横征暴敛甚至是烧杀抢掠，谁也不能肯定。

但一些流言还是很快传开了。

燕家的燕希逸是献城的叛逆与昨晚纵火的元凶——尽管有老天相助，大雪扑灭了那场大火，但昨晚四处燃起的大火，至少造成两三百户的房子化为灰烬，一百多人被活活烧死——但他如今已是灵丘县令。

原来的县令檀迦在逃往隘门关的路上被宋军追上，苦战之后不肯投降自刎殉国。仅有十余人把守，平时的主要目的早已变成征收往来商旅关税的隘门关天险也告失守。县丞石邻被宋军活捉，与他一起被抓的还有石家上下数百口，昨晚的混乱之中他们想趁乱出城，却被县尉史香拦住，成为史香献给宋军的见面礼——与他一道降宋的还有那个与檀迦打得火热的马屁精主簿。但是，尽管满门被俘，石邻也不肯降宋，当天晚上便在狱中留了一首绝命诗，然后一头撞死在墙壁上。为大辽守节的还有檀迦的夫人，在宋军进城后，她便抱着三岁的幼子投井自尽。

不过，尽管人们会惋惜、同情、钦佩檀迦夫妇与石邻，甚至在若干年后当地的居民还给他们三人立了一座庙来祭祀，但是，这些生活在边郡的人们的选择，总是很现实的。尽管就算是太平中兴以后，辽国的赋税也毫无疑问一直比宋朝沉重很多；尽管宋朝的统治者与他们同族……但是，对于宋朝，他们也并无任何向往之心。而另一方面，就算成为大辽的子民已经有一两百年之久，他们也没有忠于辽朝的意思。在这方面，他们的价值观已经与他们千百年来的那些敌人差不多——他们服从于现有的秩序，也服从强者的征服。若认同"诸夏"首先是一种文化联合体而非血缘共同体的话，他们其实已经是异族。

无人能指责他们为生存所做的一切。

事实上，在灵丘，这一切也是理所当然的。人们很平静地完成了心理上的转变。当县衙的安民告示贴出来后，所有的人都松了一口气。然后人们议论的话题，转移到了另一件令他们大吃一惊的事上，昨晚攻下灵丘的宋军，竟然已经神不知鬼不觉地离开了灵丘！城中只留下了少量人马与那些恐怖的火炮。有人赌咒发誓说，他们是往东北的直谷关去了，他看到那条路上有大量的旗帜。不过，这个时候，最被广泛关心的事情，显然已经变成了宋朝是否还会收一次秋税。

灵丘古道，隘门关前。

吴安国驻马仰视着眼前的这座天下险关，在心里微微叹了口气，便再没有停留，驱马踏雪出关。待吴安国走远之后，一个武官也在关前停了下来，咂了咂舌头，叹道："侥幸！若是没能追上那檀迦……"

但他的话没说完，便被身边一个武官不以为然地打断，"十将军，你当我们昭武没有破敌之策吗？区区一座隘门山！"

那个"十将军"便是陈庆远，因为这场雪比想象的更大，神卫营与火炮被留在灵丘，但是他因为同时也是第十九营最出色的博物学者，便再次被委派随吴安国一道出征，任务是勘探地形、测绘地图。旁边和他说话的，是吴安国的一个行军参军，唤作徐罗，字子布。两人早已相熟，因此说话时十分随便。

尽管对吴安国十分崇拜，但是又看了一眼前的隘门关，陈庆远对徐罗的自信，还是将信将疑。这座隘门关，其实是一座两山之间的峡谷，滱水便经由此谷，往东南流向宋朝境内，变成唐河。这条峡谷，长约十三四步，宽不过六七尺，当真是两骑并行，都嫌拥挤。隘门关正扼此天险，虽然形制简陋，也不便屯兵久守，但果真有数百控弦之士御守于此，却也是十分棘手的。

但陈庆远也不便当面怀疑除罗的话，只好笑着摇摇头，不置可否。那除罗却似乎谈兴颇浓，又笑着说道："十将军可见着那燕希逸见到我们昭武时的脸色？"他说到这儿，脸色古怪，仿佛是忍俊不禁，按捺一阵儿，终究还是捧腹哈哈大笑起来。他一面笑一面说道："这老丈再如何也想不到，咱们昭武竟然亲自去他家中和他面谈过！"

陈庆远一直莫名其妙地望着徐罗，这时却也不禁勃然变色，惊道："子布兄是说吴昭武去过灵丘？"

"那是自然。"徐罗笑道，"昭武常说，用兵之道，以间为先。他要攻打灵丘，若连灵丘都没见过，那谈何攻必克战必胜？"

"这似乎太……"

"太轻身犯险了？"徐罗看了陈庆远一眼，不以为意地说道，"此乃家常便饭，数年之前，我还随昭武深入草原数千里，拜会过北阻卜克列部的可汗哩。"

"北阻卜？"陈庆远完全被震住了，"子布兄是说那个阻卜诸部中最强大的部族？你们去那儿做甚？克列部不是一直对契丹忠心耿耿吗？"

"十将军果然所知甚广。"徐罗笑道，"不过忠心耿耿却是未必，契丹每往西北用兵，阻卜诸部必有牵制，阻卜虽是契丹部属，可双方偶尔也会争夺马场。当年耶律冲哥西征，阻卜诸部便颇有牵制之心，只是耶律冲哥此人极为英武，沿途有几个部族不听号令，当即剿灭，令诸部皆十分敬畏。但这些年来，克列部依附契丹，势力越发强大，隐然已是阻卜诸部之首领，契丹以前是想以夷制夷，扶植克列部统治其余诸部，但克列部如此强盛，亦非契丹之意。他们的可汗亦是一时枭雄，岂不知自己的危险？只是这二十年间，契丹兵锋所向披靡，两耶律之名威震塞北，休说区区一个克列部，便是再加五六个这样的部族联合起来，亦不能与契丹相抗。所谓忠心耿耿云云，不过是形格势禁，便是再厉害的英雄，也不得不低头。我们昭武遣人打听过，此番契丹征召，克列部的那可汗便没有亲来，只是遣一头领率三千兵马助阵。他多半便是担心若亲自前来，那便是不死在大宋，也难以生还北阻卜。"

陈庆远细揣他的言下之意，不由眼皮一跳，轻声问道："子布兄是说他有叛辽之意吗？若能煽动其反辽……"

徐罗却摇了摇头，"此事朝廷诸公岂能不知？我们也曾议过。所谓靠天天塌，靠海海枯。契丹积威已久，岂是我们说煽动便能煽动？若是个蠢货倒也罢了，那可汗却也是塞北之雄……"

"若是个蠢货，那便煽动了，也掀不起多大风浪来。"陈庆远不由苦笑。

"正是如此。"徐罗点头笑道，"契丹若还强大，那再如何苏张再世，他们都会做契丹的忠仆；若是契丹式微，便不去煽动，他们也会造反。不过再如何是忠仆，我们去北阻卜，也是安然无恙。虽说如今朝廷一改旧制，设立职方馆，刺探四方虚实，但职方馆能做的有限，况且那些细作再厉害，又如何能比得上我们昭武亲自去一趟？"

"但我听说辽人是严禁阻卜诸部接纳本朝人物的？"

"契丹确是十分忌讳本朝、高丽人物与阻卜诸部直接接触，便是誓约未改之时，有商旅前往阻卜，稍不小心，便会被加以贩卖禁物之罪名处死，更有莫名其妙失踪者。此后契丹更有禁令，阻卜诸部敢私自接纳本朝人物者死。前往塞北草原、生女真诸部的商贩，都要至五京办理凭证，否则便是死罪。可若办凭证的话，只要发现有本朝商贩，那最后总有别的罪名按上，也难逃一死。辽人的法典常常自相矛盾，复杂异常，治理其本国时这自然是个缺点，可要以欲加之罪来置人死地，却倒是十分容易。"徐罗笑道，"不过我们却是扮成党项人，这些年契丹和西夏好得蜜里调油。契丹垄断了对本朝的马市，可阻卜也需要马市，以往他们只能与契丹交易，那种生意，自免不了怨声载道，其后辽人便稍稍开禁，许其和西夏市马。我们军中，自昭武以下，会说党项话的人不知道有多少……"

这徐罗显然是对那次北阻卜之行十分得意，滔滔不绝地与陈庆远说着那次阻卜之行的趣事，陈庆远却是不时摸着鼻子，始终觉得匪夷所思。自河套往返北阻卜至少也要几个月，想想吴安国将多少大事丢到一边，悄没声息地跑到北阻卜去了，这实是有些骇人听闻。他却不知道，徐罗没有提的是当年吴安国这件事闹出多大风波，若非石越有惜才之意，兼之田烈武托人说情，他最起码也要丢官罢职。

不过，出了隘门关之后不久，徐罗便也没有机会与陈庆远聊天了，诸军稍作休整，徐罗便接到一道让陈庆远下巴都要掉到地上的命令。

吴安国下令徐罗前往第二营——也即是河套番军的前锋营——随该营一道，疾驰飞狐！

十月七日，末未时分。

隘门以东约七十里，飞狐城。

飞雪越来越大，上午的时候，雪似乎是要停了，可过了午时，天突然阴沉沉的暗了下来，然后又开始下雪来。这雪飘了一个时辰后，开始变大，密密麻麻，还伴着北风，打得人连几步之外的东西都看不清楚。

韩季宣冒着大雪，登上飞狐外城的南城，巡视着飞狐城防。他今年三十多岁，出身大辽最声名显赫的家族——宋辽两国各有一个韩家，都是世代显贵，非他姓可比。但相比而言，大辽的韩家，比起宋朝的相州韩家，不仅历史更加悠久，地位也更加高贵。从仕大辽太祖皇帝的韩知古算起，直到当今辽主在位，韩家都是尊贵的名门望族，他们曾经卷入谋反与叛乱，参加宫廷政变并不小心站错队，甚至丧师辱国……但不管做了多少错事，韩家都会被原谅。在韩家最鼎盛的时候，他们几乎是这个国家真正的主宰。不过，早在耶律洪基在位之时，韩家就已经开始衰落。尽管先帝耶律洪基看起来是昏君，可也是在他的统治期间，大辽的科举取士有了第一次突破。而相对的，韩家这样的传统宫廷贵族受到冷落。到当今皇帝登基以后，情况变得更加恶劣。首先，韩家几乎没有卷入耶律乙辛之乱等一系列事件中，这不完全是好事，因为这也意味着他们远离政治的中心，于是，他们顺理成章地也丧失了获得新皇帝信任的机会。比这更糟糕的是，拥有极大权力的皇后对他们也没什么兴趣。然后，尽管关于新皇帝与他的父亲之间有许多的传闻，但是这位皇帝比他的父亲更加热衷于改革用人制度。这意味着科举进士与军功将领们一起取代了宫廷侍从，前者拥有更大的权力，甚至皇帝与萧佑丹还以轻蔑的态度对待一些古老的传统。比如北南枢密院与北南大王府，原本理应由固定氏族的人出任最高长官，但他们毫不在意地践踏这一切。原因是显而易见的，皇帝的权力基础发生了深刻的改变，几年前，一道具有浓厚象征意义的敕令几乎就成为法令——几十年来，契丹内部不断有人呼吁在耶律与萧姓之外，让每一个契丹人都拥有自己的姓，并且每个小氏族都可以自由选择自己的姓氏！但每次这种建议都被拒绝。而这种呼声，在卫王萧佑丹执政的时代，更是越来越高。如果卫王不是死于那场阴谋，韩季宣毫不怀疑这道法令最终会得以颁布。

大辽在蜕变。

而且，这并不是从当今皇帝即位后开始的，因为早在很久以前，大辽皇帝就已经选择了汉人的服装作为隆重场合的唯一正式服饰。而最后一件象征性事件，必然是每个契丹人都拥有汉姓。

但韩家大部分人没有意识到这点，他们依然担任着各种高官，出入皇帝与皇后的宴会，与最高贵的家族通婚。可事实上，他们早已远离决策圈，这二十年来，皇帝做的任何决策，都不曾咨询过韩家半句。

只有韩季宣等少数人对此感到耻辱。但他只是一个旁支的庶子，微不足道，三十多年来，没见过任何后妃与公主。但他也耻于依靠自己的姓氏谋取一官半职，他选择了成为了军功贵族这条道路。韩季宣不到二十岁便参加了大辽的军队，参加了许多次战争，镇压过阻卜的叛乱，还曾经在东京道击败过发生摩擦的高丽人。他靠着敌人的首级获得了今日的地位。

但这一次的战争，他站在了耶律信的对立面。尽管韩季宣一向被视为耶律信麾下的亲信将领，但他坚信这场战争极为不智。耶律信开疆拓土的野心在他看来简直就是痴人说梦，大辽首要的事情是巩固南边与东边的边防，而不是惹是生非。然后他们应该花费几十年时间，彻底消化北部的生女直与西部的阻卜人。无论如何，这些部族拥有的自治权都太大了。甚至，他们还有一个庞大的东京道都还没有消化完毕。尽管那里已经郡县化，渤海贵族们也被迁到了中京，可是渤海国的痕迹还是太重了。萧佑丹不止一次试图继承历代有识之士的遗志，想要在东京道修筑系统的防洪工程，但每次都面临着强大的反对——而反对的理由一直是非常讽刺的"劳民伤财"。

宋人与西夏人爱做什么便做什么好了，大辽的情况与他们完全不同。在这一点上，他与韩拖古烈们也有极大的分歧，而是完全站在耶律冲哥一边。战争的确是不可避免的，问题是与谁的战争！

到目前为止，与契丹融合得最好的就是奚人，如今这个部族几乎已被人遗忘。这其中的原因固然是因为契丹与奚人的族源相近，但在韩季宣看来，以前松散的统治方式已经过时，这个才应该是大辽的目标。将不肯融合进这个国家的部族一个一个全部清洗掉，卖给南海那些南朝诸侯们做奴隶。所以，如今本来应该是天予其便，这几乎是上天给大辽的一次机会——竟然有那么多人肯为奴隶出大价钱！他们能够给辽国想要的一切东西，金、银、丝绸、铜钱，还有无数的奇珍异宝。甚至连粮食与铁器他们也拿得出来！

南朝的野心固然路人皆知，可是对抗的办法未必就一定要先发制人，偶尔也应该学学后发制人。任何一个国家若想要长久地存续下去，能屈能伸都是必修之课。

但是，不管韩季宣有多少想法，连耶律冲哥在大辽中枢都没有多少影响力，他一个小小的飞狐县令更是人微言轻。

失去耶律信的欢心后，韩季宣被打发到飞狐县来，统领这座城池中的六千余兵马。

与大部分同僚不同，韩季宣坚信飞狐迟早会成为战场。他对如今的南朝有所了解，所以，他相信，一旦河北战场失利或者无功而返，宋军很有可能发动报复性的反攻，甚至他们很可能会妄想借此机会一举"收复"幽蓟。而他对耶律信的南征一点儿也不看好，甚至可以说，开战几个月来，他一直都在等待着从河北传来大军无功而返的消息。

时间拖得越久，韩季宣就越发警惕。

而飞狐的敌人，当然是东南的五阮关与西南的倒马关。为了以防万一，他甚至在通往五阮关与倒马关的两条道路上，各部署了一个小寨，一旦有警，小寨便可以燃起狼烟，让他早做准备。

不过，此时此刻，韩季宣倒并不真的认为会有任何危险。只是长期的戎马生涯，让他已经养成了这样的习惯，如果外面是冰天雪地，那么他也不应该待在暖和的地方。他登上城墙巡视的话，守城的士兵们便也不会再有怨言。

外城的东、南两面城墙各有几十名士兵，西、北两城则更少，当韩季宣出现时，一些人在抖掉他们的斗笠和蓑衣上的积雪，一些人躲在女墙后面低声交谈着，因为大雪阻隔了视线，每次都要韩季宣走到他们跟前，他们才会大吃一惊，然后不知所措地站起来。不过韩季宣并没有责骂任何人，这样的鬼天气，没必要也不可能有过多的要求。他只是威严地朝他们点点头，然后便离去，留下目瞪口呆的士兵们。

巡视完外城之后，韩季宣便回到内城的官衙中休息，他心里还在关心河北的战局，如果河北也下起这样的大雪，对于大辽来说，或许倒是一件好事。回到官衙不久，一个裨将前来求见，看守灵丘古道上的一个烽燧的几名士兵应该换班回来了，但却一直没有踪迹，他担心路上遇到什么不测，打算雪停之后，便带人去找一下。因为韩季宣已经下令关闭城门，特来请令。韩季宣知道附近多有狼群，倒也未以为意，略一思忖，便扔给他一支令箭，然后移到火炉旁边，捧起一卷《资治通鉴》津津有味地读起来——南朝司马光主持编撰的这套书，许多年前在南朝曾经完成雕版，印了千余套，分藏于南朝各州的藏书楼、图书馆，坊间难得一见。至于外国则只有大辽与高丽各获一套赠本，都被藏于两国宫廷的藏书楼上，极少人有机会见到。但南朝民间有不少读书人专门去藏书楼抄录，因此也有些残卷流传到了大辽，韩季宣偶获两卷，便视若至宝，无论去哪儿，都随身携带。

同一时间，飞狐西城城下。

五十名身着白裘的宋军，手里拿着凿子，在城墙上凿出一个个的小坑来，攀墙而上。离外城不过数十步的地方，不知道从哪儿冒出一群白鹅来，正到处飞跑着乱叫，将凿城的声音完全掩盖住了。城上一个守城的士兵伸出头来看了一眼，嘟嘟嚷嚷地骂了一句，便又缩回头去，继续和同伴说着闲话。

其时不论辽宋，天下间的城池，大多都还是土城。这种土城虽然也十分坚固，但是凿个落脚的小坑，却是十分容易的事，用不了一时三刻，那五十名白裘宋军便已越城而上，待到守城的辽军发现不对，早有十来人已经丧命。

但到这个时候，余下的二十多名守城辽军也还糊里糊涂，有几个人敲响手中的铜锣，放声大喊，余下的人却是手执兵刃，惊疑不定地望着这从天而降的不速之客，过了一小会儿，才有人大声问道："你们是什么人？吃了豹子胆了吗？"但没有人回答他们，那些白裘宋军只是冷冷地"哼"了一声，便手执短刃，恶狠狠地扑了过去。

城外数里，主动申请加入前锋营的陈庆远，正怀疑地望着前方的飞狐城，他还在对方才前锋营营将所说的战术感到不可思议。但是很快，随着前方"轰"的一声巨响，他的怀疑也烟消云散，几乎在同时，尖锐的号角声也从飞狐城头响起。这是早已约定的号令，陈庆远不再迟疑，跃身上马，抽出马刀，跟在营将的身后，大喊着冲向飞狐。

4

当韩季宣披挂整齐，登上内城城墙之时，他愕然发现，他已经被包围了。随他一道被困在内城的，还有七八百骑契丹骑兵与近三千名汉军。外城已经陷落，宋军源源不断地冲入城中，攻击完全没有防备的守兵，因为大雪的缘故，他的弓箭手甚至都没有随身携带弓箭——因为那样会损害弓的寿命。他的士兵分散在几座军营中，仓促组织起来抵抗这些从天而降的宋军，既不知道他们有多少人，也不知道他们从何而来，心中的惊慌侵蚀着他们的战斗意志，理所当然地，大部分人选择了向内城逃跑。他最精锐的契丹骑兵就驻守内城，但为了掩护这些溃兵，他损失了几乎三百名骑兵。付出如此惨重的代价，他却甚至不敢肯定这些退守内城的辽兵中，有没有混入对方的奸细。此时他唯一的办法，只有让最信任的将领去看守内城的城门。

好在内城虽小，却十分坚固，储藏了不少的粮食与兵甲。他还可以在此坚守，甚而夺回外城。但宋军此时变得十分谨慎，他们包围了内城，却并不急于进攻。韩季宣马上意识到他们是在等待援军，这只是一支先头部队，他迅速集合了麾下所有的骑兵，又挑选了五百名精锐的步兵弓箭手，打开内城城门，向宋军发动反击。

宋军果然没有想到几乎穷途末路的辽军竟然敢主动反攻，双方甫一交锋，正面的宋军兵力不足，几乎吃了个大亏。但是让韩季宣惊讶的是，这些宋军的战术竟和契丹人一样，接战不利，马上吹起了号角，原本分散的宋军立即向此汇合，猛烈地攻击辽军侧翼，韩季宣生怕他的马军有失，连忙下令出城的辽军退回内城。

这一番试探之后，韩季宣已经可以确定，此时是他突围的最好时机，城内的宋军绝对无法阻挡。但在犹豫一小会儿之后，韩季宣还是决定放弃突围，宋军的兵力不可能太多，否则他们应该早有察觉，无论如何，他必须要坚守飞狐，直到援军前来。

守住飞狐，辽军就掌握着蔚州地区的主动权。

但是突围的机会也是稍纵即逝，仅仅大约申正时分，韩季宣刚刚粗略地安排好内城的防务，宋军的主力便已开拔进城。

此时风雪渐息，可以清楚地看到，至少有数千名宋军，全是头顶斗笠，穿着黑白两色袭衣，骑着各色的战马，在内护城河外约一百步的地方列阵。

韩季宣默默观察着他的敌人，赤色的战旗上看不清番号，但是可以肯定不是南朝禁军。他知道那些南朝禁军的旗帜上会很愚蠢地绣上各种标志，这一二十年来，他们甚至将此当成一种荣誉。但在韩季宣看来，那只是告诉敌人虚实而已。如果不是禁军的话，这数以千计训练有素的马军，显然只能是某支番军。

他招来一个小校，轻声说了两句，那小校快步走到女墙边上，高声喊道："尔等是河东折家番骑还是吴将军的河套番骑？"

一名宋将跃马出阵，高声回道："我军乃大宋河套番军！韩将军可在城中？我家吴将军请韩将军说话。"

尽管早已猜到，但听到这些宋军是吴安国的骑兵，韩季宣还是心头微震，他走到城墙边上，看了那宋将一眼，朗声说道："某便是韩季宣，吴将军有何话要说？"

只见一名身着白袭，骑着黑马的宋将驱马缓缓出阵数步，抬头望了城头的韩季宣一眼，沉声说道："在下吴安国，久仰将军之名，闻将军镇守飞狐，特来会猎。今胜败已定，将军何不早降？"

韩季宣高声笑道："吴将军此言差矣。行百里者半九十，内城犹在某手，说什么胜负已定？将军若能取此城，尽管来取。若是不能，不如早退，否则，恐怕将军一世威名，要葬送在这飞狐城下。"

城下沉默了一小会儿。

韩季宣看见吴安国缓缓抬头，似乎是讽刺地朝他笑了一下。"韩将军以为吴某不能克此弹丸小城吗？"他方一怔，便听吴安国又说道，"在下只是听说韩将军当日以少胜多，大破粘八葛部，亦是我汉人中的英杰，故有此语。某亦不瞒将军，韩将军若是在指望着蔚州的援军，那恐怕三五日之间，是等不到了。"

韩季宣听到这话，心头一惊，却勉强笑道："吴将军怕是把话说得太满了。"

吴安国不置可否地说道："韩将军若是不信，便指望着蔚州的援军到了直谷关后，能早点儿转道飞狐口吧！总之，将军若肯降，在下敢保将军富贵；将军若不肯降，安国亦当全将军之志！"

韩季宣虽然心中惊惧，但听着吴安国这"劝降"之语，亦不由哈哈大笑，高声回道："多谢将军美意，然你我各为其主，自当各守本分。"

吴安国似乎是微微点了点头，却没有再多说什么，默默地退回阵中。

韩季宣也退后数步，朝左右低声吩咐道："传令各军，打起精神来，宋军马上便要攻城。"

他话音刚落，便听到呜呜的号角声从四面八方响起。

但出乎他的意料，宋军并没有攻城，除了吴安国身边的那支宋军，其余的宋军反而往四方散去，没多久，便听到城内到处都是哭喊声与哀嚎声。

风雪几乎停了下来，天色也渐渐变黑。

韩季宣突然想起什么，脸色沉了下来，快步走到城边，厉声喊道："吴将军，你不会是想驱使这城中百姓攻城吧？"

"韩将军尽管放心！"吴安国不紧不慢地说道，"安国虽然不才，倒不至于做那种下作之事。"

韩季宣吁了一口气，但他的心还没有落下，又被吴安国狠狠地抓了起来，"在下只不过是要将城中百姓赶出城去，免得待会儿大火之时，受无妄之灾。"

"大火，你说什么大火？"

"还能有什么大火？"吴安国奇怪地看了他一眼，"在下兵力有限，将军既然不肯投降，我也不能在此城下白白牺牲部下性命。两全之策，当然是将这飞狐城付之一炬了。"

"你，你说什么？"韩季宣脸都白了，"你要烧城？"

吴安国没有回答他，但是，韩季宣马上亲眼看到了答案，宋军果然在到处扔掷易燃之物，显然，只要风雪稍停，吴安国便要放火烧城。

远处，飞狐外城的北门边上，陈庆远正指挥着一群士兵安放木柴，洒上各种油料、硝石，一面高声说道："你过来，把这堆木头摆到那边去。"

陈庆远从来没有想到，他的一项"屠龙之术"，竟然有朝一日真的能派上用场。当年在朱仙镇之时，他曾经热衷于钻研如何最有效率地烧毁城门，因而孜孜不倦地寻找城门结构中的脆弱环节。他自己也知道，真到实战之时，他的研究根本不可能用得上。然而，鬼才知道为何吴安国会下达火烧飞狐城这样的命令。

所有的人都目瞪口呆，只有陈庆远一下子变得兴高采烈。不容分说地便抢下了烧城门的任务。

内城。

自韩季宣以下，辽军上下一时面面相觑。每个人都清楚地听到了吴安国所说的话，而且就算是不了解吴安国的人，也知道宋军并非在虚言威胁，他们是真的打算烧掉这座城池。

每个人都呆住了，不知如何是好。

如果整个飞狐外城都陷入火海的话，内城只怕也很难保住，那条小小的内护城河，根本不可以挡住这么大的火势。而且，可以预料，宋军大约不会吝于往内城附近多扔一些木柴。

"韩将军，这……"此时，韩季宣身边的那些将领也掩饰不住心中的慌乱了。

"不用慌！"韩季宣恶狠狠地呵斥住部下，"飞狐城虽然不大，可也不算小，在我数千之众的眼皮底下将这座城烧了，也不是那么容易的事！"

他抬头看了看天，又说道："何况现在城中到处都是雪，若再下点儿雪，他吴安国也是白忙一场。"

只是这话却显得有些无力。这样大规模的刻意纵火，城中的积雪又能有多少作用？而老天似乎也没有站在他们这一边，此时除了呼呼的北风，天空明净，一点儿雪花的影子都没有。也许会下雪，也许不会，但此时才刚入冬不久，总不会一直下雪，吴安国真要打定主意烧城，焉有烧不成的道理？为了入冬做准备，城内每户人家都备满了干柴……

但韩季宣接下来的话，总算勉强稳住了军心，"此时宋军有备，我等绝不可自乱阵脚。就算真要突围，亦要等到火起之后，趁乱突围。"

果然，正如韩季宣所言，要烧掉飞狐城，真的并非容易之事。

飞狐城内第一道火光出现的时候，已经快到酉末时分，天色已经全黑。大火自东城烧起，而吴安国一直率领他的部下驻兵内城之下，监视着内城辽军的一举一动。内城有南北两座城门，吴安国扼着北门，另有一名将领率领五六百骑扼着南门，让韩季宣也不敢轻举妄动。

紧接着点燃的是南城和东城，烧了不到半个时辰，三个城区的大火已经成为一条条火龙，映照得夜空都泛出妖艳的红色。

内城的辽军更加慌乱，韩季宣不得不亲手斩了两个大呼小叫的士兵，才镇压下来。

老天爷这时候没有半点儿下雪之意，而在北城也接着点燃之后，吴安国也没有离开的意思，韩季宣也不知道此时的时间是过得快还是过得慢，他只是站在城墙上，静静地与吴安国对峙着。

火花映照之下，吴安国简直就像个恶魔！

终于，当北城也烧出几大条火龙，火势借着北风朝着内城方向飞快地席卷而来之时，韩季宣看到从北方有一骑飞驰而来，到吴安国身边低声说了句什么，然后宋军再次吹响号角，内城南边的宋军开始往北边撤兵。

直到那几百骑宋军尽数撤走，吴安国才终于从容拨转了马头。

韩季宣不由得抿紧了双唇。

又强行忍耐了两刻钟之久,直到完全看不到宋军的踪迹,他才终于下达了命令,首先下令步军往北城突围。韩季宣的军令刚一下达,内城的汉军便争先恐后地朝北门跑去,谁也不愿意这时候葬身火海,也无人考虑出城之后将要面对的是什么。

望着那几千汉军乱哄哄地朝北门跑去之后,韩季宣又沉吟了好一会儿,才终于下定决心,率领着残余的契汉近千骑骑兵,往南门驰去。

虽然站在内城之时,已经感觉到点燃一座城池的火海的可怕,但是当亲自趟入其中时,韩季宣才知道他此前看到的景象,根本不及现实的万分之一,说是人间地狱亦不为过。即使是训练有素的战马,面对这熊熊大火,也变得难以驾驭,只要骑手马术稍差,战马就会发狂般地将他们掀下马来,或者载着他们横冲直撞。火势是如此之大,仿佛每个地方都在燃烧,因为有积雪,大火中还伴随着浓烟,要找到一条通往南门的道路一下子变得如此艰难。

这是韩季宣生命中最漫长最难熬的时刻。

当他九死一生终于发现那已经轰然烧塌的南门之时,跟在他身边的骑兵已经只有三百余骑。

但韩季宣甚至没有来得及吁一口气。

刚刚定下神来,抬头张望,便看见南门之外约一里处,身着黑白两色裘衣的骑兵,整整齐齐地排下了一个长蛇阵,他稍一估量,便知道至少有一千骑宋军!

那边的宋将显然也发现了韩季宣,一人驱马上前,高声喊道:"来的可是韩将军?末将是吴镇卿将军麾下左营营将杨谷父,在此恭候将军多时了!"

次日,蒲阴陉。

雪后的太行山区,仿佛披上了一件白色的绒衣,闪亮、松软,空气寒冷却清新,韩季宣深吸了一口气,望望身前身后蜿蜒无尽的骑兵,又看了一眼与他并辔而行的吴安国,忽然生出一种恍若隔世的感觉来。

"吴将军真的要去攻打易州?"对于身边的吴安国,韩季宣变得有些敬畏。

两日之内，吴安国率军疾行一二百里，连克两关，居然毫无休整之意，又踏雪直奔易州。此时他身边许多骑兵都直接坐在马上睡觉，但不仅吴安国不以为意，那些宋军也仿佛是习以为常，毫无怨言，这不能不令韩季宣感到骇然。

吴安国点点头，笑道："韩将军说笑了，这条道路不去易州，还能去哪里？"

"这是既定之策吗？如此说来，吴将军是料定我飞狐不堪一击了。"想到被人如此轻视，韩季宣心头亦不觉一阵沮丧。

"韩将军言重了。吴某怎敢如此妄自尊大？"吴安国说话的声音很冷漠，却让韩季宣多少感到一丝安慰，"若非天与其便，下了那场大雪，飞狐不会如此容易得手。不过，不管怎么说，飞狐城韩将军都是守不住的。"

韩季宣讪讪一笑，说到底，他还是被人家当成了板上的肉。

但他还是忍不住好奇，又问道："若非既定之策，将军攻下飞狐之后，理当北取蔚州，为何却弃蔚州不顾，反去攻打易州？飞狐这么大动静，如今易州必然有备了……"

"我正是要他有备。"吴安国冷笑道："不瞒韩将军，原本我亦有打算取蔚州，然灵丘、飞狐如此顺利，这蔚州便让给折总管了。"

这时韩季宣才真的大吃一惊，"原来折遵道在将军之后？"

"那倒不是。他率军去攻应州了……"

"那将军何出此言？"

吴安国嘿嘿一笑，"应州那一带，我不知去了多少回，要有机可趁，我早就下手了。耶律冲哥真不愧是当世奇才，折总管此去，若是老老实实佯攻便罢，若有其他想法，少不了要吃点儿苦头。不过以他的能耐，大约也不会伤筋动骨，我攻下灵丘之后，便已遣人去给他送信。想来应州吃的亏，他定然盼着在蔚州找回来。"

韩季宣听他如此嘲讽上官，一时也不知道说什么好，只是讷讷说道："飞狐口恐非那么容易攻下，况且折遵道一有动静，留守[1]必会察觉。"

"攻不攻得下蔚州，那便是折总管要操心的事了。"吴安国事不关己地说道，"只需章质夫与种朴在河东，耶律冲哥便是察觉，最多也就是攻下几个小寨，

---

[1] 指耶律冲哥。

劫掠一些村镇，河东尽可高枕无忧。章质夫虽然称不上名将，守个代州、太原，还是绰绰有余的。如今飞狐道已通，就算河东道路被切断，折总管的大军也好，我这几千人马也好，补给尽可自定州运来。定州向来是本朝重镇，军储极厚，段子介尚不至于如此小器，大不了还可以问真定府慕容谦要……"

一时之间，韩季宣也只能苦笑。吴安国说的当然有道理，不过语气之中，俨然他才是宋军的大总管，除了对折克行还勉强称一声"折总管"外，对其余诸人皆毫无敬意。以前他颇闻吴安国之名，只觉得南朝不会用人，将如此名将打发在河套那种地方，此时方知，吴安国能一直在河套做他的知军，已经算是天理不公了。

"蔚州、易州……"韩季宣喃喃自语着，在心里反复掂量着，一时无言。过了好一会儿，他心中突然一个激灵，猛地转头，望着吴安国，颤声道："吴将军，你莫非在打居庸关的主意？！"

吴安国这时才惊讶地转过头来，看了看韩季宣，淡淡笑道："韩将军果然名不虚传。"

"章、种在雁门，若折克行能攻下蔚州，留守便只好忍痛放弃朔、应，先攻蔚州之敌，若是折克行能守住蔚州，而将军也攻下了易州，那时……"

"那时局面就会变得有意思了。"吴安国回道，"我听说歧沟关废弃已久，我若自易州北攻范阳，不知耶律信会如何应付？安国虽然不才，但想来靠着北朝太子殿下，大约是奈何我不得的。至于居庸雄关，凭折总管那点儿人马，九成九是打不下的，他能让耶律冲哥在山后多留一阵子，那便算不错了。但耶律信千万别叫我有机可乘，万一我绕道至幽州之后，与折总管来个里外夹击，甚至撞了大运，石丞相再给折总管增几万人马什么的，便不知这天险究竟守不守得住？若我军侥幸将居庸、易州都给塞住了……"

"将军不会得逞的。"韩季宣仿佛是为了安慰自己，突然提高了声音，但他到底有些底气不足，只要想想蔚州、易州同时失手的后果……他甚至不愿多想，"折克行便攻得下蔚州，亦断然守不住！"

"那便是他的事了。"吴安国轻描淡写地说道，"只不过恕我直言，韩将军，所谓'飞狐天下险'，其实是要层层叠叠地设置关隘守备的，即便如此，若守备一方无重兵部署，南攻北往，皆极易攻破。是以自古以来，居庸难攻，金陂易下，就北朝这般守法，攻取蔚州，恐非难事。倒是他守不守得住，就难说了。反正能拖耶律冲哥一日，便算一日。做人不可贪得无厌，只要攻下了蔚州，山后便算大乱了。而我只要攻下易州，让范阳鸡犬不宁，大概亦足以令兰陵王如坐针毡了！"

听到吴安国如此不将飞狐诸关放在眼里，韩季宣纵是败军之将，面子上亦不由得有几分难看了，"凭将军这数千之众，要想破金陂、取易州，恐非易事。"

"我何曾说过我要取金陂？"吴安国笑道。

"不取金陂？"韩季宣一愣，然后左右张望，忽然脸色都变了，"这是去五回岭的路！"

"韩将军说的没错。"吴安国忽然停了下来，对身边一个校尉吩咐道，"这次不用太急着赶路了，让大伙歇息一会儿。"说完，他不理那校尉接令离去，跳下马来，从马背驮着的一个口袋掏出一把生谷，一面喂着坐骑，一面又说道："韩将军有所不知，昨晚忙着烧城，我这几千人马，快没粮草了，放那些百姓和俘虏各自逃命，亦是迫不得已。要不然我也未必那么好心，肯将蔚州让给折总管。毕竟只攻下易州亦没什么用，我此番的目的，说到底，还是打通飞狐道，将山前山后的局面搅得混乱起来。"

"混乱……何止是混乱！"韩季宣此时也只能苦笑，吴安国选择的时机实在是令他无话可说，无论是更早些或者再晚些，就算他取得更大的战果，对战局的影响，都绝对远不如此时下手。韩季宣用他的直觉，嗅到了吴安国此番行动对大辽可能造成的危害会是多么严重。不过此时他已经只是一个降将，虽然心里面还是当自己是辽人，可是对许多事情，也只能无奈地苦笑，"飞狐道，吴将军倒算是彻底打通了，如今谁想守住飞狐都不太容易了。"

吴安国却不理他的讥讽，只是轻抚坐骑，细心地喂着战马，又说道："如今说这些亦无甚用处了，我现今已是人在矮檐下，不得不低头。只好去五阮关借一些粮草，然后顺便走一条小道去易州。虽然都说金陂关、易州的形势，其实已为易水所破，但要强攻金陂关，死伤必众。我便这几千人马，死一个少一个，连补充都不会有，只好干些投机取巧的勾当。想来易州守将听到我破了飞狐，就算是为防万一,也总要分一些兵力去加强金陵关的防守,我却自五回岭取间道绕过此关,正好可以插入金陵关与易州之间……"

"吴将军便不怕腹背受敌?!与其如此,将军何不干脆绕道满城?"

"那却太耗时日了。若是北朝太子殿下知道此讯,亲率留守大军前来易州,那安国的处境便尴尬了。"说话间,吴安国已喂完生谷,又从另一个袋子里掏出两块奶酪来,扔了一块给韩季宣,另一块送到嘴里咬了一口,边吃边说道,"说不得,只好冒点儿险,再说我若不让他们觉得我腹背受敌,易州守军大约也不会轻易出窝……"

在吴安国身后约数十步,陈庆远远远地望着正与韩季宣说话的吴安国,朝身边的徐罗问道:"子布兄,你不是说你们昭武脾性不好,不爱说话的吗?"

"是啊。"徐罗一口酒拌一口奶酪地吃着东西,含混不清地回道。

陈庆远皱了皱眉,他实在不知道他们怎么吃得下奶酪这种东西,幸好他随身带了一袋糜饼,此时掏出几粒来,默默扔进口里嚼着。这是一种黍末做的干粮,是宋军常备的行军口粮之一,难吃得要死,却被枢密院的官僚们形容为"味美不渴"的美食。陈庆远经常不切实际地盼望着有朝一日能让那些官僚们一个月顿顿吃这种玩意儿,看他们还说不说"味美不渴"——但尽管如此,陈庆远也是宁肯吃糜饼,而不愿吃在他看来膻腥味极重的奶酪,那物什他实在是难以下咽。

不过他的心思很快转了回来,"那为何我见昭武与那个降将一直在说话?"

"我如何知道?"徐罗白了他一眼,回道,"昭武的脾性谁说得准?有时明明是上官来了,他爱理不理,路上遇到几个猎人,他说不定便和人家说个没完。不过,其实也没人愿意和他说话,又刻薄又傲慢,我们河套军中的将领,都是和他说完正事便赶紧走人……"说到这儿,他又瞅了陈庆远一眼,道:"你操心这种闲事做甚?快点儿吃完,马上便要赶路。"

"不是说不急吗?"陈庆远一愣。

"不急?"徐罗嘿嘿笑道,"十将军,你还是别太当真。有次在河套和昭武赶路,他也说不急,结果那天才赶了三百里……"

"三百里？！"陈庆远吓了一跳，正要再问，已有传令官骑马从身边驰过，大声喊道："都上马了，抓紧赶路！"

一天后，九日傍晚时分。

易州城西南约五十里，鲍河南岸，孔山。吕惠卿与段子介的宋军大营。

中军大帐内。吕惠卿坐在帅位上，不动声色地聆听着麾下诸将的讨论。虽然不知不觉间，已年过六旬，但大宋朝的这位观文殿大学士、判太原府、建国公，仍然可以左牵黄右擎苍，骑马驰骋。至少在表面上，对于人生的大起大落，他毫无介怀之色。当年他曾经是一国的宰相，所能调动的兵马何止十万。而如今，他麾下的太原兵与段子介的三千定州兵合起来，亦不过八千余众，其中骑军更是不满千人，绝大部分甚至连禁军都不是。而他用以统兵的名号，竟然是可笑的太原都总管府都总管！须知此刻他是身处千里之外的辽国易州境内，离太原府隔着一座太行山！

但吕惠卿终究是不甘于寂寞的。就算僻处太原，纵使明知再返中枢的希望渺茫，与辽国的大战，他也不想错过。若不能在汴京运筹帷幄，那至少也希望能与契丹人决战于两阵之间。在高太后驾崩后，对于小皇帝，吕惠卿的确免不了还有几分幻想，不过对他来说，最重要的还是那种站在时代中央的感觉。

此时他麾下的将领分两列而座。

他左边坐的是段子介与他定州军中三名大将李浑、常铁杖、罗法——虽然此三将被人讥为"生平百战，未尝一胜"，但的的确确都是死人堆里爬出来的。李浑是从深州的修罗场中捡回一条性命，逃回定州之后，被段子介委以重任，指挥他的"神机营"，包括三百名火铳兵、三百名弩兵、三百名弓箭手、一百名刀牌手、一百名长枪兵。常铁杖与罗法则是随段子介经历过不知多少次的败仗，从唐河之败中死里逃生，常铁杖是段子介的右军主将，麾下也有一千余步军，罗法则统率着定州兵左军的三百马军。

而在吕惠卿的右手边，则坐着太原兵的六名主要将领，自都校衡武以下，依次是步羽、符励、杨子雄、叶角、白十二等五名指挥使。这些都是他亲自简拔的，他们即使在民风剽悍的河东路，都是久负"奇士"之名的骁将。

此刻，从左右两边诸将的话语中，吕惠卿渐渐嗅到了一丝火药味。

事情的起因是因为一天前太原兵的那场惨败。

从接到宣台的文书，让段子介的定州兵听命于吕惠卿至今，不过二十余日，但两支军队之间的矛盾，便已经渐渐难以控制。这倒不是因为段子介桀骜难制，吕惠卿虽然是"逐臣"，但他官爵之高，别说区区一个段子介，就算石越，也要礼遇三分，况且段子介还是颇识大体的。而吕惠卿也知道段子介是简在帝心的人，对他也并不全以下属相待。两人虽然谈不上多么合得来，但至少也不会闹出什么问题。

问题出在两军的将领之间，太原诸将新来河北，锐气正甚，接到宣台文书，便急欲出兵，哪知道定州诸将吃败仗吃多了，远没有太原诸将来得那么热心。段子介便提出要先派小股骑兵试探一下易州虚实，衡武等人则觉得辽国大军都在深、瀛之间，这是多此一举。吕惠卿虽然最后采纳段子介的建议，但双方第一次接触，便落下了嫌隙。

此后罗法率军先进易州，与易州辽军稍稍接战，便退了回来。不过他探得辽军似乎嗅到了一点儿什么，在易州增加了兵力，如今辽军在易州总计大约有一万兵马，其中在金陂关有一千汉军把守，在易州则有三千契丹骑军、六千余汉军。

得到这个情报后，段子介便力主持重，因为宣台的命令赋予了吕惠卿极大的自主权。段子介坚称以八千之众对九千辽军，毫无胜算，既然不可能攻下易州，倒不如暂且在定州练兵，因为太原兵与定州兵从未协同作战过，连组成一个大阵都有困难，倒不如趁此机会操练，静待河北战场发生变化，再谋他策。反正宣台也不会指望他们这八千偏师能有所作为。

但这种事情，太原诸将如何肯答应？他们越过太行山来河北，当然是希望能建功立业的。不立军功，如何升迁？衡武名为"都校"，实际上只是一个致果校尉，在禁军中只算一个营将，而他做致果校尉已经快十年了！从三十多岁熬到了四十多岁，但由正七品上的致果校尉至从六品下的振威副尉，是武官升迁路上有名的四道大坎之一，衡武又不在禁军中，若没有军功，此生也就是老死此位了。

故此太原诸将都力主进兵,以为辽兵虽多,契丹兵不过三千,其余汉军皆不足虑。双方言语不和,便争吵起来,难免便有些互相讥讽之语,虽被吕惠卿与段子介弹压下去,但嫌隙就更深了。

最终吕惠卿也以为到了定州若按兵不进,无法向小皇帝交代,终于还是决定进兵。但他心中也有疑虑,所以到了易州之后,段子介献策在孔山扎营,吕惠卿便顺水推舟答应下来。这孔山倒谈不上多么高峻,以险峻来说远不如易州境内的狼山[1],但狼山离易州远了一点儿,而孔山北距易州城不过五十里,中间隔着三条河——子庄溪、易水、鲍河,背后离遂城、梁门也不过三四十里,万一大事不好,还可以往铁遂城、铜梁门逃跑。

但为了此事,双方又争吵了一次,太原诸将以为定州诸将畏敌如虎,言语间很不客气,若依他们的意思,至少要北进到易州西南三十里外的太宁山方可。

最终在孔山扎下营寨之后,衡武便要求亲自试探一下辽军虚实。于是他和步羽一道,率领太原军中六百多名骑兵,北渡易水,与辽军在易水北岸大战了一场,结果是拆损了七八十名骑兵,仓皇败走。好在几条河上都有石桥,辽军为了自己行动方便,也没有毁桥之意,衡武总算逃回了寨中。

败仗之后,歇了数日,衡武与太原诸将又谋划报仇之策。没想到没等他们去攻打易州,易州的辽军或许是觉得孔山驻扎着这么一支宋军也很难受,竟然主动出击了。辽军出动了三千马军与两千汉军,来攻打孔山,段子介与定州诸将力主扎寨山上,等着辽军来打。但衡武以为山上寨中没有水井,必须由山下汲水,万一被辽军断了水源,后果也不堪设想,力主下山应战。双方争论不休,最终吕惠卿只得下令,由衡武率太原兵下山应战,段子介的定州兵在山上守寨。

结果衡武率五千太原兵出击,背鲍河结阵,与辽军激战,双方苦斗一个时辰,衡武的方阵被辽军冲破,双方陷入混战,若非他那五员指挥使拼命死斗,罗法又率骑兵出寨接应,五千太原兵很可能就葬送在鲍河边上了。此战宋军战死五六百人,受伤者上千人,孔山也为辽军所围。并且果真如衡武所言,辽军立即断了他们的汲水道。

----

[1] 即狼牙山。

然而不知为何，今日上午，辽军突然解围而去。探马来报，至少有两千汉军奔赴金陂关，这让吕惠卿与段子介都是丈二和尚摸不着头脑。从辽军的动静来看，显然是金陂关有警，但无论如何，两人也不知道那儿能出什么状况？金陂关以西的地区，都在辽人控制当中。不管怎么说，金陂关是防范大同的敌人攻打幽州的重要关口，辽军既然去加强防备金陂关的防备，多半便是西京道有变，或是有部族造反，或是出了兵变……但不管是出了什么事，对宋军来说，都是好事无疑。

　　因此，探得无误后，吕惠卿连忙召集诸将商议应变之策，但显然太原诸将与定州诸将之间的怨气，是越积越深了。定州诸将对太原诸将之前的嘲讽念念不忘，觉得他们吃了一个大败仗是不听良言咎由自取；而太原诸将则认为是定州诸将救援不力，方有此败，若能早点儿增援，说不定还可以击败辽军。

　　双方说了几句，便开始互相冷嘲热讽，定州三将中，李浑倒还罢了，常铁杖人如其名，是个暴躁脾气，出口就要骂娘；罗法性格阴沉，表面上不动声色，但每句话都夹枪带棍，让人听了不禁火冒三丈，可恶犹过于常铁杖。而太原六将中，除了衡武外，其余五人都不善言辞，只能干听着衡武与罗法斗嘴，一个个被罗法讥讽得额上青筋都暴出来了，却是一句话都插不进去。只能干瞪着眼睛，咬得牙齿咯咯作响。

　　定州三将的这种态度，吕惠卿原本也曾疑心或是段子介有意指使，但二十来天的接触，吕惠卿很快就明白了这其实只是段子介"御下无能"。这三人对吕惠卿本人十分尊敬，毕竟双方身份有着天壤之别，但常铁杖与罗法皆起自草莽，从军未久，更不晓官场礼仪，而段子介对二人又十分纵容，故此说话才全然不知检点，每每让段子介十分为难。相比之下，李浑就要拘谨知礼许多。若这些人真是吕惠卿麾下，他自能轻易调教得让他们规规矩矩。但他们既是段子介的部属，所谓"打狗要看主人面"，他客军远来，段子介的三分薄面还是要给的，吕惠卿也只得优容一二。

　　但唇枪舌剑当中，双方的意见倒也分明，衡武与太原诸将主张既然形势有变，就当继续留在孔山牵制易州守军，甚至用马军主动骚扰辽军；而定州三将则认为形势不明，孔山非可久守之地，不如趁势退兵，或者转而攻打东边的容城[1]。"

吕惠卿听他们争了半天，终于喝止众人，将目光转向左边的段子介，问道："段定州以为如何？"

段子介连忙起身，正要答话，却听帐外有人高声喊道："报！"众人都怔了一下，便见吕惠卿的一个亲信护卫掀开帐门入帐，单膝跪倒，禀道："禀建国公，段定州派出的探子回来，称有要紧军情禀报，正在帐外候令。"

段子介朝吕惠卿欠了欠身，见吕惠卿点头答应，连忙快步出帐。

众人也不知何事，皆在帐中相候，未过多久，便见段子介回到帐中，在吕惠卿耳边低声说了几句什么，又递出一封书信来，交给吕惠卿。吕惠卿瞄了一眼信封，便面露讶异之色，拆开看了，点了点头，便即起身说道："今日姑且散帐。"

众将都不知道发生了何事，但也无人敢问，只得行礼退出帐中，各自散去。定州三将中，李浑已经算是后来的，常铁杖与罗法却是结拜的兄弟，两边交情也是泛泛。散帐之后，常铁杖与罗法结伴离去，李浑的坐骑却是拴在另一处，他正自去取马，却见段子介已骑了马过来，见着李浑，便笑道："李寨主速取了坐骑，随我去处地方。"

李浑微微一愣，也不多问，连忙取了马过来，却见段子介身边一个随从也没有。段子介见他过来，"驾"的一声，便即纵马出寨，往山下驰去。李浑吓了一跳，连忙跃身上马，紧紧跟上。

下山之后，便见段子介转而向东，朝狼山方向驰去。李浑更是纳闷，但段子介不说话，他也不问，只是跟在他后面疾驰。自孔山至狼山不过约三十里，两人快马加鞭，不过几刻钟的事。二人快到狼山之时，段子介突然又转了个弯，朝狼山后面的一个村庄驰去。其时两国交战，宋军一入境，易州境内的辽国百姓也大都逃到易州城中避难。除了比较偏僻的山区，易州城以北的村庄，大都罕见人烟。

李浑进村之时，略一打量，便知道此村多半是猎户聚居之所。他虽然不知道段子介为何至此，但见这村中居然也空无一人，大感惊讶。却见段子介入村

---
[1] 此容城为辽国之容城，非宋境之容城。

之后，举目四顾，瞧见村中最大的一座院子，再不迟疑，便往那院子跑去，到院子前面，翻身下马，将坐骑拴在院子外的一棵枣树上。李浑一头雾水，也跟着下马，方将马拴好，却见院门"吱呀"一声打开了，一位身着白裘的男子自院中走出，见到二人，抱拳问道："来的可是段定州？我家昭武等候多时了！"

"昭武？"李浑大吃一惊，却听段子介高声骂道："好个吴镇卿，闹个鸟玄虚，架子倒是不小。"

"吴镇卿？！"李浑此时真的连下巴都快掉下来了。

5

绍圣七年，十月十日。

天气有些阴冷，但不管怎么说，易州毕竟已经出了太行山，山区里已经下过一场大雪，但在易州，就只是飘了一些米粒大的小雪花，离真正的寒冬到来，还需要一些日子。

这几天来，易州守将耶律赤的神经都绷得紧紧的。易州居然也会成为战场，这是近百年没有出现过的事，谁也想不到，南朝居然还有余力反击——尽管只是微不足道的骚扰。孔山的那支宋军，耶律赤并没有放在眼里，真正让他担心的，是飞狐出现的变故。河东的宋军攻下了飞狐，还将那儿烧成了平地，虽然河东宋军攻取飞狐的目的肯定是北攻蔚州——不管怎么说，虽然飞狐道易守难攻，可去蔚州的话，飞狐口都比直谷关要好走得多，相对而言更适合大军行动——但是为了以防万一，耶律赤还是加强了金陂关的防守。

从飞狐至蔚州有三条道路，一条就是蒲阴陉，走金陂关；一条是小路，不能通车，但可以绕过金陂关，插到金陂关与易州的中间；还有一条就是远路了，南下古蒲阴陉，过五阮关，到满城，再北上，这一条，是自隋唐以来就有的官道。出于谨慎，耶律赤往前两条道路都部署了探马——最后一条道路既无必要也无可能，因为那完全在宋朝定州境内。不出耶律赤意料，探马没有发现宋军的踪迹，这让他稍稍松了口气，因为从飞狐逃来的军民声称攻打他们的是吴安国的河套军，耶律赤心里面还是有些忌惮的。这个麻烦能交给蔚州的辽军去处理，那自然是再好不过了。

耶律赤并不知道，他的运气实在不太好。吴安国原本的确是打算走那条间道绕过金陂关的，但到了五阮关后，他得知吕惠卿与段子介正在攻打易州，却临时改变了主意，问五阮关守将要了个向导，便率军南下古蒲阴陉，没有走官道去满城，而是走了一条崎岖难行的道路——他沿着徐水东下，直接插到了狼山脚下。

完全不知道吴安国几乎已经到了他的眼皮底下，耶律赤此时一门心思想的都是如何尽快解决掉孔山的宋军。若能除掉这支宋军，南朝定州便将变得兵力空虚，他也可以去定州打打草谷发点儿小财，当然最重要的是，万一飞狐一带又生点儿什么事出来，他也能全力应付。宋军在孔山驻守其实谈不上多么聪明，辽军想要仰攻自然不易，但是一旦耶律赤断了他们的水道，宋军除了下山一搏，便也无路可走。

耶律赤心里面对于昨日解围之事不免有点儿后悔，飞狐的变故让他有些草木皆兵，过于谨慎了。但仿佛是老天要给他一个亡羊补牢的机会，他还没有来得及调兵重新去攻打孔山，那些宋军竟然主动弃寨下山了！

不但如此，他们还越过易水，向易州南城逼近！不过易州城南不但有自金陂关流来的子庄溪，而且大辽修葺此城，仅有东西二门，显然这些宋军的目的，是打算越过子庄溪，至城西太宁山扎寨。

这才叫"是可忍孰不可忍"！

他们怎么不到荆轲山[1]来扎营？耶律赤讥讽地想到。不管怎么样，既然宋军主动来送死，那他也乐得成全他们。

"传令——整军，出城迎敌！"耶律赤摘下自己那张挂在墙上的大弓，高声喊道。

往易州城前进的宋军，在太宁山一带渡过子庄溪后，并没有扎营，而是组成三个方阵，缓慢地向东边的易州推进。

---

[1] 荆轲山距易州城不过五六里，山上有荆轲衣冠冢，故得名。

这一次，担任前锋的是李浑率领的一千多名定州兵，常铁杖则率领部下任策前锋，在李浑方阵的右后方策应，他们的身后是由太原兵组成的中军大阵，吕惠卿与段子介都在阵中，所有的骑兵都集合起来，在阵中保护两名主将。

在中军大阵的鼓声中，宋军有节奏地前进着。

李浑右手紧紧握住刀柄，紧张地望着前方。他的这个方阵，是段子介煞费苦心打造出来的。这次段子介重建定州兵时，采取的是精兵策略，每个士兵都是身强力壮，并且多少都有些弓马底子，而李浑的"神机营"更加精锐——暂时在定州听令的拱圣军残部，除了一部分充入罗法的马军之外，其余的都在李浑部但任各级武官。

与宋军寻常方阵相同，走在最前面的，是一百名刀牌手，紧随其后的则是一百名长枪兵，而他的三百名火铳兵就跟在长枪兵之后，引人注目地走在了弩兵与弓箭手的前面。

这三百名火铳手排成六行，每行五十人，由一个什将指挥。士兵们都扛着笨重粗大的火铳，铳身为铜制，后面则接着一根长木柄，看起来倒像根狼牙棒。还有人另一只手提着一根特制的铁叉子——这种铁叉子被打制成一个"丫"形，下方十分尖锐，便于插入土中固定，同时也可以作为武器，反过来就是一把短矛。在他们身后，另有二三十名打杂的士兵，每个人挑着两个小铁桶——在铁桶里面，都是燃烧着的木炭。

可以说，除了罗法的那几百名马军外，段子介的全部家当都在李浑手中。常铁杖那边连一架弩都没有，除了弓箭手就是长枪兵，密密麻麻全是长枪、短枪，而且除了少数武官，他们连纸甲都没有。段子介最终搞到了不到两百副铠甲，除了分配给武官外，全部配给了神机营的刀牌手。相比定州兵的穷酸，太原兵就阔绰多了，虽然名号上只是教阅厢军，却每个士兵都披铁甲，看起来比禁军还要风光几分。但这也是没办法比的，段子介求爷爷告奶奶才能弄到的东西，对吕惠卿来说却是不费吹灰之力，对太原兵，他自然也不会吝啬。

不过此时，李浑也无心羡慕太原兵们。

易州这个地方，算是太行山延伸到这一带的尽头，西南多山，而靠近易州城这一带，虽然平原之上往往突兀地冒出一座山来，但整体来说，地势还是平坦的，视野亦十分开阔。因此，易州的守军才一出城，李浑马上便看到了东边那漫天的扬尘。

但是中军大阵的战鼓丝毫没有停止的意思。

咚！咚！咚！

咚！咚！咚！

一下一下的，响得连人的血脉也仿佛随之一起跳动。

这是操练过不知多少次的战法，尽管已经感觉到一种紧张的气氛在身边散开，但是每个士兵还是一步一步地前进着。

此时的时间过得很慢，明明辽军出现在他们的视野中并没有用多久，李浑却感觉过去了几个时辰一般。尽管他也算是身经百战，对于战场厮杀已经十分习惯，但对他指挥的这支部队，他也没有多少信心。

尤其是那三百火铳兵。他们的射程大约和弓箭手差不多，只能打到五十步开外，但是射速却可以与弩兵相"媲美"，如果是单兵作战的话，大约一名训练有素的弓箭手射出八至十箭后，这些火铳兵能勉强发射第二发！而射击的精度则简直令人不忍提起。尽管每次齐射的确威力惊人，但李浑心里很清楚，训练与实战的效果，可能是完全不同的。

此时他心里面真正指望的，还是那三百名弩兵。

不过这些杂念此时在他心中也是转瞬即过，他很快将注意转移到将要发生的战斗上来。

就在能用肉眼看到辽军的那一刻，鼓声突然停了。

各个方阵都整齐地停了下来。

紧接着，中军大阵中，响起了三声清脆的号角声。

"布阵！"李浑大喝一声。立刻，他的神机营便如一台钟表一样运转起来，随着都头们一声声厉声呵斥，一百名刀牌手在阵前结成一面密不透风的盾墙，然后蹲伏下来；长枪手们也做出同样的动作，要直到辽军接近大阵，他们才会架起长枪。

而在他们的身后，火铳手们迅速而整齐地将一百杆铁叉分成错落的两排插入身前的地里，然后将火铳架在铁叉之上，开始熟练地给火铳填药。他们手里拿着一种像小棍子的特制工具，先将火药塞进去，然后将铅弹捅进去、塞紧。与火炮一样，每门火铳要装的药弹，都事先经过测算，用小纸袋或小瓶子装好，分开装在士兵们腰间的几个皮袋里，此时只要拆开纸袋或小瓶，就可以填进最合理的分量。而那些挑着木炭桶的士兵这时也急忙放下铁桶，从腰间的布袋中取出备好的特制线香，在桶中点燃，小跑着递到火铳手手中，然后迅速地挑起铁桶，跑向阵后。

因为具有相同的特点——尽管他们没有弩机那超远的射程，却有相似的射速，所以，顺理成章地，火铳兵的战斗方式与大宋朝的弩兵们完全相同——每三名火铳手构成一个伍，配合作战，伍长负责瞄准并下令点火，一名士兵专职给另外两杆火铳填药，另一名士兵则负责点火并协助填药。

这样的战斗方式也意味着填好一杆火铳比装好一架弩还是要稍快一点儿的，宋朝的弩兵们广泛采用的战术，是需要两名士兵同时填弩，以保证一名弩手的作战。在训练状态下，从冲锋的骑兵进入五十步算起，直到他们冲到阵前，每一伍的士兵足以连发三铳。

不过李浑也只是扫了一眼这些火铳兵们，然后将目光迅速转向后面的弩手与弓箭手，看到他们都已经引弦待发，他才稍稍松了口气，将注意力全部转向对面的辽军。此时辽军的前阵已经距离他们不过一里许，辽军已经开始上马。

"呜呜——"

辽军的阵中，也响起了冲锋的号角，只感觉到脚下一阵震动，便见辽军分成三列，向自己冲来。

但李浑的眼睛都没有眨一下。便在同时，在李浑部的右侧，常铁杖的策前锋部突然加速，列阵迎向试图从右翼包抄神机营的辽军，而从中军阵中也冲出数百骑马军，朝着神机营左边的辽军杀去。

尽管如此，面对着数以千计高速向着自己冲锋的骑兵，神机营的士兵们还是出现了一丝慌乱。但这种慌乱很快被平息下来，那些极有经验的都头、什将们突然不约而同地高声大吼起来："吾皇万岁！"

士兵们只是愣了一下，也马上跟着齐声高喊："吾皇万岁！""吾皇万岁！"

狂热的呐喊声，掩盖了心中的慌乱，每个人仿佛都胆气大壮。这样的呐喊声，也感染了另外的两支友军,一时之间,战场之上,所有的宋军都在同声高喊着:"吾皇万岁!""吾皇万岁!"

没有人注意到,神机营中的那些都头、什将们,在这一声声的呐喊中,已然热泪盈眶!

这样的呐喊声,仿佛令他们感觉到拱圣军在此刻重生了!

但李浑却始终只是盯着疾驰而来的那支辽军。

一百八十步!

一百六十步!

李浑的瞳孔骤然缩小,猛然挥动起手中一面将旗,一面厉声喊道:"弩手!"

顿时,一百支弩箭整齐地射了出去。几名骑兵从马上摔了下来,但是辽军的冲锋并没有被遏制,转瞬之间,辽军已冲到一百步之内。宋军的弓箭手们也开始对天齐射,弓弩射出一波波的箭矢,一个接一个的辽军中箭落马。然而,对于步兵方阵来说,弓弩手的多少直接决定着战阵的威力,上万人的大阵,能射出箭如蝗雨的密度,而千余人的小阵,要阻止敌骑的接近几乎就不可能做到。

也就是眨间的工夫,辽军已经冲进了五十步,开始引弓射向宋军还击。

无可奈何中,李浑向火铳兵们发出了攻击的命令。然后,"刷"的一声,下意识地,李浑将腰间的佩刀拔出了一截。

但便在此时,只听到"砰砰"一阵铳响,阵中浓烟四散,然后便是辽军那边传来战马受惊的嘶鸣声,还有辽兵慌乱的叫喊声,有人用依稀相似的声调大喊着:"火炮!……火炮!"李浑愣了一下,才醒悟过来,辽军从来没有见过火铳,但都多少耳闻目睹过火炮之事,此时猛然被火铳这么一打,慌乱之下,不免有人认错,张冠李戴。不过不管怎么说,这一波的冲锋,他算是顶住了。

中军阵中。

吕惠卿望了一眼身边满脸兴奋的段子介,眉宇间也略有些惊讶之色,"此便是定州所说的火铳兵吗?"

"正是。"段子介难掩心中的喜悦,笑道:"这真大出下官意料,这三百人下官虽然早就挑好,操练阵伍已近三个月,可这火铳到手,操练时间不过月余!建国公请看,其威力远胜于弓箭手!"

这却是让吕惠卿大吃一惊了,"不过月余?"

段子介点点头,笑道:"正是。这火铳虽然不能仰射及远,然平射射程已与普通弓箭相当,虽难射准,但若是火铳再多一点儿,准与不准,便没那么要紧了。"

吕惠卿若有所思地点点头,他是极聪明的人,亲眼目睹火铳兵的作战,虽然段子介只是简单地介绍一二,但他马上意识到了这个新兵种的作用。他看了一眼段子介,笑道:"定州可知道君已为大宋立了大功?!"

"大功?"段子介一时没有明白过来。

"不论这火铳有多少不足,若果真月余便可以成军,以此器练兵,再配上本朝的方阵、城池,攻伐四方或有不足,安守疆土却已绰绰有余。介甫一生之望,便是要在大宋恢复全民皆兵的古制,以为这是富国强兵的不二法门,故此却苦心创立保甲、保马之法,要让普通的农夫亦习战斗,缓急可用。倘若早有此器,倘若早有此器……"

吕惠卿说到此处,不断地摇头,叹息不已,已激动得说不出话来。

段子介此时也已明白过来,倘若一个月就可以训练出来,那保甲之法还能有多扰民?甚至都无需保甲之法,临时训练也来得及。只要操练两三个月,纵然比不上百战精兵,也却足堪一战。大宋朝有多少男丁?到时候真的可以凭空生出百万兵来。不过段子介也知道此事其实并非如此简单,毕竟自古以来,中原之衰弱,从来都不是因为兵甲不精。天下万器,终究还是要看操于何人之手。

吕惠卿有他的怀抱,段子介却不便接他的话,只能将注意力移回眼前的战局上来,略有些遗憾地说道:"可惜这三百火铳手,终究也不可能打赢这一仗。"

战场的局势,的确很快就变得清晰起来。

宋军左翼的罗法所统率的定州骑兵率先抵挡不住,往大阵的后方败退;常铁杖的右翼已被辽军冲开阵形,辽军数百名马军、几千汉军与这一千余宋军混战在一处，形势危殆。常铁杖正被四五个辽军围攻，他手持一杆数十斤重的铁杖，舞得泼水不进，整个战场上都能听到他震天的暴喝声。他满脸凶气，脸上的那条在唐河边上留下来的刀疤此时格外骇人，连衡武都不禁低声赞道："真好汉也！"

还在苦苦支撑的李浑的神机营，阵形此时也已经被冲乱，若是段子介以前所募的部队，这时纵不是溃败，也会是一片混乱，只能凭着血气之勇抵抗辽军。但是神机营的那些拱圣军残部此时起到了中坚的作用，方阵变成了圆阵，刀牌手与长枪兵互相配合着，竭力阻挡着辽军的骑兵。到处都是尸体，但是火铳手们仍然在"砰砰"放铳，硝烟之中，不断有人中箭倒下，但是他们依然站立在自己的铁叉后，上药、瞄准、点火。弓弩手们则默契地接管了其余的方向。

但谁都知道，不论如何英勇，定州兵已经抵抗不了一时三刻。

而辽军至少还有一千余骑马军与两千多汉军在后面虎视眈眈。

"建国公？"段子介开始变得急躁起来，望望吕惠卿。

吕惠卿沉吟一下，点点头，对衡武说道："令步羽率马军去接应罗法将军。"

眼见步羽领令率兵出阵，段子介这才略略放心，但马上又忍不住急道："吴镇卿怎的还不来？！"

"定州休要着急。"吕惠卿瞥了段子介一眼，笑道，"还可以撑一阵。"然后将目光移向衡武。衡武马上会意，高声喊道："白十二，莫叫常铁杖死了！"

"都校尽管放心。"一个阴沉着脸的高大男子大步过来，领令而去。七八百名披铁甲、持长枪的太原兵轰然出阵，奔向右翼。

眼见宋军开始增兵支援，辽军也毫不犹豫地加入了生力军，尚未参战的两千多名汉军分成两部，朝着神机营与宋军右翼杀来。显然辽军打的主意是一举歼灭中间的神机营，宋军自然就会变成大溃败。

看到辽军的行动，段子介已经有点儿坐立不安了。

但是要不要将余下的两千余人投进战场，那必须由吕惠卿来决定。此时段子介不禁有些后悔，没有力劝吕惠卿去遂城或梁门等候消息，战场上的事谁也说不好，万一吕惠卿有个意外，那不管段子介如何简在帝心，吴安国如何战功赫赫，打完这一仗后，两人就只需要准备行李，带上家人一起去琼州之类的瘴疠之地过个五到十年，作为罪臣被看管的滋味不用多想也知道。吴安国和段子介也许能熬过来，两人的妻儿子女中间，总免不了有几个人要死在那儿。至于此后的仕途，就更加不必妄想了。

别说这个责任段子介、吴安国担当不起，便是石越，也免不了要受点儿处分。

但是不管怎么样，段子介也劝不走吕惠卿。而此时，他心里其实也不知道是希望吕惠卿继续投入兵力好，还是不要投入兵力好。神机营打造不易，就这么折损在此，段子介自是万分舍不得。他不断向后方张望，望眼欲穿地盼着吴安国早点儿到来。

吕惠卿却根本不关心段子介在想些什么，他取出两面令旗，道："杨子雄、叶角，去支援李浑将军！"

"得令。"

一直到杨、叶二人领兵离去，段子介才反应过来，神情复杂地望着吕惠卿，道："建国公，符将军所部可只有八百人了！"

"那又如何？"吕惠卿淡淡反问道。

仿佛是在回答吕惠卿的话，杨子雄与叶角的部队方一出阵，辽军最后的一千名骑兵也突然扬鞭疾驰，而且，众人马上意识到，他们的目标，直指吕惠卿与段子介所在！

到了此时，段子介也没什么好想的了，一面摘下大弓，从箭袋中抽出一枝箭来，一面对衡武与符励说道："事已至此，唯有决一死战！"

符励朝吕惠卿与段子介欠欠身，什么也没有说，便大步走向士兵当中，高声吼道："结阵，护卫建国公！"

衡武也取下弓箭，有意无意地跨了一步，挡到吕惠卿身前，半真半假地笑道："段定州，若是吴镇卿失期，这里数千忠魂，恐怕都不会放过他。"

"衡将军尽可放心！"段子介抿着嘴，冷冷地回道，"吴镇卿非爽约之人！"

"那就好。"衡武的话里，明显透着不信任。

他话音刚落，便听到自东边传来轰隆的响声。二人心中一喜，齐齐转头望去，便见自太宁山东边的子庄溪附近，漫天扬尘，数以千计的身着黑白两色袭衣的骑兵，手里挥舞着战刀、弓箭，朝战场奔来。

两天后。

辽国，西京道，飞狐北口。

山峰林立之间的峡谷中，到处都是断旗、尸体，还有被鲜血浸泡的土地，失去主人的战马在战场上刨着前蹄，茫然无助地寻找着。

折克行策马立在这片惨烈的战场上，脸上没有一丝的表情，身边诸将、牙兵，无人能看出这位老帅心中的悲喜。过了许久，众人才听到他冷冰冰地问道："折损了多少人马？"

一个参军嗫嚅回道："尚在统计，大约战死两千余人，战马一千余匹……"

"好，好！"折克行话中的讥讽之意，让每个人都背心发寒，"若非高永年力战，打通副道，绕到辽人身后，河东折家军的威名，大约要葬送于此地了！"

谁也不敢接折克行的话。蔚州的辽军虽然是仓促征召，但参战的本地宫分军也有三千余骑，还有数千家丁、两万余汉军，辽军又是据险而守，他们没有任何回旋的余地，只能是一次又一次地冲锋、血战。若非折克行亲自按剑督战，无人胆敢退后，这场战斗的胜负还真的很难说。尽管最终因为重伤难治，死在飞狐口的将士也许会超过三千骑，但他们到底还是打赢了这一仗。

不过，飞骑军与河东番骑加在一起有一万五千余骑，一场战斗下来，战死重伤几乎五分之一的人马，还有无数的将士负轻伤，这已让每个人胆寒。而且还是靠着一个名不见经传的营副都指挥使，率领一千余骑飞骑军力战，打通了由一千骑宫分军扼守的副道，从背后给了苦战中的辽军致命一击，才取得这场胜利。对于一向自负精锐的折家军来说，这的确也有些难以接受。

辽军虽众，但严格来说，其实也只是乌合之众。付出如此惨重的代价，完全是因为这该死的飞狐峪。

折家军在大宋朝，是一个特殊的存在。他们虽然对宋廷忠心耿耿，但实际上却是没有诸侯名号的诸侯。河东番骑其实是朝廷默认的折家私兵，而飞骑军虽然纳入禁军的编制，都校有时候也不一定姓折，各级将领仍由枢密、兵部来任命，但实际上也是由折家控制的——此军将士，有四五成是麟府地区的居民，其余的也主要来自苛岚、火山地区。这都是折家势力根深蒂固的地区。在这一方面，大宋的两大将门，种家与折家其实根本无法相提并论。

而这一战，为保必胜，折克行更是动用了河东番骑作为先锋！

这战死的两三千将士中，不知道有多少人是折氏的亲族。

但折克行仿佛马上就已经将这件事抛诸脑后，沉声说道："辽人虽然有一些人马逃回了蔚州，但经此一役，亦足以令其胆寒。范丘的神卫营跟上来了没有？"

"正在倍道兼程，大约明晨能至。"

"派人去告诉范丘，明日午时前，我要在蔚州城下看见他的火炮！"折克行铁着脸说道，"速速清理战场，权且将死去的儿郎们葬了。一个时辰后，整军出发，兵围蔚州！"

"得令！"众将轰然领令，忙不迭地各自散去，忙碌起来。

远处，一个年轻的宋军将领正跪在战场之上，给一个伤兵包扎伤口。他身旁一名武官一面给他打着下手，一面笑道："高将军，这次你可是立下头功了。"

"说什么头功。"那名将领正是在此战中大放异彩的高永年，他一面熟练地帮着伤兵扎好伤口，一面骂道，"都是吴镇卿介绍的好买卖！害咱们死了这么多人。"

提到这此事，旁边的武官也跟着痛骂起来："我早知道这姓吴的不是好人，放着取蔚州这么大功劳不要，实是没安好心。待我们拼死打下蔚州，朝廷叙起功劳来，却少不了他的份儿。"

"如今不急着说这个。"高永年摇了摇头，抬头看了看北方，忧心忡忡地说道，"这一场大战，辽军虽说死了四五千人，投降的也有五六千之众，估摸着还有不少人跑散了，但逃回蔚州的，总有上万人马。虽然蔚州已经门户洞开，可要在耶律冲哥的援军赶到前攻下蔚州，也没那么容易。"

一时间，旁边的武官也沉默了。此战之前，看到吴安国势如破竹，他们每个人都以为取蔚州将是易如反掌的事。但现在，每个人心头没有说出来的话却是相同的——辽人不好对付。

付出了如此惨重的代价，若是最后连蔚州都没能打下来……

想到此处，两人的心里都变得沉重起来。

（第十卷完）

inn earth 出品
地球旅馆

捧读文化
触及身心的阅读
全国总经销

| 出 品 人 | 张进步　程 碧 |

特约编辑	孟令堃
封面设计	林系 QQ:45061716
内文设计	八月松子

新浪微博　　微信公众号

| 发　　行 | 谭 婧 |
| 法律顾问 | 天津益清（北京）律师事务所 王彦玲 |

出版投稿、合作交流，请发邮件至：innearth@foxmail.com
了解新书、图书邮购、团购、采购等，请联系发行电话：13522821582